LAURA ELLIOT

DE VERLOREN DOCHTER

the house of books

Oorspronkelijke titel
The Prodigal Sister
Uitgave
AVON, a division of HarperCollins*Publishers*, Londen
Copyright © 2009 by June Considine
Copyright voor het Nederlandse taalgebied © 2011 by The House of Books,
Vianen/Antwerpen

Vertaling
Mariëlla Snel
Omslagontwerp
Annemarie van Pruyssen
Omslagillustratie
Getty Images
Opmaak binnenwerk
ZetSpiegel, Best

ISBN 978 90 443 3237 7
D/2011/8899/111
NUR 302

www.thehouseofbooks.com

WOORD VAN DANK

Graag wil ik de vele mensen bedanken die me met hun steun en informatie hebben geholpen toen ik *De verloren dochter* schreef.

Mijn echtgenoot Sean, die samen met mij in een camper het hele Zuidereiland van Nieuw-Zeeland door is gereden, waar het idee voor *De verloren dochter* op talloze velletjes papier tot leven kwam.

Mijn familie, Tony, Ciara en Michelle, en mijn aanstaande schoonzoon Roddy Flynn. Gedurende mijn carrière als schrijver hebben ze me altijd liefde en steun gegeven en me aangemoedigd.

Fran Power, die me voortdurend heeft verzekerd dat een computer geen zwart gat is en verloren manuscripten kunnen worden teruggehaald. Zij verdient een speciaal woord van dank.

Louise Casey, die zonder meer bereid was me te helpen en te assisteren wanneer ik dat nodig had.

Moya O'Connor, wier grote vaardigheid als docente Cathy heeft geholpen de eerste 'Brieven naar Nirwana' te schrijven.

Barry Considine en Patricia Millis, die de locaties op het Zuidereiland zorgvuldig voor me controleerden om zeker te stellen dat ik niet uit de koers raakte.

Mijn agent Faith O'Grady, die me voortdurend heeft gesteund.

Dr. Bill Scoggins, die op heel korte termijn bereid was hardnekkige rugpijn en stijve schouders te behandelen, waardoor ik geen pijn kreeg wanneer ik heel geconcentreerd aan het schrijven was.

Een speciaal woord van dank voor het team van Avon/Harper-Collins. Voor Maxine Hitchcock voor haar zorgvuldige redactie en ook voor Sammia Rafique, Keshini Naidoo en Yvonne Holland. Hun warmte en vriendelijkheid hebben dat redactietraject tot een genoegen gemaakt.

Ik wil ook Mary Lee uit Cardrona bedanken, die met het trieste nieuws kwam dat de beha's aan de Bra Fence die in *De verloren dochter* voorkomt, zijn verwijderd. Maar omdat je je als schrijver poëtische vrijheden kunt veroorloven, heb ik de gezusters Lambert er nog van laten genieten.

Ik wil ook andere leden van mijn hechte familie bedanken, omdat die zo belangrijk voor me zijn. Met name mijn twee kleinkinderen, Romy en Ava, die me altijd betoveren en me zoveel vreugde geven.

Ik bedank ook mijn vrienden – degenen die schrijven en met goede raad klaarstaan wanneer de Muze het laat afweten – en degenen met een bredere horizon die me bevelen uit te loggen en een kop koffie met hen te gaan drinken. Schrijven kan een solitaire bezigheid zijn. De waarde van dergelijke vriendschappen voorkomt dat het een echt eenzame bezigheid wordt.

Tot slot wil ik een dierbare vriend, Scott Rogerson, gedenken. Hij heeft alles uit zijn leven gehaald wat erin zat en hij heeft ons zijn vele liederen nagelaten, net als een grote voorraad vermakelijke herinneringen.

In dierbare herinnering aan mijn goede vriendin Dympna Joyce-O'Byrne. Haar levenslust en haar ongelooflijke moed zullen me altijd bijblijven.

PROLOOG

Heron Cove 21
Broadmeadow
Dublin, Ierland
Uiropa, de Wereld
15 april 1985

Lieve mama,
Deze brief is van mij, Cathy. Ik moest hem van mevrouw Mulvaney
schrijfen. Is het stom om naar dode mensen te schrijfen? Mevrouw Mul-
vaney zegt dat ik dan niet meer zo vurdrietig zal zijn. Als ik slaap
komen engulen mijn brief lezen, zegt ze. Is dat waar? Ben jij een engul
met vleugels? Is papa ook een engul? Ik hoop dat je in de hemel bent en
niet in de hel. Ik heb een plaatje van de hel gezien. Die is erger dan een
vulkaan. Is de hemel ver weg? Mevrouw Mulvaney zegt van niet. Me-
neer Mulvaney komt snachts door het raam naar binnen fliegen om haar
te zien als ze in bed ligt. Ik weet niet wat ik moet schrijfen. Ze zei dat ik
dan maar de kat krabt de krullen van de trap de kat krabt de krullen van
de trap moest schrijfen en dat het dan wel goet zou koomen. Nero zit niet
meer achter katten aan. Hij is dik en oud en slaapt bij Becks en laat over-
al haaren achter. Papa en jij zijn nu drie maanden dood. Ons huis is

triest, als regen die maar niet ophout. Ik vind Kevins huis het leukst. We doen spelletjes en mevrouw Mulvaney maakt vis en patat voor ons. Lauren is terug uit het ziekenhuis. De dokter heeft het gips van haar benen gehaald en ze heeft geen blauwe plekken meer. Ze ziet er weer leuk uit. Ze praat niet met mij of Becks of Julie. Ze praat alleen als ze slaapt en daar word ik wakker van. De dokter heeft haar pillen gegeven om te glimlagen, maar ze staart alleen naar de muur en trekt niet eens een gezigt als Becks de kliten uit haar haar kamt. Opa zegt dat Becks nu onze mama en onze papa is. Als we brutaal zijn, komt de vrouw met de zwarte tas ons weghalen. Ze komt vaak naar ons huis en schrijft dan dingen op. Dat doet Becks nu ook, in een zwart boekje. Zij schrijft als die vrouw schrijft en ze staren aldoor naar elkaar, maar anders dan Lauren. Lauren lijkt wel een zombie in een film.

Vandaag zijn we naar het graf gegaan. Becks heeft ons zaatjes gegeven die we moesten planten. Ze zei dat ik moest ophouden met huilen omdat ze daar hooftpijn van kreeg. Ik zie jou en papa aldoor. Dan kijk ik nog een keer en zie ik alleen rode stippeltjes.

Kusjes voor jou en papa,
Cathy

VERTREK

I

Havenswalk, Nieuw-Zeeland
Oktober 2008

Ze zal haar zussen vanochtend bellen. Nu meteen, nu ze de dag nog onder controle heeft. Nu meteen, voordat Hannah arriveert om te werken. Nu meteen, voordat haar zoon gaat vragen: 'Heb je het nog niet gedaan? Waarom niet? Waarom niet?'

Gisteren had ze een keer geprobeerd te bellen, en eergisteren twee keer. Maar de moed was haar in de schoenen gezonken en ze had opgehangen voordat de verbinding tot stand was gebracht. Vandaag zal ze de juiste cijfers intoetsen en wachten op de beltoon. Maar dan? Moest ze over koetjes en kalfjes praten, excuses aanbieden, beschuldigen, smeken, tekeergaan of snikken? Moest ze kiezen voor nonchalance? Hallo, Rebecca. Hoe gaat het met je, Julie? Hoe is het met jou, Lauren? Herinner je me nog? Je spreekt met Cathy, je lang verloren zus die je vanuit Nieuw-Zeeland belt. Ja, ik weet dat het meer dan vijftien jaar geleden is dat we elkaar voor het laatst hebben gesproken, maar de tijd gaat zo snel voorbij... Je weet hoe het is... Wat kan ik zeggen?

Half gevormde zinnen en verontschuldigingen schieten door haar hoofd terwijl ze over het gazon naar de grapefruitbomen loopt. De vruchten zijn rijp en gemakkelijk te plukken. Als de mand vol is blijft ze nog even bij de oever van het meer staan. Ze is dol op dit moment van de ochtend, de tijd tussen stilte en beweging. De mist is opgelost en de opkomende zon lijkt als een felgekleurde broche op de berg te zijn gespeld.

In Ierland zijn de avonden donker geworden. De bladeren zijn bronskleurig en vallen van de bomen. Kinderen met maskers op kloppen op deuren en honden janken.

Ze herinnert zich de hond: Nero. Een kronkelend dier in een zak, voordat Rebecca hem uit de modder van de riviermond redde. Als er vuurwerk werd afgestoken, hoorde Nero dat seconden eerder dan alle anderen. Dan gromde hij diep in zijn keel en ging daarna hevig geschrokken blaffen. Rebecca was de enige geweest die hem in dat geval kon kalmeren. Halloween was uiteindelijk zijn dood geworden – een hartstilstand – en Rebecca had zijn dode zwarte vacht gekamd tot die glansde en het tijd was om hem achter in de tuin te begraven. Een jaar later groeiden daar rozen, even brutaal en tartend als een bloedvlek. Die herinneringen, de opeens opkomende pijn, maken haar van streek.

Ze zet het verleden van zich af en loopt terug naar de keuken, pakt broden uit de oven en legt ze op een rek om af te koelen. De geur verspreidt zich door het openstaande raam naar buiten: een krachtiger oproep om te komen eten dan die van een klok of een wekker. Tot dusver is er nog geen beweging bij de chalets te zien. In de verte hoort ze het geraas van een motor. Hannah komt tevoorschijn uit een scherm van bomen en rijdt de bocht door, één met haar motor. Ze loopt de keuken in, zet haar helm af, schudt haar haren los en trekt de leren kleding uit.

In het restaurant zet Cathy muesli, appels, pruimen, abrikozen, noten, zaden en de net geplukte grapefruits op de tafel voor het lopend buffet. Ze legt diverse kazen op een bord met een blauwe rand, maakt driehoekige stapels van bekers yoghurt, vult kannen met vruchtensap en melk, zet ze in ijs en controleert het buffet even zorgvuldig als een kunstenaar die een tentoonstelling voorbereidt.

Dit iets anders, dat nog even net iets anders. In de keuken zorgen potten en serviesgoed voor veel lawaai. Hannah zingt een van haar Maori-liederen waardoor Cathy in de verleiding komt te swingen terwijl ze het terras klaarmaakt voor degenen die buiten willen eten.

'Heb je al gebeld?' Conor voegt zich bij haar op het terras. Zijn vraag klinkt als een beschuldiging. Hij kent het antwoord erop. Omdat zijn moeder het ontbijt moet voorbereiden, heeft ze een kant-en-klaar excuus.

'Dat doe ik later wel,' zegt Cathy. 'Zo meteen komen de gasten voor het ontbijt. Daarna zal ik bellen.'

'Ze zijn nog niet in aantocht.' Hij opent parasols, zet stoelen bij de tafeltjes recht. 'Je hebt er nog tijd voor.'

'Nee.'

'Ja. Doe het nu en stop met het verzinnen van excuses. Gisteravond heb je beloofd...'

'Ik weet wat ik heb beloofd, en ik zal het ook doen.'

'Als je tot later wacht, slapen zij. Wat heeft het voor zin dingen te beloven als je toch niet van plan bent die beloftes na te komen?'

Ze kent de pruillip die hij trekt. Ze kent de verlangende, nieuwsgierige blik in zijn ogen. Hij loopt achter haar aan naar haar kantoor. Zij zal haar zussen bellen en hij zal de bladeren van het glimwormpad harken – iets wat hij de afgelopen twee weken niet heeft gedaan. Hij heeft zich daar al op gekleed: spijkerbroek en laarzen, een rafelig mouwloos T-shirt met het gezicht van een eens door hem bewonderde obscure rapper erop.

Voordat ze haar kantoor in loopt zegt hij: 'Vergeet niet dat jij het beste van de deal hebt. Ik heb het maar veertien dagen voor me uit geschoven. Jij doet dat al meer dan vijftien jaar.' Die jaren brengt hij haar graag in herinnering om daarmee de duimschroef van schuldgevoel nog wat steviger aan te draaien. Hij kijkt een keer om, alsof hij haar besluiteloosheid wil tarten, en verdwijnt dan het bos in.

Bij het raam ziet Cathy de eerste gast uit het Kea-chalet komen en naar het zwembad lopen. Twee vrouwen lopen over het gazon en gaan op de bank zitten die om de rataboom heen staat. Haar hand trilt wanneer ze de hoorn van de haak pakt. Eerst Rebecca. Ze moet de koe bij de hoorns vatten. Ze haalt sneller adem terwijl ze het nummer van haar zus intoetst. Ze zou gekraak en geklik moeten horen, gezoem. Maar de verbinding komt meteen tot stand en er wordt vrijwel direct opgenomen.

'Dierenasiel Lambert.'

'Rebecca...'

De pauze die volgt is even verontrustend als een overgeslagen hartslag en Rebecca ontdekt dat niets – geen enkele barrière of zachte landing – kan voorkomen dat de jaren bliksemsnel op haar af komen en haar overspoelen.

'Rebecca... kun je me horen?'

Ze doet haar uiterste best om te reageren, maar haar mond is droog en haar hart, dat op hol slaat van opluchting nu het lange wachten voorbij is maar ook vanwege een onverklaarbare paniek, verkrampt. Ze voelt de overweldigende behoefte om te huilen, maar die tranen zullen later komen, wanneer ze alleen is en aan deze stortvloed van emoties kan toegeven. Nu moet ze zich beheersen. Als ze Cathy afschrikt, zullen er geen verklaringen komen, geen excuses. Dan zal haar zus de kans niet krijgen om iets te verdedigen wat niet te verdedigen is.

'Rebecca, zeg alsjeblieft iets. Je hebt geen idee hoe vaak ik je nummer heb ingetoetst, maar op het laatste moment zonk de moed me altijd weer in de schoenen en... O, mijn god! Ik weet niet wat ik moet zeggen.' Cathy heeft een licht Nieuw-Zeelands accent gekregen, dat niet onaangenaam is. Ze spreekt te snel, komt met allerlei excuses en verontschuldigingen, alsof ze gelooft dat een stortvloed van woorden zal voorkomen dat Rebecca de verbinding verbreekt.

'Cathy, jij bent niet de enige die naar woorden moet zoeken. Ik kan eigenlijk niet geloven dat je eindelijk hebt besloten contact met ons te zoeken.'

'Ik heb dat... zo vaak willen doen.' Cathy aarzelt weer even en gaat dan snel door. 'Maar na verloop van tijd werd het steeds moeilijker. Probeer het alsjeblieft te begrijpen...'

'Wat moet ik proberen te begrijpen? Dat je nooit hebt gebeld? Geen brief hebt geschreven? Ons niet bent komen opzoeken?'

'Ik heb contact gehouden.'

'Vijftien jaar heb ik gewacht op bericht van jou! Hoe kon je zomaar verdwijnen? Je hebt niets anders dan ansichtkaarten gestuurd, en kerstkaarten waarop je adres nóóit stond vermeld. Hoe kun je dat in vredesnaam bestempelen als contact houden? Een van ons had kunnen overlijden en dan had jij dat nooit geweten.'

'Mel heeft me van alles op de hoogte gehouden.'

'Je hebt wel contact gehouden met Melanie Barnes maar niet met je eigen zussen?'

'Zij was destijds mijn enige steun... De enige die het begreep.'

'Die wát begreep, Cathy?'

'Die begreep waarom ik weg moest. Maar daar wil ik het door de telefoon niet over hebben.'

'Hoe denk je dan anders met ons te kunnen communiceren?'

'Door elkaar weer te zien, Becks.'

'Becks? Die naam heb je al lang niet meer gebruikt.'

'Dat weet ik. Ik herinner me alles...'

'Door elkaar weer te zien, zei je. Betekent dat dat je naar huis komt?'

'Niet nu, maar in de toekomst hopelijk wel. In januari ga ik trouwen.'

'Gefeliciteerd. Ik wens je alle geluk van de wereld toe.'

'Dank je.'

Ze zouden vreemden kunnen zijn, denkt Rebecca. Vaardig in het voeren van een beleefd gesprekje. Ze dwingt zichzelf zich te concentreren op wat Cathy zegt. Havenswalk, zegt ze, is een oord waar mensen uit alle delen van Nieuw-Zeeland en zelfs uit het buitenland naartoe komen om zich te laten verwennen en masseren. Ze runt Havenswalk samen met een zakenpartner: een vrouw die Alma heet.

'Het is hier geweldig,' zegt Cathy enthousiast, 'en het terrein eromheen is ook prachtig. Ik ga hier trouwen, op het gazon naast het meer. Rebecca, ik wil dat mijn zussen erbij zijn. Ik wil dat we die gelegenheid aangrijpen voor een reünie en ik hoop...'

Rebecca kan het enthousiasme van Cathy, dat ondanks de berouwvolle toon in haar stem duidelijk is, niet langer verdragen en ze verliest haar zelfbeheersing.

'Ik dacht dat de verloren zus naar huis moest komen om het vetgemeste kalf te eten en niet andersom.'

'Het doet er niet toe waar we dat vetgemeste kalf eten, als we maar weer bij elkaar kunnen zijn,' zegt Cathy.

De sterke wind brengt de staldeuren in beweging en een paard hinnikt. De andere paarden volgen zijn voorbeeld en het hoofd van Rebecca begint te kloppen. De hele dag lang had ze op regen gehoopt en die regen geselt de muren van het asiel nu al meer dan een uur. Omdat het zo hard regent, zullen er die avond geen paarden meer worden gedwongen over vreugdevuren heen te springen.

Een lampje op het controlepaneel geeft aan dat er een spoedeisend telefoontje is.

'Cathy, iemand probeert me te bereiken. Dit is een van onze drukste avonden. Wil je alsjeblieft even wachten?'

Zonder een reactie van haar zus af te wachten neemt ze het andere gesprek aan. Elk jaar komen krankzinnige en wrede mensen op Halloween opeens tevoorschijn en daardoor moet het personeel van het asiel dag en nacht werken om gewonde dieren te redden. Er is een verdwaalde pony gesignaleerd op een braakliggend terrein in de buurt van Naas. Hij heeft brandwonden op zijn buik, een gescheurd oor en een oog dat helemaal dichtzit. De belster – ze klinkt jong, waarschijnlijk een tiener voor wie de avond niet leuk meer is – begint te huilen. Rebecca vraagt naar details over de locatie en geeft haar bijstandsteam die informatie door over de radio. De schok van het telefoontje van Cathy neemt af, maar die volwassen stem die zomaar vanuit het niets opbelt, lijkt wel onwerkelijk.

'Rebecca?'

De aarzeling in de stem van Cathy haalt Rebecca terug naar het heden. 'Ik luister. Je wilt dat ik op je bruiloft kom.'

'Dat hoop ik. We moeten iets kunnen afsluiten, Rebecca.'

'Hoe denk je dat te kunnen doen?' Rebecca knipt met haar vingers, hoorbaar: een geluid dat van het ene naar het andere continent wordt overgebracht. 'Een streep door het verleden halen en doen alsof het nooit is gebeurd?'

'We kunnen het verleden niet uitwissen, maar we kunnen er wel vrede mee sluiten.'

'Geloof je echt dat dat zo gemakkelijk is?'

'Natuurlijk geloof ik dat niet, maar we moeten ergens beginnen. Het heeft voor mij lang geduurd voordat ik dit punt had bereikt. Hoe had ik op zoek kunnen gaan naar vergiffenis van anderen tot ik de moed had het mezelf te vergeven?'

'Wil je dat ik je de absolutie geef, Cathy?' Ze denkt dat Cathy een antwoord op haar vraag zal ontwijken, zoals ze dat in het verleden zo vaak had gedaan. Ze stelt zich voor dat haar gezicht in een hard, wit en tartend masker verandert.

'Nee, Rebecca. Ik wil dat je naar Havenswalk komt om kennis te maken met mijn zoon.'

Kan stilte een echo hebben, vraagt Rebecca zich af. Kan die zo zwaar vallen dat ze alleen de echo... zoon... zoon... zoon... hoort?

'Je zoon?'

'Ja. Hij heet Conor.'

'Conor?'

'Conor Lambert.'

'Hoe oud is hij?'

Cathy aarzelt heel even, maar lang genoeg om Rebecca het antwoord op die vraag duidelijk te maken. 'In december wordt hij vijftien.'

'Vijftien?' Waarom blijft ze in vredesnaam de woorden van haar zus herhalen?

'Je hebt tegen ons gelogen!'

'In die tijd geloofde ik... leek het me beter zo. Dan zouden jullie je niet te veel zorgen maken.'

'Wat weet jij af van onze zorgen en onze angsten?' Herinneringen aan hun laatste ontmoeting drukken als een claustrofobische band tegen het voorhoofd van Rebecca en ze houdt de hoorn wat steviger vast. 'Waarom heb je op die ansichtkaarten nooit iets over hem geschreven?'

'Had je het dan willen weten?'

'Cathy, hij is een neef van me. Natuurlijk had ik willen weten dat hij bestond. Je hebt ons met ópzet een rad voor ogen gedraaid.'

'Ik was zo in de war en...'

Rebecca onderbreekt haar scherp. 'Op wie lijkt je zoon?'

'Zijn persoonlijkheid doet me aan Julie denken.' Cathy slikt hoorbaar, alsof haar keel door de zenuwen is dichtgeknepen, en dwingt zichzelf dan te lachen. 'Een beetje wild, net als alle jongens van zijn leeftijd, en stapel op muziek. Hij wil later dierenarts worden, dus hij heeft ook wel iets van jou. Ik denk dat hij wel wat weg heeft van jullie allemaal. Maar hij is een uniek persoon en hij wil zijn tantes heel graag ontmoeten. Kom alsjeblieft naar ons toe. Ik zal jullie onderbrengen in de chalets, dus hoef je alleen de vliegreis te betalen.'

'Dat kan ik niet doen, en dat heeft niets te maken met de kosten. Verwachtte je echt dat het zo gemakkelijk zou zijn?'

'Ik verwachtte niets. Ik hoopte alleen...'

'Het spijt me, maar het gaat te snel. Ik kan het op dit moment niet aan. Ik weet zeker dat de anderen... Heb je het telefoonnummer van Julie? Lauren is in Spanje. Ik kan je het nummer van haar mobieltje geven.'

'Ik heb hun nummers, maar ik wilde jou het eerst spreken. O, Becks...'

Het licht van koplampen doorboort de duisternis. Het team van het asiel, met de meest recente slachtoffers van de excessen van die avond.

'Cathy, ik moet ophangen. Ja, geef me je nummer maar. Ik zal je bellen... Natuurlijk zal ik je bellen. Tot horens.'

Rebecca haast zich om Lulu May, de manager van het asiel, te helpen een gewond paard tot bedaren te brengen. De hoeven van het dier maaien gevaarlijk door de lucht als ze hem de wagen uit leiden. Haar leven is heel anders geworden dan in de tijd van koekhappen en penny's opduiken.

Het is stil in het asiel wanneer haar werktijd erop zit. De net gebrachte dieren zijn verdoofd en hebben geen pijn meer. Bladeren maken zuigende geluiden onder haar voeten terwijl ze over het veld naar haar huisje loopt. De natte aarde ruikt naar het stervende jaar. Voor haar is er een grijze Ierse winter in aantocht, maar in Nieuw-Zeeland wordt het lente. Een tijd voor vernieuwing, had Cathy gezegd. Een tijd om iets af te sluiten.

Ze maakt de deur van haar huisje open. Haar benen voelen loodzwaar aan en haar ogen prikken van vermoeidheid. Ze zet haar computer aan. Het is verbazingwekkend je te bedenken dat de informatie die ze over de verblijfplaats van haar jongste zus nodig had, voor het oprapen had gelegen. Alleen het sleutelwoord had ontbroken. Havenswalk.

Havenswalk oogt inderdaad als een wandeling door de hemel. Houten chalets omgeven een twee verdiepingen tellend gebouw in het midden, waar gasten naartoe komen om te eten, te mediteren en yoga te beoefenen. Buiten kunnen ze onder de sterrenhemel een heet bad nemen, zich ontspannen onder parasols of lui liggen bij een zwembad dat uit een rots gehakt lijkt te zijn. Als achtergrondmuziek zijn panfluiten te horen en Havenswalk belooft Sereniteit, Rust,

Geestelijke harmonie, Leren opkomen voor jezelf, Genezende energie en Emotioneel evenwicht.

Op de homepage staat een foto van een glimlachende Cathy. Haar ogen zijn blauwer dan Rebecca zich herinnert, even blauw als een geschilderde icoon. Ze worden niet langer gecamoufleerd door dikke zwarte eyeliner en kijken open en verwelkomend de wereld in. Haar à la Kate Bush gefriseerde haar is getemd en vervangen door een zwarte vlecht. Van gothic naar goeroe in iets meer dan vijftien jaar. Hoe heeft die transformatie plaatsgevonden?

Teabag komt onder een leunstoel vandaan en strijkt langs haar enkels, aandacht eisend. Rebecca tilt de kat op en drukt haar tegen haar hals. Ze staat bij het raam en ziet de zon boven de velden opkomen. De tijd is een dief, denkt ze. Hij verguldt verdriet, maakt het gevoel iets te hebben verloren minder intens, staat het mensen toe door te gaan met hun leven. Maar er is weinig voor nodig – een lied, een geur, een grote en denderende vrachtwagen – om herinneringen zo sterk te maken dat die een rots zouden kunnen verpletteren.

Het regent niet meer. Er resten alleen tranen op de kletsnatte takken, die als parels glanzen in het melkwitte ochtendlicht.

2

Het dagboek van Rebecca – 1985

Naam – Mary Green
Beroep – maatschappelijk werkster
Doelstelling – ons gezin opbreken
Obstakel om dat doel te bereiken – ik!
Duur van het bezoek – 2 uur

Mary Green vindt het niet leuk wanneer ik aantekeningen maak, maar ik word niet geacht bezwaar aan te tekenen wanneer zij dat doet. Was ze getraind om vragen te stellen en dan zwijgend – hoelang dan ook – te wachten tot ik in haar val trap? Of heeft ze die truc geleerd toen ze zich ging bezighouden met 'disfunctionerende' families? Ze laat 'wezen' als een ziekte klinken en 'zorg' als het beloofde land.

Cathy heeft hoofdluis. Nou en? Die heeft iedereen in haar klas. Julie spijbelt. Dat doet de helft van de andere leerlingen ook. Maar als zij het doet, wordt dat beschouwd als een staatkundige crisis. Lauren... tja, daar zit de moeilijkheid. Ik ken geen gemakkelijke oplossingen, maar ze gaat nergens heen en als ze willen proberen haar mee te nemen, zullen ze dat over mijn lijk moeten doen. Mary Green zegt dat ik overspannen en hysterisch ben, te jong en onervaren. Ze vergeet daar 'verdrietig' aan toe te voegen.

We verdrinken in onze tranen. Het is afschuwelijk. Julie huilt het hardst. Ze is in alle opzichten de luidruchtigste, en het is afschuwelijk haar verdriet te moeten aanhoren. Ze huilt met haar gezicht in de kussens, of tegen de borst van Paul. Ze kan al om iets heel kleins gaan huilen en dan wil ik tegen haar schreeuwen dat ze daarmee moet ophouden. Maar dat kan ik niet doen omdat ze dan nog harder gaat huilen en mij een harteloze koe noemt.

Cathy huilt in hoekjes, achter stoelen of onder de dekens. Dat kan ik aan haar ogen zien. Die lijken poelen van verdriet. Ze loopt als een schaduw achter me aan en klampt zich aan me vast, bang dat ik zal verdwijnen als ze me uit het oog verliest. Dat neem ik haar niet kwalijk. Ik heb zelf voortdurend het gevoel te verdwijnen, net als al mijn dromen. En dan ben ik razend op mezelf omdat ik boos ben terwijl we allemaal zoveel hebben verloren. Wie denkt nu aan onbelangrijke dingen als school, vrienden, reizen en de mogelijkheid van dat alles weg te lopen?

Ze schrijft brieven aan mama. Ze heeft me er een laten zien, maar dat ervoer ik als zo verstikkend dat ik hem niet in zijn geheel kon lezen. Ik heb haar laten zien hoe 'engel' moest worden gespeld. Waarom heb ik dat gedaan? Waarom heb ik haar in plaats daarvan niet in mijn armen gewiegd? Vroeger zou ik dat hebben gedaan. Ik zou haar in mijn armen hebben gehouden tot ze rustig ademde en haar gezicht droog was. Op school valt ze in slaap. Ze raakt achter. Dat staat allemaal in het zwarte boekje van Mary Green.

Hoe moet ik het redden? Voordat ze overleden kon ik niet eens een ei koken. Julie zegt dat mijn maaltijden eruitzien als kots van Nero, maar ze eet wel alles op. Lauren, die nooit iets zegt, gooit alles in de vuilnisbak. Cathy zegt dat ik de allerbeste kokkin van de hele wereld ben. Ze probeert me voortdurend te behagen, maar wel op een andere manier dan vroeger. Het lijkt alsof ze niet weet hoe ze verder moet gaan. Ik ben nu uiteindelijk de baas in huis. Maar ik ben pas zeventien! Ik heb geen idee wat ik doe. Kleine stapjes, zegt Lydia. Stapje voor stapje. Dan is alles mogelijk.

Ik heb de uitnodiging van de Morans aangenomen. Er even tussenuit knijpen zal ons goeddoen. Ze hebben een schitterend huis, en ook paarden. De plattelandslucht zal Lauren goeddoen en voor wat kleur op haar wangen zorgen.

De tranen van Lauren zijn net ijspegels. Als ik haar omarm, raak ik bevroren. Ik ben bang dat ze zal breken als ik haar te stevig vasthoud. Ik wou dat ze huilde als Julie, jankte en schreeuwde en tegen deuren trapte. Maar ze is bevroren door schuldgevoelens. Ik zeg telkens weer tegen haar dat het haar schuld niet is, maar ze hoort me niet. En zelfs als ze dat wel deed, zou ze denken dat ik lieg.

Ik weet niet of ik het haar ooit zal kunnen vergeven.

3

Dublin, januari 2009

Lauren Moran wordt wakker van het gezoem van de koffiemolen. Ze hoort de voetstappen van haar man op de trap en stelt zich voor wat hij zal zien als hij hun slaapkamer in loopt: haar zwarte haren op het kussen, de zwoele verwelkomende blik in haar ogen, haar volle lippen. Ze beseft dat haar lippen strak zijn, neemt haar gezicht tussen haar handen, telt tot tien en ontspant zich dan. Een nieuwe dag is aangebroken. De dag van vertrek.

Steve aarzelt bij de deur, tikt er licht op en loopt naar binnen zonder een reactie van haar af te wachten. Hij zet een dienblad met koffie, verse croissants, citroenmarmelade en dunne krulletjes boter voor haar neer. Midden op het dienblad staat een lange roos in een fraaie kristallen vaas. Er zijn geen doornen te zien en de geur gaat verloren in het aroma van de koffie.

'Je verwent me.' Ze glimlacht en komt lui overeind.

'Natuurlijk.' Zijn bewegingen zijn vloeiend – bijna delicaat – terwijl hij twee kopjes koffie inschenkt en boter op de croissants smeert. De dunne bandjes van haar nachtjapon glijden van haar schouders wanneer ze zich naar voren buigt om de kop koffie aan te pakken. Hij raakt de satijnachtige stof aan, duwt één bandje weer op zijn plaats en laat het andere op haar arm rusten. De romige kleur legt de nadruk op haar gebruinde huid, trekt zijn blik naar de diepe kanten uitsnijding bij haar borsten.

Als ze heeft ontbeten zet ze de roos in haar haren vast en klikt met haar vingers als een Spaanse danseres. Ze maken schijnbewegingen op het bed. Hij houdt van spelletjes, van aanvankelijk verzet dat hij meesterlijk kan breken. Hij is nog sterk en gespierd en hij bedrijft nog steeds vol verve de liefde met haar, zij het niet meer zo regelmatig als in de eerste jaren van hun huwelijk. Lauren heeft het vermoeden dat hij Viagra slikt, maar als dat het geval is zal hij dat nooit toegeven, en zij zal er nooit naar vragen.

Daarna ligt ze stilletjes naast hem terwijl zijn ademhaling langzaam weer normaal wordt en hij haar wang streelt. Dat doet hij zacht, maar ze voelt het eelt elke keer opnieuw langs haar huid raspen. Zijn nagels worden wekelijks verzorgd door een manicure en zijn handen worden gemasseerd met vochtinbrengende olie, maar de littekens die hij door jarenlang in de bouw te werken heeft opgelopen, kunnen nooit worden verwijderd.

'Is alles ingepakt?' vraagt hij.

'Ja.'

'Paspoort?'

'In mijn handtas.' Haar tas – een Gucci – staat tegen de muur aan de overkant van het bed, samen met haar drie koffers van rood leer en een bijpassende weekendtas.

'Tickets? Reisschema?'

'Steve, hou op je zorgen te maken over mij.' Ze schuift een eindje van hem vandaan, staat het zijn hand toe van haar wang naar haar borsten te glijden en dan op de lege plek te zakken die zij achterlaat. Ze zet haar voeten op de grond en haar nachtjapon ritselt. Elke beweging vertegenwoordigt een langzame scheiding, maar toch wekt ze de indruk dat het een sluimerende omhelzing is. Ze gaat voor haar toilettafel zitten en knikt naar haar bagage.

'Rebecca zal gek worden als ze ziet wat ik meeneem.'

Niet meer dan één koffer, had Rebecca nadrukkelijk in haar e-mail geschreven. Anders houden ze te weinig leefruimte over. Ze heeft de afmetingen van de camper bestudeerd en weet precies waar alles zal passen. De camper met zes slaapplaatsen is haar idee: een compromis tussen rondtrekken met een rugzak – het enige wat Julie zich kan permitteren – en de vijfsterrenhotels die Lauren had verwacht.

Lauren is ervan overtuigd dat Rebecca – zelfs als ze niet de eerstgeborene van de vier zussen Lambert was geweest – zich dat recht automatisch zou hebben toegeëigend. Omdat ze geen enkele vorm van besluiteloosheid kan begrijpen, laat ze alles volstrekt gemakkelijk klinken: vluchten, accommodatie, reisschema. Alles stond beknopt vermeld in de e-mail die Lauren gisteren had gekregen en met opzet had genegeerd.

Steve schuift haar kussen onder zijn wang en drukt zijn neus op de plek waar haar hoofd heeft gelegen. De roos ligt platgetrapt op de grond.

'Het spijt me dat ik de kans niet zal hebben jou je nieuwe kleren te zien dragen,' zegt hij.

'Als ik weer thuis ben zal ik voor jou een speciale modeshow geven.'

'Daar verheug ik me nu al op.'

Ze steekt haar haren op in een hoge knot. 'We kunnen nu maar beter in actie komen.'

'Vanwaar die haast, prinses? We zullen elkaar een maand niet zien.' Hij heeft haar ongeduld aangevoeld.

'Je zult het zo druk hebben dat je de tijd niet hebt om me te missen.'

Hij schudt zijn hoofd, stapt het bed uit en loopt naar de badkamer. Terwijl hij een douche neemt, maakt ze een van haar koffers open en doet er nog een jurk in. Een goede padvindster moet op alles voorbereid zijn.

Nadat de schok van het eerste telefoontje van Cathy was gezakt, had Steve een rondreis van een maand over het Zuidereiland gepland. Hij is al eerder in Nieuw-Zeeland geweest, met zijn eerste vrouw, en hij weet welke bezienswaardigheden ze moeten bekijken. Luxueuze hotels, huurauto's, tochten over een meer en helikoptervluchten waren al geboekt. Ze waren van plan Havenswalk de laatste tien dagen als hun uitvalsbasis te gebruiken, met de bruiloft van Cathy als hoogtepunt van de reis. Maar Steve was gedwongen geweest zijn plannen te wijzigen toen de start van de bouw van een winkelcentrum waarvan hij hoopte dat het voor de kerstdagen officieel kon worden geopend, tot maart werd uitgesteld. Problemen met het verkrijgen van huurders, had hij gezegd. Omdat hij zich zorgen maakte over de onroerendgoedmarkt, had hij Cathy gebeld om de situatie te bespreken. Lauren ontdekte later dat hij Cathy had gevraagd haar bruiloft uit te stellen tot later in dat jaar, wanneer hij op reis kon gaan.

'Waarom ben je zo boos?' had hij op hoge toon gevraagd toen Lauren daar woedend maar niet verbaasd op had gereageerd. 'Ze heeft meer dan vijftien jaar gewacht voordat ze contact met jou opnam. Wat maken een paar maanden dan nog uit?'

'Hij is niet veranderd,' zei Cathy toen Lauren haar opbelde om excuses aan te bieden, 'maar ik gelukkig wel. Mijn bruiloft gaat door op de geplande datum, en ik wil dat je erbij bent, Lauren. Maar als je jezelf niet in staat acht zonder Steve op reis te gaan, zal ik dat begrijpen.'

Dat stak Lauren, en dus besloot ze de reis zelfstandig te maken. Rebecca, en later Julie, stemden erin toe haar te vergezellen. Ze zullen echter geen luxe reis maken. Ze huren een camper, die door Steve met een sardineblikje was vergeleken.

Dat had hij op een avond gezegd toen hij haar zussen voor een maaltijd had uitgenodigd en aanbood te betalen voor hun hotelkosten, de kosten van een huurauto en de uitstapjes om dingen te bezichtigen.

'Jullie meisjes mogen best eens een beetje worden verwend,' zei hij, waardoor de nekharen van haar zussen meteen overeind gingen staan. Steve had zich in zijn leven veel vaardigheden eigengemaakt, maar daar behoorde het omgaan met de zussen Lambert niet toe.

'Wij meisjes zijn prima in staat onszelf te verwennen,' zei Rebecca. Julie, die vond dat ze haar nagels uitstekend verzorgde met een vijl en een cocktailprikker voor de nagelriemen, knikte krachtig en instemmend.

'Er is niets mis met een beetje luxe af en toe,' zei Steve. 'Wacht maar eens tot jullie als sardientjes in een blikje zitten opgesloten. Zeker in die hitte. Ik heb tegen Lauren gezegd dat ze me meteen moet bellen als de leefomstandigheden ondraaglijk worden.' Ook als hij die opmerkingen niet had gemaakt, zouden ze zijn aanbod niet hebben aangenomen. Ze verzetten zich altijd tegen zijn vrijgevigheid en beweerden dat die bevoogdend was. Ze hadden nooit begrepen waarom Lauren met hem was getrouwd, en die redenen waren nu ook niet meer belangrijk.

In de spiegel van de toilettafel ziet Lauren dat hij zijn overhemd aantrekt. Hij is de laatste tijd zwaarder geworden, maar hij is een lange, vierkant gebouwde man en de extra kilo's geven zijn uiterlijk een extra laagje gezag. Hij gaat achter haar staan en strikt zijn das automatisch in een Windsor-knoop.

'Je bent opgelucht dat ik niet met je mee kan gaan.'

Ze schrikt van de abrupte manier waarop hij dat zegt.

'Dat is onzin, Steve. We hadden deze reis immers samen gepland? Het was niet mijn bedoeling in een camper rond te trekken. Waarschijnlijk zullen we ons vreselijk gaan vervelen en het merendeel van de reis niets tegen elkaar zeggen. Ik kan niets bedenken wat ik nog met mijn zussen gemeen heb.'

'Gelukkig heb je nooit iets met hen gemeen gehad, prinses.' Zijn das is gestrikt, de knoopjes van zijn colbert zijn dicht. Als hij haar naar het vliegveld heeft gebracht heeft hij een zakenbespreking. Hij buigt zich voorovers tot ze elkaar recht in de ogen kunnen kijken. 'Wat speelt zich af achter die mooie groene ogen? Op een dag zal ik dat te weten komen en dan zal ik je misschien leren kennen.'

'Je bent een dwaze man.' Ze draait haar hoofd naar hem toe, lacht en wordt met een kus tot zwijgen gebracht. Hij maakt zijn aktetas open en haalt daar een pakje uit.

'Een afscheidscadeautje.'

Een sieraad, denkt ze, en ze vraagt zich af wat hij voor deze gelegenheid kan hebben verzonnen.

'Het allermodernste,' zegt hij als ze een zilverkleurig mobieltje heeft uitgepakt.

'Ik héb al een mobieltje.'

'Dit is het allermodernste en het werkt overal ter wereld.' Hij laat haar de diverse functies zien. Ze glimlacht terwijl hij pronkt met het speeltje, en ze belooft hem elke dag dat ze van elkaar zijn gescheiden te bellen.

Nadat hij de slaapkamer uit is gelopen draait ze de badkranen open en pakt een scrubwashandje. Ze laat zich in het geparfumeerde water zakken en scrubt haar huid tot ze van top tot teen tintelt. In haar hals zit een vurig rode plek. Ook op haar borst. Ze vraagt zich af wanneer een liefdesbeet een wond wordt. Wanneer een liefkozing een zo scherpe pijn wordt dat ze erdoor naar adem snakt. Kon wat er net had plaatsgevonden 'de liefde bedrijven' worden genoemd? Ze zal een maand niet naast hem slapen, maar toch was de bekende choreografie van de hartstocht door haar uitgevoerd zonder dat ze zich in hem verloor of echt op zijn verlangen reageerde. Een verlangen waarvan ze vermoedt dat dat wordt gevoed door boosheid omdat ze zonder hem weggaat. Een maand in haar eentje, zonder vangnet onder haar. Ze rilt en stapt het bad uit. De laatste jurk die ze in de koffer heeft gedaan was niet goed. Te dikke stof voor de zomermaanden in Nieuw-Zeeland.

Steve heeft het mis als hij zegt dat hij haar niet kent. Hij kent haar beter dan ze zichzelf kent. Misschien heeft hij zijn tanden daarom zo diep in haar hals gezet. Om een deel van haar bij zich te houden.

4

Het huis wacht tot ze vertrekt. Julie Chambers voelt het ongeduld aan. Perfectie is een kwetsbaar evenwicht en zij staat erop die te verstoren. Ze haalt nog een lap over de al glanzende aanrechten in de keuken, zet blikken recht, tikt met de nagel van haar wijsvinger tegen de hangende mokken. Ze heeft soep en appeltaart gemaakt voor wanneer haar zoons uit school komen, en al hun kleren zijn gewassen en gestreken. Alles wat ze kan doen om het huishouden, het gezin en het bedrijf soepel te laten draaien is gedaan en ze wil weg voordat ze zich herinnert dat ze onmisbaar is.

De taxi is al twintig minuten te laat en ze raakt in paniek. In een weekend kost een ritje 's ochtends van haar huis naar het vliegveld, nog geen kwartier, maar op een doordeweekse dag weet je het maar nooit. Ze kijkt naar de weg. Regenwolken hangen boven de daken en de als uitroeptekens op de telegraafdraden zittende kraaien ogen nat en verfomfaaid. Wanneer ze terugkomt zullen de narcissen in bloei staan.

De taxichauffeur, die tien minuten later arriveert, is niet erg vrolijk. 'Vergist u zich niet, mevrouw, deze ellendige stad is een flessenhals naar de hel.' Terwijl Julie op de achterbank gaat zitten zet hij haar koffer en haar mandoline in de achterbak. Eigenlijk had ze die mandoline niet mogen meenemen, maar voor haar is een leven zonder muziek de moeite niet waard.

De chauffeur moppert luid wanneer hij over de verkeersdrempels rijdt die Baymark Estate veiliger moeten maken. Hij is een kleine dikke man met een rood gezicht en een mond als een streepje: gemaakt om te klagen. Zijn twistzieke stem dringt nauwelijks tot Julie door. Met elke kilometer die ze verder van haar huis verwijderd raakt schreeuwen haar demonen luider om aandacht. Stel dat Jonathan weer een astma-aanval krijgt en de ambulance niet op tijd door het verkeer heen kan komen? Stel dat Philip met een gebroken nek van het rugbyveld wordt gedragen? Stel dat Aidan de drankkast plundert en het met zijn vrienden op een zuipen zet? Waar zal zij dan zijn? In een camper in Nieuw-Zeeland, doen alsof ze in de rimboe woont.

'Gaat u ver weg?' De chauffeur kijkt via de achteruitkijkspiegel naar haar.

'Behoorlijk ver.' Ze hoopt daarmee een eind te maken aan het gesprek en een tijdje rijdt hij zwijgend door het dorp Swords. Zijn nek wordt rood wanneer het verkeer op de vroege ochtend voortkruipt.

'Dat rottige verkeer,' mompelt hij. 'Ze leggen de ene ellendige snelweg na de andere aan en wat krijgen we daarvan? Maagzweren. Niets anders dan ellendige maagzweren. Waar zei u dat u naartoe ging?'

'Naar Nieuw-Zeeland. Naar de bruiloft van mijn zus.'

'Dat is een lange reis voor een bruiloft. Bent u van plan daar bezienswaardigheden te bekijken als u er toch bent?'

'Ja.'

'Last u onderweg een pauze in?'

'Twee nachten in Bangkok.'

'De sekshoofdstad van de wereld, heb ik me laten vertellen.' Hij remt bij een verkeerslicht en buigt zich wanhopig over het stuur heen. 'Naar mijn idee gaat dit land dezelfde ellendige kant op met die seksclubs en sekswinkels die als paddenstoelen uit de grond schieten. Wat ik soms in deze taxi zie... Sinds mijn jeugd is veel helemaal de verkeerde kant op gegaan. En wat die ellendige recessie betreft...'

Ze stuurt een sms naar Rebecca. 'Hou dat toestel aan de grond. Ik ben overgeleverd aan de genade van een taxichauffeur in een vergevorderd stadium van Tourette.' Ze hoopt dat haar zus haar poging tot humor zal waarderen.

Paul zou haar eigenlijk naar het vliegveld brengen, maar een dringend telefoontje vanuit kantoor had dat onmogelijk gemaakt. Haar schuldgevoel werd nog vergroot door zijn bezorgde gezichtsuitdrukking en zijn excuses terwijl hij snel naar zijn auto liep en zijn mobieltje al geluid gaf.

Sinds het onverwachte telefoontje van Cathy had Julie getwijfeld over het bijwonen van de bruiloft. Paul had verklaard dat erheen gaan 'belachelijk' was. Dat had hij gezegd met zijn einde-van-de-discussie-stem, alsof een hereniging van Julie met haar lang verloren zus veel minder belangrijk was dan het soepel runnen van Chambers Software Solutions. Sinds hij dat bedrijf heeft opgericht heeft Julie voor de financiën gezorgd. Als ze een visitekaartje had gehad, zou daar 'Hoofd Financiën' op hebben gestaan. Maar ze heeft geen visitekaartje dat ze tijdens besprekingen kan laten zien, en haar werkomgeving bestaat uit een laptop op de keukentafel, die met de vaatwasser om aandacht wedijvert.

Ze hadden bitter ruziegemaakt over haar beslissing om vrij te nemen. Die ruzie had een week geduurd. 's Avonds verborgen ze hun woede onder een vernislaagje van normaliteit en voerden ze op twee niveaus gesprekken: het ene hoorbaar en beleefd om hun zoons niet van streek te maken, het andere onhoorbaar maar geladen. Uiteindelijk was Paul op een avond vroeg vanuit zijn werk naar huis gekomen en had hij haar een bos bloemen gegeven en een reisgids die *Traversing New Zealand* heette.

'Ik neem aan dat jullie het hebben bijgelegd.' Jonathan, haar oudste zoon, liet zijn sporttas op de grond van de hal vallen en keek naar de irissen die ze in een vaas zette.

'Wat hebben bijgelegd?' vroeg ze, nog blij met de verzoening.

'Kom nou toch.' Haar zoon zuchtte. 'De sfeer in huis was de afgelopen week om te snijden. Ga je die bruiloft bijwonen of niet?'

'Ja, ik ga erheen.'

'Goed van je. Als jij er niet bent zullen wij voor pa zorgen. Wat gaan we eten? Ik ben uitgehongerd.'

Als ze aankomt bij de vertrekhal groeten haar zussen haar opgelucht en nemen haar snel mee naar de balie. Lauren heeft Rebecca's instructies over de bagage genegeerd en haar bij elkaar passende koffers puilen ook nog eens maximaal uit. Steve lijkt een hernia te kunnen oplopen terwijl hij ze op de weegschaal tilt. Er zal idioot veel voor het extra gewicht moeten worden betaald, maar daar zal hij niet moeilijk over doen.

'Waarom heb je zoveel kleren meegenomen?' vraagt Julie op hoge toon terwijl ze wachten tot Steve na het betalen van de kosten terugkomt. 'We gaan de rimboe in. We gaan niet logeren in het Ritz Hotel.'

Lauren reageert niet berouwvol. 'Ik heb mijn ondergoed maar nét in die eerste koffer kunnen krijgen.'

'Hoe kan ik dan genoeg hebben aan een rugzak?' vraagt Rebecca.

'Ik loop niet met rugzakken rond,' zegt Lauren.

Julie moet glimlachen om het idee dat Lauren krom zou kunnen lopen vanwege een immense rugzak.

Steve, die terugkomt en hun gesprek hoort, zegt: 'Bel me als het je te gortig wordt. Mijn aanbod geldt nog steeds.'

'Dank je, Steve.' Julie loopt voorop naar de gate en draait zich om wanneer Steve zijn vrouw omhelst. Lente en herfst. Ze is nooit aan hun huwelijk gewend geraakt en dat zal ook nooit gebeuren.

'Ik bel je zodra we in Bangkok zijn.' Lauren geeft haar instapkaart af en schrijdt langs de man heen.

Een uur later zitten ze in de lucht en vliegt het toestel over de Broadmeadow Estuary. Woonwijken, omgeven door groene velden, zijn te zien. Golven met witte koppen gaan op het viaduct af. Zeilboten en motorjachten liggen afgemeerd in de jachthaven, die is aangelegd na hun tijd in Heron Cove. Julie strekt haar hals en kan het huis zien waarin zij hun jeugd hebben doorgebracht. De oude kastanjeboom staat nog in de tuin en de kale takken lijken zwart filigraan dat afsteekt tegen de lucht. Het huis ernaast, waar Lydia Mulvaney tot haar dood heeft gewoond, is ook heel even zichtbaar.

Slaapt Cathy nu, vraagt Julie zich af terwijl ze op haar gemak gaat zitten, of ligt ze wakker, wetend dat de dag van vertrek eindelijk een feit is. Is ze zenuwachtig? Ze heeft veel uit te leggen, en Rebecca zal antwoorden op vragen eisen.

'Waarom ben je van gedachten veranderd over een bezoek aan Cathy?' had Julie Rebecca gevraagd toen ze op een middag naar het asiel was gegaan om haar zoons op te halen, die daar in de kerstvakantie als vrijwilliger werkten.

'Ik wil Cathy vragen waarom ze ons door een hel heeft laten gaan, en haar daarbij recht in de ogen kijken.' Rebecca, die achter haar bureau zat, oogde en klonk uitgeput. Ze had haar zwarte haar opgestoken in een strakke paardenstaart en die accentueerde haar brede, platte jukbeenderen en sterke kin. De dag daarvoor had ze het aan de stok gehad met een aan drank verslaafde boer die een ezel had mishandeld. De ezel was gered, maar Julie betwijfelde of die aanvaring met de boer de reden was waarom Rebecca haar schouders liet hangen en ze donkere kringen onder haar ogen had.

'Denk je dat Cathy zelf niet ook door een hel is gegaan?' vroeg Julie op hoge toon. 'Als je dat bent vergeten, is je geheugen niet al te best.'

'Ik ben niets vergeten. Ook niet hoe ze ons daarna heeft misleid. Haar bedrog...'

Julie zag de bekende woede in de ogen van Rebecca flitsen, zag hoe ze haar lippen op elkaar perste alsof ze bittere beschuldigingen binnenhield. Hun gesprek stokte, zoals altijd wanneer ze het over Cathy hadden. Julie, die nu naast Rebecca zit, rilt alsof de spanning die ze in haar oudere zus aanvoelt op haar is overgegaan.

Het vliegtuig gaat hoger de lucht in. Wolken dalen op het bekende landschap neer en Julie wordt meegenomen in een grijze mist die de wereld die ze kent aan haar oog onttrekt.

5

Het dagboek van Rebecca – 1985

De woorden van mijn moeder klinken als een lied in mijn hoofd. Het soort lied dat je niet wilt horen. Maar toch blijft een regel zichzelf telkens weer herhalen tot je ernaar verlangt met je hoofd tegen een muur te bonken om er een eind aan te maken.

'Wil jij op Cathy passen,' zei ze, maar ik had die avond andere plannen. De ouders van Sheila Brogan waren een week met vakantie en Sheila gaf een feest. Ik vermoed dat dat de reden was waarom mijn moeder – die altijd alles leek te weten wat ze niet zou moeten weten – wilde dat ik thuisbleef. Dat en Jeremy...

Ik keek haar nijdig aan en vroeg op hoge toon waarom ik altijd degene was die álles moest doen. Waarom werd Lauren, die arrogante Lauren, voortdurend behandeld alsof ze Ierlands antwoord op Margot Fonteyn was? We waren al naar de première van haar voorstelling gegaan. Waarom moesten mama en papa dan ook nog per se de laatste uitvoering bijwonen?

Ik was die avond prikkelbaar, nukkig, onbeleefd en twistziek. Ik keek toe terwijl ze mascara op haar wimpers deed, en parfum op haar polsen. Ze had fraaie polsen en lange vingers, als een pianiste. Toen ze jong was had ze concertpianiste willen worden, maar daar was ze niet goed genoeg voor geweest en uiteindelijk was ze getrouwd met Gerard Lambert en had ze op de piano in de huiskamer marsmuziek voor ons gespeeld. 'Marching through Georgia', 'Heart of Dixie', 'Anchors Away'. Wij hadden als kleine soldaten door de kamer gemarcheerd. Ze had ook lieflijker liedjes gespeeld, zoals 'Where Have All the Flowers Gone? Long Time Passing'. Joan Baez zong dat laatst nog op de radio. Ik ben toen op het toestel af gedoken en heb het uitgezet voordat de anderen dat konden horen.

Ze beval me op te houden met discussiëren. Ik mocht niet zo brutaal zijn en voor de verandering moest ik eens doen wat me was opgedragen. (Het is geestig – hoewel niemand erom lacht – hoe ik nu op haar lijk.)

Hoe hadden wij kunnen beseffen dat dat de laatste woorden waren die we ooit zouden wisselen? Boze woorden die even gemakkelijk vergeten hadden kunnen worden als ze waren uitgesproken, maar die me nu over het graf heen ketenen.

Ze drukte haar lippen even op een papieren zakdoekje en liep de kamer uit. De volgende dag zag ik dat zakdoekje verfrommeld op de toilettafel liggen. Op de vouwen leek de afdruk van haar lippen een bloedvlek.

Die avond paste ik niet op Cathy. Zodra de auto van mijn vader de hoek om was gereden, haalde ik Julie ertoe over op haar te passen. Toen ik vertrok zaten ze samen met Kevin Mulvaney op de bank naar Cagney and Lacey te kijken.

Voor het feest van Sheila had ik mijn gestreepte topje, mijn beste Levi's-spijkerbroek en mijn nieuwe Adidas-gympen aangetrokken. Ik herinner me zoveel dingen van die avond. In fragmenten komen ze weer bij me op. Dat Rory Jones een stukje kostbaar Aynsley-porselein van mevrouw Brogan brak. Sheila huilde toen ze de scherven opveegde, maar verder kon het niemand iets schelen. Ik kan me herinneren dat we ons walgend maar ook lachend omdraaiden toen Rick Martin overgaf in de gootsteen in de keuken. Ik herinner me mijn spiegelbeeld in de spiegel met de vergulde lijst die boven de schouw hing. Ik danste met Jeremy – cheek to cheek – en ik kon zijn achterhoofd zien. Ik kon mijn armbanden horen rinkelen toen ik een hand omhoogstak en met mijn vingers door zijn dikke blonde haren streek. Ik herinner me onze lichamen die voor elkaar gemaakt waren. Onze voeten bewogen zich synchroon en hij was hard toen hij zich tegen me aan drukte, zo hard dat het bijna pijn deed. Ook dat was een deel van de pret. Hij fluisterde in mijn oor, zei dat hij van me hield, dat hij me begeerde. Ik voelde zijn hete adem in mijn hals en ik vroeg me af of we het zouden aandurven naar boven te glippen, naar een van de lege slaapkamers. Ik vroeg me af wat er dan zou gebeuren... zouden wij... kon ik... Hij hield me nog steviger vast toen we langs de spiegel dansten, in een langzame en donkere cirkel dansten, totaal niet wetend wat er gebeurde in de bocht van de kustweg naar Heron Cove.

Ik herinner me de stilte die viel toen Sheila met een politieagente de huiskamer binnenkwam. Die vrouw leek een mond vol glas te hebben toen ze probeerde uit te leggen waarom een politiewagen buiten stond te wachten om mij naar huis te brengen. Ik herinner me dat de kamer tolde. Jeremy probeerde me op te vangen voordat ik viel. Mijn hoofd sloeg tegen de rand van de tafel. Pijn kan ik me niet herinneren. Mijn nieuwe gympen staken recht voor me uit. Rare herinnering. Mijn hielen tegen elkaar, mijn tenen noodgedwongen een V vormend. Ik kan me niet herinneren dat ik overeind werd geholpen, maar iemand moet dat hebben gedaan omdat ik weet dat ik nooit zelf had kunnen gaan staan. Ik herinner me ook het gefluister dat begon toen de agente mijn arm pakte en me meenam. Jeremy liep met me mee, maar ik kan me niet herinneren of hij iets tegen me zei, of dat de agente iets tegen hem of mij zei.

Lampen brandden achter de ramen van Heron Cove. Deuren stonden open. Buren stonden in groepjes in de hal en in de keuken. Ik herinner me hun gezichten, de tranen van Lydia. Het gekrijs van Julie toen ze zich uit Pauls armen losrukte en naar mij toe rende. En ik kan me herinneren dat ik, terwijl wij elkaar vasthielden, me voorstelde dat ons leven totaal en voor altijd was veranderd.

6

Havenswalk – januari 2009

De zolder van Havenswalk is bereikbaar via een wenteltrap. Het is een handige plek om kapotte meubels op te bergen die misschien nog kunnen worden gerepareerd maar direct worden vergeten zodra de deur weer dicht is. Cathy is van plan die zolder volgend jaar in een dansstudio te veranderen, maar nu dient hij als bergplaats voor alle bric-à-brac die zij en Alma hebben verzameld sinds ze naar Nieuw-Zeeland zijn verhuisd en op een gegeven moment niet mooi meer vonden.

Ze doet het licht aan en is een uur bezig met dozen en kratten, dossiers en oude boeken die de muffe geur van verwaarloosd papier afgeven. Ze bekijkt een paar kleren en speeltjes van Conor: dingen die ze had besloten te bewaren vanwege de herinneringen die ze opriepen. De stilte is ongemakkelijk. Ze vermoedt dat ongeziene wezens op de loer liggen, maar alleen de spinnen negeren haar komst en blijven hun webben in de hoeken maken.

De rand van de maan verdwijnt uit haar gezichtsveld terwijl ze het gebroken frame van een luifel opzijschuift. Het is zwaar en valt bijna om. Dat kan ze nog net voorkomen, opdat niemand ervan wakker wordt. Daaronder vindt ze een beschadigde rieten picknickmand. Stukken riet steken eruit en spinnenwebben glijden als een rilling over haar vingers wanneer ze het roestende slot openmaakt. Haar brieven aan Nirwana. Voorzichtig haalt ze die uit de mand. Ze worden bij elkaar gehouden door een elastiekje dat – uitgedroogd – breekt wanneer ze het uitrekt.

Ze aarzelt. Wil ze echt in het verleden duiken en die jaren herbeleven waarin hormonen, verwarring en hartzeer een eigen, verkrampt mengsel vormden? Nooit omkijken, had Rebecca vroeger vaak gezegd. Je zult niets anders zien dan stof in hoeken.

Ze schrikt van de datum op de eerste brief. Was ze pas acht jaar oud toen ze die schreef? Ze had altijd gedacht dat ze toen ouder was, een jaar of tien. De eerste brieven waren geschreven op briefpapier met fraaie versieringen in de marges: ouderwetse dames met parasols en kanten plooikragen. Ze herinnert zich dat ze dat briefpapier van Lydia Mulvaney had gekregen. Schrijf naar je moeder, had Lydia gezegd, dan zal ze je brieven lezen als jij slaapt. Om middernacht vliegen engelen rond en die gaan altijd éérst naar huis.

Cathy glimlacht. Het beeld van die engelen had haar getroost. Ze herinnert zich ook dat ze toen dat mooie briefpapier op was, was gaan schrijven op blaadjes die ze uit schoolschriften had gescheurd, of op losse velletjes papier. Ze had geschreven bij het licht van een zaklantaarn, 's avonds, wanneer het donker was in huis, onder de tent van haar deken.

Als ze de brieven had gelezen voordat ze contact zocht met Rebecca, zou ze daar nooit de moed toe hebben gehad. Nu is de teerling echter geworpen. Conor had voortdurend geëist dat ze hen meteen belde. Nu.

Haar zussen zijn onderweg. Het verbaast haar nog steeds dat Rebecca van gedachten is veranderd. Ze is even verbaasd als bang en opgelucht. Ze had haar zussen gebeld om iets te kunnen afsluiten, maar hoe dat zou kunnen gebeuren is volstrekt onbekend. Cathy probeert niet in paniek te raken. Heeft ze de grootste vergissing van haar leven gemaakt, of is dit het begin van een genezingsproces, het helen van een wond die veel te lang heeft kunnen zweren? Ze gaat op een afgedankte bank zitten en begint te lezen.

7

Brieven aan Nirwana

Meadow Lark
Wicklow
19 augustus 1985

Lieve mama,
Hoe is het vandaag met jou en papa? Wij hebben een leuke vakantie in
Meadow Lark, bij de Morans. We noemen hen tante Olive en oom Steve.
Ze hebben veel kamers en geen kinderen. Alleen paarden. Oom Steve
heeft ons geleert op een ponie te rijden die Zorbo heet. Lauren is bang om
op zijn rug te gaan zitten. Als oom Steve haar optilt gaat ze huilen en
huilen. Maar ze zal niet vallen en nog een keer haar benen breken. Een
ponie is geen auto. Tante Olive heeft haar en mij meegenomen naar win-
kels om jurken en sokken en onderbroeken en spijkerbroeken en topjes en
schoenen te kopen. Nero mag van haar niet naast Becks op het bed slapen.
Geen haren op de sprij of de geur van hondenpies in haar sjieke huis.
Becks is woedend omdat Nero in een schuur moet slapen, en hij blaft de
hele nacht. Julie haat het hier. Ze haat leven in de rimboe en ze haat de
geuren van de paardenstallen, en ze vindt het vrezelijk dat ze niet bij
Paul is. Tante Olive is onderweizeres. Ze heeft een grote bril, als de ogen
van een uil. Ze leert me schrijfen en spellen. Ik ben dol op Zorbo. Morgen
schrijf ik je weer.

Kusjes voor jou en papa,
Cathy

Heron Cove
21 augustus 1985

Lieve mama,
We zijn weer tuis en Becks is woedend. De ruzie was erg. Oom Steve gaf heel erg af op Lauren. Niemand wist dat ik aan de andere kant van de deur stond. Tante Olive zegt dat hij zich teregt zorgen maakt. Ze wil in Meadow Lark voor Lauren zorgen en haar helpen te aksepteren dat ze een wees is. Geen sprake van, zei Becks. Ze zei tegen oom Steve dat hij zijn mening in zijn kont kon stoppen en ze noemde tante Olive een bemooizieke ouwe koe. Op het station bleef tante Olive Lauren knuffelen en zei telkens weer dat ze een arme schat was. Lauren leek op een stervende zwaan. Ze wil in Meadow Lark wonen en mooie jurken dragen. Becks zegt dat we ze meneer en mevrouw Moran moeten noemen omdat ze niet echt familie van ons zijn. Mevrouw Moran was een vriendin van mama toen ze nog kleine meisjes waren, maar Becks zegt dat ze een spion is, net als de vrouw met de zwarte tas. Julie is ook blij dat we weer tuis zijn. Ze wil weer doorgaan met de band, maar dat verbiedt Becks omdat de buren dan gaan rodelen.
Ik mis je zo erg dat ik er ziek van word. Zeg tegen papa dat ik hem net zo mis als jou. Ik zal je morgen weer schrijfen. Ik hou van Zorbo.
Kusjes voor jou en papa,
Cathy

26 december 1985

Lieve mama,
De kerstdagen zijn voorbij. Ik heb alleen moeten huilen toen er in de kerk kerstliedjes werden gezongen en toen Lauren het balletboek dat ik haar cadeau had gegeven helemaal niet mooi vond. Kevin heeft mij een spelletje gegeven, en ik hem een jaarboek van Star Wars. De Morans kwamen

aanzetten met heel veel cadeautjes. *We moeten vergefen en vergeten en ze zullen Lauren alleen tijdens de vakanties meenemen.* Ik heb een spijkerbroek gekregen, en Becks een heel mooie mixer. Julie kreeg een kaartje voor een rockkonsert en Lauren een goudkleurige jurk met ruusjes. Opa gaf ons geld en was dronken. Het allerbeste cadeautje was van Becks. Kun je je nog herinneren dat ik je heb verteld dat ik jouw haarborstel in de la van de tolettafel had gevonden, met nog haren van jou erin en dat ze die toen van me afpakte omdat ze hoofdpijn kreeg van mijn huilen? Ze heeft me een medaillon in de vorm van een hartje gegeven, met jouw haren erin, en foto's van jou en papa. Ze is de allerliefste zus. Na het eten zijn we gaan wandelen. Alle golven waren wit en door de wind deed mijn huid zeer. We hebben de reiger gezien. Toen zagen we Jeremy met Rose More. Niet kijken, zei Rebecca, en ze stak naar neus in de lucht toen we langs ze liepen. Julie noemde hem een... Dat woord zal ik niet opschrijven. We hebben de zwanen te eten gegeven. De reiger vloog weg. Becks huilde toen we thuis waren. Ik dacht dat ze kwaad op Jeremy was omdat die bij verdriet uit de buurt wilde blijven, maar het ging om de mixer. Ze bleef erop wijzen en zei dat haar leven een v...mde mixer was geworden.

Mijn spijkerbroek past perfect.

Liefs voor jou en papa.

Kusjes,

Cathy

Heron Cove
15 januari 1986

Lieve mama,

Een jaar is voorbij. Ik blijf denken dat ik jullie zal zien lachen als ik jullie kisten openmaak, alsof het een grote grap is. We hebben een mis voor jullie laten opdragen. Vader Morris heeft jullie namen genoemd en maakte het daardoor weer werkelijk. Lauren rende de kerk uit. Ze had aldoor gezegd dat ze niet kon rennen, maar dat kan ze wel. Meneer Moran heeft haar de kerk weer in gedragen. Ze is nog altijd een zombie, maar niet *meer zo erg. Gisteravond zei ze dat ik me met mijn eigen zaken moest bemoeien toen ik vroeg of jij en papa afscheid van haar hadden genomen. Ze is straal verwend en ze heeft jullie dood gemaakt. We zijn allemaal naar de uitvoering gegaan en ik zag haar dansen als de Suikertaart Fee. Waarom heeft ze jou en papa dan 2 keer laten komen? Waarom waarom waarom? Omdat ze wil opscheppen. Daarom. Becks zegt dat ik dat nooit tegen Lauren moet zeggen, en dat ze anders mijn tong uit mijn mond zal sneiden. Julie en ik slapen nu in jullie kamer. Lauren heeft een eigen kamer, net als Becks en Nero. Het is fijn in jouw bed te liggen, alsof ik je kan aanraken. De gitaar van papa staat nog tegen de muur. Julie heeft hem gestemd en toen hebben we hem daar weer neergezet. Zijn jasje hangt in de kast. Ik kan hem niet ruiken – ik ruik alleen mottenballen en leer – maar het is fijn heel hard met mijn handen over het leer te wrij-ven. Al jullie boeken staan op de planken. Het zijn er zoveel. In* The Colour Purple *zit een boekenlegger. Mijn lievelingsschrijfers zijn Judy Bloom en Enid Blyton. Julie zegt dat er een jaar voorbij is en Maxee-mum Volum weer een band moet zijn. Zij kan heel goed zingen en Paul kan heel goed drummen. Ze zitten op het muurtje en zoenen en zoenen. Dat kan niet, zegt Becks, want dan gaan de buren rodelen. Sinds jullie dood zijn we allemaal jarig geweest. Julie is 15 en Lauren 13 en Becks 18 en ik 9. Opa komt op onze verjaardagen. Hij stinkt naar de boerderij en hij geeft Becks geld voor brood op de tafel.*

Laat hem ophouden met huilen. Dan moet ik ook huilen, en Becks zegt dat we moeten doorgaan. De rode stippeltjes zijn er niet meer. Morgen schijf ik weer.

Kusjes voor jou en papa,
Cathy

8

Het dagboek van Rebecca – 1986

Ik dank God voor de lente. Uit de aarde komen groene scheuten op en de forsythia zal snel in bloei staan. Ik had gedacht dat we het jaar nooit zouden doorkomen, maar dat is ons wel gelukt. De mis was mooi, de kerk zat stampvol en het is goed te weten dat mensen zich hen herinneren. Ik voelde me in de kerk een hypocriet omdat ik niet geloof in God en elke religie die ons dwingt te accepteren dat er voor alles een goddelijk plan is. Maar dat kan ik niet laten merken. Wat heeft het voor zin te zeggen dat er niets anders rest dan beenderen en herinneringen wanneer Cathy gelooft dat ze naar een engel schrijft en Julie ervan overtuigd is dat ze hen in de hemel weer zal zien?

Zoveel binnen een jaar verliezen... het is te veel... te veel. Maar het is prettig in de tuin te staan en naar de groene scheuten te kijken. Ze beloven zoveel. Anders dan Jeremy zullen zij hun belofte waarmaken.

Hij heeft nog steeds verkering met Rose Moore. Kan mij dat iets schelen? Absoluut niet. Julie noemt hem een 'rukker' en Cathy pakt stiekem mijn hand en knijpt daarin wanneer zijn naam wordt genoemd. Hun medelijden brengt me uit mijn evenwicht. Zelfs Lauren kroop een tijdje uit haar schulp toen hij het met mij had uitgemaakt.

Jeremy is geen rukker. Hij weet gewoon niet hoe hij met dit alles moet omgaan. Dat kan ik hem niet kwalijk nemen. Ik wil ook niet elke avond thuisblijven, maar ik ben te moe om de deur uit te gaan en als ik dat wel doe maak ik me zorgen omdat Julie de leiding in handen heeft, ik weet dat Paul bij haar is, Lauren ergens diep in zichzelf zit opgesloten en Cathy waarschijnlijk huilt of die brieven schrijft. Als ik net als mijn vrienden dronken word, zal ik 's morgens mijn bed niet uit kunnen komen en natúúrlijk zal Mary Green dan langskomen, aantekeningen maken en me zo op de zenuwen werken dat ik op mijn trillende handen wil gaan zitten.

Er is ook iets positiefs. Mijn autorijden gaat beter. Lydia is een goede instructeur en ze wordt niet boos wanneer ik de auto niet in de versnelling kan krijgen en de rij auto's achter ons steeds langer wordt. Ze gaat me helpen de kamers te schilderen. Maar nog niet... nu nog niet. Kleine stapjes, zegt ze. Alles kan met kleine stapjes worden gerealiseerd. Na de dood van haar man is ze lessen gaan volgen aan de kunstacademie. Ze zegt dat die als therapie zijn begonnen en een grootse obsessie van haar zijn geworden. Haar schilderijen zijn vreemd en eigenaardig: ruïnes van verlaten huisjes midden in niemandsland. Ze noemt die 'echo's van de hongersnood'. Als vrouwen in zo'n vijandelijke omgeving konden werken en kinderen konden grootbrengen, is in hun voetsporen treden en vastleggen wat er nog rest van hun bestaan wel het minste wat zij kan doen, zegt ze. Haar schilderijen zien er hetzelfde uit: afbrokkelende muren die door klimop bijna niet meer te zien zijn, onkruid dat als gesponnen suiker op schoorstenen groeit. Haar gebruik van licht en schaduw onderscheidt de schilderijen van elkaar.

Opa begint zichzelf weer een beetje in de hand te krijgen. Deze week arriveerde zijn cheque op tijd. Hij heeft beloofd te stoppen met drinken en met mij en Lydia mee te gaan naar het gerechtelijk onderzoek. Ik zie daar erg tegenop. Het is net zoiets als die mis. Weer een mijlpaal waardoor we verder van hen verwijderd raken. Het leven gaat door... tik, tak, tik... en er is een jaar voorbij.

9

Brieven naar Nirwana

13 augustus 1986

Lieve mama,

Ik heb triest nieuws. Daarom heb ik 3 dagen niet geschreven. Opa is dood. Bij zijn begrafenis kon ik niet stoppen met huilen en nu huil ik weer. Mevrouw Mulvaney zegt dat we bij begrafenissen om allerlei verschillende redenen huilen. Bij de begrafenis van opa kwamen er bij mij weer veel dingen boven. Ik dacht dat ik misselijk zou worden. Hij is blij dat hij dood is. Dat heeft hij na de rechtbank tegen Becks gezegd. Denk je dat dat zijn dood is geworden? Hij is er met Becks en mevrouw Mulvaney naartoe gegaan om te horen hoe jij en papa zijn gestorven. Waarom? We weten waarom. Vanwege een grote vrachtwagen. De chauffeur zei dat het hem heel erg speet. Zijn familie omhelsde hem toen de rechter zei dat hij niet naar de gevangenis hoefde omdat de regen de weg glad had gemaakt. Becks haat hem uit de grond van haar hart. Dat doe ik ook. Ik wil vanavond niet meer schrijven.

    Kusjes voor jou en papa,
    Cathy

22 september 1986

Lieve mama,

Vandaag was leuk. We hebben het huisje van opa leeggehaald. Wat een troep. Overal whiskyflessen en muizenkeutels. JASSES! JASSES! Bedank hem voor het geld. Becks zegt dat het voor onze oplijding is. Julie wil het besteden aan spullen voor de band. Maxeemum Volum gaat op tournee als ze beroemd zijn en ze hebben een imago nodig. Ze wil geen eindexamen doen. Becks zegt dat dat moet, want dat ze haar anders in haar kamer zal opsluiten en de sleutel zal weggooien.

Lauren wilde niet helpen met het opruimen van het huisje van opa. Ze zat met haar walkman in de auto en zei dat ik een hoge boom in kon toen ik vroeg of ze jouw fiets in de schuur wilde zien. Ik had het alleen maar gevraagd! Hij zat onder de spinnenwebben. Ik deed mijn ogen dicht en ik kon je over de weg zien fietsen, met in de wind wapperende haren. Lauren is weer in een rothumeur. Herinner je je de laatste foto nog die papa had genomen toen we allemaal naar haar balletvoorstelling gingen? Weet je nog dat papa toen de timer gebruikte om er zelf ook op te kunnen staan? Ze heeft het glas gebroken en schreeuwde dat ik moest ophouden er bloemen voor te zetten. Ik zal nooit meer iets tegen haar zeggen!

Ze wilde niet naar de middelbare school gaan omdat mensen dan om haar hinken zouden lachen. Ze hinkt niet. Alleen als ze moe is en toch probeert te dansen. Mevrouw Moran heeft haar meegenomen naar Arnotts om haar nieuwe schooluniform te kopen en daarna zijn ze in een duur hotel thee gaan drinken.

Ik moet elke week naar mevrouw Moran schrijven. Ze stuurt mijn brieven terug met rode correkties. Ik haat haar. Ik wil alleen naar jou schrijven en je alles vertellen.

Ik zal gauw weer schrijven.

Liefs voor jou en papa en opa.

Kusjes,

Cathy

15 januari 1987

Lieve mama,

Ik kan niet geloven dat je vandaag al 2 jaar dood bent. We hebben laven-

del op je graf geplant en verse bloemen gelegd op de plek waar je bent doodgegaan. Becks wil daar een kruis neerzetten, maar dat mag niet van de gemeenteraad, omdat dat automobilisten zou aflijden.

De tuin staat nu vol met onkruid. Julie moet het gras maaien, maar ze is heel erg lui en ze noemt Becks een commonistische dictator. Ze heeft gelogen toen ze zei dat ze met Maximum Volume had gespeeld op een concert om geld in te zamelen voor kankerpasjenten. Kevin zei dat ze in een pub hadden gespeeld waar mannen naar de benen van meisjes kijken en kondooms kopen. Ik zal mijn lippen op elkaar houden. Maximum Volume is mijn favoriete band, naast Adam Ant. Kevin en ik luisteren naar de band als ze gratis in de tuinschuur spelen. Sebby Morris speelt de leadgitaar. Kun je je hem nog herinneren? Hij woont om de hoek. Hij is een heel grote aansteller en hij schudt met zijn hoofd als hij gitaar speelt, alsof er bijen in zijn oren zitten. Hij wijst altijd met zijn gitaar op Julie en doet alsof hij haar zoent als Paul niet kijkt.

Liefs voor jou en papa en opa.

Kusjes,

Cathy

10 juli 1987

Lieve mama,

Vandaag was leuk. We hebben gepicknickt op opa's veldje bij de rivier. Dat is nu van Becks. Een vrouw die Lulu May heet huurt het van Becks en houdt er paarden. Ze had in het huisje thee voor ons gezet en die kwam ze brengen en toen kwam ze bij ons zitten. De zon scheen en Julie blies zaden van narcissen en zei Seb... Paul... Seb... Paul. Bij alle laatste zaadjes was het Paul... Paul... Paul. Daar ben ik blij om omdat Sebby Morris blijft zeggen dat hij naar Australje wil gaan en Julie zegt dat ze dan met hem mee zal gaan. Paul zegt dat Sebby uit zijn nek kletst en hij wordt erg jaloers wanneer Sebby alleen maar naar Julie kijkt. Laat haar alsjeblieft niet weggaan.

De paarden van Lulu staken de rivier over om ons te zien. Ze drukten

53

hun neus tegen de wangen van Becks, alsof ze ook van haar hielden. Ik ben heel blij dat ze het veld niet aan meneer Moran heeft verkocht om er van die gammele huizen van hem op te zetten.

Maak elke dag alsjeblieft zoals vandaag.

Liefs voor jou en papa en opa.

Kusjes,

Cathy

25 augustus 1987

Lieve mama,

Wat een week! Julie is niet voor het examen geslaagd. Te veel geknuffel met Paul op de bank, ha, ha. Meneer Moran zegt dat dat er vanaf het begin in had gezeten en dat hetzelfde met mij en Lauren zal gebeuren als Becks de teugels niet strakker houdt. De ruzie over dat examen was erg. Ik wou dat Becks ophield de baas over ons te spelen. Ik wou dat Julie ophield haar gek te maken. Ik wou dat Lauren glimlachte en met me praatte. Ik wil niet met haar meegaan naar de Morans. Julie wil er ook niet heen en Rebecca zegt dat ze aan een adempauze toe is, dus moeten Lauren en ik alleen naar Meadow Lark.

Liefs voor jou en papa en opa,

Cathy

1 november 1987

Lieve mama,

Slecht nieuws. Al die worstjes zijn Nero's dood geworden. Becks vond hem vanmorgen stijf in de keuken. We hebben hem in de tuin begaven en ze heeft een kruis voor zijn graf gemaakt en een gedicht voorgelezen over een hond die de beste vriend van een vrouw is. Ze huilde erger dan bij jouw begrafenis.

Liefs voor jou, papa, opa en Nero.

Kusjes,

Cathy

10

Het dagboek van Rebecca – 1987

Ze gebruiken een taal die ik niet kan ontcijferen. Ook Lauren doet dat, ondanks die verloren blik in haar ogen. Zwijgend en subtiel, door een lip te bewegen, een wenkbrauw op te trekken, elkaar even aan te kijken. Zelfs de manier waarop ze hun schouders houden zendt signalen uit waardoor hun stemming kan veranderen, een ruzie voorkomen kan worden of een ernstig gesprek in een grap kan veranderen waarbij ik me altijd buitengesloten voel. Ik kan me niet herinneren wanneer het me voor het eerst opviel dat het Zij en Ik is geworden... Wij en Zij. Ik weet waarom ze een wrok ten opzichte van mij koesteren. Ze nemen het mij kwalijk dat ik probeer het onvervangbare te vervangen... maar wat kan ik doen?

Julie vlucht in haar muziek. De buren hebben geklaagd over het lawaai in de tuinschuur, maar zij geeuwt en zucht en haalt haar schouders op wanneer ik met haar probeer te praten. Ik hoor mijn stem – schril, boos en bazig – en dan kost het me moeite mezelf te herkennen. Ik haat degene in wie ze me hebben veranderd. Lydia is de enige die het begrijpt.

Ik had nooit verwacht dat ik iets gemeen zou hebben met een vrouw van in de veertig, maar zij is een rots in de branding geweest. Ik heb met haar gesproken over Jeremy, haar verteld dat hij niet eens de moeite had genomen me te bellen om te zeggen dat hij naar New York ging verhui-

zen. Dat moest ik van Sheila horen. Rose Moore zag er heel slecht uit toen ik haar vorige week in Malahide Village zag. Ik zal er wel net zo hebben uitgezien toen hij mij liet barsten. Ik heb tegen haar gezegd dat het voorbij zou gaan, maar dat vatte ze verkeerd op en ze zei dat zij hém had laten stikken en dat ze hem liever kwijt dan rijk was. Ze is zo'n liegbeest.

II

Brieven naar Nirwana

Lieve mama,

Het is nu drie jaar geleden. Kevin en ik hebben je graf vanavond bezocht. De hekken waren dicht, maar er zat een gat in de muur en daar konden we heel gemakkelijk doorheen. We hebben daar een goth ontmoet die Melancholia Barnes heette. Ze is twee jaar ouder dan ik en ze zit bij Kevin in de klas. Nu is ze ook mijn vriendin. Ik dacht dat gothzijn om bloedzuigen en vleermuizen als huisdieren ging, maar Melancholia zegt dat mensen zoals zij alleen anders willen zijn dan de massa. Ze heet eigenlijk Melanie, maar ze haat haar naam en vindt dat Mel bij domme blondjes hoort. We zijn teruggegaan naar mijn huis, hebben popcorn gegeten en op de televisie naar The Addams Family *gekeken.*

Zij kan met de doden spreken. Kevin kan dat niet, maar hij gelooft dat je dode mensen kunt ruiken. Zijn vader is langer dood dan jij, dus weet hij het het beste. Meneer Mulvaney had een slecht hart en hij is gecremeerd, maar Kevin kan geen as ruiken. Alleen rozen, zoals de rozen die zijn vader in de tuin kweekte.

Ik heb een glas uit de keuken gehaald en we hebben onze vingers op de rand daarvan gelegd. Melancholia zei dat we onze ogen moesten dicht-

57

doen. *Geest van het glas spreek tot ons, spreek tot ons,* zei ze. We moesten hard op de rand van het glas drukken en dat wiebelde toen het probeerde ons een boodschap door te geven. Ik wilde met jou en papa praten en Kevin wilde met zijn vader praten. Becks kwam de kamer in toen het glas wiebelde en ze werd razend. Zij gelooft dat het gevaarlijk is je bezig te houden met iets wat je niet begrijpt. Hoe kan het verkeerd zijn met de doden te praten? Ze is zo vervelend.

Liefs voor jou, papa, opa Gaynor en Nero.
Kusjes,
Cathy

15 mei 1988

Lieve mama,
Ik moet je iets vertellen. Ik krijg tietjes en haartjes daar beneden. Het is eng en ik ben bang het Becks te vertellen, voor het geval het vreemd is. Lauren is vier jaar ouder dan ik en zij heeft nog geen tietjes. Straks zal ik er net zo uitzien als Julie. Dat is ook eng. Ze zegt dat Cross Your Heart de beste beha is. Becks zegt dat ze het te druk heeft om te zien of ze tieten heeft gekregen of niet, maar die heeft ze wel. Op een avond heb ik haar in haar kamer voor de spiegel zien staan. Ze dacht dat ik sliep en ze was woedend toen ze me bij de deur zag staan. Ze trok haar nachtjapon aan en vroeg waarnaar ik keek. Wat kan iemand dat nou schelen?

Paul en Julie maken ruzie en er wordt niet meer zoveel op de bank geknuffeld. Zij wordt geacht hard te werken voor het herexamen, maar ze geeft alleen maar om de band. Paul zegt dat Maximum Volume pas op tournee kan gaan als hij de middelbare school heeft afgerond.

Liefs voor jou, papa, opa Gaynor en Nero.
Kusjes,
Cathy

Lieve mama,

Kevin en ik hebben vandaag bij Melancholia thuis een seance gehouden. Heb je ons gehoord? Hebben we gezorgd voor een trilling in de hemel? Rebecca zou woest worden als ze het wist. We hebben kaarsen aangestoken en we zijn in een kring gaan zitten. Melancholia vroeg het ouijabord jouw naam te spellen en dat gebeurde. Rachel. Ik kon het niet geloven. Kevin beschuldigde haar ervan dat ze de wijzer zelf verplaatste, maar ik weet dat ze dat niet deed, want ik lette heel goed op. Toen werd de naam Jerry gespeld. Dat had natuurlijk Gerry moeten zijn, maar het kwam er dicht genoeg bij in de buurt. Kevin vroeg het bord de naam van zijn vader te spellen en lachte als een idioot toen er John in plaats van Kenneth uit kwam. Maar 2 van de 3 is niet slecht. Denk je dat die seance écht was? Dat moet haast wel. Ik heb Melancholia nooit verteld hoe jullie heetten, dus kan ze er niet naar hebben geraden.

Becks vindt dat ze een slechte invloed op mij heeft en dat ik vriendinnen van mijn eigen leeftijd moet hebben. Ik wou dat ze zou proberen op te houden mijn leven voor mij te regelen. Melancholia heeft tatoeages. Een op haar bil, een op haar borst en twee op haar armen. Ze zei dat het helemaal niet zeer deed. Becks zou flippen als ik het zou wagen er ook een te laten zetten, maar Leah (dat is de moeder van Melancholia) vond het helemaal niet erg. Het is moeilijk te geloven dat zij een moeder is. Ze ziet eruit als een oudere zus van Melancholia, behalve dan dat haar haren blond zijn en ze korte rokken met glittertjes draagt. Ze ziet er jonger uit dan Becks. Julie wil nog altijd niet doorstuderen. Je zou hebben verwacht dat ze blij was dat ze haar herexamen had gehaald, maar ze haat computerkunde en vindt het verschrikkelijk achter een computer te moeten zitten terwijl ze alleen maar voor haar fans wil zingen. Becks zegt dat computers de toekomst hebben en dat ze moet ophouden met klagen en eens een keer moet doen wat haar wordt opgedragen.

Liefs voor papa en alle anderen,
Cathy

12

Brieven naar Nirwana

1 jan. 1989

Lieve mam,

Wat een begin van het nieuwe jaar. Tussen Julie en Paul is het helemaal uit!! Ze blijft naar Selby Morris kijken alsof hij een koning of zoiets is en zegt dat ze nu echt weet wat houden van is. Wat was Paul dan? Een generale repetitie? Ik heb met hem te doen. Ik heb hem gisteren bij het kasteel zien lopen en hij zag er met zijn baard wild uit. Maar het is geen echte baard. Het lijkt wel alsof hij de moeite niet wil nemen zich te scheren, en hij laat zich ook niet vaak bij bandrepetities zien. Zij en Paul hebben eeuwen verkering gehad en het kan haar niks schelen dat ze zijn hart heeft gebroken. Ze is een kreng en ik haat het een kamer met haar te moeten delen omdat ze over niets anders praat dan weggaan met Selby Morris.

   Liefs voor pap en alle anderen,
   Cathy

15 januari 1989

Lieve mam,

Ik kan niet geloven dat het al vier jaar geleden is. We zijn naar de mis gegaan en we hebben een krans op je graf gelegd. Eindelijk hebben we toestemming gekregen een kruis te plaatsen als herinnering aan jou en pap. Iedereen zegt dat het in die bocht niet afleidt. Maar ze zien het, en dan gaan ze langzamer rijden, en dat is goed. Ik ben blij dat het kruis er eindelijk staat, maar ik haat het dat Becks heeft moeten vechten om het daar te krijgen.

Julie doet weer aardig. Ze ligt nu te slapen met het kussen op haar hoofd. Toen ik vanavond huilde omdat zij weg wil met Selby, kwam zij de kamer in en huilde ook en zei dat het allemaal onzin was en dat de verre heuvels altijd groener zijn dan de tuinschuur of zoiets. Toen kietelde ze me zo erg dat ik er de hik van kreeg en zij ook. Becks brulde dat we ons moesten gedragen en haar geen hoofdpijn moesten bezorgen. Ik ben blij dat ik haar niet heb verteld dat Julie weg wilde, want ze zou haar hebben tegengehouden en dat zou RUZIE hebben opgeleverd. Op deze manier heeft Julie zelf een beslissing genomen.

Liefs voor pap en alle anderen,
Cathy

3 februari 1989

Lieve mam,

Vandaag is er iets gebeurd. Ik ben ongesteld geworden. Ik had de hele dag buikpijn en toen zag ik het bloed. Becks zegt dat ik er te jong voor ben. Ik ben nog niet eens een tiener, dus moet het een vergissing zijn. Het is geen vergissing. Ze heeft me een kruik voor mijn buik gegeven en ze zei dat de pijn morgen over zou zijn. Julie zegt dat ik nu een slachtoffer ben van De Roze Vlag en horomomen. Ze heeft een Curly Wurly-reep voor me meegenomen. Ik dacht dat je dit wel graag zou willen weten. Ik voel me niet anders. Zou dat wel moeten?

Lauren zegt dat het haar niets kan schelen als ze nooit gaat menstrueren, al zou ze dat inmiddels wel moeten doen. Maar je kunt ook op andere manieren bloeden. Ik zie wonden op haar armen, korsten die genezen. Ze maakt me misselijk!! Ik wilde het tegen Becks zeggen, maar dan komt er weer ruzie, dus hou ik voorlopig mijn mond.

Ik zal je snel weer schrijven.
Liefs voor jou en pap en opa en Nero,
Cathy

Lieve mam,
Belangrijk nieuws! Ik word tante. Over problemen gesproken. Becks (ze wil nu Rebecca worden genoemd omdat Becks volgens haar kinderachtig is en we haar bij haar juiste naam moeten noemen omdat we allemaal beweren volwassen te zijn) draaide door toen ze het hoorde. Julie weigert met Paul te trouwen. Ze zegt dat ze de baby in een draagdoek zal mee-nemen als ze op tournee gaat. Klein probleem. Maximum Volume bestaat niet meer. Seb is naar Australië gegaan en de nieuwe gitarist is nutteloos en Paul moet examens doen om een vrouw en een kind te kunnen onder-houden. Vrouw? Gelul, zegt Julie. Zijn julie doof of zo? We gaan niet trouwen!!!!

Lauren blijft zoals gewoonlijk in haar kamer en ik breng al mijn tijd door met Kevin en Melancholia. Ik ben blij dat ik vrienden heb. Die zijn veel gemakkelijker om mee om te gaan dan familie. Ik kan niet geloven dat ik tante word!

Liefs voor pap en alle anderen,
Cathy

Lieve mam,
De middelbare school is niet zo erg als ik dacht. Ik fiets erheen met Kevin en Melancholia en in de kantine zit ik naast hen, ook al ben ik een groen-tje en dus volgens de rest van de leerlingen een soort insect. Ik ben bang dat ik – anders dan Lauren – niet tot de besten behoor. Maar wie kan dat iets schelen? Alleen Becks, en dat uitsluitend omdat het niet leuk is voor háár.

Melancholia ziet er zelfs in haar schooluniform uit als een goth en het kan haar helemaal niks schelen hoe andere mensen over haar denken. Als

Jobbo Boland zogenaamd een kruisteken slaat en haar Belladonna noemt, lacht ze en noemt hem een rukker. Ik had The Cure of de Banshees of Bauhaus nog nooit gehoord tot zij die draaide. Ik zal nooit meer naar Kylie Minogue luisteren.

Julie wordt met de dag dikker. Paul wil nog steeds met haar trouwen. Hij moet gek zijn geworden. Ze is ontzettend opvliegend en als ze niet zit te mokken jankt ze haar ogen uit haar kop. Trouwen zal ze nooit doen.

Liefs voor pap en alle anderen,
Cathy

1 november 1989

Lieve mam,
De bruiloft van Julie was schitterend. Ze vond het niet erg eruit te zien als een walvis en ze stapte telkens weer het podium op om mee te zingen met de band. Rebecca heeft haar naar het altaar gebracht. Papa had dat moeten doen, maar Rebecca zei dat we er een gelukkige dag van moesten maken. Lauren zag er als bruidsmeisje uit als een zeemeermin. Mevrouw Moran keek toen meneer Moran met haar danste en ze zei dat het verbazingwekkend is hoe snel jonge mensen tegenwoordig groot worden als er geen fatsoenlijke supervisie is. Ik dacht dat Rebecca haar een dreun zou verkopen. Ik had dat graag willen doen! Paul moest Julie bijna het podium af dragen toen de band 'Lang zullen ze leven' wilde spelen, waarna zij op huwelijksreis zouden gaan naar Galway. We hebben dozen en dozen vol confetti gebruikt. De buik van Julie was zo dik dat al die dozen nodig waren om hem te bedekken. En Jeremy Anderson was erbij! Terug uit de Big Apple. De smaak ervan zal hem wel niet hebben aangestaan. Hij danste met Rebecca en zij keek alsof ze de gelukkigste vrouw ter wereld was.

Liefs voor papa en alle anderen,
Cathy

13

Het dagboek van Rebecca – 1989

Geloof nooit je beste vriendin als ze belooft zich niet te bemoeien met je liefdesleven. Sheila zei dat we gewoon samen een hapje gingen eten. We hadden elkaar zo weinig gezien sinds haar verloving met Brian. Ik nam aan dat ze wilde pronken met haar ring en nam me voor enthousiast te reageren als ze haar trouwplannen besprak. Maar ik had me vergist. Aanvankelijk zag ik Jeremy niet. Brian onttrok hem aan mijn gezichtsveld tot ik bijna bij het tafeltje was. Toen was het te laat om bliksemsnel om te draaien.

Ik dacht dat ik niet meer van hem hield. Ik had mezelf ervan overtuigd dat hij niets voor mij betekende. Ik dacht dat ik hem haatte omdat hij een lafaard was. Paul was bij Julie gebleven, had haar buien, haar tranen en haar driftaanvallen over zich heen laten komen en nu... Het is niet direct een in de hemel tot stand gebracht huwelijk, maar hij zal haar hand vasthouden wanneer de baby komt.

Jeremy had gezegd dat hij te jong was om me door de slechte tijd heen te slepen en hij was gevlucht. Ik kan me nu moeilijk meer herinneren hoe ik me toen voelde. Als ik aan die jaren terugdenk hebben ze iets weg van een droom, alsof we een toneelstuk opvoerden en de wereld ons publiek was. Ik kan me herinneren dat mensen op straat snel overstaken, hopend dat het me niet zou opvallen dat ze me meden. Ik kan me hun gêne wel

*voorstellen. We waren een doodgewoon gezin dat door een tragedie bui-
tengewoon was geworden. Ik zou ook niet hebben geweten wat ik moest
zeggen en soms is het beter gewoon door te gaan.*

*Jeremy heeft er spijt van dat hij me heeft verlaten, heeft spijt van het
hartzeer dat hij heeft veroorzaakt. Ik probeer me dat hartzeer te herinneren maar dat lukt me niet. Ik denk dat die gevoelens toen zijn meege-
roerd in de grote smeltkroes van verdriet.*

*Nu is hij ouder en is hij terug. Kleine stapjes. Je kunt alles bereiken met
kleine stapjes. Hij zegt dat ik hem kan vertrouwen. Hij is veranderd,
volwassen geworden. Hij weet wat hij wil.*

*VisionFirst heeft een kantoor in Ierland gevestigd en hem vanuit New
York daarheen gestuurd. Dat verbaast me niet, want hij kan mensen
prima overtuigen. Julie zegt dat ik gek ben als ik hem weer vertrouw.
Een vos verliest wel zijn haren maar niet zijn streken. Maar ik moet
hem vertrouwen. Door hem lééf ik weer.*

14

Brieven aan Nirwana

22 november 1989

Lieve mam,

Ik ben eindelijk een tiener. Mijn verjaardagsfeest was briljant. Rebecca heeft me een stereo gegeven. Van Melancholia heb ik Interview with a Vampire *gekregen en van Kevin een cd van The Cure. Lauren gaf me geurkaarsen. Julie en Paul kwamen aanzetten met een cadeaubon van Awear. Jonathan gaf me een beker met The Coolest Hip Auntie in Town erop. Ik kan nog altijd niet geloven dat hij tijdens hun huwelijksreis is geboren! Julie zegt dat het heel moeilijk was gegaan. Van mevrouw Mulvaney heb ik een paar Docs gekregen, van meneer Moran geld en van mevrouw Moran een woordenboek. Dat kreng! Van Jeremy heb ik lelietjes-van-dalenparfum gekregen. Dat heb ik nu op en het ruikt heerlijk.*

Ik slaap nu op de kamer van Rebecca. Ik mis jullie kamer, maar die is nu van Julie en Paul en ik deel liever een kamer met Rebecca dan met die idiote Lauren. Het is vreemd weer een man in huis te hebben. Ik kan me de geluiden die papa maakte niet meer herinneren. Paul zingt onder de douche, hij laat de wc-bril omhoog staan en hij praat tegen de televisie wanneer hij naar voetbal kijkt. Hij studeert niet meer en werkt nu met computers. Jonathan is een schat! Hij lijkt op zijn vader. Dat zegt iedereen. Toen ik hem voor het eerst vasthield, pakte hij mijn duim zo stevig beet dat ik dacht dat mijn hart zou smelten uit liefde voor hem. Lauren wilde hem niet vasthouden, want ze was bang dat ze hem dan zou laten vallen. Ze wil nooit een kind krijgen en dat is maar goed ook vanwege het ongeluk en wat dat bij haar vanbinnen heeft veroorzaakt.

Julie gaat een nieuwe band oprichten zodra ze geen borstvoeding meer geeft, hoe Paul daar ook over denkt. De enige muziek die ze nu hoort is het gehuil van Jonathan. Op maximaal volume! Jij en pap zijn grootouders. Ik hoop dat je dat weet... Dat hoop ik echt.

Liefs voor papa en alle anderen,
Cathy

2 december 1989

Lieve mam,
Lauren heeft weer in zichzelf gesneden. Rebecca moest met haar naar de dokter. Ze is – anders dan ik – zo mooi. Wat probeert ze te doen? Ik zit onder de puistjes, maar zij blijft maar zeggen dat ze heel lelijk is en ze blijft aldoor in haar kamer krankzinnige dingen schrijven. Ik hoop dat ze het meende toen ze zei dat ze het nooit meer zou doen. Verder heb ik op dit moment geen nieuws.

Liefs voor allemaal,
Cathy

15 januari 1990

Lieve mam,
Vandaag zijn er vijf jaren voorbij. Soms lijkt het pas gisteren te zijn gebeurd, maar als ik denk aan alles wat er in die jaren is veranderd lijkt het een eeuwigheid geleden dat ik jou en pap kende.

Op jullie kerkhof gebeuren vreemde dingen. In het oude gedeelte, waar niemand nu nog wordt begraven, hebben we lege flessen en verbrand gras gezien. Iemand had op een grafsteen Boot Boys Rule OK geschreven. Rebecca vindt het afschuwelijk als ik daarheen ga, maar het enige wat we er doen is naar onze muziek luisteren. Leah zit niet voortdurend op

Melancholia te vitten, en mevrouw Mulvaney doet dat ook niet. Kevin mocht zijn kamer van haar zwart schilderen en een lichtgevend skelet aan het plafond hangen. In zijn onderlip heeft hij een piercing met een kleine dolk. Je zou in de lach schieten als je zijn haren kon zien. Hij heeft ze gitzwart geverfd en alle krul eruit laten halen. Hij haat blonde krullen, zegt hij. Ik heb hem gevraagd hoe het was meisjes te kussen met een dolk in zijn lip en toen vroeg hij heel brutaal of ik dat proefondervindelijk wilde vaststellen.

Ik mis je nog steeds. Weet jij dat het vijf jaar geleden is, of lijkt het voor jou maar een stipje in de eeuwigheid?

Vooral veel liefs voor pap op deze dag,
Cathy

3 maart 1990

Lieve mam,
Het is zo verdomd oneerlijk! Dat over de grafstenen stond in de Evening Herald, *met foto's erbij. Jouw grafsteen is in orde. Op de oude stenen was graffiti gekalkt. Ik, Kevin en Melancholia hebben er niets mee te maken gehad, maar de vrouw die in het huis naast het hek woont heeft tegen de bewakers gezegd dat wij daar voortdurend rondhangen. We hangen er niet rond! We bezoeken jouw graf en dat zou ze kunnen zien als ze eens uit haar doppen keek. We vernielen ook geen grafstenen. Maar niemand gelooft ons. De bewakers zijn naar ons huis gekomen en hebben met Rebecca gesproken. Ze hebben ons vragen gesteld over de graffiti en de kapotte engelen en het aanbidden van de duivel. Een van hen zei dat Rebecca mij in de toekomst goed in de gaten moest houden, omdat er anders nog meer problemen zouden komen. Hij liet het klinken alsof het allemaal haar schuld was, maar dat is het niet. Ik mag van haar niet meer naar het kerkhof toe, alleen als zij bij me is, maar ik ben daar graag met Kevin en Melancholia. Die zieke Boot Boys hebben onze rechten verknald!!*

Toen de bewakers waren vertrokken gaf Rebecca me een klap in mijn gezicht. Omdat ik met zieke goths omging, zei ze. Op welke planeet leeft zij? Welke zieke goths? Ze blijft zeggen dat Kevin een vampier is, alleen omdat hij zijn haren verft. Het is niet eerlijk. Ik snij niet in mezelf. Ik raak niet zwanger. Dus waarom heb ik dan verdomme een maand huisarrest? Godzijdank staat Jeremy aan mijn kant. Hij vindt goth een uitdrukking van individualiteit. Het klinkt altijd pretentieus als Melancholia dat zegt, maar uit zijn mond klonk het wáár. Als tiener kwam hij voortdurend in de problemen. Zijn vader zei dat het nooit iets met hem zou worden, maar daar vergiste die man zich in. Zijn advertentie voor het winkelcentrum heeft een prijs gewonnen omdat die zo vernieuwend was. Zijn foto stond in de kranten en Rebecca heeft die op de koelkast geplakt. Ik zie hem elke keer wanneer ik de deur openmaak.

Geen ouijabord meer. Dat is door Rebecca uit mijn leven verbannen. Ik geloof er trouwens toch niet meer in. Ik wilde alleen dat het echt was omdat ik moet weten of jij in de hemel bent. Ik vind het steeds moeilijker te geloven dat je daar – of waar dan ook – bent. Behalve in mijn hoofd. Misschien was je een droom van me en hebben jij en papa nooit echt bestaan. Misschien ben ik een droom en leef ik in de dromen van alle andere mensen. Misschien komen engelen 's nachts uit de hemel om brieven te lezen. Misschien is het geen door Lydia Mulvaney bedacht trucje om ervoor te zorgen dat ik niet huil boven haar vis en patat.

Kus,
Cathy

20 okt. 1990

Lieve mam,

Ik slaap weer in jouw kamer. Julie en Paul zijn verhuisd. Ze hebben het geld van opa gebruikt voor een aanbetaling op een huis in Swords met houten vloeren, zodat Jonathan het stof van onze vloerkleden niet meer hoeft in te ademen. Daardoor wordt zijn astma erger. Julie wordt heel bang wanneer hij begint te piepen, maar de dokter zei dat astma met de juiste medicijnen geen probleem is en dat heel veel kinderen eroverheen groeien. Hun volgende baby wordt geboren in april. Julie noemt dat kind 'nog een vergissing', maar ik weet dat ze evenveel van die kleine zal houden als van Jonathan. Een keer in de week fiets ik met Kevin naar Swords en dan passen wij op Jonathan terwijl zij naar de film gaan.

Soms blijft Jeremy bij ons slapen. Laatst heb ik hem Rebecca in de hal zien zoenen. Het was niet mijn bedoeling te spioneren. Ik ging alleen naar beneden om een glas melk te pakken. Hij had het haar van Rebecca om zijn handen gedraaid, drukte haar tegen de muur en fluisterde laat me blijven... ze zullen niets horen... dat beloof ik je. Hij blééf haar zoenen. Ik was bang me te bewegen, omdat ze me anders misschien zouden zien. Ze liet hem blijven. Hij had het mis. Ik kon ze horen. Mijn maag wordt opstandig als ik daaraan denk, en hoe meer ik probeer dat niet te doen, hoe meer ik eraan moet denken.

Liefs voor pap en alle anderen,
Cathy

5 nov. 1990

Lieve mam,
Slecht nieuws. Lauren ligt in het ziekenhuis. We zijn allemaal in shock. Ze blijft zeggen dat het niet haar bedoeling was zo diep in zichzelf te snijden en ze heeft Rebecca beloofd het nooit meer te doen. Is ze gek of zo? Ze ligt in een kamer alleen, met bloemen. Meneer Moran zei dat het niet meer dan juist was goed voor haar te zorgen en dat hij de rekening zou betalen. Hij neemt chocola en pluizige beesten voor haar mee. Mevrouw Moran zei dat dit alles had kunnen worden voorkomen als zij meteen hun zin hadden gekregen. Dat zei ze zacht tegen meneer Moran, zodat Rebecca het niet kon horen. Maar ik hoorde het wel. Waar haalt dat mens het lef vandaan? Wat weet zij van iets af? Ze is alleen stinkend rijk en ze pronkt in tijdschriften met haar luxe huis. Zij zullen nooit onze ouders zijn, hoe hard ze daar ook hun best voor doen. Let op Lauren en zorg ervoor dat ze ophoudt zichzelf te verwonden.

Liefs voor jullie allemaal,
Cathy

15

Het dagboek van Rebecca – 1990

Ik was onder haar matras op zoek naar messen en vond in plaats daarvan gedichten. Slechts een paar. Ik vermoed dat ze de meeste ervan heeft verscheurd, of ze misschien ergens anders heeft verstopt. Maar ik zal niet zeggen dat ik het weet. Ze is te zeer op haar privacy gesteld. Ik heb gehuild terwijl ik het volgende gedicht las. Toen ik de titel zag, dacht ik dat het over tuinieren ging, maar ze klampt zich duidelijk nog steeds vast aan herinneringen aan onze moeder. In elk geval heeft ze die deze keer met inkt en niet met bloed een uitlaatklep gegeven.

Ik dacht dat ik nooit zou ophouden met huilen. Maar ik wist dat Jeremy langs zou komen en ik wil niet dat hij me ooit nog zo van streek ziet. Die tijd hebben we achter ons gelaten... tik tak tik tak tik tak...

Ik heb dit gedicht en andere overgeschreven in dit dagboek. Op een dag, als ze sterker is, zal ik haar ertoe overhalen ze naar een uitgever te sturen.

Verwelkte bloemen uit de rode geraniums halen

Ik kijk naar je
Terwijl je met de rode geraniums bezig bent
De verwelkte bloemblaadjes

Kleuren je handen bloedrood
Wanneer je het kopje
Van de slanke steel trekt.

Ik kijk naar je
Terwijl je de geparfumeerde lucht inademt
Als paprika's walsend
Op bamboestelen.
Tot ze
Verwelken en vergaan.

Ik kijk naar je
Terwijl je rozen plukt: rood, roomgeel, perzikkleurig.
De devote doornen boren zich
In jouw vlees.
Stigmata die je tillen
Over de diepe afgrond.

Ik kijk naar je
Terwijl je de berk, de zilveren bast streelt.
Een stamboom, kaal gemaakt.
Een stukje ouwel
Dat valt. As tot as...
As tot as.

16

Brieven aan Nirwana

26 december 1990

Lieve mam,
Raad eens wat Jeremy Rebecca voor Kerstmis heeft gegeven. Een echt
mooie ring met een diamant. Ze gaan trouwen in juni 1992. Julie en
Paul zijn niet lang op het verlovingsfeest gebleven, vanwege Jona-
than en de stoffige tapijten. Met Lauren gaat het goed sinds ze uit het
ziekenhuis is ontslagen. Op het feest wilden alle jongens met haar
dansen... behalve Kevin. Hij denkt dat ze echt idioot is, en hoewel ik
dat met hem eens ben, vind ik het heel erg als iemand zoiets over haar
zegt.

Meneer Moran bracht een toost uit op Rebecca en Jeremy en hoop-
te dat ze geen grote problemen zouden krijgen. Praten kan hij goed,
zei Julie. Waar zijn zijn kleine problemen? Als hij die had, zou hij
niet zo gladjes kunnen praten. Ze is bang dat Jonathan weer een
astma-aanval zal krijgen en opnieuw naar het ziekenhuis moet.
Sebby stuurt haar kaarten vanuit Australië. Zij noemt die zout in de
wonde.

Kusjes,
Cathy

15 jan. 1991

Lieve mam,

Het is vandaag zes jaar geleden. Rebecca was vergeten een mis te laten opdragen. Ze kan alleen maar over Jeremy praten en ze ziet er anders uit, alsof er in haar binnenste een lichtje brandt. Ik weet dat je het niet erg vindt, maar ze had wel die mis moeten regelen.

   Kusjes voor jou en papa op deze speciale dag,
   Cathy

12 april 1991

Lieve mam,

Ik ben vandaag gaan winkelen met Melancholia. Ze heeft me een verbazingwekkend gitzwart kruis cadeau gedaan en me laten zien waar je in de arcade aan George's Street fantastische kleren kunt vinden. Zwarte nethandschoenen die tot mijn ellebogen reiken, en een lange zwarte jurk met een geschulpte hals, die perfect bij het kruis past.

   Rebecca verafschuwt mijn nieuwe kleren. Ze heeft het voortdurend over satanische invloeden, wat dat dan ook mag betekenen. Ik weet wat het betekent, maar dat gaat voor ons niet op. We draaien alleen onze muziek en we lezen Anne Rice. Ik weet werkelijk niet waarom een zo aardige man als Jeremy van haar kan houden. Hij moet alleen doen alsof. Waarschijnlijk is hij doodsbang voor haar. Alle anderen zijn dat. Ze blijft op me vitten omdat ik te laat thuiskom en ze zegt dat zij verantwoordelijk is voor mijn welzijn. Wie denkt ze wel dat ze is? Jij en pap waren verantwoordelijk voor mijn welzijn. Niemand anders. Julie heeft het na de geboorte van Philip te druk om te praten. Hij ziet eruit als een trol maar ze blijft tegen Jeremy zeggen dat hij hem moet gebruiken voor reclames voor luiers. Jeremy is zo aardig dat hij dan probeert beleefd te blijven, maar hij zegt wel dat moederliefde blind maakt. Natuurlijk zegt hij dat niet tegen Julie. Alleen tegen mij. Ik wilde zeggen dat de liefde wel heel erg blind moest zijn omdat hij wilde trouwen met mijn lelijke, ouder wordende zus die absoluut geen smaak heeft op het gebied van kleding, maar dat deed ik niet.

Ik vind dat ik eruitzie als Kate Bush. Ik ben dol op Kate Bush. Ik vind het prachtig zoals zij mijn naam – Cat-he-ah... Cat-he-ah – zingt, maar het mooist vind ik de manier waarop Jeremy mijn naam uitspreekt. Catriona. Sinds mensenheugenis ben ik Cathy genoemd, maar hij zegt dat ik te kostbaar ben voor een afkorting. Dat zegt hij. Te kostbaar voor een afkorting. Mijn god! Het wordt tijd dat ik ga slapen. Rebecca zou gek worden als ze wist wat ik dacht. Gelukkig is onze schedel met huid bedekt, waardoor onze gedachten niet kunnen ontsnappen.

Liefs,
Catriona

10 augustus 1991

Lieve mam,

Ik moet je iets vertellen. Het is niets slechts of zo, maar ik weet dat Rebecca razend zou zijn als ze het wist. Vandaag heb ik Jeremy ontmoet, voor de deur van zijn kantoor. Dat gebeurde niet met opzet. Ik wilde alleen weten waar hij werkt en ik had niet verwacht dat hij naar buiten zou komen en mij zou zien. Hij nam me mee naar een café aan Baggot Street. Het was daar erg druk, maar toch leken we de enige twee aanwezigen te zijn. Ik trilde zo erg dat ik er zeker van was dat hij dat zou merken, maar hij had het over de afgrijselijke advertenties die hij moest maken, zoals voor wc-reinigers en constipatie. Hij heeft een briljante advertentie gemaakt over een vrouw die gaat parachutespringen terwijl ze menstrueert. Die heb ik al heel vaak gezien. Wanneer ze lachend en met haar armen als vleugels gespreid uit de lucht komt vallen, zou je nooit verwachten dat ze buikpijn heeft of bang is voor een bloedvlek op haar jurk. Hij zei dat ik een heel mooie jongedame aan het worden ben. Niemand heeft dat ooit eerder tegen mij gezegd. Wel tegen Lauren. Hij zal mijn zwager worden. Elke keer als ik daaraan denk prikken mijn ogen alsof iemand er rook in heeft geblazen. Het wordt tijd dat ik ga slapen. Ik vind het heel erg dat ik me rillerig voel als ik me die twee samen voorstel.

Ik heb haar niet verteld dat ik hem heb ontmoet. Ik was bang dat ze

boos zou worden en zou zeggen dat ik weer naar aandacht op zoek was.
Dat was niet zo!

Ik heb jouw exemplaar van Wuthering Heights *gevonden. Het is*
briljant en wreed en zo triest. Ik blijf denken over de dood en hoe die het
leven van degenen die nog leven op zijn kop zet. Ik haatte Heathcliff en
ik hield van hem. Ik hield alleen van hem omdat hij zoveel van Cathy
hield dat alles wat hij verder deed niet zo slecht leek te zijn... althans
bijna.

    Kusje,
    Catriona

                           10 september 1991

Lieve mam,
Rebecca wil dat haar bruidsmeisjes in het roodbruin gekleed gaan. Julie
zou noppen heel origineel vinden. Lauren wil dat we ijsblauwe jurken
aantrekken. Ze maken ruzie en zwaaien met lappen stof naar elkaar.
Naar mijn mening wordt niet gevraagd. Wie wil er bij een bruiloft nu
zwart zien?

Als ze zijn getrouwd, komt hij in ons huis wonen. Rebecca gaat weer
studeren om dierenarts te worden, waarmee ze bezig was toen jij over-
leed. Als ze die studie heeft afgerond gaat ze samen met Lulu het dieren-
asiel op het veld van opa runnen. Haar dromen zijn niet langer tot as
vergaan. Zij komen allemaal uit.

Ik wou dat ik haar was. Dat kan ik niemand vertellen, behalve jou.
Zelfs Melancholia zou het niet begrijpen.

    Catriona

                           2 december 1991

Lieve mam,
Jij en pap zouden trots zijn op Lauren. Haar eerste dichtbundel is van-
daag op de markt gekomen. Die heet Zilvervissen. *Ze heeft de bundel*
opgedragen aan jou en pap. Meneer Moran heeft een toespraak gehouden

en zei dat zij een nieuwe jonge stem was die moeilijke kwesties aansneed. Mijn keel zat helemaal dicht toen ze het gedicht 'Zilvervissen' voorlas. Het is afschuwelijk. Triest en eigenaardig en helemaal Lauren.

Ik weet wat zilvervissen zijn. Ze zien eruit als komma's en soms zie je ze door het donker schieten. Laurens polsen zijn genezen, maar ik kan de littekens nog zien, alsof ze kleine kronkelende lijnen op haar huid heeft getekend.

Jeremy zat naast me. Hij moet hebben geweten wat ik dacht want hij zei dat ik moest ophouden met fronsen, omdat dat mijn mooie gezicht geen goed deed. Onder de tafel raakte zijn knie de mijne en hij keek me glimlachend diep in de ogen toen hij Sorry, Catriona zei. Ik ben dol op de manier waarop hij mijn naam uitspreekt. Catriona... Catriona... Cat-rio-na... Alsof het een mooi geluid in een liefdeslied is.

Daarna heeft meneer Moran ons getrakteerd op een etentje in het Shelbourne Hotel. Hij kende daar iedereen en bleef Lauren voorstellen als zijn protegee. Mevrouw Moran zei dat ze moest ophouden zich in alle opzichten op hen te verlaten, maar ze zei het zo zacht dat alleen Rebecca en ik het konden horen. Ze is zo'n kreng!

Ik hou van je,
Catriona

17

Het dagboek van Rebecca – 1991

Ze kon niet geloven dat ik haar gedichten had verzameld. Ik probeerde haar ertoe over te halen ze naar een goede uitgeverij te sturen, maar dat weigerde ze. Ze was bang om te falen. Ze was bang van alles. Steve Moran heeft het toen van me overgenomen. Met veel poeha gelanceerd, maar wat betekende het uiteindelijk? Nog meer ellende.

Zilvervissen

In de uren zonder maanlicht
Verzamel ik zilvervissen
Buitelende zilvervissen
Disco-dansende zilvervissen
Flits flats
Over de as
En dode sintels
Van huis en haard
Tevoorschijn komend en verdwijnend
In spleet en dakrand
In schering en inslag
Knus in een kleed

Zelfvoldane beestjes
In holten die de nacht laten bloeden.
Zich haastend, gejaagd
Verstoppertje spelen maar zoek ons niet.
Zilveren schubben
Flits flats
Zwiep zwap
Dansende doorborende zilvervissen
Zwiepende snijdende stekende snelle wezens.

18

Brieven aan Nirwana

15 januari 1992

Moeder,
Het is nu zeven jaar geleden... heb je ooit bestaan????? Waar moet ik deze pathetische brieven naartoe sturen? De hemel... het paradijs... Nirwana... de zevende hemel? Waar ben je?
   Cathy

9 juni 1992

Lieve mam,
Het is voorbij. Hij is nu mijn zwager. Rebecca is aan de arm van meneer Moran naar het altaar gelopen. De manier waarop ze glimlachte toen ze haar jawoord gaf deed me denken aan leuke tijden en aan hoeveel ze van me hield voordat jij stierf. Ik moest daar telkens weer aan denken en daardoor moest ik huilen. We hadden ijsblauwe jurken aan, die glansden als ze het licht vingen. Op elke trouwfoto glimlachen we van oor tot oor. Meneer Moran stak de speech af die eigenlijk voor de vader van de bruid is gereserveerd. Mevrouw Moran dronk te veel. Haar mond hing scheef toen haar werd gevraagd haar glas te heffen voor een toost op de bruidsmeisjes en ze bleef zitten toen iedereen ging staan en 'Op de mooie bruidsmeisjes' brulde.

Jeremy heeft met me gedanst. Zijn vingers drukten tegen mijn onder-
rug. Hij zei dat ik er in het blauw mooi uitzag en dat ik me had ontpopt.
Ik ben naar het damestoilet gegaan en heb mezelf in de lange spiegel be-
keken. Een ijsblauwe vlinder die zich had ontpopt. Wegvliegend uit een
donkere plek, bang voor mijn spiegelbeeld.
Kus,
Catriona

22 augustus 1992

Lieve mam,
Ik dacht niet dat ik er ooit aan gewend zou raken, maar dat is wel ge-
beurd.
Jeremy eet muesli en croissants als ontbijt. Hij hangt overal in de hal
ingelijste foto's van zijn beste advertenties op. Ik slaap met watten in
mijn oren en knijp mijn ogen heel stevig dicht om maar niet aan hen te
denken, in de kamer naast de mijne. Maar dat doe ik wel... dat doe ik
wel. 's Morgens doe ik alsof het me niet opvalt dat ze elkaar elke keer
wanneer ze langs elkaar lopen aanraken. Ik doe alsof ik hen niet hoor
giechelen om stomme dingen die ik niet begrijp. Rebecca ziet er weer heel
jong uit. Ze studeert nu, draagt spijkerbroeken en doet haar haren in een
paardenstaart.
Ik zal je niet meer schrijven. Wat heeft het voor zin naar een geest te
schrijven? Die vraag stel ik mezelf elke keer wanneer ik mijn pen pak.
Het is stom om te blijven zoeken naar een teken dat jouw vingers het pa-
pier hebben aangeraakt wanneer het duidelijk is dat jij niet bestaat!
Kus,
Catriona

21 september 1992

Lieve mam,
Lauren is naar de universiteit van Westminster gegaan om te leren een
echte auteur te worden. Mevrouw Moran heeft dat geregeld, inclusief

het collegegeld en zo. Rebecca is razend. Ze wil niet dat Lauren het huis uit gaat, maar Lauren zegt dat zij daar niets meer mee te maken heeft. We worden allemaal volwassen en we nemen eigen beslissingen. Ik heb Rebecca niets verteld over de avond dat mevrouw Moran me opbelde en me een ondankbare overspelige hoer noemde. Haar stem piepte en trilde zo dat ik eerst niet wist wie ze was. Toen ik zei dat ze het verkeerde nummer had gedraaid en met Cathy Lambert sprak, verbrak ze meteen de verbinding. Elke keer wanneer ik aan die piepende stem denk lijkt iets in mijn borst rond te draaien. Toen ik het aan Lauren vertelde keek ze me aan met die hooghartige blik die iedereen buitensluit en zei niets. Mevrouw Moran is gek als ze denkt dat Lauren een oogje heeft op haar seniele echtgenoot. Lauren is alleen in zichzelf geïnteresseerd.

Ik wilde het Julie vertellen, maar dat heb ik toch niet gedaan. Ik was bang dat ze mevrouw Moran zou uitlachen en haar een stom mens zou noemen. Ze is in een rothumeur sinds ze heeft ontdekt dat ze weer zwanger is. Waarom gaan ze niet badmintonnen, of marathons lopen? Seks kan toch niet het enige spel zijn dat ze kunnen spelen?

Zonder Lauren zal het gemakkelijker zijn in huis. Niet rustiger, want ze maakte nooit geluid, maar kalm zodat we deuren kunnen openmaken zonder bang te hoeven zijn.

Ik hou van jullie allemaal,
Catriona

1 nov. 1992

Lieve mam,
Ik zit diep in de shit. Als het aan Rebecca ligt heb ik voor de rest van mijn leven huisarrest. Kun je je nog herinneren dat ik je heb verteld over het idee van Melancholia om een Halloweenfeest in goth-stijl te geven? Dat bleek voor mij op een ramp uit te draaien. Rebecca dacht dat ik een nachtje bleef logeren bij Melancholia en had dat zelfs nagevraagd bij Leah, die had gedaan alsof dat inderdaad zo was.

We gaven het feest in een pakhuis bij de haven dat vroeger van de oom van Melancholia was. Alle gebouwen eromheen staan ook leeg, dus was het griezelig en perfect. We maakten een lijkkist en een grafsteen van papier-maché en hingen zwarte netten langs de muren. We hadden alleen goths uitgenodigd, dus werd er niet over gesproken. In elk geval dachten we dat. Melancholia had wodka uit de drankkast van Leah gepikt. Twee flessen. Sharon had wijn meegenomen, en Kevin bier. Ik dronk voor het eerst wodka en dat voelde aan als een vulkaan in mijn borst. Een van de goths bleef giechelen omdat je niet wordt geacht wodka puur te drinken. Het glijdt veel gemakkelijker door je keel met sinaasappelsap erbij...

Er kwamen meer mensen die geen goth waren en niet waren uitgenodigd. We dansten allemaal met elkaar, zonder elkaar aan te raken. Goths raken elkaar niet aan en respecteren privéruimte. Dat kon die ongenode gasten niks schelen. Jobbo Boland noemde me een vampierteef en smeekte me hem in zijn hals te bijten. Ze begonnen te vechten, sloegen flessen tegen de muur stuk en droegen de kist op hun schouders alsof het om een echte begrafenis ging. Toen er niets meer te drinken over was vertrokken ze naar het volgende feest. De meeste goths gingen toen ook weg.

Ik was licht in mijn hoofd en mijn ogen bleven maar ronddraaien. Alles was donker en verschrikkelijk tot ik jou zag. Ja, jou, engel van een moeder van me. Je was in je eentje aan het dansen en ik kon je even duidelijk zien als een ster aan een gitzwarte hemel. De muziek was zo mooi. Ik wilde eeuwig met je dansen. Kevin brulde dat ik moest ophouden met schaduwen te dansen, maar daar was ik niet toe in staat. Ik draaide rond en rond en jij draaide met me mee. De muziek werd steeds luider, tot het leek alsof mijn hoofd zou exploderen. Toen draaide jouw hoofd naar de maan achter het raam. Je ging weer weg. Ik wilde je niet laten gaan. Deze keer niet.

Ik krijste en mijn vuist schoot door het raam. Ik kan me het brekende glas niet herinneren. Ik weet nog wel dat de maan zilverkleurig werd en jouw gezicht in de nacht verdween. Ik werd wakker in het ziekenhuis, met verbonden handen. Geen goed idee, zei de dokter toen hij naar me kwam kijken. Doe dat niet nog eens, jongedame. Tenzij je van bloederige sporten houdt.

Toen ik vanuit het ziekenhuis weer thuis was, dwong Rebecca me in de spiegel naar mezelf te kijken. Zwarte panda-ogen en zwarte vegen lippenstift. Ik wilde doodgaan. Ze bleef krijsen en smeet mijn kleren op het bed. Ze keek naar de gitaar van pap en jouw piramidevormige parfumflesje, nog halfvol, en mijn zilveren medaillon met jouw haren erin. Ze zei dat mijn kamer niets anders dan een schrijn was en dat het tijd werd dat ik in de werkelijke wereld ging leven. Ze rukte mijn posters van Bauhaus, de Banshees en The Cure van de muur en verfrommelde ze tot proppen. Morgen moet ik jouw kamer schilderen. Lichtgeel of rozerood. Meer keus heb ik niet.

Ik had een alcoholvergiftiging. Mijn maag was leeggepompt. Na deze keer zal ik je beslist niet meer schrijven. Engelen lezen geen brieven. Ze bestaan niet eens. De dood is een zwarte en bodemloze slaap. Ik heb 6 weken huisarrest. Shit!

Catriona

6 november 1992

Lieve mam,

Je kamer is lichtgeel geschilderd en er hangen posters van kittens aan de muren. Jeremy heeft het plafond geschilderd, en ik de muren. Toen hij zijn Michael Jackson-moonwalk uitvoerde moesten we zo hard lachen dat Rebecca naar binnen kwam om te kijken waarom we lachten. Toen ik tegen hem zei dat ik nooit meer zou drinken zei hij dat alcohol alleen walgelijk is als je er roekeloos mee omgaat. Ik was te jong. Ik had gebroken met de regels. Ik lette niet op mijn eigen welzijn. Ik moet deze ervaring beschouwen als een vuurdoop. Hij vroeg me waarom ik zoiets krankzinnigs had gedaan. Het is gevaarlijk om je gevoelens te blijven opkroppen, Catriona, zei hij.

Ik begon te giechelen, een hoog en afschuwelijk gegiechel waarmee ik

84

niet kon ophouden. Rustig maar... het is oké... rustig maar. Zijn stem klonk scherp en dan weer zacht, alsof hij me voorzichtig over een gevaarlijke plek heen wilde loodsen, en ik hield er even plotseling mee op als ik ermee was begonnen. Ik kreeg kippenvel op mijn armen toen we op het bed gingen zitten en hij zich dicht naar me toe boog. Je zou vaker moeten lachen, Catriona, zei hij. Maar niet zo... niet zo.

Kusje,
Catriona

15 jan. 1993

Lieve mam,
Lauren heeft vandaag gebeld. Acht jaar, zei ze. Wie had dat kunnen denken? Ze woont in een van de appartementen van meneer Moran. Echt luxueus, zegt ze, met uitzicht op St. James's Park. Hij neemt haar mee voor dure etentjes wanneer hij voor zaken in Londen is. Ik durf erom te wedden dat mevrouw Moran dat niet weet! Ik vroeg wie zijn looprekje vasthield als ze elkaar zoenden en zij zei dat ik me daar volledig in vergiste. Hij is een vaderfiguur, vriendelijk en fatsoenlijk, en niets meer dan dat. Je vergeet te melden dat hij rijk is en met dat kreng van een onderwijzeres is getrouwd, zei ik. Dat kreng van een onderwijzeres hoefde zich nergens zorgen over te maken, zei Lauren. Haar man mocht dan door haar geobsedeerd zijn, maar zij had geen enkele belangstelling voor hem.

Ik vraag me af of ze de waarheid spreekt. Op school noemden de jongens haar de ijskoningin en sloten weddenschappen af over wie een afspraakje met haar zou kunnen maken. Die werden nooit gewonnen. Ze heeft heel veel vriendjes, maar de namen blijven wisselen. Louie, François, Colm, Toby, Saul.

Na een val van haar fiets is ze weer oké. Rebecca is naar Londen gevlogen om daar zeker van te kunnen zijn en zij zei dat ze als een vorstin leeft.

Let op haar en hou haar uit de buurt van messen.

Liefs voor jullie allemaal.
Kusjes,
Catriona

3 feb. 1993

Lieve mam,

Ik moet hierover schrijven. Vergeef het me... vergeef het me. Het is nooit mijn bedoeling geweest dat het zou gebeuren. Vanavond heb ik Jeremy toevallig ontmoet op Merrion Square. Door mijn zwarte make-up, jas en jurk, een zwarte voile over mijn gezicht en mijn zwarte kruis herkende hij me aanvankelijk niet.

Toen ik hallo zei, bleef hij staan alsof hij tegen een muur op was gelopen en zei: mijn hemel, Catriona, ben jij het echt? Je ziet er verbazingwekkend uit.

Hij gaf me een lift naar huis. Het begon te regenen toen we de stad uit reden en toen we bij Broadmeadow Estuary waren hoosde het. Het gaat onweren, zei Jeremy. Toen hij dat zei zagen we boven het viaduct al een bliksemflits. De golven raceten onder de bogen door en de eenden klapperden met hun vleugels. We zagen de reiger zoals altijd beweginloos staan. Toen kwamen de donderslagen en leken de zwanen geesten op het water. Jeremy sloeg een arm om mijn schouder en zei dat dit de natuur op zijn trotst was en dat die natuur zich aan de hele wereld liet zien. Net als goths, zei hij. Pronkend met haar donkerdere kant.

Ik begon te huilen. Vraag me niet waarom. Hij haalde het kant van mijn gezicht en drapeerde het over mijn haren. Hij trok mijn nethandschoenen uit en streelde mijn vingers. Verder niets. Hij streelde en streelde tot mijn hele lichaam trilde. Mijn lieve onschuldige Catriona, zei hij. Ben je een kind dat volwassen spelletjes speelt, of een vrouw met de geest van een kind? Waarom straal je zoveel woede uit? Hij had het over het ongeluk. Niemand doet dat ooit, maar hij stelde vragen en dat was net zoiets als splinters uit mijn huid trekken.

Soms ontwaak ik uit een droom en hoor ik Julie krijsen. Ik spring mijn bed uit en bots tegen de muur op omdat jouw kamer anders is dan de kamer waarin ik toen sliep. Rebecca had op me moeten passen, maar ze was stiekem naar het feest van Sheila gegaan. Jeremy vertelde dat ze zich schuldig voelt omdat ze jou niet had gehoorzaamd en niet thuis was toen de politie kwam om ons op de hoogte te stellen van het ongeluk. Hij zei dat ze daarom zo hard haar best doet het juiste te doen.

Ik wou dat ze daarmee ophield. Ze kan alles niet veranderen, hoe hard we ook doen alsof. Toen heb ik Jeremy het meest verschrikkelijke van alles verteld. Dat mijn woede er soms voor zorgt dat ik jou haat omdat je dood bent. Dat is niet waar. Ik haat mezelf omdat ik zulke afschuwelijke gedachten heb, maar ze gaan als een vleespen door mijn hoofd.

Hij zei dat de lijn tussen liefde en haat even dun is als een trillend stukje ijzerdraad. Ik begrijp niet wat hij daarmee bedoelt, maar het klinkt juist. Hij begrijpt dat zich in een deel van je geest dingen kunnen voordoen van welk bestaan je nooit op de hoogte was geweest.

Hij kuste de tranen op mijn wangen en mijn oogleden weg. Toen hij de tranen op mijn lippen weg kuste ging zijn mond open en trok hij me dichter tegen zich aan. Toen zoende hij me echt. Onze tongen speelden met elkaar, en hoewel ik bang was, wilde ik er absoluut geen eind aan maken. Ik dacht aan Rebecca, aan al haar dromen die werkelijkheid werden. De wind blies me bijna omver toen ik het portier van zijn auto openmaakte. Doe niet zo raar, Catriona, zei hij. Stap weer in! Ik zal je naar huis brengen. Als wij samen zijn heeft hij het gevoel met vuur te spelen. Het zou het eind van alles betekenen als Rebecca ooit op de hoogte raakte van dit moment van zwakte. Maar dat zal niet gebeuren...

Waarschuw me niet voor hem. Breng me zijn leeftijd niet in herinnering, of Rebecca. Zeg niet dat ik te jong ben om een heel leven te begrijpen. Ik hou van hem. Het leeftijdsverschil doet er niet toe. Dat heeft niets te betekenen wanneer er sprake is van liefde. Vannacht zal ik over hem dromen, en morgen zal ik dagdromen. De blik in zijn ogen is zo indringend dat hij recht in mijn ziel kan kijken. Ook nu hij niet bij me is voel ik hem naast me, voel ik dat hij mijn huid aanraakt, dat zijn vingers de mijne strelen en dat de donder ons omgeeft. Was het zo tussen jou en pap? Vertel me wat ik moet doen!!

   Catriona

10 feb. 1993

Lieve mam,

De slaapkamer van Kevin is nu wit geschilderd. Het skelet is van het plafond gehaald. Vraag me hoe ik dat weet. Ik mag er niet komen. Verboden terrein. Vraag het me dan! Ik zal het je hoe dan ook vertellen. Ik lag op zijn bed naar The Cure te luisteren maar het was anders dan voor die tijd, alsof hij iets anders van me kon worden dan een vriend. Hij trok het dolkje uit zijn lip en legde het onder het kussen. Toen we zoenden deed ik mijn ogen dicht. Ik bleef het gezicht van Jeremy zien. De manier waarop hij zijn tarwegele haren wegkamt van zijn voorhoofd, terwijl er toch altijd een paar haartjes blijven hangen. Ik kon zijn ogen zien, blauw als de lucht, en ik hoorde zijn stem toen hij heel zacht Catriona zei. Catriona... Catriona.

   Ik hees mijn zwarte jurk iets omhoog zodat Kevin mijn netkousen en mijn schoenen met de zilveren gespen kon zien. Hij schoof het kant bij mijn hals uit elkaar. Hij maakte de knoopjes van mijn jurk los. Heel veel knoopjes aan de voorkant, maar hij vond het niet erg daarmee te worstelen. Het ene knoopje na het andere. Af en toe hield hij er even mee op om me te zoenen, voor het geval ik me ging vervelen omdat het zo lang duurde. Toen zag ik blonde haarwortels en kreeg ik het afschuwelijke gevoel dat ik onze vriendschap verpestte door het hem toe te staan knoopjes los te maken, mijn hals te zoenen en zijn tong het holletje in mijn hals te laten likken. Ik rilde, maar ik dacht al die tijd aan iemand anders.

   Toen waren de knoopjes los en kon hij mijn beha uitdoen. Mijn hart maakte een sprongetje toen hij mijn tepels aanraakte. Hij drukte me dieper in het matras. Zijn gezicht was hard, het gezicht van een onbekende. Ik kende hem niet meer. Ik wilde mijn armen over mijn borsten leggen zodat hij die niet meer kon zien. Ik wilde veilig zijn in mijn eigen kamer terwijl jij in de keuken eten klaarmaakte en pap zijn sleutel in het slot van de voordeur stak en riep: 'Hallo, schoonheden! Ik ben weer thuis!'

Ik brulde dat hij me moest loslaten, maar hij hoorde me niet. Mijn jurk hing rond mijn middel en hij bleef mijn naam fluisteren... Ik hou van je, Cathy... Cathy... Niet Catriona. Ik haalde met mijn vuist uit naar zijn gezicht en hij schoot naar achteren. Zijn ogen werden groot. Toen ging hij naast me liggen, snel ademend, alsof hij had meegedaan aan een race die te lang duurde.

Er is niets gebeurd, Cathy. Hou op met huilen... kom tot bedaren... kom tot bedaren... Zijn woorden kwamen van ver weg maar uiteindelijk hoorde ik hem. Hij bleef excuses aanbieden, zei dat hij de signalen ver- keerd had geïnterpreteerd, dacht dat ik hetzelfde voelde. Er was niets ge- beurd. Niets waardoor we geen vrienden konden blijven. Maar ik wist dat hij loog. Dat hij, net als ik, onze vriendschap kon zien verwateren met elke belofte die over onze lippen kwam.

Ik kan vanavond niets anders bedenken om je te vertellen. Pas op me. Ik bevind me op een gevaarlijke plek.

Catriona

16 maart 1993

Lieve mam,

De zoen van Jeremy lijkt een droom. Misschien was het ook wel een droom. Ik wil er nooit meer aan denken. Ik heb Kevin vanavond gezien toen ik langs de riviermond liep. Het dolkje zit niet meer in zijn lip. Sinds die avond hebben we niet veel met elkaar gesproken. Hij had een meisje bij zich. Ze heeft wapperende blonde haren, als in een advertentie voor shampoo. Ik was bang dat hij haar had verteld wat er in zijn slaapkamer was gebeurd en alleen al het denken daaraan bezorgde me de rillingen. Ze heet Andrea en ik weet gewoon dat ze The Cure haat.

Morgen is het St. Patrick's Day. Herinner je je de optochten en de natte regen? Hoe we dansten op de praalwagens, in onze Ierse danskostuums?

Met blauwe knieën? Die optocht is erg veranderd sinds jouw tijd. Ik ga er met Melancholia en haar vrienden naar kijken.

Ik heb het slechtste nieuws tot het laatst bewaard. Rebecca is vandaag met een vliegtuig naar Lauren gegaan. Hoe weet ze het altijd? Ze is vastbesloten haar mee naar huis te nemen en haar weer beter te maken.

Kusje,
Catriona

19

Het dagboek van Rebecca – 1993

Ik had het Olive Moran nooit mogen toestaan Lauren weg te sturen, maar in feite was ik stiekem opgelucht toen ze vertrok. Ik wilde niets tussen Jeremy en ons geluk in laten komen. Ik overtuigde mezelf ervan dat het een goed idee was haar haar leven zelf te laten bestieren. Ik heb al genoeg te stellen met Cathy en haar goth vrienden.

Het had een succes kunnen worden. Ze stuurde me delen toe van de roman die ze aan het schrijven was. Het was allemaal rauw en onthullend en ik vermoed dat ze daarmee de kans kreeg zich te uiten. Ik las de kritieken van haar docent, die geloofde dat de roman als serieuze fictie zou worden erkend. Was ze maar niet van haar fiets gevallen. Dat gebeurde doordat een chauffeur zijn portier openmaakte zonder om te kijken. Ze vloog door de lucht en een tweede auto moest uitwijken om haar niet te raken. De piepende remmen haalden alles weer terug. Ze krijste nog altijd toen de ambulance arriveerde. In het ziekenhuis hebben ze haar een tranquillizer gegeven en haar toen weer naar huis gestuurd.

Ze zei heel stellig dat alles met haar in orde was. Ik geloofde haar omdat ik dat wilde. Is het zoiets als drugs, vraag ik me af. Zoete vergetelheid wanneer het gedrup een stroompje wordt? Er waren mannen in haar leven en toen ik daar was heb ik een paar van hen ontmoet. Ze namen bloemen en chocola voor haar mee, en pluizige speelgoedbeesten

met lieve woordjes op hun vacht geborduurd. Zij laten haar alles ver-
geten. Waarom stuurt ze hen dan weg en grijpt ze naar het enige middel
dat haar troost?

Ik wist het zodra ik het gedicht had ontvangen. Het is maar een vers-
je, maar haar kreet om hulp is duidelijk.

Raas, rivier, raas
Raas naar de nachtelijke oceaan
Waar het getijde wacht
Om je mee te nemen
Naar verre koraalriffen
Scherp als het mes van een geliefde
Dat in het vlees van een onvruchtbare maan zinkt.

20

Brieven aan Nirwana

18 maart 1993

O mam... mam!

Ik moet je vertellen wat er is gebeurd. Ik kan het aan niemand anders vertellen tot de dag dat ik doodga. Rebecca zal me vermoorden... wat heb ik gedaan?

In O'Connell Street keken we naar de optocht en toen hebben we de vrienden van Melancholia getroffen bij de bank aan Dame Street. Herinner je je die bank, die de vorm van een vierkante champignon heeft? Daar gingen we op de trap zitten en keken naar iedereen die langsliep. Het was fijn bij een groep te horen en iedereen naar ons te zien kijken terwijl ze voorwendden dat niet te doen. Toen liepen we Grafton Street op. Straatmuzikanten speelden gitaar en er waren jongleurs en vuurvreters en een man die erbij stond alsof hij een standbeeld was en net als Lauren een onbeweeglijk gezicht had, behalve wanneer hij knipoogde. Chaos, het vriendje van Melancholia, en zijn vrienden kochten blikjes bier en we gingen op het gras van Stephen's Green zitten om die soldaat te maken.

Verkeerde drankje, zei Jobbo Boland toen hij langs ons liep. Het zou bloed moeten zijn. Hij noemde mij Vampira. Ik haat hem! We zeiden dat hij zich uit de voeten moest maken, maar hij bleef bij ons rondhangen. Ik voelde me prima met mijn watterige hoofd. Jobbo bleef zijn hoofd schud-

den, alsof er in zijn hersenen een plaat was opgezet. We gingen naar McDonald's om burgers te eten. Een vrouw riep iets over duivelaanbidders en wij zongen We are Goths... We are Goths... We are Goths... We liepen langs acrobaten die met wagenwielen in de weer waren, langs straatmuzikanten en kinderen met mondharmonica's, kunstenaars die op de stoepen afbeeldingen van de maagd Maria krijtten. Ik zag mezelf in een etalageruit. Uitgelopen zwarte eyeliner, haren in mijn gezicht. Vampira Lambert die een dagje ging stappen.

In McDonald's was het heet en druk. Aan de tafeltjes zaten gezinnen, kinderen met tijgergezichten en ballonnen. Jobbo ging tegenover mij zitten en Melancholia ging patat en Big Macs halen.

Je lijkt een beetje afwezig, Vampira, zei Jobbo. Ben je soms niet gewend aan het drinken van bloed? Zijn roze varkensogen bleven alle kanten op schieten en zijn hoofd was kaalgeschoren, met uitzondering van een plukje haar op zijn achterhoofd. Hij zei dat ik me voor de verandering eens moest ontspannen in plaats van altijd de indruk te wekken dat ik op het punt stond mijn polsen door te snijden. Je hebt de verkeerde zus voor ogen, had ik bijna gezegd. Maak voor de verandering eens wat lol, zei hij, want je kunt nog lang genoeg in je kist liggen. Toen gaf hij het aan mij. Misschien zou ik het niet hebben gedaan als hij niet over lijkkisten was begonnen. Of misschien had ik het toch gedaan. Ik ben van niets meer zeker.

Op het kleine vierkantje papier stond een clownsgezicht geschilderd. Wie is dat, vroeg ik aan hem. Ronald McDonald?

Hij lachte alsof ik een heel geestige opmerking had gemaakt. Geloof me, Vampira, als ik zeg dat dit al die negatieve gedachten zal wegblazen. Je zult zweven als een vogel.

In de wc likte ik aan het papiertje en ik vroeg me af of de engelen zouden huilen omdat ik Rebecca had gezworen dat ik nooit drugs zou gebruiken. Dat had ik haar plechtig beloofd toen we op een zondagmiddag bij jouw graf onkruid uit de grond trokken. Ik kon de Big Mac en de patat niet eten. Melancholia noemde me een ondankbaar kreng en deponeerde alles in de afvalemmer.

We renden naar College Green, waar een band speelde die Ovida Jones heette. De zanger had lang rood haar. Hij gedroeg zich heel onverschillig. Hij rookte, maakte grapjes met de gitarist en negeerde de duizenden mensen die naar hem keken. De drummer sloeg op een bekken. Het geluid liet me bijna de lucht in gaan. Iedereen schrok en begon toen heel hard te lachen. Waar is ons gelach die donkere, mysterieuze avond naartoe gegaan? Heeft het Nirwana bereikt voordat het verstomde? Jobbo had gezegd dat ik zou zweven als een vogel. Als een adelaar. Niemand zou me kunnen aanraken wanneer ik op de top van de wereld was.

De muzikanten gingen spelen en het geluid bereikte via mijn hart mijn hoofd. De zanger pakte de microfoon en de toehoorders krijsten. Het geluid was ongelooflijk, alsof het werd gemaakt door een groot rennend beest. De zanger richtte de microfoon op ons en we zongen het refrein mee. 'Under the clock clock... clock... under the clock. Holding my heart in hock for you under the clock... clock... clock!'

Telkens weer zongen we die woorden en ik krijste met alle anderen mee. Maar er kwam geen geluid over mijn lippen omdat die tot een grote O waren bevroren. Tranen stroomden over mijn gezicht en alle fans werden wild. Melancholia zat op de schouders van Chaos, maar er stonden allerlei vreemden tussen ons in. Ik probeerde weer bij haar te komen, maar ik was haar in de menigte kwijtgeraakt.

Ik kon het gebons in mijn borstkas niet verdragen. Ik moest krijsen voordat ik stikte. Iemand bleef schreeuwen dat ik naar huis moest worden gebracht.

Kevin en zijn vriendin stonden voor me. Ze hadden hun armen om elkaar heen geslagen. Zij fluisterde iets achter haar hand toen ze mij zag. Kevin pakte mijn hoofd en draaide dat naar zich toe.

Jezus! Wat heb je haar gegeven, brulde hij, en hij bewerkte Jobbo met zijn vuisten. Zijn vriendin krijste toen Jobbo terugsloeg. Beveiligers in gele jassen haalden hen uit elkaar. De fans schudden hun hoofd, sprongen als gekken op en neer en maakten ruimte toen Kevin werd weggesleept.

Ik hoorde dat Jobbo me riep. Vampira... Vampira! Hierheen. Zijn be-

nen hingen over de sokkel van een standbeeld. Hij trok me omhoog. Ik pakte de benen van het standbeeld vast. Lange, gladde benen die ik moest beklimmen als ik boven de wolken wilde komen. Mensen bleven brullen en wijzen terwijl ik verder klom. Gratton, een Ierse patriot, een dappere man. Het was gemakkelijk zijn lijf te beklimmen: holten in de elleboog, in de kraag van zijn jas. Ik klemde me vast aan zijn hals en kuste zijn gezicht.

Rook wervelde rond de magische muzikanten die op het zilveren podium dansten. Toen ik opkeek vlogen zilveren vogels in formatie door de lucht. Ik was erbij: een adelaar die voor eeuwig doorvloog naar Nirwana.

De wind werd koud. Hij zou me van de hals van de patriot af blazen. Ver onder me zag ik een donker gat opengaan en ik krijste omdat ik wist dat ik daar in zou vallen. Een man tilde me naar beneden. Ik rende, baande me een weg door de menigte heen tot ik vrij was. In een telefooncel ging ik op de grond zitten. Die was warm en donker, als een doodskist. De muziek leek van ver weg te komen. Ik lachte keihard en ik riep haar naam... Rebecca... Rebecca... Rebecca.

Jongens stonden bij de telefooncel te wachten. Een van hen maakte de deur open en blies rook naar binnen. Neem die telefoon niet de hele avond in beslag, zei hij, en toen herinnerde ik me dat Rebecca in Londen was, bij Lauren. Jeremy bleef me vragen waar ik verdomme was, zei dat ik hem dat meteen moest vertellen.

Ik wachtte bij het hek van Trinity College. Weet je nog dat pap en jij elkaar daar hebben ontmoet? Ik zag daar geesten. Geesten die achter de ramen zwaaiden, bleke geesten die verdronken in zilveren stof.

Zijn gezicht smolt als was van een kaars en kreeg toen weer vorm. Hij riep me... Catriona... Catriona, kom naar me toe. Kom mijn armen in en wees veilig. Hij pakte mijn hand en nam me mee, weg van het lawaai. Zijn wagen reed snel door de nacht. We lieten de stad achter ons.

Het was donker bij de riviermonding. Uit de radio klonk muziek. De zwanen sliepen. Een bed van witte veren. Het water glinsterde toen een

trein over het viaduct reed. Hij hield me tegen zich aan en ik werd mee-
genomen door linten van licht. Ik hou van je... ik hou van je. Dat zei ik
telkens weer terwijl ik hem kuste. Ik wist dat het zou gebeuren. Mijn
vingers begroeven zich in zijn vlees. Ik zag ze in zijn rug verdwijnen.
Zijn haren schitterden toen ik die streelde, vulden hem met licht. Er ston-
den sterren boven ons aan de hemel en de dreunende muziek leek in mijn
binnenste nog door te gaan. Hij fluisterde, zwoele commando's. Je bent
veilig. Veilig in mijn armen, mijn mooie Catriona.

Ik zag de trui van Rebecca op de achterbank liggen, net als twee van
haar boeken over dieren en een cd van Eurythmics. Ik kon niet ophouden
met huilen, maar hij bleef zeggen dat het oké was... dat ik me niet moest
bewegen... dat het oké was. Ik wilde stop stop stop schreeuwen, maar hij
had een hand tegen mijn mond gedrukt en ik hoorde hem zuchten, alsof
hij erg veel pijn had en die alleen kon worden verlicht door in die plek te
komen die helemaal en alleen van mij is.

Sterren vielen uit de lucht en verloren hun glans. Hij keek bezorgd,
fronste toen hij zei dat ik haast moest maken. We konden worden gezien.
Maar alleen de reiger hield de wacht bij de riviermonding. Het was nooit
zijn bedoeling geweest dat het zou gebeuren. Ik was een duistere kwel-
ling, zei hij. Hij maakte de knoopjes van mijn jurk vast, niet onhandig
zoals Kevin maar met vaste hand, alsof hij het bij Rebecca zo vaak had
gedaan dat hij precies wist hoe hij ze in de knoopsgaten moest schuiven.
O mijn god, ik kan eigenlijk niet geloven wat ik je schrijf...

Ik had hem boos gemaakt. Zijn mond was veranderd in een hard
streepje. Hij parkeerde bij de hoge muur bij de rand van Heron Cove en
droogde mijn ogen. Breek het hart van Rebecca niet. Je staat diep bij haar
in het krijt. Ik drukte mijn handen tegen mijn gezicht. Ik wilde niet lan-
ger vliegen. Ik wilde alleen zijn. Er was niets in me, niet eens het geluid
van dreunende muziek.

Ik voel me vanmorgen erg misselijk, maar er zit niets meer in mijn
maag. Ik heb het zilveren medaillon met jouw haren erin verloren. Ik
kan me niet herinneren dat ik in bed ben gekropen, maar ik moet mijn

kleren eronder hebben geschoven. Ze ruiken naar rook, zweet en bier.
Mijn zwarte jurk is smerig en mijn slipje zit erin gedraaid. De donkere,
roestbruine vlek op het witte linnen was zo schokkend dat ik naar de
wasbak rende om hem eruit te halen. Ik schrobde en schrobde tot het water
helder was. Tot dat moment had ik gedacht dat het een droom was!

Zijn auto is weg. Ik ben alleen in huis. Neem me alsjeblieft in je
armen... alsjeblieft... alsjeblieft!!!

Cathy

24 maart 1993

Lieve mam,
Kevin is gisteravond langs geweest. De beveiligers hadden hem een blauw
oog bezorgd. Toen hij wilde terugvechten hadden ze de politie erbij ge-
haald. Die arme mevrouw Mulvaney moest hem van het bureau ophalen.
Daarna had zijn vriendin hem gedumpt. Hij vroeg me een keer naar
hem toe te komen om naar zijn nieuwe album van The Cure te luisteren.
Ik heb beloofd dat ik dat zou doen en toen voelde ik me even iets beter.

Lauren ligt nog altijd in het ziekenhuis. Ik begrijp haar nu een beetje
beter. Ze weet wat angst is, wat angst met je geest kan doen. Ik loop op
eieren. Liefde en haat – een trillende draad. Ik denk aan de kussen van
Jeremy en de manier waarop hij zijn hoofd houdt als hij lacht en mijn
liefde voor hem maakt me weer beroerd. Wat heb ik er een puinhoop van
gemaakt. Wat een zielige puinhoop!

Ik hou van jullie allemaal,
Cathy

22 juni 1993

Lieve mam,
Ik werk als serveerster. Met andere woorden: ik ben een onzichtbaar ras
met een dienblad. De vriend van Leah heeft mij en Melancholia een
zomerbaantje aangeboden in de Chilli Factor. Dat is het beste Mexicaan-
se restaurant in Dublin en er vliegen vonken van mijn hakken af terwijl

ik ren en ren en ren. Geen tijd om ergers anders aan te denken dan aan burrito's, enchilada's, tostada's, salsa's, taco's en hete pepertjes. Maar de echte reden waarom ik zo lang niet heb geschreven is dat ik bloedarmoede heb. Mijn oogkassen zijn lichtroze. Vorige week was ik op mijn werk duizelig. Melancholia zegt dat het komt doordat ze ons als galeislaven laten werken. Ik blijf denken aan bloedarmoede of een zeldzame vorm van bloedkanker... aan alles behalve aan wat ik echt vermoed. Ik ben zo bang. Elke keer als ik naar de wc ga, kijk ik. Niets. Het is het eerste waaraan ik 's morgens denk. Het laatste wat ik 's avonds doe is bidden dat ik de volgende dag zal menstrueren. Als ik naar een dokter ga, zal ik het zeker weten. Ik ben aldoor van plan dat te doen, maar dan ben ik opeens een week verder en doe ik nog steeds de normale dingen die alle anderen doen. Ik kijk naar mensen en vraag me af wat zich achter hun gezichten afspeelt. Doen zij ook alsof?

In de kathedraal steek ik een kaars op. De Maagd staart me aan. Ze is triest en meelevend, maar ze heeft mijn gebeden niet verhoord. Heilige Maria, luister alstublieft naar me. Laat het snel gebeuren, want anders ben ik binnenkort drie maanden over tijd. Officieel.

Ik ben wanhopig,
Cathy

28 juni 1993

Lieve mam,
De kat krabt de krullen van de trap de kat krabt de krullen van de trap... Ik weet niet wat ik moet doen... ik weet niet wat ik moet doen. Op mijn werk heb ik vandaag overgegeven. De geuren van alle kruiden en knoflook waren zo sterk dat ik er niets aan kon doen.

Melancholia's stem klonk van heel ver weg toen ze zei dat ik de deur van de wc moest openmaken. Ze had me twee keer naar de plee zien rennen en horen overgeven. Ze vroeg of ik een menstruatie had overgeslagen. Drie keer, zei ik. Ze keek zo geschokt dat ik die woorden weer wilde terugnemen. Ik had het werkelijkheid gemaakt door het hardop te zeggen.

Ik ga naar haar huis als we morgen klaar zijn met werken. Zij zal een zwangerschapstest kopen. Ze kent een meisje dat die had gebruikt toen ze over tijd was. Zodra ze zag dat de uitslag negatief was ging ze weer menstrueren. Zorgen veroorzaken het probleem.

Vaak heb ik in een lege kamer tegen de stilte aan geleund om jou mijn naam te horen fluisteren, maar het bleef altijd stil. Help me nu. Zeg dat alles met mij in orde zal komen!! Ik smeek je me te helpen.

Cathy

6 juli 1993

Lieve mam,
Het regent hard. Het kerkhof verandert erdoor in een modderige rivier, maakt jouw beenderen kletsnat en brengt de dode klei in beweging. Regen sijpelt door de kieren in jouw glanzende walnotenhouten kist met de koperen handvatten, drupt op het witte kant dat je gezicht omlijst. Ik wou dat ik dood was. Even dood als jij en pap. Schaduwen, geen substantie. Schaduwen zweven. Substantie lijdt.

Zodra ik vanuit mijn werk thuis was wist ik dat Rebecca het wist. Godzijdank weet ze niet alles. Melancholia is de enige die mijn geheim kent. Ze heeft gezworen dat ze het nooit zal vertellen en dat met bloed bezegeld toen we in onze vingers hadden geprikt.

Ik ben niet de enige die zwanger is. Sheila Brogan, die nu mevrouw O'Sullivan is, was vandaag in het Rotunda Hospital. Ik zag haar niet, maar zij zag mij wel. Eerst dacht ze dat Melancholia bij me was, maar toen hoorde ze een verpleegkundige mijn naam roepen. Ze is de beste vriendin van Rebecca en dus vond ze het haar plicht mijn zus te bellen en het haar te vertellen. Ze is een kreng, een bemoeizuchtig kreng. Wat moet ik doen?

Rebecca eiste alles te horen te krijgen. Ik heb gezegd dat ik niet weet wie de vader is. Leugenaarster, leugenaarster, zei ze. Het is Kevin Mulvaney, nietwaar? Ze blééf zijn naam herhalen. Ik heb niet geknikt. Ik weet dat ik dat niet heb gedaan, maar zij schreeuwde dat het met Julie al

erg genoeg was geweest en dat ik nu dezelfde kant op ging en dat Kevin
dit te horen zou krijgen en zij ervoor zou zorgen dat hij het juiste deed...
Ik drukte mijn handen tegen mijn oren en rende het huis uit. Ik kon de
regen bij de riviermonding ruiken, maar het was nog alleen een regen-
wolk en ik ging op de steiger zitten tot het donker werd. Toen ik thuis
kwam was Rebecca naar het huis van Kevin gegaan om het te bespreken
met Lydia.

Ik kan het werkelijk niet verdragen. Ik heb geprobeerd door de telefoon
met Kevin te praten, maar hij verbrak meteen de verbinding. Wat moet
ik doen? Vertél me dat!!! Blijf niet in die zevende hemel zitten en doe
voor de verandering eens iets nuttigs. Vertél me wat ik moet doen!!!
Cathy

15 juli 1993
Lieve mam,
Ben jij het eens met Rebecca? Moet een man weten dat hij vader wordt?
Toen zij dat zei klonk het sterk en logisch, maar ik ben nergens meer zeker
van. Ik ben naar zijn kantoor gegaan. VisionFirst staat gegraveerd op
een koperen plaat bij de voordeur. Er was een bel en er was een receptio-
niste en toen werd ik naar zijn kantoor gebracht. Toen ik zei dat hij de
vader was, trilde een spier in zijn wang.

Waandenkbeelden... waandenkbeelden... Het is zijn baby niet. Dat zei
hij vol overtuiging, hij herhaalde het twee keer alsof het daardoor de
waarheid zou worden. Alles klonk anders toen hij mijn woorden her-
haalde, als echo's die door de verkeerde muren worden geproduceerd. Ik
moest ophouden met liegen. Hoe hadden we kunnen vrijen terwijl ik die
avond high was door drugs? Drugs die de geest krankzinnig maken.
Hallucinaties en paranoia. Hij had me nooit iets aangedaan. Hij weet
zeker dat ik het met Kevin Mulvaney heb gedaan, hoe vaak Kevin dat
ook ontkent. Hij pakte mijn arm, deed me pijn en vroeg op hoge toon of
ik die belachelijke leugen ook tegen Rebecca had verteld.

Ik begon te huilen, wetend dat ik het haar nooit kon vertellen. Dat weet hij ook. Ik moest de baby laten adopteren, zei hij. Zijn stem was zacht, troostend, zoals wanneer ik vóór die tijd mijn hart bij hem uitstortte. Hij zou met Rebecca praten, haar ervan overtuigen dat dat de juiste beslissing was. Misschien zou ze wel overwegen het kind zelf te adopteren, omdat ze altijd het beste met me voorheeft. Het is mijn baby, zei ik. Jouw baby en de mijne.

Ik voelde zijn angst: een klamme, misselijkmakende angst waardoor hij te snel sprak. Hij noemde me wild en koppig, een leugenaarster die mijn zus hoe dan ook de vernieling in wilde krijgen terwijl zij alles had opgegeven om voor ons te zorgen.

Toen ik begon te huilen, bestelde hij een taxi die me naar huis moest brengen. Hij probeerde me geld te geven voor de rit. Ik verscheurde de bankbiljetten en smeet de snippers naar hem terug. Ik rende langs de receptioniste en de hangplanten en de glanzende koperen plaat bij de deur.

Op Merrion Square zag ik bloembedden met witte, stervormige bloemen. Ik herkende ook zijn auto. Ik haalde het zwarte kruis van mijn hals en zorgde voor diepe krassen in de zijkant van zijn dure Saab. Van het geluid kreeg ik kippenvel. Ik vroeg me af of onze baby ervan schrok. Ik zette nog meer kracht, haalde het kruis heen en weer tot het uit mijn hand viel. Ik liet me tegen het portier aan op de grond zakken en probeerde op adem te komen. Het alarm ging af. Dat geluid leek door mijn hoofd te gonzen. Ik draaide mijn hoofd en zag Rebecca. Ze keek naar zijn auto en toen naar mij. Door het alarm kon ik niet horen wat ze zei. Ik rende langs haar uitgestoken armen weg. Ik nam de bus naar Heron Cove en belde Kevin. Mevrouw Mulvaney zei dat hij niet thuis was, maar ik wist dat ze loog want ik kon The Cure op de achtergrond horen. Ik smeekte haar hem te roepen. Hij kwam aan de lijn en zei dat ik moest ophouden hem lastig te vallen.

Ik pakte een tas. Ik stopte er mijn brieven in, en de familiefoto die na de balletvoorstelling was genomen. Ik pikte geld uit de portemonnee van Rebecca en liet een briefje op de tafel achter. Toen ging ik terug naar de stad, maar ik wist niet waar ik me verborgen zou kunnen houden. Toen herinnerde ik me het pakhuis waar we ons goth-feest hadden gegeven. Ik forceerde de deur, dat ging gemakkelijk. Ik ging op de grond liggen. Ik moet hebben geslapen, want het was donker toen ik wakker werd.

Ik liep over de kaden. Een vrachtwagen stopte toen ik een arm opstak. De cabine was warm en de kachel blies warme lucht tegen mijn benen. Op het dashboard waren slogans geplakt. Robbie noemt zijn truck 'Ramblin' Rosie'. Hij heeft een bierbuik, een vrouw die Doris heet, twee dochters en een zoon. Hun foto's hingen boven de voorruit. Zijn oudste dochter is even oud als ik en hij zou haar een pak slaag geven als ze een lift van een trucker durfde aan te nemen. Dat is vragen om problemen, zei hij, en daar zijn er hoe dan ook al genoeg van.

Ik vertelde hem dat ik naar mijn grootmoeder moest, die ernstig ziek was. Hij neemt vaak de nachtboot, om verse vis bij restaurants af te leveren. Hij draaide muziek, bandjes met countrymuziek, Emmylou Harris, en hij zong met haar mee. We stopten bij een tentje langs de weg waar je eten kon kopen. Truckers stonden daar met elkaar te praten en patat te eten. Ze mompelden iets tegen Robbie, gaven hem schouderklopjes.

Je boft dat ik je een lift heb gegeven, zei hij. Sommige truckers zouden je het een en ander leren als ze hun handen konden leggen op een aantrekkelijk dingetje zoals jij. Hij vroeg wat er met mijn grootmoeder aan de hand was en fronste zijn wenkbrauwen toen ik zei dat ze kanker in haar hart had. Van die vorm van kanker had hij nog nooit gehoord. We reden door slapende dorpen in Wicklow, en toen in Wexford. Hij remde toen hij de terminal in Rosslaire had bereikt en deed de binnenverlichting aan. Hij geloofde mijn verhaal over mijn grootmoeder niet, en omdat hij een dochter – Anna-Marie – heeft die even oud is als ik, besloot hij me de les te lezen. Van huis weglopen loste nooit iets op. Kind, zei hij, ga naar de politie of naar een priester als je in de problemen bent gekomen. Hij klonk als een vader... denk ik. Ik ben vergeten hoe pup was. Ik heb hem over de baby verteld.

Vertel het je moeder, zei hij. Moeders begrijpen meer van die dingen dan jij beseft.

Ik heb het haar al verteld, zei ik. Ze begrijpt het, maar ze kan me op geen enkele manier helpen.

Hij werd heel stil toen hij van het ongeluk hoorde. Hij vroeg naar mijn achternaam. Hij kende de chauffeur die dat ongeluk had veroorzaakt. Ik kreeg het gevoel dat iemand over mijn graf was gelopen. Ze staken vroeger vaak samen over met de veerboot. De chauffeur heeft niet meer achter het stuur gezeten. Hij heeft iets waardoor er opeens herinneringen bovenkomen. Terwijl we aan het praten waren reed Robbie met de andere truckers steeds dichter naar de veerboot toe. Hij vroeg me niet uit te stappen. Op de veerboot deelde hij zijn sandwiches met mij en haalde soep voor me. Hij heeft een zus die in Londen woont en Alma heet. Ik heb haar adres in mijn zak.

De motor maakt een geluid als een drum. Ik ben op zee. Ik blijf aan Rebecca denken. Aan haar ogen die me gadeslaan. De geschokte uitdrukking op haar gezicht, alsof ik haar een keiharde stomp had gegeven. Ik kan niet teruggaan... Dat kan ik niet doen. Ik heb een briefje achtergelaten. Ze zullen zich geen zorgen maken.

Twee zeemeeuwen vliegen met de veerboot mee. Waar zijn alle andere? Ze vliegen altijd in zwermen. Misschien zijn jij en pap het. Alles is mogelijk... alles. Blijf altijd bij me, waar ik ook naartoe ga.

Liefs en kusjes,
Cathy

15 november 1993

Lieve mam,
Ik herinner me niet veel meer van de rit naar Londen dan een lange weg en het gezang van Emmylou. Een pluizig ding hing bij de voorruit van de cabine van Robbie en zwaaide heen en weer. Ik denk dat ik veel heb geslapen, ook toen hij me met een plattegrond op de trein zette en wees hoe ik bij Alma kon komen. Hij gaf me geld. Ik denk dat jij hem vanuit de hemel naar mij toe hebt gestuurd. Alma lacht als ik dat zeg. Ze zegt dat hij de meest humeurige oude rotzak aan deze kant van de Alleghenies is, maar engelen kunnen allerlei gedaantes aannemen.

Gisteravond liet ze een gouden ring boven mijn buik ronddraaien en zei dat ik een jongetje zou krijgen. Ik zal het namenboek weer moeten pakken als dat zo is, want ik denk dat het een meisje is. Jij hebt vier dochters gekregen. Waarom zou ik dan een zoon krijgen? In mijn buik heb ik geen plaats voor trieste gevoelens, eenzame gedachten of heimwee naar mijn zussen. In mijn buik zit mijn baby. Als ik loop waggel ik als een eend. Als Melancholia me kon zien zou ze schateren van de lach en me Donald noemen. Dat zou Kevin ook doen, als hij het me ooit kon vergeven. Maar ik wil nu niet meer aan hen denken.

Ik help Alma in haar winkel. Gezonde etenswaren, vitaminen en kristallen. Haar naam betekent verzorgen en liefhebben. Nadine betekent hoop. Zo had Alma haar kleine baby genoemd, maar Nadine is geadopteerd en dus weet ze niet of ze nog altijd zo heet. Dat was lang geleden. Dingen veranderen, zegt ze. Nu woon ik in Londen en heb ik een eigen winkeltje. Ik kan mijn baby Nadine noemen als het een meisje is. Dat zou Alma leuk vinden. Nadine... als ik haar naam fluister kan ik de volgende dag doorkomen, en alle dagen daarna.

Ik hou van jullie allemaal,
Cathy

21

Het dagboek van Rebecca – 1993

Had de politie me maar meteen serieus genomen. Maar zij wisten het beter. Zussen maken ruzie en Cathy zou weer naar huis komen zodra ze was afgekoeld. Ze weigerden een zoekactie te starten tot alle voor de hand liggende mogelijkheden waren nagegaan. Ik wist wel beter. Haar briefje was duidelijk.

'Ik loop weg om een nieuw leven te beginnen. Neem de moeite niet mij te gaan zoeken. Ik zorg alleen maar voor problemen. Vaarwel. Cathy. Kusjes.'

Ik bleef dat briefje herlezen, alsof ik dan op de een of andere manier een door haar gegeven aanwijzing zou kunnen vinden. Lauren is er goed in een spoor achter te laten, maar Cathy heeft niets verraden. Toen er een officiële zoekactie van start ging, was ze al een eind weg en de eerste ansichtkaart arriveerde een paar dagen later vanuit Londen.

'Met mij gaat het goed. Ik ben bij een goede vriendin en ik heb een dak boven mijn hoofd gevonden. Maak je geen zorgen over me. Cathy. Kusjes.'

Welke vriendin? Ze had geen vriendinnen in Londen en de vrienden en vriendinnen hier hadden geen idee waar ze was, of beweerden daar in elk geval geen idee van te hebben. Ik geloofde Kevin, maar Melanie Barnes niet. Zij zette haar gebruikelijke ondoorgrondelijke masker op toen ik ernaar vroeg. Ik wilde de waarheid uit haar schudden. Haar blik maakt me nerveus. Ze houdt iets verborgen, maar ik vermoed dat niets haar ertoe kan overhalen haar mond open te doen.

Ik had al besloten naar Londen te gaan om haar te zoeken toen de tweede kaart arriveerde en ons meedeelde dat ze een abortus achter de rug had.

Ik ben hier nu twee maanden. Tegenover me hangt een kaart van de ondergrondse. Nog zeven stations voordat ik op Heathrow ben: de laatste etappe van een vruchteloze reis. Jeremy had gelijk. Hij zei dat ze niet gevonden wilde worden, maar in elk geval heb ik het geprobeerd. Heb ik het intensief geprobeerd...

De zitslaapkamer in Kilburn was niet fraai maar wel goedkoop en het enige wat ik er deed was slapen. Ik heb de stad afgezocht, de zijstraten en de plaatsen waar zwervers zich ophouden, de winkels en de cafés waar ik hoopte dat ze zou werken. Ik heb brieven naar kranten geschreven, posters op muren geplakt, pamfletten aan mensen in de ondergrondse gegeven. Ik ben zelfs te horen geweest in radioprogramma's, haar smekend contact met me op te nemen. Slechts één keer dacht ik dat ik eindelijk succes had.

Op King's Road keek ik door een etalageruit en zag een meisje in een wijde overall en een olijfgroen T-shirt. Ze was zwanger, en dat paste niet bij mijn beeld van Cathy. Maar het krullende zwarte haar dat tot over haar schouders hing gaf me zoveel vreugde dat ik blindelings de winkel in rende en haar naam riep.

In de winkel rook het naar jasmijn, olie van cederhout en kruidenthee. Het meisje was verdwenen en er was alleen een vrouw met rood haar, die achter de toonbank stond.

'Kan ik je ergens mee helpen?' vroeg ze. Haar accent was onmiskenbaar. Ze moest zijn geboren en getogen in het centrum van Dublin. Ze was beleefd maar zei heel stellig dat het meisje dat ik had gezien haar dochter was. Nadine, noemde ze haar. Ik wilde haar niet geloven. Ik bleef door de winkel rondlopen. Haar rok streek over de vloer toen ze naar een plank liep en daar stukken zeep op zette. De geur van lavendel was zo

sterk dat ik die eeuwen later nog rook. Ze noemde haar dochter een brutale aap omdat ze ertussenuit was geknepen. Ik gaf haar het pamflet met de foto van Cathy en dat hing ze op een prikbord, naast een reclame voor reflexologie en yoga. Ik vertelde hoe wanhopig ik was. Iets aan haar maakte me achterdochtig. De manier waarop ze dicht bij mij in de buurt bezig bleef, alsof ze bang was me uit het oog te verliezen. Misschien dacht ze dat ik een winkeldief was, hoewel moeilijk te bepalen was wat er te stelen viel.

Ik deed alsof ik de etiketten op potjes vitaminen en kruidenshampoos bekeek. De smalle deur die naar het achterste deel van de winkel leidde bleef dicht.

'Pas goed op jezelf,' riep ze toen ik vertrok. 'Als ik jou was, zou ik me niet al te veel zorgen maken. Jonge mensen slagen erin te overleven en je weet nooit...' De winkelbel maakte haar laatste woorden onverstaanbaar. Ik draaide niet om. Ik heb er meer dan genoeg van naar gemeenplaatsen te luisteren.

Urenlang heb ik haar winkel in de gaten gehouden. Ze zag me niet toen ze naar buiten kwam, de winkel op slot deed en het metalen luik voor de etalageruit liet zakken. Daarna gingen boven lichten branden. Ik herkende haar bij het raam, in haar geborduurde jurk en met het zo typerende kapsel. Niemand verliet het pand. De volgende dag kwam ik weer terug, maar hoe vaak ik ook langs de winkel liep of hoeveel klanten naar binnen gingen en weer vertrokken... ik zag haar niet meer. Uiteindelijk aanvaardde ik dat het een vals spoor was en ging ik in Islington zoeken. Ook dat leverde niets op. Ik haat het hier te zijn. Hoe kan ze me dit aandoen? Ik hield zoveel van haar en nu ben ik haar kwijt. Hoe heb ik dat laten gebeuren?

Jeremy haalt me straks op van het vliegveld. Hij zal me dicht tegen zich aan houden en me troosten. We zullen vrijen. Onze lichamen zijn voor elkaar gemaakt. Maar de woorden van mijn moeder zullen blijven weergalmen in de leegte die Cathy heeft achtergelaten.

22

Brieven aan Nirwana

15 januari 1994

Lieve mam,
Vandaag ben ik met Melancholia op het kerkhof Highgate geweest. Daar
zijn alle mensen uit de tijd van koningin Victoria begraven. Veel verba-
zingwekkende grafstenen en grafkelders, echte gotische ontwerpen en
standbeelden van leeuwen en Karl Marx en Egyptische zuilen en mau-
soleums die zo groot zijn als huizen. Eigenlijk wilde ik daar niet zijn. Ik
wilde niet in de schaduw van dode mensen zijn terwijl ik leven heb ge-
geven. Maar het is negen jaar geleden dat jij bent weggegaan en ik wilde
eventjes bij jou in de buurt zijn.
Ik heb Conor opgetild bij een stenen beeld van een engel, zodat jij mijn
zoon kon zien. Melancholia wil dat ik naar huis kom. Ze zei dat de ge-
lijkenis Rebecca niet zou opvallen, maar aan de toon van haar stem kon
ik horen dat ze loog. Zelfs nu zien we allebei al het tarweblonde haar en
de hemelsblauwe ogen. Dus drong ze niet aan. Ze gaf me alleen een knuf-
fel en zei dat elk huisje zijn kruisje heeft. Toen hield ze me vast tot ik was
opgehouden met huilen.
Op de dag voor de geboorte van Conor kwam Rebecca de winkel in. Ik
zag haar door de etalageruit. Aanvankelijk dacht ik dat ik hallucineerde.
Mijn hart klopte zo snel dat ik bang was dat het uit mijn borst zou

springen of dat ik een hartaanval zou krijgen en net als opa Gaynor zou doodgaan. Ik verstopte me in de personeelsruimte en ik hoorde haar met Alma praten. Het kostte me moeite in de stoel te blijven zitten en niet naar haar toe te rennen. Ik was bang dat Alma medelijden met haar zou krijgen en haar de waarheid zou vertellen, maar dat gebeurde niet. Ze weet dat ik wil dat Rebecca gelukkig is. Ik heb iets verschrikkelijks gedaan en dit is mijn straf.

Ik heb niet vaak meer de tijd om te schrijven. Dus maak je geen zorgen als je niets van me hoort. Ik zal nooit ver weg zijn.

Ik hou van jullie allemaal,
Cathy

DE REIS

23

Havenswalk

Conor zwemt naar het midden van het meer. Zijn soepele lichaam snijdt als een mes door het water. Hij is gewend aan de temperatuur, de schok van ijskoud water op zijn huid. Het meer is klein vergeleken met andere op het Zuidereiland en staat niet eens als een blauwe stip op de kaart. De afmetingen ervan maken het extra bijzonder, als een geheim dat wordt gedeeld met een paar goede vrienden die – net als hij – de aard en wispelturigheid ervan kennen. Deze ochtend is de stemming vrolijk en fris. Zijn moeder geeft de voorkeur aan het meer in de avond. Zij komt hier in de schemering, als ze even stilte om zich heen wil hebben, maar hij gebruikt het meer als een boksbal. Hij stopt zijn energie in dat zwemmen 's morgens, in waterskiën, surfen, kajakken, vissen en zeilen.

Hij draait zich om en drijft op zijn rug. Roze wolken zweven langs de hemel. Zijn tantes zijn aan hun reis begonnen. Over twintig dagen zullen ze in Havenswalk zijn. Echte tantes, van vlees en bloed, in plaats van de figuren uit de virtuele werkelijkheid die hij op het internet ziet. Zijn moeder noemt het internet een kijkgaatje naar de wereld. Als beschrijving is dat wel toepasselijk. Hij heeft hen allemaal gevonden. Lauren, zijn slanke tante, aanwezig op een chic feest, samen met haar oudere echtgenoot die eruitziet alsof hij een groot deel van de wereld bezit. Julie ziet eruit alsof ze is geboren om mensen te knuffelen en al hun problemen op te lossen. Ze heeft drie zoons: Jonathan, Philip en Aidan. Nadat zijn moeder contact had gelegd is hij e-mails gaan sturen naar Aidan, die even oud is als hij en dezelfde smaak heeft op het gebied van muziek, rugby en meisjes.

In de verte hoort bij de motor van Hannah. Ruthie is al gearriveerd om het ontbijt klaar te maken en Lyle werkt in de tuin. Conor draait zich weer om en zwemt onder water tot zijn longen dat niet meer kunnen volhouden. De zon beschijnt zijn wimpers als hij boven water komt en naar de oever zwemt.

De site van het Lambert Dierenasiel interesseert hem het meest. Hij heeft alles gelezen wat Rebecca daar op heeft staan: dierenmishandeling, geneeswijzen, smeekbeden om donaties, adviezen voor kinderen die in een woonwijk een paard houden. Hij verheugt zich er vooral op háár te ontmoeten. Op de website heeft hij geen foto van haar kunnen vinden, alleen foto's van paarden en ezels die op een veld grazen.

Hij moet het doen met de familiefoto die zijn moeder op de zolder had verstopt. Toen de deur naar het verleden was opengezet, heeft ze die laten vergroten en inlijsten. Hij hangt nu in het restaurant en de gasten stellen er altijd vragen over. Lauren is gekleed als een fee en Julie is cool, een rockdiva in de stijl van de jaren tachtig. Zijn moeder, acht jaar oud en broodmager, lijkt op Rebecca. Natuurlijk is Rebecca veel ouder en heeft ze krullend haar dat tot haar schouders reikt, terwijl zijn moeder twee staartjes heeft die aan weerszijden uit haar hoofd lijken te steken. Rebecca glimlacht als een sexy model en zijn moeder is tanden aan het wisselen. Maar hoe meer Conor de foto bekijkt, hoe duidelijker hij de gelijkenissen ziet.

Hij heeft door de telefoon met Julie en Lauren gesproken. De stem van Julie klonk verstikt, alsof ze probeerde niet te huilen. Ze klinkt precies zoals zijn moeder had beschreven, huilend en lachend tegelijk. Ze wil dat hij zo spoedig mogelijk naar Ierland komt om kennis te maken met zijn neven. Hij vindt de lage, sexy stem van Lauren prettig, maar ze lijkt nooit te weten wat ze tegen hem moet zeggen en daarom klinkt hij al even vormelijk. Met Rebecca heeft hij nog niet gesproken. Julie zegt gekscherend dat zij het te druk heeft met de therapie van slecht functionerende ezels om te kunnen telefoneren. Conor weet dat het te maken heeft met het feit dat zijn moeder van huis is weggelopen: het onderwerp waarover niet wordt gesproken.

Als hij de keuken in loopt is zij druk bezig met het serveren van het ontbijt.

'Heb je lekker gezwommen?' vraagt ze tussen de bestellingen door.

Hij knikt. 'Nog iets van de tantes gehoord?'

'Conor, die zitten op dit moment in de lucht.' Ze pakt een kan melk uit de koelkast en doet de deur met haar heup weer dicht.

'Ik wou dat ze meteen hierheen kwamen in plaats van eerst een rondreis te maken.'

'Zo is het nu eenmaal geregeld, en Rebecca moet in maart thuis zijn voor een conferentie die zij heeft georganiseerd. Als ze hier arriveren zal ik klaar zijn met werken en is Havenswalk klaar voor hen.'

'Ben je bang?' vraagt hij.

'Wat denk je?'

'Ik zou doodsbang zijn, maar natuurlijk zou ik mijn familie nooit vijftien jaar lang negeren.'

'Conor, begin daar niet over,' zegt ze waarschuwend.

'Ik begin nergens over. Ik zei alleen...'

Ze loopt al snel naar het restaurant. Hij kijkt naar de open en dicht zwaaiende deur. Hij kan het nog steeds niet geloven. Een jaar geleden waren ze met zijn tweeën. Nu heeft hij drie tantes, twee ooms, drie neven... en een vader.

Hannah snijdt zingend het brood. Door het raam ziet Conor de Jeep van zijn vader verdwijnen door de bocht in de laan. De keuken is warm maar toch rilt hij, nog vanwege het koude water van het meer. De schoolbus zal nu snel komen. Hij blijft nog even staan, hopend dat zijn moeder zal terugkomen naar de keuken en hij iets kan zeggen. Niet direct een excuus, maar iets neutraals om de spanning tussen hen te verdrijven. Ze is de laatste tijd zó gespannen. Net zo gespannen als ze was op de avond dat Conors vader in Havenswalk arriveerde om de plaats in hun leven op te eisen die hem toekwam.

24

Bangkok

In het damestoilet op het vliegveld van Bangkok trekt Lauren het comfortabele topje en de dito broek uit die ze tijdens de vlucht heeft gedragen en pakt een zonnejurk uit haar reistas. Ze stopt haar voeten in een paar bijbehorende schoenen met hoge hakken en een open hiel. De uitgetrokken kleren worden zorgvuldig opgevouwen in de tas gedaan. Ze heeft veel gereisd, is gewend aan verschillende tijdzones en klimaten. De schrille toon van haar nieuwe mobieltje maakt haar aan het schrikken. De toon is luid, eisend. Ze is telkens van plan de beltoon te veranderen, maar vergeet dat dan weer tot het volgende telefoontje van Steve het haar in herinnering brengt. Voordat ze opneemt doet ze wat blush op haar wangen. Steve zit tussen twee besprekingen in en wil alleen even weten of ze veilig is geland. Hij had gebeld toen ze op Heathrow moesten overstappen en toen had ze hem verzekerd dat alles gladjes verliep. Dat doet ze nu weer.

Op de bagageband verschijnt hun bagage. Rebecca pakt haar rugzak en Julie bekijkt bezorgd haar mandoline. Geen van de zussen onderneemt een poging haar te helpen met haar koffers. De kunstnagel van haar wijsvinger scheurt wanneer ze ze op een bagagekarretje zet. Het is een diepe scheur, die onmiddellijke aandacht vereist. In het hotel moet een nagelstudio zijn en daar zal ze direct naartoe gaan.

Ze lopen naar de aankomsthal, waar een kleine man van middelbare leeftijd een bord omhooghoudt waarop LAMABERT staat. Hij schudt handen en stelt zich voor als Kasem. 'Mag ik de eerste zijn die u verwelkomt in mijn schitterende Stad van de Glimlach? Dit is uw thuis ver weg van uw eigen huis.' Zijn glimlach lijkt een zegening en zijn blik blijft iets langer op Lauren rusten dan noodzakelijk is. Ze is gewend aan dat soort blikken, en als ze de vochtige warmte van een avond in Bangkok in stappen, registreert ze die even en vergeet hem dan weer.

Julie wuift zich koelte toe met een reisbrochure. In haar gekreukte linnen broekpak ziet ze er verlept uit. Rebecca, die een spijkerbroek en een spijkerjas aanheeft die ze in de stal had moeten achterlaten, is al even slecht voorbereid op de klamme hitte.

Kasem stopt hun bagage in een compartiment aan de zijkant van de bus en excuseert zich. Hij moet nog een reiziger ophalen wiens vliegtuig net is geland. Hun chauffeur leunt tegen de bus, rookt en maakt een praatje met een andere chauffeur. Mensen lopen snel langs, opgaand in hun eigen reisdoel. Een stel haast zich naar de vertrekhal. Hun twee kinderen, die boven op de bagage in het bagagekarretje zitten, gillen opgewonden. Ze doen Lauren denken aan de eens bekende gezinsvakanties. Hun vader achter het stuur van de Ford Anglia en Julie die telkens weer een ander liedje inzet. 'Ten Green Bottles', 'Two Little Boys', 'Lily the Pink', Ob-La-Di, Ob-La-Da'.

De gids en zijn passagier komen aangelopen. De passagier knikt naar de vrouwen en stapt glimlachend de bus in. Hij gaat nonchalant gekleed in een marineblauw linnen pak en een witkatoenen shirt met een open hals. Zijn zwarte haar met grijze spikkeltjes is kortgeknipt en hij is al bezig op zijn laptop als de bus wegrijdt. Anders dan Julie draagt hij zijn kreukels met zwier.

'Morgen zal ik de eer hebben u de bezienswaardigheden van mijn betoverende Stad van de Glimlach te laten zien.' Kasems toeristenpraatje klinkt overtuigender naarmate de rit naar hun hotel vordert.

'Wat is er verduveld veel verkeer op de weg.' Julie gebaart naar de zich langzaam voortbewegende rij taxi's, bussen en auto's op de tweebaansweg. 'Taxichauffeurspraat,' voegt ze eraan toe en ze giechelt. Ze giechelt nog altijd als een tiener en ze is de enige vrouw die Lauren kent die daarmee weg kan komen.

Rebecca kijkt nijdig naar de bekende dubbele gele bogen in een winkelblok. 'Ik had niet verwacht in de Stad van de Glimlach zo dicht bij een Big Mac in de buurt te komen.'

'Globalisatie.' Kasem haalt verontschuldigend zijn schouders op en verzekert haar dat Bangkok verder een stad is van schitterende tempels, universiteiten, paleizen, musea, galerieën en godsdienstige festivals. En wat het eten betreft...' Hij kust zijn vingers als saluut voor de Thaise keuken. 'Mag ik u het perfecte restaurant voor vanavond aanraden?'

Een olifant loopt langs op een parallelle rijbaan en door zijn immense afmetingen lijken de auto's speelgoedautootjes. Wanneer het verkeerslicht op rood springt blijft het dier gehoorzaam staan en wacht tot het weer groen wordt.

'Ik kan mijn ogen niet geloven.' Rebecca kijkt Kasem hevig geschrokken aan. 'Wat doet een olifant op een tweebaansweg?'

'Hmmm.' Kasem knikt in de richting van het dier, dat opmerkelijk rustig lijkt te midden van het chaotische getoeter en piepende remmen. 'Onze olifant is een heel intelligent...'

'Zoiets krankzinnigs heb ik nog nooit gezien. Wilt u zeggen dat dit officieel is toegestaan?'

'Mevrouw, dit is een ongelukkig voorbeeld van onze veranderende tijden.' Kasem accepteert haar verontwaardiging met een geduldige glimlach. 'Deze olifant heeft ongetwijfeld eens gewerkt in een houthakkerskamp en is toen met zijn eigenaars naar de stad gekomen om werk te zoeken. Ik ben het met u eens. Het is triest te zien dat die dieren slavenwerk moeten verrichten.'

'Het is wreed en onterend.' Ze kijkt nijdig naar Julie, die met haar mobieltje een foto maakt. 'Julie, hou daarmee op. Zo moedig je die afgrijselijke dierenmishandeling alleen maar aan.'

'Ik wil de foto naar de jongens sturen.' Julie negeert het bevel van haar zus en buigt zich gevaarlijk ver uit het raampje om een betere foto te kunnen maken.

'Onze kornaks zijn heel bekwaam.' Kasem verheft zijn stem om boven het geraas van het verkeer uit te kunnen komen. 'Eens hebben ze onze geweldige olifanten de oorlog in geleid.'

'Dat doen ze nog steeds.' Rebecca ziet eruit alsof ze de bus uit wil springen om de olifant mee te nemen naar het dichtstbijzijnde dierenasiel. Lauren zucht en inspecteert haar ingescheurde nagel. Hoe had ze Rebecca's obsessie met dierenrechten kunnen vergeten? De man die tegenover hen zit maakt zijn aktetas open en zet een koptelefoon op. Een verstandig idee. Laurens blik kruist de zijne en ze glimlacht, maar hij lijkt te zeer op te gaan in zijn eigen gedachten om haar echt te zien. Het verkeerslicht springt op groen en het verkeer komt langzaam in beweging. Opeens brult de chauffeur van de bus iets in het Thai. Zo woest dat het naar Laurens idee een vloek moet zijn, zeker omdat de olifant tekenen vertoont hun rijbaan op te willen draaien. De chauffeur remt abrupt en ze schiet naar voren, valt bijna uit haar stoel. De man die tegenover haar zit probeert zijn evenwicht te bewaren, maar zijn aktetas glijdt op de grond voordat hij die kan vastpakken. Met een gesmoorde uitroep zet hij de koptelefoon af en buigt zich voorover om de inhoud van zijn tas op te rapen. Voor zover Lauren kan zien zijn het voornamelijk vellen handgeschreven bladmuziek, en een foto die bij haar voeten belandt. Ze pakt die op en kan er alleen even snel een blik op werpen voordat hij hem van haar overneemt. Het is een glansfoto, iets als een reclamefoto, van een orkest rond een violiste in een ceremonieel Thais kostuum.

'Een mooie vrouw.' Hun vingers raken elkaar even als ze hem de foto overhandigt.

'Dank u.' Hij stopt alles weer in zijn aktetas en doet die op slot. Hij kijkt helemaal niet meer naar haar, maar Lauren weet dat hij zich van haar bewust is. Zijn nationaliteit laat zich moeilijk vaststellen. Lauren is gewoonlijk goed in het herkennen van gelaatstrekken en koppelt die dan aan een bepaald land. Zijn huid doet haar denken aan donkere honing, maar zijn gezicht mist de verfijning die ze met de Thai associeert. Zijn neus is gebroken geweest en slecht gezet en de bocht in de hoge neusrug verstoort de symmetrie van zijn gelaatstrekken.

Ze wil hem naar de foto vragen, maar hij gaat weer aan het werk. Maakt hij deel uit van het orkest, vraagt ze zich af terwijl ze zijn slanke vingers ritmisch over het toetsenbord ziet racen. Anders dan Rebecca trekt hij zich niets aan van de capriolen van de olifant die onder een viaduct tot stilstand komt en meteen wordt omgeven door toeristen met camera's.

Even later bereiken ze het hotel, schrijven zich in en lopen samen naar de lift. Lauren wil de sporen van de lange reis graag van zich af douchen en is zich bewust van zijn nabijheid als ze dichter bij elkaar gaan staan om ruimte te maken voor nog meer gasten. In de spiegel kijkt ze even steels naar zichzelf en ze is tevreden met wat ze ziet. De koele pepermuntkleur van haar strakke jurk, die als een tweede huid om haar slanke tienergestalte zit, accentueert haar groene ogen, als die van een kat.

'Hoelang blijven jullie in Bangkok?' vraagt hij terwijl de lift naar boven zoeft.

'Twee nachten,' zegt Julie.

'Net als ik. Een korte onderbreking van de reis. Bangkok is een betoverende stad. Ik hoop dat jullie een prettige reis zullen hebben, dames.'

'Is hij niet goddelijk?' vraagt Julie zuchtend terwijl ze naar hun kamer lopen. 'Zijn ogen deden me denken aan smeltende chocola.'

'Rustig aan, Mamma Mia,' zegt Lauren waarschuwend. 'Je mag dan zijn ontsnapt aan de teugels van je echtgenoot, maar je bent nog wel een respectabele getrouwde vrouw.'

'Nou en? Ik kijk alleen naar de menukaart. Zolang ik niets bestel...'

Julie bestelt nooit iets. In haar drukke schema is geen ruimte om iets te doen met een blik die op haar is geworpen.

De suite die ze de komende twee dagen zullen delen is ruim en licht, geboekt door Steve, die stellig had verklaard dat zijn oorspronkelijke reserveringen voor Bangkok en de eerste nacht in Christchurch dienden te worden gehandhaafd. In de suite staan drie tweepersoonsbedden, een plasmatelevisie, luxe banken en een zwarte massagestoel die er volgens Julie uitziet als een elektrische stoel maar die ook belooft alle sporen van stress na een lange reis voorzichtig weg te werken. Ze is al net zo onder de indruk van de minibar en ijsmachine, de schaal met fruit en het ijsemmertje met een fles champagne midden op de tafel. Met haar mobieltje maakt ze druk foto's terwijl ze van de badkamer naar de slaapkamer en het balkon loopt. Ze negeert het gelach van haar zussen, fotografeert de inhoud van de minibar en vraagt Lauren een foto van haar in de massagestoel te nemen, waar ze haar tong uitsteekt en doet alsof ze wordt geëxecuteerd.

'Ik zou heel snel aan deze stijl van leven gewend kunnen raken.' Ze stort zich op het bed en staart naar het plafond. 'Het is in elk geval stukken beter dan kinderen met mazelen en aften in een caravan verplegen als het regent.' Als ze dat heeft gezegd, barst ze in tranen uit. 'Kijk eens naar alle kreukels in mijn broekpak. Vierhonderd euro voor een vod dat ik bij thuiskomst zal gebruiken om de ramen schoon te maken.'

'Ontwenningsverschijnselen.' Rebecca maakt de badkamerdeur open. 'Daar bestaat slechts één tegengif voor.'

Julie snikt hartstochtelijk in de kussens terwijl Rebecca een bub-
belbad voor haar laat vollopen en Lauren in haar toilettas op zoek
gaat naar een tubetje oogzalf dat bijna evenveel verlichting belooft
als de massagestoel.

Een uur later lopen ze na een douche verfrist en wel het hotel uit.
De herrie op straat overvalt hen als een lawine, neemt hen mee langs
ijscokarretjes en bergen geglazuurde zoetigheden, langs stalletjes
met beschilderde zijde en T-shirts. In een rustige zijstraat zien ze
het door Kasem aanbevolen restaurant. Ze vinden een plaatsje op
het dak, proeven van elkaars gerechten en staan het de ober toe hun
wijnglazen nog eens vol te schenken. Het eten is even geweldig als
Kasem had beloofd, en Bangkok schittert door de vele neonlampen.
Bars en internetcafés zijn nog open als ze het restaurant verlaten. De
meeste handelaren pakken hun spullen in en het is gemakkelijker
om door de straten te lopen. Nu gaat een andere handel van start.
Ze lopen langs massagesalons met dikke gordijnen voor de ramen
en discrete deuren. Andere hebben bij de ingang een groot bord
hangen met GEEN SEKS. Jonge vrouwen in korte rokken en glinsterende stretchtopjes leunen verleidelijk tegen winkelpuien en roepen
passerende toeristen aan. Wierook komt uit een winkel waarin een
tienermeisje zit te slapen, met haar hoofd op een toonbank vol flikkerende Boeddha-altaartjes.
'Ze zijn zo jong,' mompelt Julie. 'Ik kan niet geloven dat ze allemaal in het vak zitten.'
'Ze zijn beslist niet aan het bidden,' zegt Lauren.
Julie blijft voor een etalage staan, verbaasd over de prijs van maatpakken die ze ziet. Ze fotografeert de rij etalagepoppen. Ze zal twee
pakken voor Paul bestellen en hem een sms sturen om te vragen
hoelang zijn benen precies zijn.
'Mijn hemel! Ze is twintig jaar getrouwd en ze weet niet eens
hoelang de benen van haar man zijn,' zegt Lauren.

'Negentien,' zegt Julie. 'Maar wat doet een jaartje meer of minder ertoe? Ik vraag me af of Paul wakker is. Becks, hoe groot is het tijdsverschil ook al weer?'

Rebecca drukt een hand tegen haar voorhoofd en geeuwt. 'Zeven uur. Ze slapen nog, Julie. Maak hen niet wakker. Neem morgen maar een beslissing over die pakken.'

De straat waar ze nu lopen is breder en er is meer verkeer. Nog een olifant, of misschien dezelfde, poseert onder een viaduct voor foto's. Ze zien een groep Japanse toeristen voor het dier staan. Camera's flitsen als vuurwerk en het langsrijdende verkeer maakt de verlichte chaos nog groter. Voordat haar zussen haar kunnen tegenhouden rent Rebecca erheen en baant zich tussen de fotograferende mensen door een weg naar de olifant.

'Beseft u wel welke schade u die ongelukkige olifant toebrengt?' roept ze naar de kornak, met al het gezag dat ze door de jaren heen in haar asiel heeft verkregen.

De man grinnikt. 'Wilt u een ritje op de olifant maken, of hem te eten geven?'

'Nee! Nee! Niet te eten geven. Ik wil hem behoeden voor pijn. Het is wreed... heel wreed...' Ze grijpt naar haar keel en maakt stikkende geluiden. 'Al die uitlaatgassen.'

'U eten geven. U eten kopen.' Hij rommelt in een tas en gooit een tros bananen omlaag, die wordt opgevangen door een man die opeens achter haar is opgedoken.

'Zeventig baht. U moet mij zeventig baht betalen. Nee? Hoeveel dan wel?' De tweede man steekt haar de bananen toe en zegt snel, in het Engels: 'U geeft me dollars, dame? U geeft me nu meteen dollars. Twee, drie dollars? Ja?'

De olifant ziet de bananen, zwaait met zijn slurf en dwingt Rebecca weg te duiken om niet te worden geraakt.

'O, mijn hemel! Wanneer zal ze ooit haar gezonde verstand terugkrijgen?' Julie rent naar Rebecca toe, die klem staat tussen de wand van het viaduct en de olifant. Voordat de tweede man zich kan herstellen duwt ze Rebecca weg van de toeristen, die hun camera's nu op haar hebben gericht.

'Laat haar met rust!' schreeuwt ze. 'Ze wil de olifant niet te eten geven. Grote vergissing. Ze is een krankzinnige vrouw. Een krankzinnige vrouw!' Ze pakt de arm van Rebecca en trekt haar terug naar de stoep.

'Ben je alleen gek of gewoon volslagen krankzinnig?' Julie gebaart naar een bedelaar met één been die tegen een muur aan zit. Zijn hond ligt geduldig voor hem, met een tinnen blikje tussen zijn voorpoten. 'Als je tegen iets wilt protesteren, moet je eens goed om je heen kijken. Op deze planeet leven ook mensen. Zelfs de heilige Franciscus nam af en toe een adempauze.' Julie klinkt alsof ze een van haar zoons berispt. Wanneer ze muntjes in het blikje laat vallen, blaft de hond. De bedelaar, wiens ogen tot spleetjes zijn samengeknepen, negeert het gebaar.

'Goed gedaan, Becks.' Lauren geeft Rebecca een schouderklopje wanneer haar zus weer op de stoep staat. 'De olifanten zullen opgelucht zijn te weten dat ze zo'n uitmuntende vertegenwoordiger in hun vakbond hebben.'

'Heel geestig.' Rebecca's gezichtsuitdrukking balanceert tussen opstandig en gekwetst. 'Als jij eens had gezien...'

'Ja, ja, dat weten we. De mens is onmenselijk voor dieren.' Julie werpt nog een laatste blik op de maatpakken en loopt dan door. Een groep vrouwen, gekleed in lange zwarte rokken en met zilveren pailletten op hun sjaals en hoeden, komt hun kant op. De sieraden die ze te koop aanbieden trekken Laurens aandacht. Ze pakt een kam van schildpad van een van de bladen. De vrouw voelt aan dat ze iets kan verkopen, zet een stap dichter haar kant op en vist een spiegeltje uit een zak van haar wijde rok. Een andere vrouw laat haar rinkelende oorbellen zien.

Rebecca schudt haar hoofd en loopt achter Julie aan. 'Kom je mee?' Ze wenkt Lauren. Ze heeft haar zelfbeheersing hervonden en daarmee ook haar gezag. 'Ik heb voor een avond wel voldoende van deze stad gezien. We moeten morgenochtend vroeg uit de veren.'

'Ik zie jullie wel weer in het hotel.' Lauren, die haar spiegelbeeld bestudeert, staat het de vrouw toe haar haren in een knot te doen en de kam op de juiste plek vast te zetten. Haar mobieltje geeft geluid. Steve weer. Ze pakt het ding uit haar handtas en zet het uit. Dit is zijn vierde poging haar te bellen sinds ze is vertrokken en ze is de tel van de sms'jes kwijtgeraakt. Haar zussen gaan een hoek om en verdwijnen uit haar gezichtsveld.

Hun hotel staat aan een pleintje met gekleurde lantaarns. Een hoge trap, draaideuren, een portier die buiten staat. Lauren kan zich alles voor de geest halen, behalve de naam van het hotel. De straat die ze in draait is smaller, donkerder. Ze loopt langs stampvolle bars, de knipperende reclameborden van striptenten en nachtclubs, de gemompelde beloften van jonge prostituees wier vooruitstekende heupen haar doen denken aan onhandige kinderen die aanstellerig over het toneel van een school lopen.

Toen ze nog een kind was, was ze tijdens het winkelen een keer te ver van haar moeder vandaan gelopen. Ze is de paniek, de menigten, het gevoel te zijn achtergelaten, nooit vergeten. Datzelfde paniekerige gevoel neemt bezit van haar wanneer ze het hotel niet kan vinden. Waarom heeft ze het die vrouwen toegestaan haar te vleien en in te palmen? Haar hangers en oorbellen te laten zien en haar haren met hun kleine, bezige handen op te steken?

Twee mannen van middelbare leeftijd lopen haar kant op, vergezeld door een vrouw die even slank is als een rups in een groene satijnen jurk. Ze geeft de twee mannen een arm en neemt hen heupwiegend mee naar een portiek. Licht schijnt door een kapotte strip van een luxaflex naar buiten. Een deur gaat open en ze verdwijnen naar binnen.

Lauren gaat een hoek om, en nog een. De straten zien er allemaal hetzelfde uit. Ze blijft lopen, hopend de bekende hoge trap te zien, maar herkent in plaats daarvan de bedelaar en zijn hond. De olifant is verdwenen en de bedelaar – een man met een maanvormig gezicht en een broekspijp die boven de knie met een speld is vastgezet, steekt een hand uit als ze langs hem loopt en pakt haar enkel. Ze trekt die los en zet het op een rennen, waarbij ze bijna opbotst tegen een kleine, gebogen vrouw die goudsbloemen in een kruiwagen voortduwt.

Een man met een rugzak komt haar kant op. Hij gaat steeds sneller open, houdt zijn hoofd hoog en weert avances van een rij prostituees af.

'Nee, bedankt! Sorry... geen belangstelling,' mompelt hij.

'Sorry, maar zou u me kunnen helpen?' Lauren probeert hem tegen te houden.

'Hoepel op. Geen belangstelling.' Zijn rode baard trilt van de zenuwen.

Lauren is te erg in paniek om verontwaardigd te kunnen worden en herinnert zich opeens een boetiek die Style Focus heette. Die had ze gezien toen ze het hotel uit liep en daar hoopte ze morgen te kunnen rondneuzen. Ze loopt naar een prostituee toe die passerende voetgangers in het Engels aanroept.

'Sorry. Ik ben de weg kwijt,' begint ze.

'Op zoek naar seks?' De stem van de vrouw klinkt zacht, bijna sissend.

Lauren schudt haar hoofd. Ze had de raad van Rebecca om een woordenboekje te kopen moeten opvolgen. 'Ik ben op zoek naar een boetiek die Style Focus heet.'

'Op zoek naar seks? Fijne tijd, ja?'

'Style Focus.' Lauren verheft haar stem. 'Kunt u me vertellen waar ik die boetiek kan vinden?'

Haar oksels zweten. De maan is door al het neonlicht bijna niet te zien. De vochtige avondlucht, gevangen tussen de smalle straten, ruikt naar wierook en de zoete geur van tijgerlelies.

'Jij fucky fuck dame.' De vrouw kijkt, alert, langs Lauren heen. 'Loop naar de hel. Ga weg.' Ze schreeuwt in het Thai, en ze maait met haar armen door de lucht. Door de schrille intensiteit van haar stem zet Lauren een paar stappen naar achteren.

'Kan ik u helpen, mevrouw?' Er staat een man voor haar. 'Als u van de diensten van mijn meisjes gebruik wilt maken, regelt u dat met mij.' Een lichtgevend geel shirt spant om zijn buik. Zijn bleke gelaatstrekken en gulzige blik horen bij de nacht.

'Ik wilde alleen weten hoe ik bij mijn hotel kan komen.' Lauren heeft een droge mond, slikt en dwingt de woorden haar lippen over.

'Wat is de naam van uw hotel?'

'Die... kan ik me niet meer herinneren.'

'Waar staat uw hotel?' Er parelen zweetdruppeltjes op zijn bovenlip en zijn dun wordende blonde haar hangt slap op zijn schouders.

Lauren rilt, alsof ze zijn huid heeft aangeraakt. 'Er waren andere mensen bij me. Ik heb de details niet in me opgenomen.'

'Voyeuristisch kreng.' Met een beweging die zo snel is dat ze zich niet schrap kan zetten duwt hij haar tegen de muur. 'Jij moet voor mijn meisjes betalen. Net als iedereen. Of heb je liever dat een van mijn jongens je kut oprekt?' De koude blik in zijn ogen is nog erger dan zijn woorden.

Ze wil met haar nagels naar hem uithalen, de huid van zijn gezicht scheuren, maar iets aan die blik in zijn ogen waarschuwt haar dat ze zich koest moet houden. Nog even verhoogt hij de druk op haar keel, tot ze geen adem meer kan halen. Dan spreidt hij bijna speels zijn armen en laat haar ontsnappen.

'Ga naar je hotel terug, sloerie!' schreeuwt hij. 'En verspil de tijd van mijn meisjes niet.'

Ze zet het op een rennen. Stemmen razen. Muzikanten spelen in cafés. Neonborden draaien rond. Ze wordt overweldigd door de bekende doodsangst door de nacht te worden verzwolgen. Ze trapt haar schoenen uit en laat ze op de grond liggen. Door de stemmen heen komt een stem bovendrijven. Een mannenstem die haar indringend toeroept dat ze moet blijven staan. Dat doet ze niet, maar hij haalt haar in en dwingt haar door een arm uit te steken halt te houden.

'U zette het op een rennen voordat ik bij u kon komen.' De passagier uit de bus ademt moeizaam terwijl hij haar haar schoenen toesteekt. Hij heeft zijn linnen pak verruild voor een smoking. Er hangt een witte zijden sjaal om zijn hals.

'U hoeft niet bang te zijn.' Hij zet haar schoenen op de grond. 'We zijn bijna bij het hotel.'

Hij pakt haar vast als ze slap tegen hem aan leunt. Haar voetzolen zijn geschaafd, maar ze is zich van geen pijn bewust terwijl ze haar schoenen aandoet. Ze lopen naar de hoge draaideuren.

Julie rent naar haar toe als ze het hotel in lopen en geeft haar een knuffel. Rebecca loopt weg van de receptie, waar ze had gesproken over de mogelijkheid de politie op de hoogte te stellen van de verdwijning van Lauren. Laurens zussen kijken haar vragend aan, maar zij heeft geen zin haar ervaring te bespreken. De pooier en zijn smerige machtsspelletje zijn verleden tijd. Ze is nu veilig en ze wil doorgaan. Haar metgezel biedt haar zussen een slaapmutsje aan. Dat aanbod slaan ze af met de mededeling dat ze uitgeput zijn. Ze wachten tot ze worden voorgesteld, maar daar onderneemt Lauren geen poging toe. Namen zijn niet belangrijk. Hij is een schip waarmee ze deze avond even in aanraking is gekomen. Het moment is belangrijk. Verder niets.

25

Haar zussen slapen wanneer ze terugkeert naar de suite. Ze loopt de badkamer in en doet het lampje boven de spiegel aan. Haar onderlip is opgezet en de twee kammen die ze had gekocht houden haar haren omhoog in een stijl die de nadruk legt op haar lange hals. Haar jurk is onder een arm gescheurd en de rafelende stof oogt even beroerd als een striem op haar gebruinde huid. De airco zoemt zacht terwijl ze door de slaapkamer naar de glazen deuren loopt. Ze staat op het balkon, ziet het licht worden boven de hoge conische daken van tempels en pagoden. Op de toilettafel trilt haar mobieltje en het lichtje knippert.

In de kleine intieme bar van het hotel had hij een fles Evian met citroen besteld. Omdat ze geen wijn meer wilde drinken had ze ook een glas ijswater genomen. Ze probeert zich te herinneren waarover ze het hebben gehad. Voornamelijk hun jeugd. Hij heeft de zijne doorgebracht op het eiland Phuket, waar zijn ouders een restaurant op het strand hadden. Zijn vader is een Nieuw-Zeelander met Schotse wortels. Zijn inmiddels overleden moeder kwam oorspronkelijk uit Bangkok. In zijn tienerjaren verdeelde hij zijn tijd tussen zijn vaders oude kostschool, Christ's College in Canterbury, en de koraalstranden waar hij zich in zee net zo thuis voelde als op het land. Blote voeten en vrijheid, gestreepte blazers en routine. Lauren stelt zich zijn jeugd voor, de contrasterende tradities en culturen van Thailand en Nieuw-Zeeland.

Hij is componist, heeft hij haar verteld. Zijn meest recente compositie was eerder die avond in het Thailand Cultural Centre uitgevoerd. Na het concert was hij op weg naar het hotel toen hij haar zag rennen en haar herkende.

'Wat inspireert je als componist?' vroeg ze.

'Het leven. En wat inspireert jou als je gedichten maakt?'

'Vernietiging,' zei ze. Ze had hem al verteld dat ze dichteres was en dat meteen betreurd. Ze kan zich nauwelijks de gedichten herinneren die ze tijdens die korte bloeiperiode heeft geschreven, en het is al vele jaren geleden dat ze de neiging heeft gehad de pen weer ter hand te nemen. Ze had het over haar eigen jeugd, die speciale tijd toen het leven een schitterend prisma vol mogelijkheden was. Niets in haar houding of stem suggereerde dat dat prisma onherstelbaar was gebroken en haar leven vanaf dat moment door de scherven was bepaald.

De barkeeper dimde de lichten, met uitzondering van de lamp boven hun tafeltje, en vertrok. Het werd rustig in het hotel en de lampenkap van gebrandschilderd glas zorgde voor veelkleurige schaduwen op hun gezichten. Ze drukte haar vingers tegen zijn lippen toen hij vroeg hoe ze heette, en ze wilde ook niet weten hoe hij heette. Hij ging staan en stak haar een hand toe. Zonder te aarzelen ging ze ook staan en liep met hem mee naar zijn kamer.

Lauren is geen trouwe echtgenote. Er zijn andere mannen in haar leven, minnaars voor overdag, anonieme, enthousiaste mannen van wie ze niets anders eist dan discretie en een definitief afscheid voordat de affaire verschaalt. Ze is altijd voorzichtig – geen veelzeggende aanwijzingen, geen gefluister, geen slecht uitkomende telefoontjes, geen cadeautjes, geen gedeelde geheimen of gemeenschappelijke ervaringen. Af en toe neemt ze Julie in vertrouwen, die moraliserend kan reageren maar het in haar gestelde vertrouwen nooit zal beschamen.

'Waarom neem je zulke risico's?' had ze een keer aan Lauren gevraagd, niet in staat te begrijpen hoe het voelt op het scherp van het zwaard te balanceren.

Lauren loopt rusteloos de kamer door, maakt de koelkast open, schenkt sinaasappelsap in een glas. Het zachte gesnurk van Julie is vergelijkbaar met bijen die rond lavendel zoemen en zal, zo vermoedt Lauren, haar en Rebecca nog gek maken voordat de vakantie voorbij is. Ze pakt haar mobieltje en leest de sms van Steve. Hij mist haar en hoopt dat ze aan hem denkt. Ze stuurt een sms terug waarvan ze weet dat hij er blij mee zal zijn en gaat naar bed. Ze is getrouwd met een man die haar aanbidt. Een obsessieve man die haar koestert en voorkomt dat ze valt. Als zijn geliefde heeft ze alle troefkaarten in handen. Deze affaire, houdt ze zichzelf waarschuwend voor wanneer ze in bed ligt te woelen, mag niet verdergaan dan de paar korte uren die ze samen hebben doorgebracht.

Kasem neemt hen in de hitte mee op pad. Tempels, pagoden, paleizen en bloemenmarkten. Laurens hoofd tolt door een caleidoscoop van indrukken. De woestheid die beelden van krijgers uitstralen intrigeert haar en ze vergelijkt hun oorlogszuchtige gezichtsuitdrukkingen met de passieve glimlachjes van de heiligen die ze als kind aanbad. Ze had kaarsen aangestoken voor de heilige Jozef en over verloren voorwerpen onderhandeld met de altijd bereidwillige heilige Antonius. Julie ziet een beeld met een menselijk gezicht en de slagtanden van een olifant en beveelt Rebecca ervoor te gaan staan. Ze zal die foto naar haar jongens sturen, met als onderschrift 'De dag waarop we de perfecte man voor Rebecca hebben gevonden'.

Blootsvoets lopen ze de tempel van de Smaragdgroene Boeddha in en knielen – zoals is opgedragen – met hun voeten van de boeddha afgewend. Een vrouw die zich niets aantrekt van de vele toeristen in de tempel knielt voor de kleine, met juwelen behangen boeddha op het hoge, conische altaar. Ze heeft bloemen bij zich, die ze recht voor zich neerlegt, en ze drukt haar voorhoofd tegen de grond. Lauren benijdt de vrouw om haar geloof in een beloofde reïncarnatie, de verwachting van een tweede kans.

Ze is de hele dag onrustig geweest, heeft in de ontbijtzaal van het hotel om zich heen gekeken of ze hem zag, in de hal voordat Kasem hen kwam ophalen, in de bus, hopend dat hij had besloten zich ook aan te sluiten bij de rondleiding. Terwijl ze door de drukke straten reden en de tempels bekeken, werd ze steeds bezorgder. Nu houdt ze haar adem in als een beweging rechts van haar haar alert maakt. Ze kijkt naar opzij en ziet hem door de menigte lopen en naast haar knielen. Rebecca's gezichtsuitdrukking is afstandelijk, maar Lauren weet dat ze haar in de gaten houdt.

Even later gaat Lauren staan en loopt naar de deur van de tempel. Ze heeft een lichte, bijna doorschijnende sjaal om haar blote schouders geslagen. Een ivoorkleurige rok reikt tot net boven haar enkels. Ze beweegt zich met de nonchalance van een vrouw die alleen is en zich in een menigte onbespied weet, maar met elke vezel van haar lijf is ze zich ervan bewust dat hij een stap achter haar aan loopt.

Op het plein is het ook druk en de schoenenrekken puilen uit. Hij pakt haar schoenen van de bovenste plank en zet ze voor haar op de grond. Nu hoeft hij haar niet vast te houden terwijl ze ze aantrekt. Ze haalt de zonnebril van haar hoofd, zet hem op haar neus, knikt – een bijna onmerkbaar teken van dank – en loopt dan weg.

Bij de hekken van de tempel neemt Kasem hen mee langs de venters die als een kwetterende zwerm kraaien prentbriefkaarten en wierookstokjes aanbieden. In de bus ziet Lauren hem een taxi aanroepen en in het verkeer verdwijnen.

'Wie denkt hij wel dat je bent?' vraagt Julie op hoge toon. 'Assepoester?'

'Of hij nu een prins of een arme man is, hij interesseert me niet,' zegt Lauren, en ze wordt opeens teruggevoerd naar haar jeugd, toen zij en Cathy diverse vormen van liegen analyseerden. Een leugentje om bestwil, een smoesje, een onwaarheid, een kolossale leugen.

'Werkelijk?' Julie trekt haar wenkbrauwen op. 'Ik geloof je, maar duizenden anderen zouden dat niet doen.'

'Assepoester was voor middernacht weer thuis,' zegt Rebecca. 'Dus kan Lauren Assepoester niet zijn.'

'Hoe laat ben je thuisgekomen?' Julie neemt haar nieuwsgierig op.

'Laat,' zegt Rebecca. 'Lauren, wil je ons vertellen wat er gaande is?'

'Er is niets gaande, Rebecca.'

'Maar...' begint Julie.

'Julie, alsjeblieft. Ik wil het er niet over hebben.'

'Mij best.' Julie klinkt duidelijk geërgerd, pakt haar mobieltje en stuurt een sms naar haar zoons.

Deze keer zal Lauren niets zeggen. Woorden zullen hem tot leven wekken, haar ervaring vorm geven, een fysieke ontmoeting die niets meer is dan een onenightstand betekenis geven.

De knopen van Kasems blazer glinsteren als net gemunte munten terwijl hij verontschuldigend hoest om hun aandacht te trekken. Ze gaan zijn Stad van de Glimlach nu bekijken vanaf de rivier de Chao Phraya.

Omdat ze moe zijn, besluiten ze na de excursie in het restaurant van het hotel te eten. Lauren speelt met haar eten, spiest een garnaal aan haar vork en brengt die naar haar mond. Ze verzet zich tegen de sterke aandrang het rubberachtige ding meteen weer uit te spugen en slikt het door. Buiten de tempel had hij haar voeten aangeraakt. Zijn vingers hadden de binnenkant van haar enkel gestreeld en ze verkeerde in een delirium dat haar geen rust zal geven tot ze weer vrijen.

'Kom vanavond naar me toe,' had hij gefluisterd. Ze had haar hoofd geschud, wetend dat dat niet alleen dwaas maar ook roekeloos zou zijn. Zijn zwarte ogen hadden haar verteld dat ze loog. Na afloop van het concert zal hij in de bar op haar wachten.

De deur van het restaurant zwaait open. Een oudere man en een jonge vrouw komen naar binnen. Een ober loopt meteen naar hen toe en neemt hen mee naar een tafeltje. De lange man met zilvergrijs haar is minstens veertig jaar ouder dan de vrouw. Zij kent de ober. Lauren ziet de blik die zij uitwisselen, waarna hij even later terugkomt met een daiquiri. Haar metgezel is een Australiër, een zakenman met een nasaal accent dat telkens wanneer hij in zijn mobieltje spreekt overal in het restaurant te horen is. Zonder met de vrouw te overleggen of zelfs maar haar kant op te kijken bestelt hij twee biefstukken. Zij draait haar glas rond aan de sierlijke steel en doet geen poging iets te eten wanneer de biefstuk voor haar neus is gezet. Hij pakt een rekenmachientje. Zijn hersenen zijn een spreadsheet, plannen vooruit. Zij haalt een mobieltje uit haar avondtasje. Ringen met goedkope stenen schitteren wanneer ze gaat sms'en. Hij fronst zijn wenkbrauwen en steekt over de tafel heen een hand uit. Ze trekt een pruillip, maar protesteert niet wanneer hij het mobieltje pakt en vastberaden naast zijn bord legt. Lauren krijgt kippenvel, herinnert zich de haat die de pooier bij haar opriep, die nog sterker was dan haar angst.

'Wat een griezel.' Rebecca, die naar de Australiër kijkt, spreekt te luid. 'Sekstoeristen zoals hij zijn een steenpuist op de kont van het mensdom.'

'Rebecca, praat wat zachter.' Julie kucht waarschuwend in haar hand. 'Het zou zijn vrouw kunnen zijn.'

'Dat is heel onwaarschijnlijk. Die stenen zijn nep en een echtgenote die als een trofee wordt beschouwd draagt echte juwelen.' Rebecca kijkt even naar de ringen van Lauren, geneert zich dan kennelijk en voegt eraan toe: 'Misschien is ze toch wel zijn vrouw. Ik heb uiteindelijk geen verstand van juwelen.'

Lauren gaat staan en haar been knalt tegen de tafel op. Het wijnglas wiebelt en rode wijn klotst op het witte tafellaken.

'Sorry, maar ik heb wat frisse lucht nodig.' Als ze niet wegloopt zal ze Rebecca een klap in haar zelfvoldane gezicht geven.

In het damestoilet smeert ze foundation op haar rode wangen en kreunt inwendig wanneer de deur opengaat en Rebecca naar binnen loopt.

'Sorry. Heb ik iets gezegd om je van streek te maken?' Rebecca draait de kranen open en wast haar handen.

'Waar haal je dat idee in vredesnaam vandaan?'

'Het spijt me echt als ik je heb beledigd.'

'Vergeet het maar, Rebecca. Het is niet de eerste keer dat je me een trofee hebt genoemd.'

'Ik heb jou helemaal niet...'

'Ik weet hoe jij over mijn huwelijk denkt.'

'Nee, dat weet je niet.'

'Zullen we het er verder niet meer over hebben?' Lauren haalt de kammen uit haar haar en borstelt dat. Vijftig halen, elke avond, zei haar moeder vroeger. Lauren borstelt en borstelt tot de zwarte lokken elektrisch geladen lijken te zijn.

Rebecca schudt water van haar handen en houdt ze onder de droger. Ze gebruikt handcrème en wrijft die er stevig in. Ze heeft een goedkope spijkerbroek aan. Op haar katoenen topje staat een zeehondenkop, en dat kledingstuk was duidelijk ontworpen voor de een of andere protestmars tegen het doden van jonge zeehonden. Haar enige concessie aan glamour is de rode zijden sjaal die Lauren haar met Kerstmis heeft gegeven en nu nonchalant over haar schouders is gedrapeerd. Maar Rebecca heeft wel de goede lengte om een spijkerbroek te dragen en die elegant te laten overkomen, en de rechte schouders om van de sjaal een statement te maken. Lauren is even lang als Rebecca, maar ze mist de nonchalante stijl die Rebecca heeft zonder daar haar best voor te doen of zich druk te maken over het eindresultaat.

'Ga je mee terug naar tafel?' zegt ze. 'Je eten wordt koud en je hebt het nog nauwelijks aangeraakt.'

'Becks, luister.' Lauren zwijgt even en bijt op haar lip. Ze kan zich niet herinneren wanneer ze die bijnaam van Rebecca voor het laatst heeft gebruikt. 'Rebecca, ga jij alvast maar terug. Ik kom zo.' Ze duwt haar haren omhoog en steekt de kammen er weer in.

'Mij best.' Rebecca draait zich om en komt bijna in botsing met de jonge Thaise vrouw, die met een beleefde verontschuldiging een stap opzij zet. De deur zwaait achter Rebecca dicht.

De Thaise vrouw gaat voor de spiegel staan en kijkt naar Lauren. Snel en taxerend. Op haar arm is een delicaat getekende zonnebloem getatoeëerd, kinderlijk en leuk, net als het gezicht onder de zwoele make-up. Ze is jong genoeg om een dochter van Lauren te kunnen zijn. Het met dat besef gepaard gaande verdriet is bijna zoet bekend. Lauren dept parfum achter haar oren. Ze ruikt de geur van goedkope parfum wanneer de jonge vrouw die in het dalletje tussen haar borsten spuit. Lauren vist een lippenstift uit haar tas. De andere vrouw zoekt in haar tas, trekt dan een pruillip en masseert haar lippen tot die glanzen als overrijpe pruimen. Ze zijn zich ervan bewust dat ze elkaars handelingen imiteren. Lauren doet snel haar tas dicht en hoort dat de prostituee hetzelfde doet.

Steve belt. Lauren loopt van de spiegel vandaan, draait de jonge vrouw haar rug toe en verzekert haar echtgenoot dat zij hem even erg mist als hij haar. Ze is met hem getrouwd tijdens een cruise in het Caribisch gebied. Zand tussen haar tenen, een vrouwelijke dominee. Met alleen de kapitein van het schip en diens eerste stuurman als getuigen. Waarom, hadden haar zussen op hoge toon gevraagd. Waarom? Waarom? Wat zij niet konden begrijpen, was dat verslagen zijn vrijheid met zich meebrengt. Alles kalm, passief, ijs-koud.

Als ze zich weer omdraait is de prostituee vertrokken. Haar parfum zit nog in Laurens neusgaten. Ze staat roerloos voor de spiegel. Langzaam brengt ze haar handen omhoog en spreidt haar vingers. Tien perfecte kunstnagels en echte juwelen.

Rode driehoekjes stof dansen als vlinders om haar schouders als ze van het restaurant naar de bar loopt. Stoelen staan intiem in nissen naast elkaar. Haar hakken tikken op de marmeren tegels. De componist gaat staan om haar te begroeten.

In zijn slaapkamer kust ze zijn ogen, zijn neus, zijn eisende mond. Op zijn voorhoofd klopt een ader. Ze strijkt er met haar lippen licht overheen en voelt de trilling tegen haar tong. Haar handpalm is tegen zijn hart gedrukt en ze brengt zijn hand naar haar borst, om hem hetzelfde gehaaste ritme te laten ervaren. Hij gaat omlaag. Zijn adem strijkt over haar buik en haar dijbenen en zij trilt, kreunt zacht wanneer de druk van zijn tong haar genot geeft. Ze wordt overweldigd door de behoefte te geven en te ontvangen, is zo opgewonden dat ze op het randje van overgave balanceert, zorgt dan langzaam voor kalmte tot ze hun ongehaaste verkenning kunnen voortzetten. Zijn donkere ogen branden en dan wordt de blik erin wazig terwijl hij met zijn slanke harde lichaam boven op haar komt liggen en zij haar benen spreidt om hem te ontvangen. Zweet glinstert op zijn borstkas – als honing op zijn donkere huid. Net als hij slaakt ze een kreet wanneer ze zich samen bewegen en hun hoogtepunt bereiken.

Het wordt al dag als ze voldoende kracht kan verzamelen om zijn bed uit te stappen. Ze nemen samen een douche en de muskusach-tige geur van hun bevredigde hartstocht verdwijnt van hun licha-men. Ze verlangt ernaar zijn natte, piekerige haar glad te strijken, zijn als lak glanzende schouders te kussen, te vragen wat er met zijn neus is gebeurd. Ze verlangt er ook naar de witte handdoek van zijn heupen te trekken en weer naast hem te gaan liggen. Dat is nog beter dan een andere, veeleisender en indringender behoefte bezit van haar te laten nemen. Ze vraagt zich af of de smaak van hem ooit van haar lippen zal verdwijnen.

26

Christchurch

Ze vliegen in een tijdloze zone, de filmkanalen zijn uitgeschakeld, de stoelen naar achteren geklapt. Julie slaapt en Lauren, die aan de andere kant van het gangpad zit, lijkt ook te zijn weggedoezeld. Rebecca is rusteloos en kan zich niet op haar boek concentreren. Ze heeft al naar een film gekeken en ze heeft geen belangstelling voor een tweede. Ze loopt door het pad naar het achterste deel van het vliegtuig. De man die Lauren in Bangkok heeft ontmoet zit in hetzelfde toestel en leest een boek. Hij kijkt niet op wanneer ze langs hem loopt.

Op een open plek in de buurt van de keuken buigt ze zich voorover en rekt zich uit, steekt haar armen omhoog en buigt zich naar achteren. Als ze weer rechtop gaat staan, staat hij voor haar. Geschrokken zet ze een stap opzij om hem te laten passeren. Hij ziet er door de lange reis moe en verfomfaaid uit, met donkere stoppels op zijn kin en schaduwen onder zijn bruine ogen. In plaats van door te lopen blijft hij staan, hij glimlacht en leunt tegen de wand.

'Kunt u ook niet slapen?' Hij spreekt vlekkeloos Engels, maar met een lichte aarzeling die suggereert dat het niet zijn moedertaal is.

'Nee.' Ze schudt haar hoofd en beweegt haar vingers. 'Dus kan ik net zo goed proberen trombose te voorkomen.'

'Lauren heeft me verteld dat jullie onderweg zijn naar een familie-reünie.'

'Ze heeft u kennelijk op de hoogte gesteld van onze familiege-schiedenis,' zegt Rebecca. 'Maar ik ben lichtelijk in het nadeel. Ik weet niets van u. Ik weet niet eens hoe u heet.'

'Niran Gordon.' Zijn handdruk is ferm. De warmte van zijn huid doet haar denken aan de intimiteit die hij met haar zus heeft ge-deeld, en ze begint veelzeggend te blozen.

'Gaat u vakantie houden in Nieuw-Zeeland?' vraagt ze.

'Nee. Ik blijf daar de komende maanden om te werken. Dat doe ik elk jaar.' Als hij aanvoelt wat ze denkt, laat hij daar niets van mer-ken wanneer hij zijn vakantiehuis beschrijft. Het klinkt afgelegen en nogal primitief, en het bevindt zich op een landtong aan de weste-lijke kant van het Zuidereiland.

'In de buurt van de gletsjers?' vraagt Rebecca.

'Dichter in de buurt van Haast. Op de weg naar Jackson Bay.'

'De westkust staat op ons reisprogramma, maar Jackson Bay niet.' Rebecca heeft kaarten van het Zuidereiland bestudeerd en weet over welk gebied hij het heeft.

Opeens wordt zijn gezichtsuitdrukking – die vriendelijk was – on-doorgrondelijk, waardoor zijn Aziatische gelaatstrekken worden be-nadrukt. Het is zo duidelijk dat hij over de schouder van Rebecca naar iemand anders kijkt, dat zij zich omdraait en Lauren naar hen toe ziet komen, zoals ze al had verwacht. De sfeer verandert, wordt geladen met een ondefinieerbare emotie die haar onmiddellijk buitensluit.

'Ik kan maar beter teruggaan naar mijn plaats.' Wanneer ze langs haar zus loopt, blijft ze even staan en fluistert: 'Ik maak me zorgen over jou.'

Ze was de indringende blik van Lauren vergeten. Hooghartig en teruggetrokken, iedereen tartend haar uit te dagen. 'Rebecca, het is mijn leven. Bemoei je er niet mee,' fluistert Lauren terug.

Na de herrie van Bangkok is Christchurch met zijn groene wilgen en keurig geordende, brede straten een oase van rust. Geen olifant te zien, zegt Julie wanneer ze naar het hotel rijden. Ze zullen de camper morgenochtend ophalen, wanneer ze zijn bijgekomen van de vlucht.

Lauren eet niet met hen mee. Zodra ze een douche heeft genomen en haar haren heeft gedroogd, loopt ze het hotel uit. Ze zegt tegen haar zussen dat ze maar zonder haar moeten eten. Ze heeft met Niran Gordon afgesproken voor een afscheidsdiner en ze zal pas laat terugkomen.

'Waar is ze mee bezig?' vraagt Julie als de deur achter Lauren is dichtgegaan.

'Dat heet een gevaarlijk spel,' zegt Rebecca.

'Hoe ouder hoe gekker,' zegt Julie.

Steve Moran was echter niet gek. Hij had lang gewacht tot Lauren bereid was de snuisterijen aan te nemen die hij aanbood. Snuisterijen voor de vogel in de vergulde kooi: trapjes, spiegels, spinnewielen, lekkere hapjes.

Rebecca is nog wakker wanneer Lauren zacht de deur opent en door de kamer loopt, nauwelijks zichtbaar. Ze doet echter alsof ze slaapt omdat ze de kruidige adem van haar zus niet wil ruiken als ze geheimen in haar oor fluistert. Niet dat dat waarschijnlijk is. Lauren heeft haar nooit in vertrouwen genomen en wat er vanavond is gebeurd zal niet ademloos worden besproken.

Ze denkt weer aan Bangkok. Ze is blij weg te zijn uit de Stad van de Glimlach met zijn glanzende geschiedenis en de smerige onderbuik waarvan ze glimpen heeft opgevangen. Ze denkt aan de olifant waarvan de adellijkheid onherstelbaar is aangetast te midden van stinkende benzinedampen. Olifanten horen thuis in het wild. Ze horen thuis in kudden, de slurf van moeders de slurf van baby's vasthoudend, de vrijheid van de aarde trillend onder hun denderende hoeven.

Ze is nog altijd geschokt door haar impulsieve actie. Niet geplande acties en misplaatst medeleven resulteren in niets anders dan verwarring. 'Bekende dierenactiviste heeft de dood gevonden bij vergeefse actie een olifant te redden.' Rebecca glimlacht wanneer ze zich de krantenkoppen voorstelt indien zij door de olifant was doodgetrapt. Wat ze heeft gedaan was krankzinnig.

Vanuit het bed aan de andere kant van de kamer hoort ze een heel diepe zucht. Later gaat Lauren dieper ademhalen. Terwijl Rebecca in het donker staart vraagt ze zich af wat het betekent trouwbeloften straffeloos te verbreken. Ze krult haar vingers om het dekbed en trekt het op tot aan haar kin.

Julie heeft haar er vaker van beschuldigd een Miss Havishamcomplex te hebben. Ze gelooft dat Rebecca een aardig eind op weg is een excentrieke oude vrijster te worden, en de episode met de olifant zal haar in die overtuiging hebben gesterkt. Oude vrijster is een irritante term. Excentriek klinkt iets milder. Als je die twee woorden met elkaar combineert, kan Rebecca haar toekomst voor zich zien. Wat er zoal bij hoort heeft ze al. Een huisje op het platteland, een kat die Teabag heet en de neiging in zichzelf te praten als het donker wordt. Soms bespeelt ze bongo's om de stilte van een avond in Wicklow te verlichten, maar die hobby zou een obsessie kunnen worden en Teabag zal worden opgevolgd door andere katten, talloze katten die over haar meubels kruipen en haar troosten als ze aan de menopauze begint of gek is geworden – wat zich dan ook als eerste aandient. Strikt genomen is ze geen oude vrijster. Ze is eens getrouwd geweest en ze hield van haar echtgenoot met een hartstocht die onwankelbaar leek.

27

De witte, gestroomlijnde camper glanst omdat hij net is gewassen. Alle sporen van de vorige gebruikers zijn weggepoetst.

'Dit meen je niet!' Lauren klautert de camper in die de eerstkomende twintig dagen haar thuis zal zijn en laat zich op de dichtstbijzijnde zitplaats ploffen. 'Deze tank is ontworpen door iemand die hobbits in gedachten had.'

'Wat had je dan verwacht?' Rebecca deponeert haar rugzak op de tafel en lacht om de dodelijk verschrikte gezichtsuitdrukking van haar zus. 'Een luxueuze restauratiewagen?'

'Ik verwachtte geen decor uit *The Lord of the Rings*.'

'Doe toch niet zo dramatisch,' zegt Julie berispend. 'Het is meer dan voldoende voor wat wij nodig hebben.' Met een ervaren oog bekijkt ze de kastjes, doet de deurtjes open en weer dicht. 'De keuken is oké. Bij de eerste de beste supermarkt stoppen we om inkopen te doen. Je kunt niet verwachten dat een leger op een lege maag gaat marcheren.'

Lauren is helemaal niet van plan ergens naartoe te marcheren. 'Steve had gelijk toen hij dit een "sardineblikje" noemde. Rebecca, je zei dat er zes bedden waren. Ik zie er niet één. Laat staan zes.'

'Die bedden zijn bovenin. De tafel kan ook in een bed worden veranderd. Dat bed is voor jou.' Rebecca wijst naar een plaats boven de cabine.

Voorzichtig klimt Lauren een ladder op om haar bed te inspecteren. 'Waarom heb je me niet verteld dat ik in een bagagerek moet slapen?' Ze kijkt omlaag, naar Rebecca. 'Het is tijd om Steve te hulp te roepen.'

'Geen sprake van,' zegt Julie. 'Hij ligt op dit moment te slapen in zijn kingsize bed. Het tijdverschil, weet je nog wel? Waarom denk je dat jouw mobieltje geen geluid geeft?'

'Over wie welk bed neemt zullen we het later wel hebben.' Lauren overdrijft, maar Rebecca is ook geschrokken van de afmetingen van de camper. Ze wacht tot Lauren haar drie koffers aan boord heeft gehesen, negeert haar klacht dat ze een nagel heeft gebroken, gaat achter het stuur zitten en draait het contactsleuteltje om. 'Tijd om op weg te gaan.'

Aangemoedigd door gejuich van Julie rijdt ze de camper voorzichtig het terrein af. Het is zaterdagmorgen en er is weinig verkeer op de weg. Met gemak rijdt ze door de straten en ziet naambordjes: Oxford Street, Hereford, Chester, Bath, Gloucester. Het is moeilijk te geloven dat ze aan de andere kant van de wereld zijn.

'Vergeet de Ieren niet.' Julie bladert *Traversing New Zealand* door. 'Tuam Street en Armagh Street en Cashel...'

'Kunnen we het college geografie overslaan?' Lauren drukt haar vingers tegen haar voorhoofd. 'We weten allemaal dat er op de hele wereld geen plek te vinden is die de bilnaad van een Ierse bouwvakker niet heeft gezien.'

'Omdat jij met zo'n man bent getrouwd, zul jij dat wel weten.' Julie grinnikt en doet de reisgids dicht. 'En omdat we met vakantie zijn, zou ik graag willen dat je in mijn aanwezigheid geen melding maakt van de kont van je echtgenoot.'

Ze haalt haar mandoline uit de kist en begint die te stemmen.

'O, mijn god. We zijn niet alleen in hobbits veranderd, we moeten ook nog eens aan karaoke gaan doen.' Lauren doet haar ogen dicht en laat haar hoofd tegen de hoofdsteun rusten. 'Rebecca, heb jij Panadol meegenomen? Ik heb knallende hoofdpijn.'

'Dat zal wel komen door slaaptekort.' Rebecca wijst met een duim over haar schouder. 'Ze zitten in mijn rugzak.'

'Dank je.' Lauren maakt de rugzak open en haalt er een kleine EHBO-doos uit. Ze neemt twee tabletten in met water uit een flesje en zet de rugzak weer achter de stoel.

'Gisteravond ben je pas héél laat teruggekomen naar ons hotel.' Rebecca concentreert zich op het verkeer. Ze probeert haar stem niet afkeurend te laten klinken, maar de woorden hebben een eigen kracht en ze voelt aan dat Laurens schouders verstijven en de blik in haar ogen bevriest.

'Rebecca, is dat een constatering of een vraag?'

'Het is een feit.'

'Kunnen we, nu we dat feit hebben vastgesteld, van onderwerp veranderen, of wil je mijn zaken blijven bespreken?'

'Dat mag jij bepalen, Lauren.'

'Jullie moeten hier allebei mee ophouden. Ik zal gaan zingen om vrede.' Julie begint te spelen. De melodie is bekend. Iets van Abba. Vroeger haatte ze Abba, parodieerde hun liedjes in de glorietijd van Maximum Volume, er vast van overtuigd dat de grote platenmaatschappijen hun eigen unieke talent zouden ontdekken.

Lauren bestudeert een wegenkaart. Ze vertelt Rebecca hoe ze moet rijden terwijl ze onderweg zijn naar de eerste bezienswaardigheid *en route* naar Havenswalk.

De gondel in Christchurch gaat met veel lawaai naar de top, waar ze de uitgestrekte Canterbury Plain kunnen bekijken: kilometers glooiend terrein met akkers en bossen die zich uitstrekken tot de met sneeuw bedekte flanken van de Zuidelijke Alpen. Julie loopt door de gondel om de best mogelijke foto's te maken. Rebecca weet niet meer hoeveel foto's en sms'jes Julie inmiddels naar haar familie heeft gestuurd. Haar mobieltje lijkt een verlengstuk van haar persoonlijkheid. Als Rebecca bij haar thuis op bezoek is, wordt ze voortdurend gebeld om haar zoons op te halen van een van hun talrijke activiteiten. Rebecca heeft haar aangeraden het ding te verbranden, begraven of verdrinken, maar Julie is eraan verslaafd en kan zonder de tirannie ervan niet functioneren.

Als ze bij de top zijn gaan ze ieder huns weegs en spreken af elkaar over een uur weer te treffen in het Summit Café voor een kop koffie. Rebecca loopt meteen naar de observatiepost. Ze leunt met haar ellebogen op de reling en kijkt naar het duizelingwekkende uitzicht onder haar, en verderop, naar het schiereiland Kaikoura, waar ze met dolfijnen zal zwemmen. Dit is het land waar Cathy een nieuw leven voor zichzelf heeft opgebouwd. Waar ze haar verleden als een oude huid heeft afgeworpen en toen opeens contact zocht om 'iets af te sluiten'. Rebecca heeft een grondige hekel aan die term, het expliciete ervan, de troostrijke gezelligheid ervan, alsof je daarmee een unieke vorm van geheugenverlies kunt creëren en al het verdriet dan meteen is verdwenen. Ze wil pas over Cathy praten als deze rondreis voorbij is. Daarmee zijn de anderen akkoord gegaan. Tijd genoeg voor retrospectie wanneer ze allemaal bij elkaar zijn.

Haar gedachtegang wordt verstoord door een groep jongeren in trainingspakken van een rugbyteam. Het is maar goed dat Julie hier niet is, denkt ze. Eén blik op hun met gel bewerkte haren en hun kinnen met donshaartjes zou haar meteen naar een zakdoek doen grijpen. De jongens worden vergezeld door een zwaargebouwde, bebaarde man met camera's om zijn nek. Ze duwen elkaar weg, schreeuwen en leunen gevaarlijk over de reling heen tot de fotograaf, die het geduld van een schaapshond aan de dag legt, hen keurig op een rij zet. Hij fotografeert hen met de bergen op de achtergrond. Als hij daarmee klaar is, rennen ze naar het Summit Café. In de stilte die ze achterlaten ontspant Rebecca zich.

'Wilt u alstublieft even zo blijven staan?' Voordat ze zich kan omdraaien houdt ze zich bewegingloos door de rustige stem van de fotograaf. Hij brengt zijn camera omhoog en klikt. 'Ik hoop dat u het niet erg vindt. Ik laat een kans om een sfeervolle foto te maken nooit aan me voorbijgaan.' Glimlachend gaat hij naast haar staan. 'U met de bergen op de achtergrond. U ziet er zo tevreden en zo rustig uit.'

'Ik kan u verzekeren dat ik me allesbehalve rustig voel.'

'Dat is niet erg. Wat je ziet is belangrijk. Dit zal een goede foto zijn. Zou ik die mogen gebruiken?'

'Voor een krant?'

'Of een tijdschrift. Ik werk als freelance fotograaf en ik ben bereid mijn ziel aan de hoogste bieder te verkopen.'

'Dan hoop ik dat ik u bij de verkoop kan helpen.'

'Ik ben Tim Dawson.' Zijn handdruk is krachtig. 'Bent u hier met vakantie?'

'Ik ben vandaag aangekomen, en ik ben Rebecca Lambert.'

'Welkom in Nieuw-Zeeland, Rebecca Lambert. Wat vind je tot dusver van het Zuidereiland? Of heb je je daarover nog geen mening kunnen vormen?'

Ergens midden veertig, denkt Rebecca, en een verweerd gezicht dat doet vermoeden dat hij weinig tijd achter een bureau doorbrengt.

'Ik weet zeker dat ik het prachtig zal gaan vinden. Mijn zus denkt daar in elk geval zo over. Zij woont hier.'

'Ben je in je eentje op reis?'

'Nee, met mijn twee andere zussen. We hebben een camper gehuurd.'

'Voor welke route hebben jullie gekozen?'

Hij knikt goedkeurend als ze die beschrijft. 'Dan zullen jullie onderweg een paar schitterende landschappen zien.'

Een tweede man met vierkante schouders komt aangelopen en wenkt hem.

'Mijn plicht roept. Hij is de manager van het team.' Tim zoekt in zijn zak en haalt een aantekenboekje tevoorschijn. 'Heb je een e-mail-adres? Dan kan ik je de foto sturen.'

Dat geeft ze hem. 'Onderweg zal ik mijn e-mail checken. Bedankt, Tim.'

'Leuk je te hebben gesproken, Rebecca.'

Ze loopt naar de souvenirwinkel. Julie en Lauren zijn in geen velden of wegen te bekennen en wachten waarschijnlijk op haar in het café. Een plank met een rij boeken over de natuur trekt haar aandacht. Ze zoekt er een uit met een geschubd, kikvorsachtig dier op het omslag, en koopt dat.

'Ik dacht al dat je van die observatiepost af was gevallen,' zegt Lauren wanneer Rebecca het café in loopt. 'Waar bleef je?'

'Het uitzicht is schitterend. Jullie hadden er ook naar moeten kijken.'

'Dat zullen we nog doen.' Julie gaat staan. 'Wat wil je hebben? Een cappuccino, een muffin?'

'Alleen een cappuccino. Maar ga zitten. Ik haal hem zelf wel.'

Bij het buffet verdringen de leden van het rugbyteam elkaar. Wanneer Rebecca met een volgeladen dienblad naar de tafel terugloopt, rennen twee achter elkaar aan zittende jongens langs haar en een van hen stoot tegen haar elleboog. Ze doet haar uiterste best haar evenwicht niet te verliezen en snakt naar adem wanneer hete koffie over haar vingers druipt.

'In de rij staan!' Het team schrikt van de donderende stem van Tim Dawson en beweegt zich even niet. 'Jullie zijn verdomme niet op een rugbyveld.' Hij neemt het dienblad van Rebecca over en gaat ermee terug naar het buffet. Hij negeert haar protesten, staat erop opnieuw te bestellen en voegt er een espresso en een vleespasteitje voor zichzelf aan toe.

'Waar zit je?' vraagt hij.

Ze wijst naar haar zussen en loopt achter hem aan naar hun tafeltje.

'Mag ik bij jullie komen zitten?' Zonder op antwoord te wachten trekt hij een stoel naar achteren. 'Ik ben toe aan wat geciviliseerd gezelschap. Ik volg dat stel hooligans al de hele dag met mijn camera en hoe sneller ze weer in de bus zitten, hoe liever me dat zal zijn.'

'Hooligans?' vraagt Rebecca.

Tim grinnikt. 'Reltrappers. In de ogen van iedereen, behalve in die van hun moeder.'

'Ze lijken wat rustiger te zijn geworden,' zegt Julie, wier gehoor – zo vermoedt Rebecca – blijvend is beschadigd omdat ze te lang heeft blootgestaan aan de muziek van haar zoons.

'Dat is tijdelijk, dat kan ik jullie verzekeren.' Hij pakt de hand van Rebecca en bekijkt haar vingers. 'Geen schade aangericht. Je zult het verhaal kunnen navertellen.'

Het boek dat ze in de souvenirwinkel heeft gekocht, trekt zijn aandacht. Hij wijst op de illustratie op het omslag.

'Hochstetter.'

'Wat zeg je?' Ze kijkt naar de uitpuilende ogen en de angstaanjagend lange tenen.

'Een Hochstetters oerkikker. Kijk maar naar de flaptekst.'

Dat doet Rebecca. 'Je hebt gelijk. Hoe heb je dat geraden?'

'Rebecca, ik heb verstand van kikkers. Ik heb er meer dan voldoende gefotografeerd, inclusief dit soort.'

'Ik dacht dat je lucratief bezig was met het fotograferen van hooligans,' zegt Lauren.

'Hooligans zorgen voor brood op de plank. Het liefst fotografeer ik uitstervende diersoorten.'

'Wat een buitengewoon toeval.' Rebecca bladert het boek door en bewondert de helderheid van de foto's. Ze ziet zijn naam vermeld staan. 'Heb jij alle foto's in dit boek genomen?'

'Nee. We hebben met een groep fotografen samengewerkt.'

'Je zult er voor Rebecca je handtekening in moeten zetten,' zegt Lauren. 'Ze heeft een verbazingwekkend asiel. Vertel hem eens over de paarden die jij redt.'

'Ik weet zeker dat Tim daar geen enkele belangstelling voor heeft.' Rebecca geeft Lauren een trap tegen haar enkel.

'Af en toe probeert ze ook olifanten te redden,' zegt Julie.

'Julie, hou op.' Het vermogen van haar zus om een grap te ver door te voeren is algemeen bekend en Julie heeft het refrein van 'Nellie the Elephant' na hun vertrek uit Bangkok minstens drie keer gezongen. Terwijl Julie gedetailleerd verslag doet van de ontmoeting met de olifant is zijn gelach aanstekelijk, en Rebecca merkt dat ze met hem mee lacht.

'Hoelang blijven jullie in Christchurch?' Hij neemt een hap van zijn vleespasteitje, kauwt krachtig en veegt kruimels uit zijn baard.

'Alleen vanavond nog,' zegt ze.

'Dan zal ik jullie met alle plezier de stad laten zien. We kunnen samen gaan eten en misschien naar wat muziek luisteren.'

'Bedankt voor dat aanbod, Tim.' Ze glimlacht verontschuldigend en tegelijkertijd vastberaden. 'Maar morgenochtend vroeg gaan we naar Lake Tekapo.'

'Dat hoeft niet echt,' zegt Julie. 'Ik wil best nog een nachtje in Christchurch blijven.'

'Ik ook,' zegt Lauren.

Haar zussen kijken haar net zo strak aan als zij hen. Miss Havisham, denken ze. Met haar stoffige sluier en zieltogende herinneringen.

'Ik ben bang dat het antwoord nee blijft.' Rebecca glimlacht en steekt haar hand uit. 'Het was leuk je te hebben ontmoet, Tim.'

'Dat is wederzijds, Rebecca.' Hij pakt zijn aantekenboekje weer en scheurt er een bladzijde uit. 'Ik kan je geen olifant beloven, maar je zou een paar van onze reservaten moeten bekijken als je hier toch bent.' Hij schetst een kaart en geeft die aan haar. 'Als jullie door Twizel rijden is het de moeite waard te stoppen om de zwarte steltkluut te bekijken. En nu ik toch een pen in mijn hand heb, kan ik dat boek ook wel signeren.' Hij pakt het en schrijft op het schutblad: 'Welkom op het Zuidereiland, Rebecca. Geniet van je reis. Tim Dawson.'

'Een goede reis.' Hij schudt handen. 'Rebecca, vergeet onderweg niet je e-mail te checken.'

'Wat vind je van hem?' vraagt Julie wanneer hij het café uit loopt.

'Afgezien van het feit dat hij zijn baard gebruikt als voederplaats voor vogels, heb ik me geen mening over hem gevormd. Julie, je moet ophouden me te koppelen aan iedere man die we ontmoeten. Dat begint belachelijk te worden.'

'Vond je hem niet aardig?'

'Dat we allebei belangstelling hebben voor Hochstetters oerkikker maakt ons nog geen zielsverwanten.'

'Waarom moet jij je e-mail checken?' vraagt Lauren.

'Hij heeft buiten een foto van me genomen. Ik ben een studie in rust.'

'Zo rustig zie je er naar mijn idee niet uit,' zegt Julie.

'Het gaat allemaal om wat je waarneemt. In elk geval gelooft Tim dat.'

'Het wordt tijd dat jij weer pret gaat maken. Je kunt niet eeuwig om Jeremy blijven treuren,' zegt Julie.

'Dat doe ik niet... en dit heeft niets met Jeremy te maken.'

'Waarom wilde je dan niet met die man uit eten gaan?' vraagt Lauren op hoge toon.

'Lauren, dit is mijn leven. Bemoei je er alsjeblieft niet mee.'

'Touché.' Glimlachend haalt Lauren haar schouders op.

Julie werpt een verlangende blik op de jonge jongens. Ze knippert snel met haar ogen en loopt achter haar zussen aan het café uit.

28

Lake Tekapo

Bij elke haarspeldbocht is een ravijn te bewonderen, de tapse vorm van een dal dat in de middagnevel verdwijnt, een over rotsen stromende rivier. Laat in de middag zijn ze bij Lake Tekapo. Ze stappen de camper uit omdat ze graag frisse lucht op hun gezicht willen voelen. Een motorboot met daarachter kinderen in een rubberbootje, is het enige wat het op gebrandschilderd glas lijkende oppervlak verstoort.

Julie – een veteraan op het gebied van kampeervakanties – laat haar zussen zien hoe ze de openbare voorzieningen aan de camper moeten koppelen.

'Daar kun je maar beter aan gewend raken,' zegt ze als Lauren weer een nagel breekt. 'Bij kampeervakanties moet iedereen zijn steentje bijdragen.'

'Dat ben ik ook vást van plan.'

'Ik hoop dat je nog even enthousiast zult klinken als het jouw beurt is om naar de stortplaats te gaan.'

'Wat moet je daar dan doen?'

'Het tankje van de wc legen.' Julie probeert niet te vrolijk te klinken. 'Kijk niet zo afkeurend. Het is een eenvoudige klus en je hoeft het alleen te doen als jij aan de beurt bent.'

'Dat is onzin uit de steentijd,' krijst Lauren wanneer Julie haar de procedure uitlegt. 'Sorry, mensen, ik ben tot alles bereid, maar niet daartoe. Ik ben meegegaan voor een vakantie. Niet om te leren hoe je een septic tank moet legen.'

Rebecca maakt een eind aan de discussie door in haar rugzak naar een zwempak te zoeken. Ze zet een duikbril op haar hoofd en slaat een handdoek om haar schouders. 'Hier heb ik me al de hele dag op verheugd.'

'Prima,' roept Julie wanneer Rebecca naar het meer rent. 'Het is smeltwater van gletsjers,' zegt ze tegen Lauren. 'Ik heb erover gelezen in *Traversing New Zealand*. Rebecca gaat in een ijsblok zwemmen, maar toch zal ze er direct in duiken. Wacht maar eens af.'

Rebecca neemt inderdaad zonder te aarzelen een duik. Ze verdwijnt onder water en komt weer tevoorschijn. Haar arm snijdt als een kromzwaard door de turkooizen glinstering.

'Zie je dat?' Julie loopt terug naar de camper en bekijkt de keuken. Die is weinig meer dan een kombuis en dus zal ze uiterst vindingrijk moeten zijn. In Geraldine, waar ze halt hadden gehouden om inkopen te doen, hadden haar zussen haar bijna met geweld moeten meenemen uit de supermarkt. Zij gelooft dat eten het perfecte tegengif is voor de spanningen in een mensenleven. Ze werkt behendig in de kleine ruimte, gebruikt komijn en gember, geeft de kip meer smaak met tijm en oregano en maakt jus van de sappen. De vegetarische paella voor Rebecca wordt gekruid met saffraan, knoflook en paprika. De geroosterde aardappelen zijn heerlijk. Ze eten buiten, bij de camper. Haar zussen heffen hun glas op hun sterrenkok, die zelfs een appelkruimeltaart als dessert heeft gemaakt. De vlam van een kaars trilt in het briesje: een enkel lichtje in de steeds intenser wordende duisternis.

'Het is verbazingwekkend je te bedenken dat je nog geen ketel water kon koken toen je met Paul trouwde,' zegt Rebecca.

'Ik heb het wel moeten leren.' Julie legt een hand op haar glas en schudt haar hoofd als Lauren nog eens wil inschenken.

Op het trapje van de camper naast hen spelen twee meisjes met poppen en een theeserviesje. Wanneer hun moeder roept dat het bedtijd is, smeken ze haar nog een paar minuten te mogen spelen. Opeens hoort Julie hun eigen moeder hetzelfde roepen en dezelfde reactie krijgen en wordt ze overmand door zo'n intens verdriet dat ze zich naar voren buigt en haar handen automatisch tegen haar buik drukt. Ze gaat weer rechtop zitten, pakt haar mandoline en begint zacht te zingen. De kinderen komen dichterbij. Aangemoedigd door haar glimlach lopen ze de lichtkring in en gaan met gekruiste benen en hun kin op hun handen zitten tot hun ouders – beleefd glimlachend en zonder het zingen te verstoren – hen meenemen naar bed.

'Tijd voor een slaapmutsje.' Rebecca schenkt cognaclikeur in glazen.

Julie legt haar mandoline neer en neemt het glas aan. Misschien komt hun gesprek zo moeiteloos op hun jeugd door de nabijheid van de kinderen. Half herinnerde episodes krijgen door hun collectieve geheugen vorm. De achtertuin in Heron Cove, het achterste gedeelte wild, bereikbaar via een boog van forsythia die in de lente altijd het eerst in bloei stond. Hun moeder die in het deel dichter bij het huis tuinierde, loganbessen, frambozen en zwarte bessen kweekte, een prieeltje maakte waar ze 's avonds nog in het zonnetje kon zitten. Maar in de andere helft van de tuin groeiden paardenbloemen en distels en de verwilderde struiken hadden tunnels die naar verborgen schuilplaatsen leidden. In het labyrint van struiken speelden Cathy en Kevin Mulvaney verstoppertje, had Rebecca haar konijnenhokken en voederbakken neergezet, kwamen de katten in het lange gras jongen werpen. Julie oefende met haar band in de tuinschuur en Lauren maakte pirouettes op het platte dak. De rozerode avonden in de Tijd Ervoor. De Tijd Ervoor en de Tijd Erna. Hun bestaan als met een door boter snijdend mes verdeeld in twee afzonderlijke perioden die op een moment als dit konden zorgen voor een heel emotionele sfeer en de nonchalante, zorgeloze opmerkingen die een paar minuten eerder nog waren gemaakt lieten wegzinken in een loodzware ruimte die niet met woorden kon worden gevuld.

'Waar zijn die jaren gebleven?' vraagt Lauren, de stilte verbrekend.

'We hebben met onze ogen geknipperd,' zegt Rebecca.

'Ik zal deze vakantie huilend doorbrengen.' Julie drukt haar servet tegen haar gezicht. Het zachte materiaal zuigt haar tranen op.

'Dan neem ik het eerste het beste vliegtuig terug naar huis,' zegt Rebecca waarschuwend.

Ze lachen opgelucht en gaan staan. De krekels zwijgen. Het is tijd om de eerste dag van hun rondreis af te sluiten.

29

'Wat zijn jullie vroeg wakker. Ik hoop dat dat niet besmettelijk is,' kreunt Lauren vanuit haar slaapplaats, en ze steekt haar handen omhoog. 'Verdómme. Nog een nagel.'

'Kom naar beneden,' beveelt Julie. 'Het ontbijt is klaar.'

'We hebben een drukke dag voor de boeg.' Rebecca neemt koffie en een croissant mee naar de tafel en vouwt een kaart open. 'Moeten we die zwarte steltkluten gaan bekijken voordat we gaan trekken, of juist daarna? Wat vind jij, Julie?'

'We moeten laat in de middag gaan trekken, als het iets koeler is,' zegt Julie. 'Ik zal wat restjes van gisteravond verzamelen en een picknick klaarmaken.'

'Trekken?' vraagt Lauren op hoge toon. 'Daar heb ik nooit in toegestemd.'

'Dat heb je wel gedaan.' Rebecca smeert honing op haar croissant en schenkt nog een kop koffie in. 'Kijk maar op de routebeschrijving. Die hangt naast de koelkast. "Drie uur trekken" staat daarop.'

'Drie uur?' Lauren klinkt alsof haar is gevraagd langzaam en blootsvoets over hete kolen te lopen.

'Drie uur stelt niets voor. Sommige tochten duren vier dagen. Gisteravond heb je erin toegestemd deze wandeling te maken.'

Lauren pakt het woord 'wandeling' tussen haar tanden en schudt het als een terriër die een vogel heeft gevangen. Wandelen deed je naar een restaurant in de buurt, naar een bar of een winkelcentrum. Een beproeving van drie uur in bergachtig terrein vol muskieten en allerlei andere ongewenste in het wild levende dieren die het best achter glas in een vitrine in een museum konden worden bekeken, kon beslist geen wandeling worden genoemd. Ze zwaait haar benen buiten boord en verdwijnt onder de douche.

Tien minuten later gaat de deur van de douchecabine open, gevolgd door een wolk stoom en Lauren, gehuld in een witte badjas. Ze gaat voor een koffer op haar hurken zitten en zoekt tussen haar kleren. Omdat ze niet kan vinden wat ze nodig heeft, en omdat het heet is in de camper, doet ze de badjas uit en trekt een tweede koffer onder de tafel vandaan.

Julie wendt haar blik af van de kleine, stevige borsten en de rozerode tepels. Maatje vierendertig, denkt ze, wat belachelijk is voor een vrouw van zesendertig.

'Dit is krankzinnig!' Lauren stoot haar elleboog tegen de tafelpoot en laat zich verslagen op haar hielen zakken. 'Je hebt hier de ruimte niet om iets te vinden.'

'Dan wil ik je voorstellen je bagage af te leveren bij de eerste de beste kringloopwinkel die we tegenkomen,' zegt Rebecca. 'Ik heb overigens wel de indruk dat je het zonder kleren aan prima afgaat.'

'Ze heeft gelijk over die koffers van je,' merkte Julie klagend op. 'Ik ben er vanmorgen al twee keer over gestruikeld. Kijk eens naar mijn scheenbenen. Die zijn bont en blauw.'

Lauren heeft gevonden wat ze zocht, maakt een beha van geel kant vast en wurmt zich in een bijpassend slipje. 'Jullie hadden het over een bruine speld...'

'Een zwarte steltkluut.' Het kost Rebecca moeite kalm te blijven.

'Dat had Tim aangeraden, weet je nog wel?' zegt Julie.

'O ja. Tim. De man op de berg,' zegt Lauren.

'Als je die naam nog een keer laat vallen...'

'Oké, oké.' Lauren vindt een jurk die haar aanstaat en trekt die over haar hoofd aan.

'Verder heeft dit niets te maken met Tim Dawson.' Rebecca zit over de kaart van het Zuidereiland gebogen en berekent hoelang ze nodig hebben om Twizel te bereiken. 'Ik had dat bezoek al gepland. De zwarte steltkluut is een van de zeldzaamste waadvogels ter wereld. In Twizel wordt hij voor uitsterven behoed.'

'Goed van Twizel,' zegt Lauren. 'Maar je verwacht toch niet echt van me dat ik in een smerige schuilplaats voor vogels ga kruipen? Ik zou er de vogelgriep van kunnen krijgen.' Ze zet een föhn aan. Kruimeltjes schieten als insecten over het bord van Rebecca.

'Wil je dat alsjeblieft ergens anders gaan doen?' brult Rebecca.

'Waar dan? Op het dak van dit ellendige ding soms? Schuilplaatsen voor vogels en wandelingen maken,' jammert Lauren boven het gezoem van de föhn uit. 'Waarom organiseer je geen helikoptervlucht als je het landschap zo graag wilt bekijken?'

'Dat doen we als we de gletsjers gaan bekijken.' Rebecca haalt het reisschema van de wand en wijst met een vinger op de diverse data. 'Jij kunt hier zo lang je wilt blijven zitten om je nagels te repareren, maar ik ga daarheen én ik ga trekken. Punt uit.'

Julie veegt het aanrecht schoon en slaat theedoeken uit. Wat had ze al een geld uitgegeven aan deze reis terwijl ze thuis had kunnen blijven om naar het geruzie van haar zoons te luisteren. 'Ik zal Abba opzetten.' Glimlachend zet ze de cd-speler aan.

'Geen Abba, verdomme.' Lauren zet de föhn uit, pakt de box met cd's en leegt die op de tafel. 'Vroeger haatte je Abba.'

'Toen waren ze niet relevant voor mijn leven.'

'Hoe kan "Bang-A-Boomerang" in vredesnaam relevant zijn voor het leven van wie dan ook?'

'Ik heb wat met "Money, Money, Money", op de voet gevolgd door "Mamma Mia".'

'Hoewel ik hun maatschappelijke betekenis waardeer, zou ik je willen voorstellen Abba in de afvalemmer te smijten en in plaats daarvan U2 te draaien.' Lauren gooit de cd van Abba weg.

'Het is nog te vroeg voor rock,' zegt Rebecca. 'Wat zouden jullie denken van Tom Waits?'

'O nee, niet Tom Waits,' zegt Julie jammerend. 'Bij zijn "Martha" moet ik altijd huilen.'

Rebecca drukt haar handen tegen haar oren. 'Jullie maken me nog gek. Ik was vergeten hoe het is met tweebenige dieren te leven.'

'Woef-woef-woef.' Lauren steekt haar tong uit en hijgt.

Julie hinnikt en galoppeert op de plaats.

'Dit kan ik niet meer hebben.' Rebecca rent de camper uit en smijt de deur achter zich dicht.

'We maken Becks weer gek.' Julie ziet haar zus naar het bos bij de rand van het kampeerterrein lopen en tussen de pijnbomen verdwijnen.

'Dat is dan nog steeds niet veranderd.' Lauren gaat op haar knieën zitten, vouwt haar kleren op en stopt ze weer in de koffer. 'Ik denk niet dat ik het buitenleven aankan. Kijk eens naar mijn nagels.' Ze steekt haar handen uit. Drie geruïneerd, nog zeven te gaan.

'Hou toch eens op over die nagels van je! Je zou nog gaan denken dat je vingers geamputeerd zijn. Vertel me eens wat over Niran Gordon.' Julie heeft verwachtingsvol gewacht op het horen van de details van Laurens korte liaison, maar tot dusver heeft zij er haar mond over gehouden.

'Ik heb al tegen je gezegd dat ik het niet over hem wil hebben.' Laurens afstandelijke gezichtsuitdrukking is een waarschuwing voor Julie.

'Hij is anders, hè?' Julie redt Abba uit de afvalemmer en legt de cd's keurig op een stapeltje. '"Moondance" van Van Morrison lijkt een keus waarmee iedereen blij zal zijn.' Ze stopt de cd in de stereo. 'Je kunt deze affaire niet zo gemakkelijk weer vergeten.'

'Julie, heb je niet gehoord wat ik zei? Laat dat onderwerp rusten.'

'Waarom? Omdat jij dat wilt? De keren dat je mij als klaagmuur hebt gebruikt had je er geen problemen mee.'

'Gaan we ruziemaken?'

'Jij maakt geen ruzie, Lauren. Je trekt je gewoon terug.'

Julie staat bij de deur van de camper en kijkt uit over het vakantiepark. Campers als de hunne vertrekken al en alles begint er stoffig en verlaten uit te zien. Ze blijft boos. De plichtsgetrouwe Julie, die altijd klaarstaat met een kop thee en medeleven. Ze heeft er nooit om gevraagd de geheimen van Lauren te horen te krijgen. Vaak voelt ze zich ongemakkelijk als ze ter ere van een familiefeest aan de eettafel tegenover Steve Moran zit. Weet hij niets van de ontrouw van zijn vrouw, of accepteert hij die als de prijs die hij moet betalen om haar te bezitten? Hij verdient zijn geld uiteindelijk door met behoorlijk veel risico's te investeren.

Ze hoort lichte voetstappen achter zich en voelt dat Lauren haar armen om haar middel slaat.

'Niet boos zijn, Julie.' De stem van haar zus klinkt ingetogen. 'Als ik over hem praat, zal ik instorten. Probeer het te begrijpen.'

'Lauren, ik zal je nooit begrijpen.' De woede van Julie zakt even snel als die is opgekomen. Ze weet dat de blik in Laurens ogen neutraal zal zijn en dat er geen traan te zien zal zijn wanneer ze zich nu naar haar zus omdraait. 'Maar dat doet er niet toe. Ik ben hier om te luisteren als je me nodig hebt.'

Zonlicht flitst tussen de pijnbomen door terwijl Julie over het smalle bospad loopt. Rebecca is al een uur zoek en het is tijd om het vakantiepark uit te rijden. De varens zijn dicht en schouderhoog, de bomen zijn begroeid met klimplanten die langs haar gezicht strijken wanneer ze zich dieper het bos in waagt. Ze bereikt een open plek en ziet Rebecca op de stam van een omgevallen boom zitten. Ze is zich niet bewust van de nabijheid van Julie en huilt ongeremd. Julie aarzelt. Rebecca zou het vreselijk vinden in deze toestand te worden gezien. Misschien dat gisteravond... al dat gepraat over het verleden... Het moet zoveel herinneringen hebben opgeroepen. Een geschubd wezen schiet tussen de varens door en verdwijnt weer. Julie springt opzij en slaakt een kreet. Rebecca draait zich om en begraaft haar gezicht in haar handen.

'Arme Becks.' Julie gaat naast haar op haar knieën zitten. 'We maken je weer gek.'

'Nee... het is niet...' Ze slikt, kan niet doorgaan.

'Het was maar een dwaas ruzietje. Niets om je druk over te maken.'

Rebecca veegt haar ogen droog, snuit haar neus en stopt de zakdoek weer in de zak van haar short. 'Het heeft niets met die ruzie te maken.'

'Waarmee dan wel?'

'Met... Waarom noemt iedereen me Becks?'

'Dat doen we niet.'

'Dat doen jullie wel.'

'Het komt door Cathy, hè? Zij is de reden dat je zo gespannen bent.'

'Absoluut niet.' Haar stem trilt.

'Rebecca, we hebben allemaal een eigen mening over wat Cathy heeft gedaan, maar dit is onze kans om het verleden achter ons te laten.'

'Geloof jij dat echt?'

'Stof in hoeken, Rebecca.'

'Wat zeg je?'

'Dat zei je vroeger vaak tegen ons. Kijk niet om. Er ligt alleen maar stof in hoeken.' Julie pakt een hand van Rebecca en helpt haar overeind. 'Gisteravond heb ik met Cathy gesproken. Ze is even zenuwachtig als jij over dit weerzien.'

'Ik heb al tegen je gezegd dat ik niet zenuwachtig ben.'

'Conor lijkt me een aardige jongen.'

Rebecca trekt een blad van een van de varens en strijkt ermee over haar wangen. 'Daar heb ik geen idee van.'

'Elke keer als we elkaar door de telefoon spreken vraagt hij naar jou. Waarom wil jij niet met hem praten?'

'Ik zal hem snel genoeg ontmoeten.'

Het briesje brengt het bos in beweging en de varens wiegen als ballerina's. Een ander geschubd wezen zit weggedoken op een steen. Bijna onzichtbaar, met uitzondering van een paar kraaloogjes, kijkt hij strak naar hen.

Julie pakt de arm van Rebecca stevig vast als ze langs het dier lopen. Er zijn hier waarschijnlijk honderden van die dieren: onzichtbare ogen die de vreemde capriolen van mensen observeren. Rebecca is sterk. Anders dan Julie luchten tranen haar niet op. Of misschien huilt ze enkel wanneer ze alleen is en zich onbespied weet. Julie heeft opeens erg met haar te doen en houdt haar arm nog wat steviger vast. 'Laten we Assepoester gaan zoeken.'

Lauren zit op het trapje van de camper. 'Ik dacht dat je me in de steek had gelaten.' Ze houdt een cd van Kiri Te Kanawa omhoog. 'Geen geruzie meer over muziek. Dit is voor vandaag de perfecte keuze.'

Deze ene keer zijn ze het roerend met elkaar eens. Terwijl de diva uit Nieuw-Zeeland *La Traviata* zingt gaan ze onderweg naar het toevluchtsoord van de zwarte steltkluut.

30

Cromwell

Dagen lijken ongemerkt in elkaar over te gaan. Om de beurt rijden ze door de hitte, houden halt om te picknicken of wijngaarden te bezoeken, om schaduw te zoeken en zich te ontspannen onder parasols op caféterrassen. Het landschap wordt ruiger en de geesten van een verleden van gouddelvers zijn zichtbaar in de bruine heuvels en vervallen mijnen. Julie levert voortdurend commentaar. Sinds het begin van de rondreis heeft ze zich opgeworpen als officiële gids en *Traversing New Zealand* is een soort gezaghebbende bijbel geworden.

Op hun vijfde dag arriveren ze in Cromwell. Rebecca boekt voor de camper een plaats in een vakantiepark. Op de een of andere manier en zonder te beseffen dat het gebeurde, vormen ze nu een goed georganiseerd team dat in actie komt zodra ze een nieuwe plaats van bestemming hebben bereikt. Ze sluiten de camper aan op het elektriciteitsnet, gaan op zoek naar internetcafés, wc's en keukens, en al het overige wat noodzakelijk is om te overleven. Terwijl Julie druk bezig is in de keuken en Lauren zich insmeert met zonnebrandcrème loopt Rebecca het internetcafé in.

De e-mail van Lulu verzekert haar ervan dat alles tijdens haar afwezigheid soepel loopt. De e-mail van Sheila meldt uitgebreid de laatste prestaties van haar kinderen. Ze ziet dat er een e-mail van

Tim Dawson is, met de foto erbij. Verbaasd kijkt ze daarnaar. Tim heeft de lucht en de zee gevangen in een harmonieuze beweging, en haar met die context verweven. Haar gezichtsuitdrukking is nadenkend terwijl ze naar een stad en de omliggende velden kijkt. Lokjes zwart haar worden door het briesje van haar voorhoofd geblazen en laten zien hoe breed dat is. Haar neus is iets aan de grote kant, maar wordt in evenwicht gehouden door haar brede, half glimlachende mond. De foto neemt een halve pagina in beslag en heeft als onderschrift: 'Weerspiegelingen op het Zuidereiland. Rebecca Lambert bezoekt de gondels van Christchurch.'

Ze opent zijn e-mail.

Hallo Rebecca,
Hoop dat de reis soepel verloopt. Waar ben je nu? Je zei dat je hoopte over Milford Sound te varen en dat je zou overnachten in Te Anau. Ben je daar vrijdag? Ik zou je graag weer zien. Ik moet een fotoreportage maken in een conservatiecentrum in het nationale park Fiordland. Omdat je belangstelling hebt voor onze met uitsterven bedreigde diersoorten, wil je misschien wel een centrum zien waar ze takahe fokken. Men dacht dat die vogel was uitgestorven... Laat ook maar. Ik zal je er alles over vertellen wanneer ik je weer zie. Ik heb de foto van jou bijgevoegd. Hij is heel mooi. Je bent de pin-upgirl van Southern Eye geworden. Ik verheug me erop je hopelijk weer te ontmoeten.
Tim Dawson

Rebecca heeft zichzelf nooit mooi gevonden, maar Tim heeft iets gevangen, haar gelaatstrekken op een subtiele manier zodanig opnieuw gedefinieerd dat haar lippen eruitzien alsof ze net zijn gekust en ze heeft zelfs – durft ze dat te denken? – sexy ogen. Voordat ze zich kan bedenken typt ze een antwoord.

Hallo Tim,

Bedankt voor de foto. We genieten echt van de rondreis en zullen vrijdag in Te Anau zijn. Hoop je dan te zien.

Rebecca

Cromwell, eens beroemd om zijn goudmijnen, is nu beroemd om zijn fruitboomgaarden. Boven de hoge muren rond de boomgaarden bieden de bladerrijke takken van de fruitbomen een welkome schaduw. Stalletjes langs de weg en winkels – met piramides van fruit – doen goede zaken. Aangetrokken door de belofte van zelfgemaakt ijs lopen de zussen naar een café en vinden een tafeltje op de veranda.

Julie is geïntrigeerd door de naam, kijkt in *Traversing New Zealand* en meldt dat de stad Cromwell werd gedoopt door een groep Engelse opzichters van goudmijnen die de geïmmigreerde Ierse mijnwerkers wilden ergeren.

'Dat moet beslist een succes zijn geweest.' Julie gaat in de aanval op haar ijsje en spreekt met de hartstocht van iemand die achthonderd jaar is onderdrukt.

'Naar de hel of naar Connaught,' zegt Rebecca.

'Als hij nu nog in leven was, zou hij in Den Haag wegens oorlogsmisdaden zijn aangeklaagd,' zegt Julie.

'Om nog maar te zwijgen over etnische zuiveringen,' zegt Rebecca.

'Elk beest heeft een paar boosaardige trekjes, maar Cromwell had de trekjes van alle boosaardige beesten samen,' zegt Julie. 'Dat is een citaat van...'

'Hou toch op,' zegt Lauren zuchtend. 'Ik wil in alle rust van mijn smoothie kunnen genieten.'

'Van de een of andere aartsbisschop,' gaat Julie door. 'Ik kan me herinneren dat ik dat op school heb gelezen.'

'Aartsbisschop John Williams,' zegt Rebecca.

'Kunnen we nu van onderwerp veranderen?' Lauren trekt haar zonnehoed verder over haar ogen en bladert door een tijdschrift.

Rebecca zet haar lepel in bessenijs en luistert terwijl Julie vertelt hoe de eerste fruitbomen in Cromwell werden geplant door hongerige mijnwerkers die hun magere rantsoen aanvulden met vers fruit. Nu ligt Cromwell midden in de fruitgordel van het Zuidereiland, terwijl het merendeel van de geschiedenis van de goudmijnen is begraven onder het reservoir van Lake Dunstun.

Stof in hoeken. Heeft ze dat echt tegen haar zussen gezegd? Nooit omkijken? Ja. Rebecca knikt. Dat heeft ze inderdaad waarschijnlijk gezegd. Het verleden is begraven, maar het leeft nog wel. Onder de façade van deze vriendelijke stad met zijn wortels in goudmijnen en zijn bladerrijke boomgaarden, onder het rustige oppervlak van het schitterende reservoir liggen de verloren gegane dromen, het geestdodende werk van hongerige geïmmigreerde mijnwerkers, de uitbuiting en de hebzucht. Nu is dat alles verleden tijd: het goud en de dromen. Alleen de zaden zijn er nog. Diep in de grond geworteld verbinden zij het verleden met het heden door middel van een rijke oogst.

Ze gaat staan en loopt kwiek naar de kassa om de rekening te betalen. Bij Lake Tekapo was ze even ingestort. Toen ze in haar eentje in het bos was had het verleden haar beslopen en was ze door het gewicht daarvan op de grond gezakt. Dat mocht niet nog eens gebeuren.

De temperatuur is hoog. Ze voelt de hitte aan haar voetzolen trekken wanneer ze terugkeren naar de camper, met hun armen vol mandjes met fruit, olie, sauzen, marmelade en jam. Een kudde herten rent over een veld in de buurt, maakt met vloeiende bewegingen van flanken en hoeven een draai.

31

Het dagboek van Rebecca – 1994

Ik blijf diep in de nacht wakker worden. Hoe moe ik ook ben of hoe laat ik ook naar bed ga, het maakt geen verschil. Alles lijkt 's nachts dan zoveel erger. En dan komen de vragen. Verraderlijke vragen. Cathy heeft me van mijn sereniteit beroofd. Ze heeft mijn dromen verwoest. Toch mis ik haar zo erg dat mijn hele lijf er zeer van doet.

Ik moet telkens weer denken aan hoe het was voor hun dood. Hoe ze op me wachtte wanneer ik uit school naar huis kwam, hoe ze met haar mollige beentjes de oprit af rende om me te begroeten en me kusjes te geven. Ze luisterde aandachtig naar alles wat ik zei, zat als een koalabeertje op mijn rug. We waren de oudste en de jongste en we hielden van elkaar. Hoe kunnen dingen zo sterk veranderen?

Door met een zwart metalen kruis te krassen op de zijkant van Jeremy's auto. Dat is een beschuldigender geluid dan de echo van de stem van mijn overleden moeder. Ook toen de Saab was gerepareerd kon ik de krassen nog zien, diep als een open wond. Waarom? Cathy was opstandig en twistziek, maar nooit rancuneus. Ik vond de auto prachtig. Ik was dol op het comfort en de stijl ervan. Maar ik was er vooral blij mee omdat we er vóór ons trouwen mee konden ontsnappen. Ik was me altijd bewust van de aanwezigheid van mijn zussen in de andere kamers, vroeg Jeremy zachtjes te doen uit angst dat ze ons zouden horen. We parkeerden op

donkere plekjes bij de riviermonding. Uit de radio klonk muziek en we
begeerden elkaar. Jeremy zegt dat hij de auto misschien gaat verkopen. Ik
wou dat hij dat deed. Uit rijden gaan vind ik niet langer prettig. In de
kleine uurtjes slaat mijn hart op hol en moet ik opstaan, naar beneden
gaan en warme melk maken. Dat wordt geacht je te helpen slapen, maar
niets werkt. Ik kan geen boek lezen of naar muziek luisteren.

We hebben het huis nu voor onszelf. Lauren is teruggegaan naar Lon-
den om haar roman te schrijven. Ze beweert dat dat heel bevredigend
verloopt. Ze ziet er eerder uit als een dichter dan als een romanschrijver.
Iedereen kan romans schrijven. Dichters zijn minder dik gezaaid. Ze
zijn slank en zenuwachtig, hebben mogelijk zelfmoordneigingen en wor-
stelen voortdurend om hun leven tot uitdrukking te brengen in de dieper
gelegen aderen van de taal. Oké, dat is een karikatuur, maar... wat be-
helst het leven?

Gelukkig was Jeremy wel zo fatsoenlijk niet 'Dat had ik je toch al
voorspeld?' te zeggen toen ik zonder Cathy uit Londen terugkwam. Hij
had me ervoor gewaarschuwd dat dat een onmogelijke queeste zou zijn.
Ik had niet naar hem willen luisteren, maar ik had geen idee gehad hoe
groot Londen was. Een stad met zoveel gezichten, kleuren, geloofsover-
tuigingen en culturen. Ze had overal kunnen zijn. Aan de overkant van
de straat. Ze heeft mijn hart gebroken.

'Een gebroken hart kan genezen,' zegt Jeremy. Hij houdt me stevig in
zijn armen als hij wakker wordt en merkt dat ik niet kan slapen. Je ou-
ders zouden willen dat je gelukkig was. Cathy heeft je leven alleen maar
ellendig gemaakt. Laat haar los, Rebecca. Ze wil niet worden gevonden.'

Hoe weet hij dat? Hoe kan hij daar zo zeker van zijn?

Lydia Mulvaney praat niet meer met me. Vorige week heb ik haar in
de stad gezien. Haar schilderijen hingen op Merrion Square. Als zij mij
ook zag, heeft ze daar niets van laten merken. Ik kan niet geloven dat ie-
mand die in de jaren zeventig zo radicaal was haar zoon ondanks al het
bewijsmateriaal blindelings zou steunen. Waar is de beha's verbrandende
feministe gebleven die werkte met alleenstaande moeders en slachtoffers

van een verkrachting, die zich inzette voor gelijke rechten voor vrouwen? Wat denkt ze dat Cathy en haar zoon alle keren dat ze in zijn kamer waren hebben gedaan? De Bijbel bestuderen? Monopoly spelen? Kruiswoordraadsels oplossen?

Werken helpt een beetje. Ik mis mijn studie, maar ik heb de erfenis van opa uitgegeven aan een hopeloze zoektocht en ik bofte dat John Carmody bereid was me in dienst te nemen. Hij is een goede dierenarts, en hoewel ik slechts de receptioniste ben, is het hem opgevallen dat ik goed ben met dieren. Gek dat ik zo goed ben met dieren en zo hopeloos met mensen.

Ik wil een baby hebben.

Jeremy zegt dat we daar nog niet aan toe zijn. Dat zijn we wel... dat zijn we wel... dat zijn we wel...

32

Havenswalk

De peddel van Conor schiet met korte, scherpe bewegingen door het water van het meer, maar Lyle ligt al vér voor. Voor een man van in de zestig is Lyle fit en sterk, en hij doet nooit bevoogdend door Conor hoe dan ook te laten winnen. Het is ontmoedigend voortdurend door een oudere man te worden verslagen, maar het trainingsschema maakt Conor geleidelijk sterker. Volgend jaar zal hij hardlopen, kajakken en fietsen in de triathlon van kust tot kust op het Zuidereiland. Hij meerdert vaart. De wind blaast in zijn gezicht. Zijn hart zingt met de energie van jeugd en fitheid.

Gisteren heeft Julie hem een foto gestuurd die ze met haar mobieltje had genomen. In een café in Cromwell. Voor het eerst heeft hij Rebecca als oudere vrouw gezien. Ze was nog herkenbaar als de jongere Rebecca op de familiefoto, en de gelijkenis met zijn moeder is eerder sterker dan minder geworden. Zijn tantes houden ijscoupes omhoog naar de camera en glimlachen, alsof ze allemaal tegelijk 'cheese' zeggen.

Hij heeft plannen met Rebecca. Paardrijden, een bezoek aan het Abel Tasman Park om de lama's te zien. Hij vraagt zich af of ze paarden uit appartementengebouwen redt. Hij heeft *De Toezeggingen* gelezen en hij weet dat paarden in appartementen en kleine stadstuinen worden gehouden, maar hij kan zich geen groene ruimte voorstellen die zich niet tot voorbij zijn horizon uitstrekt.

Hij herinnert zich Londen, waar hij is geboren, slechts vaag. Hij herinnert zich auto's 's avonds, een donkere trap van Alma's winkel naar haar flat daarboven en de geur van aromatische oliën. Hij leeft nog steeds met de geur van oliën. Ze doortrekken de gangen van Havenswalk en maken evenzeer deel uit van zijn leven als de mensen die aan yoga doen.

Zijn vroegste herinneringen hebben voornamelijk betrekking op het Zuidereiland en Havenswalk. Niet het Havenswalk van tegenwoordig, met zijn restaurant, veranda, zwembad en meditatieruimtes, maar het gammele oude huis met gaten in het dak, een stenen vloer waarover ratten rondrenden en spinnenwebben die dik genoeg leken om als hangmatten dienst te kunnen doen. Hij woonde met zijn moeder en Alma in de nabijgelegen boerderij terwijl het oude huis werd gerenoveerd en de chalets werden gebouwd. Arbeiders tilden hem op hun schouders, stuurden hem naar de voorman om een hamer te halen, zongen ballades over goudmijnen en suikerrietvelden en reden zeven uur om bij de dichtstbijzijnde pub te komen. Wanneer ze 's avonds naar huis gingen liep hij met zijn moeder langs het meer en luisterde naar haar verhalen over een centrum waar mensen naartoe konden komen om sereen te worden. Hij vroeg wat 'sereen' betekende. Geen gedachten die maar door je hoofd blijven malen, of verlammende gevoelens van spijt, legde ze uit. Ze noemde het meer 'Heron Cove'. De arbeiders hadden er een andere naam voor, een naam die eens van een Maori-prinses was geweest, maar de bijnaam van zijn moeder was blijven hangen.

Toen Havenswalk werd geopend kwamen Ruthie en Hannah in de keuken werken. Anderen kwamen en gingen, yogadocenten die als speren voor het meer stonden, en tai chi-beoefenaars die hun armen in slow motion bewogen. Toen was Lyle vier jaar geleden verschenen en die had zijn moeder gevraagd of ze klusjes voor hem had.

Conor peddelt sneller en haalt Lyle in. Lyle peddelt niet meer, ontspant zich en drinkt water. Conor geeft zijn peddels rust, ziet een vis onder de kajak door zwemmen. Door een gat tussen de bomen is het huis van Lyle te zien. Het ziet er heel vervallen uit. Het is niet veel meer dan een schuur met een dak van golfplaten en gevlekte muren. Ongenode gasten zijn er niet welkom, maar Conor mag komen wanneer hij wil. Lyle was voor hem een soort vader geweest tot zijn echte vader op het toneel verscheen. Het verbaast Conor dat ogenschijnlijk afzonderlijke gebeurtenissen iets belangrijks tot gevolg kunnen hebben. Als zijn moeder niet door de armoedige kleding, het broodmagere gezicht en de gebogen schouders van Lyle heen had gekeken, zouden ze geen tuin vol groenten, vruchten en kruiden hebben, geen rozenprieel of glimwormgrot, geen gazon dat schuin afloopt naar het meer waar de grote tent voor de bruiloft spoedig zal worden opgezet. En dan zou Conor zijn vader nooit hebben ontmoet.

33

Queenstown

De nachtmerrie van Lauren is bekend. Het landschap en zelfs de figuren kunnen veranderen, maar het gezicht blijft hetzelfde. Het verschijnt bij het raam. Ogen staren haar aan en verlichten het interieur van de camper, maar zij blijft verstijfd, kan zich niet bewegen of een waarschuwing roepen wanneer de camper in beweging komt. Ze krijst, maar het is een zacht gejammer, nauwelijks hoorbaar. Haar zussen slapen door, niet in staat haar te horen, zich er niet van bewust dat de camper vaart meerdert en ze omlaag schieten door een bos met buigende en afbrekende takken, takken die langs de zijkanten schuren. Haar moeder, gekleed in haar oude tuinkleren, steekt haar armen uit om de camper tegen te houden. Haar greep is zwak – een geest die langsfladdert. Lauren ziet een jong meisje naast haar moeder staan. Ze herkent de prostituee uit het restaurant in Bangkok, haar strakke zwarte broek en blouse van rode satijn, een glinsterende zilverkleurige ceintuur. Wanneer de camper tegen een boom botst, voorkomt de oudere vrouw dat de jonge vrouw dat ziet. Lauren, die gevangen zit in haar eigen nachtmerrie, is niet in staat te ontsnappen aan het gekrijs van metaal als de camper op zijn kant valt. Het geluid is ondraaglijk, en Lauren, die weet dat zij de enige ter wereld is die deze chaotische doodsangst aankan, krijst nog eens en wordt wakker.

Nu is er stilte, afgezien van een licht gesnurk van Julie. Lauren hoopt dat zij prettige dromen heeft. Bang om haar zussen wakker te maken klautert ze voorzichtig haar bed uit en loopt naar de koelkast. Op de tafel liggen allerlei tijdschriften en brochures. Ondergoed is over de rugleuningen van stoelen gedrapeerd. Haar zonnebril ligt op de grond, naast haar strandtas. Ze schenkt bosbessensap in een glas en neemt een grote slok. Er zijn momenten waarop de ervaring te leven een grote opluchting is. Haar moeder zag er zo levensecht uit. Warm genoeg om haar een knuffel te geven. De bekende broek, uitgerekt bij de knieën. De oude leren laarzen met klei in de zolen. Etsen van een leven waaraan te snel een eind is gekomen.

Ze is klaarwakker en alle tekenen van slapeloosheid dienen zich aan. Ze voelt de atmosfeer in de camper benauwder worden. Zo geruisloos mogelijk trekt ze een broek en een jack aan, zoekt en vindt haar mobieltje en een zaklantaarn.

'Wat is er?' fluistert Julie, wier arm over de rand van haar slaapplaats bengelt.

'Het is hier benauwd. Ik ga wat frisse lucht happen.'

'Wees voorzichtig en neem je handschoenen mee. Het is koud buiten.'

Als Lauren het vakantiepark uit loopt, naar de oever van het meer, is de nachtmerrie nog niet helemaal verdwenen. Ze ontdekt een beschutte bank onder een boom en gaat zitten, wachtend tot het mobieltje geluid geeft.

'Waar ben je nu?' vraagt Steve.

'In Queenstown. We zijn vanmiddag gearriveerd. Ik zit in het maanlicht bij een meer.'

'In je eentje?'

'Ik zou de enige kunnen zijn die nog op dit eiland leeft.'

'Geen knuffeltje.'

Ze zwijgt. De laatste tijd zijn zijn grapjes een beetje scherp, alsof hij het leeftijdsverschil tussen hen wil verkleinen met opmerkingen over anti-verouderingscrèmes en knuffeltjes.

'Lauren, het was maar een grapje. Waar is je gevoel voor humor gebleven?'

Hij grinnikt. Ze stelt zich voor dat hij achter zijn bureau zit, met zijn staalgrijze haar en krachtige kin. Hij moet koffie drinken, want ze hoort hem een slokje nemen en slikken. Hij drinkt zijn koffie zwart en sterk, zonder suiker.

'Hebben je zussen de handdoek al in de ring gegooid?' vraagt hij wanneer zij blijft zwijgen.

'Ze gedijen bij het buitenleven. Vooral Rebecca.'

'En jij?'

'Ik red me wel.'

'Door de wildernis trekken is niet direct jouw stijl, prinses. Over twee dagen zul je smeken om roomservice.'

'Steve, ik ben niet van porselein.'

'Zuiver Dresdens porselein, prinses, en in de wieg gelegd voor luxe. Het spijt me dat ik niet in het maanlicht naast je zit, maar hier is de situatie op dit moment een beetje lastig.'

Ze dwingt zichzelf zich te concentreren op wat hij zegt. Iets over de Wallslowe-deal en onenigheid met een investeerder.

'Is er een probleem?' vraagt ze.

'Een paar probleempjes die ik in de gaten moet houden, maar los daarvan...'

'Wat voor probleempjes?' Ze schrikt en haar stem klinkt hoger en bezorgd. Van rijkdom tot armoede. Voordat ze vertrok, bleven de media meedogenloos hameren op de wereldwijd instortende economie. Ze is blij nu niet dagelijks te worden geconfronteerd met die verslagen, grimmige voorspellingen, de sluitingen, de woede, het politieke geworstel en de bittere beschuldigingen.

'Niets waarover jij je zorgen hoeft te maken.' Hij verlicht haar angst. Natuurlijk zijn er probleempjes. Geen enkele onroerendgoedtransactie van miljoenen kan worden gesloten zonder dat er op een gegeven moment problemen opduiken. Maar Steve is slim en ervaren, een harde onderhandelaar, koppig als hij wordt uitgedaagd, en uiteindelijk krijgt hij altijd wat hij wil. Hij zal door deze recessie heen komen, net als tijdens de moeilijke jaren tachtig toen ze elkaar leerden kennen.

Lauren kan zich niet herinneren dat ze hem bij de begrafenis van haar ouders voor het eerst heeft gezien. Hoe zou een kind van twaalf zich ook een man van in de veertig kunnen herinneren? Maar hij beschreef het voor haar en daarmee werden zijn herinneringen de hare, mochten ze van haar het gat in haar geheugen vullen wanneer ze zich die dag probeert te herinneren. Wat moeten de zussen Lambert er ellendig hebben uitgezien, met modder op hun schoenen en door de regen glinsterende petten op hun hoofd. Zij zat in een rolstoel, had even het ziekenhuis mogen verlaten. Haar ogen zaten nog vol bloeduitstortingen en de smaak van brandnetels nog in haar mond. Steve zei dat ze er zelfs toen mooi had uitgezien. Hij wilde ervoor zorgen dat ze veilig was. Hij wilde de blik vol doodsangst voor altijd uit haar ogen verbannen.

Na het telefoongesprek blijft Lauren zitten omdat ze eigenlijk niet terug wil naar de verstikkend hete camper. Lake Wakatipu weerkaatst het licht van de maan, neemt het mee op de kleine golven. De sterker geworden wind blaast klaaglijk tussen de bergkammen door, maar zij is ver uit de buurt van die bergen. Ze zit blootsvoets geknield in een drukke tempel, ruikt de geur van wierookstokjes. Hij loopt naar haar toe, door de nieuwsgierige, biddende, zich nergens iets van aantrekkende menigte heen. Ze had moeten weten dat het onmogelijk was dicht bij het vuur te vliegen zonder haar vleugels te verschroeien.

Ze fluistert zijn naam. Niran. Eeuwig betekende dat in het Thai, had hij haar verteld. In zijn armen had ze zich als een hoer gedragen. Nee, corrigeert ze zichzelf. Een hoer kon geen genot putten uit zulke korte, stiekeme ontmoetingen. Haar lichaam komt in de greep van herinnerd genot. Toen ze elkaar in Christchurch weer hadden getroffen, had hij haar verteld over zijn vakantiehuis. Zijn 'kribbe' had hij dat genoemd. Daar is hij nu, zijn muziek componerend. Voor zijn raam rollen de golven als donderslagen over zand en drijfhout, schuimend, sterk.

Hij had een kaartje getekend, duidelijk gemaakt hoe ze er moest komen.

'Dat kan ik niet doen. Dat is onmogelijk,' had ze gezegd toen hij haar het velletje papier wilde overhandigen. Toch had ze het aangepakt en zich vast voorgenomen het te verscheuren zodra ze alleen was.

Ze steekt een hand in de zak van haar broek en raakt het opgevouwen papiertje aan. Het is te donker om de aanwijzingen goed te kunnen zien, maar ze heeft geen licht nodig om de bochten en het duidelijke kruisje te zien. Ze heeft het reisschema van Rebecca bekeken. Ze zullen langs de westkust rijden. Jackson Bay is niet in het schema opgenomen.

34

Queenstown is een vrijpostige, adrenaline aanmakende stad die de moed van een mens tart. Rebecca heeft een cruise over het meer geboekt, een *Lord of the Rings*-tour, raften en bungeejumping, wat ze vandaag bij het Kawarau-ravijn zullen doen. Rebecca heeft aan bungeejumping gedaan in Colorado en in Chili, en zij zegt dat het het hoogtepunt van hun rondreis zal zijn.

Zodra ze bij het ravijn zijn gearriveerd loopt ze naar het station toe met het vertrouwen van iemand die in een leegte is gevallen en dat heeft kunnen navertellen. Julie, die nooit een uitdaging uit de weg gaat, ziet er al even zelfverzekerd uit terwijl ze grapjes maakt met Rick, hun instructeur. Hij is lang en gespierd, heeft een denim short aan en een rode bandana om zijn hoofd, en straalt het gezag uit van een kleuterleidster die een groep doodsbange nieuwe kleuters welkom heet.

'Oké, mensen. Klaar om in actie te komen?' zegt Rick.

Laurens benen beginnen te trillen als ze naar de smalle rivier de Kawarau kijkt die blauw en gevaarlijk tussen de rotsen voortijlt. Rebecca is de eerste die een stap naar voren zet.

'Latex,' zegt Rick grinnikend als ze naar de sterkte van het koord vraagt. 'Sterk genoeg om de condoomindustrie winstgevend te houden, en de wereldbevolking onder controle.'

'Onzin,' zegt Julie. 'Hoe denk je dat Jonathan ten tonele is verschenen? Wij hebben nooit vertrouwen gehad in...'

'Hou je mond!' brullen haar zussen tegelijkertijd.

Rebecca stort zich als een steen over de rand, met een gordel van Velcro en een koord van latex.

'Vaarwel, wrede wereld,' krijst ze, maar ze is nauwelijks te verstaan door de wind en de snelheid.

Julie en Lauren lopen naar de rand van het platform. Ver onder hen raast de rivier onhoorbaar. Lauren stelt zich voor dat het water tegen haar borst slaat zodra ze op een willekeurige plek in de razende stroom wordt geworpen.

'Een, twee, drie.' Rick begint af te tellen. Aarzelen verhoogt de kans dat je het niet meer durft, zegt hij tegen Lauren wanneer ze een stap naar achteren zet.

Ze laat zich op haar knieën zakken en de blik in haar groene ogen is doodsbang.

'Ik was de eerste keer ook doodsbang,' zegt Rick. Hij plaagt haar niet langer en gaat naast haar op zijn knieën zitten. 'Het is volkomen veilig en het is een regelrecht fantastische ervaring. Je zult je dagen hierna nog high voelen.'

Lauren kan haar blik niet afwenden van het ravijn. Het gezicht... Hoe is het mogelijk dat hij het gezicht niet ziet? Ze ziet het gekwelde gezicht uit haar nachtmerrie opdoemen. De gebeitelde wenkbrauwen en de bolle ogen, klaar om haar te verblinden met hun doodsangst aanjagende gestaar. Ze knippert met haar ogen, maar ze blijft het gezicht zien en de rivier – niet langer hoorbaar – raast vol opgekropte kracht in haar oren. Haar borstkas verkrampt. Ze wiegt naar voren en naar achteren en drukte haar handen tegen haar ogen. Rick beseft dat haar angst even diep is als het ravijn, trekt haar overeind en maakt de gordel los. Ze wankelt op haar benen als ze dat hoort en hij houdt haar overeind.

'Dit kan gebeuren.' Hij haalt zijn schouders op, grinnikt. 'Misschien een andere keer.'

'Het spijt me.' Ze zwijgt weer.

Beneden is Rebecca in een opblaasbare rubberboot gehesen. Lauren kreunt als iemand anders een zwanenduik maakt en verdwijnt.

'Ga jij nu maar,' zegt ze tegen Julie. 'Ik red me wel.'

'Ik breng je eerst terug naar de camper. Geef me een arm.'

Lauren kijkt recht voor zich uit terwijl Julie haar stapje voor stapje meeneemt over de hangbrug. Wanneer ze de camper hebben bereikt, laat Lauren zich op een stoel ploffen.

'Nieuw-Zeeland is niet direct het beste land om te ontdekken dat je hoogtevrees hebt,' zegt Julie.

'Ik dacht... ik dacht dat ik zou blijven vallen.' Laurens wangen voelen klam aan en zweet drupt langs haar rug.

Julie pakt een fles water uit de koelkast en geeft Lauren een glas. 'Hoe voel je je nu?'

'Beter.' Lauren gaat staan, loopt naar de openstaande deur en ademt diep in. Rebecca komt terug, hyper van de opwinding, en laat de foto zien die is genomen toen ze sprong. Haar ogen puilen uit en haar schreeuwende mond is wijdopen. Ze past in dit landschap, gedijt bij de adrenaline aanmakende activiteiten die het te bieden heeft. De ruimte overweldigt Lauren. Ze is gewend aan stadsgeluiden, gesprekken in koffiebars, het geritsel van boodschappentassen, aan grote, veilige gebouwen. Hier is niets wat de isolatie kan verbreken die bezit van haar zal nemen als ze ook maar even aarzelt. Ze loopt de camper uit. De lucht voelt koel aan op haar wangen. Ze kijkt voorbij de klompjes tijm, het wilde gras en de uitstekende stenen, de dode bomen die – zilverkleurig gevlamd – als speren boven het lagere struikgewas uit steken.

35

Op de derde dag van hun verblijf in Queenstown komen Julie en Lauren in opstand en eisen een dag vrij. Julie wil alleen de bladzijden van een boek omslaan. Lauren is hard toe aan een gezichtsbehandeling en een manicure. Rebecca houdt zich aan haar reisschema en vertrekt in haar eentje om het verleden van de goudmijnen van Arrowtown te verkennen.

Julie slaakt een zucht van opluchting wanneer haar zussen zijn vertrokken. Voordat ze zich gaat ontspannen, brengt ze de camper op orde. Ondanks haar verwoede pogingen die netjes te houden hangt er ondergoed te drogen aan waslijntjes die over de douchecabine zijn gespannen en zwerven overal make-up, douchegel, tampons, tijdschriften, handdoeken, badpakken, wegenkaarten, lege wijnflessen en een stampvolle asbak van Lauren rond. Ze werkt snel en efficiënt. Al spoedig is de chaos die haar zussen hebben achtergelaten vervangen door glanzende oppervlakken en keurig opgemaakte bedden.

Ze neemt een douche en trekt een schoon short en een shirt met korte mouwen aan. Dan gaat ze op het trapje van de camper zitten, met haar boek en een glas wijn. Een andere camper rijdt achteruit de lege plek naast haar in. Tienerjongens rennen eruit. Hun rauwe gelach klinkt als een bekende melodie. Een zwaargebouwde man komt de camper uit en voorziet die van stroom.

'Hoe gaat de reis?' roept hij haar toe.

'Geweldig, tot dusver. En die van jullie?'

Hij krabt aan zijn arm, grinnikt. Ze herkent zijn accent. Belfast. 'Prima. Afgezien van de zandmuggen dan. Die kleine krengen hebben me stevig te grazen genomen.' Zijn billen piepen uit zijn short wanneer hij zich bukt, en zijn benen zitten onder de muggenbeten. Paul is nog altijd slank. Zijn haar wordt bij zijn kruin dunner en de lijntjes bij zijn ogen en mond worden iets dieper, maar ze kan nog altijd de man zien met wie ze is getrouwd. Ze zet haar glas wijn op het trapje en doet haar boek dicht. Ooit had de tijd vleugels gehad. Nu lijkt hij met een slakkengang voort te kruipen, en ze weet niet wat ze ermee moet doen. Ze wordt overweldigd door het verlangen haar zoons te bellen, een sms te sturen. Ze slapen aan de andere kant van de wereld. Daar zal het wel regenen, en de kapotte deur van de tuinschuur staat vrijwel zeker te klapperen. Het tijdverschil versterkt haar gevoel van hen te zijn gescheiden. Ze kunnen niet eens op dezelfde tijdstippen aan haar denken als zij aan hen.

Paul belt elke avond en dan klinkt zijn stem beschuldigend. Waarom kost het hem moeite essentiële files op haar computer te openen? Waar heeft ze de gegevens over de teruggekregen btw gelaten? Hoe zit het met de loonlijst? Hoe kan hij Aidan laten studeren zonder een pistool tegen zijn hoofd te drukken? Waarom willen zijn zoons per se de geluidsbarrière doorbreken wanneer hij na zijn werk alleen nog de energie heeft om weg te zakken in een coma?

Julie gaat staan en inspecteert de camper. Brandschoon. Ze controleert de voedselvoorraad. Ze hebben melk en vers brood nodig. De supermarkt is slechts een klein eindje lopen van het vakantiepark vandaan. Ze neust rond, bekijkt de blauwbaarzen, vraagt hoe die moeten worden bereid, loopt dan door naar de groenteafdeling en bekijkt een berg zoete aardappelen. Kumara's worden die in Nieuw-

Zeeland genoemd. Ze pakt een recept voor die aardappelen, met mosselen erbij. Ze vraagt zich af of ze dat gerecht vanavond moet proberen, maar al die mosselen, die zoveel groter zijn dan thuis en ook nog van hun baarden moeten worden ontdaan... Misschien een andere keer. Ze controleert de rijpheid van mango's en druiven, van avocado's. Ze vergelijkt de prijzen met die in haar plaatselijke supermarkt.

Een tiener loopt langs haar. Ondanks de hitte heeft ze een leger-jasje aan met medailles en talrijke badges die de voorkant opsieren. Haar rok sleept over de grond en haar neongroen geverfde haren zijn even piekerig als de ruggengraat van een leguaan. Ze is de nachtmerrie van iedere moeder, denkt Julie, en de droom van iedere individualist. Tranen wellen op in haar ogen en stromen over haar wangen.

'O, hemeltje. Is alles met jou in orde, kindje?' vraagt een vrouw met roze spuikerspinharen, die blijft staan.

Julie trekt haar zonnebril omlaag en knikt. 'Ja. Het zijn... tranen van geluk.' Ze duwt haar karretje verder, snikkend op de lege tonen van ingeblikte muziek. Buiten schijnt de zon. Vogels zingen. Mensen zijn aan het paragliden of raften, hakken zich een baan door gletsjers heen, hangen aan hun enkels boven ravijnen. Dát betekent geluk. Niet door de paden van een supermarkt lopen. Wat is er met haar gebeurd? Wat is er van haar geworden? Ze zoekt in de zak van haar short naar een papieren zakdoekje. Wanneer ze dat niet kan vinden, scheurt ze een plastic zakje van een rol en wrijft daarmee over haar ogen. De vrouw met het suikerspinhaar komt bij de brood-afdeling weer naast haar staan. 'Bid tot de Lieve Heer, meisje. Hij zal Zijn blik niet van je afwenden.'

'Dank u.' Zonder naar links of naar rechts te kijken en alleen even halt houdend bij de kruidenafdeling waar ze sint-janskruid in het karretje gooit – uitstekend tegen depressies heeft ze in een tijdschrift over gezondheid gelezen – gaat ze naar de kassa.

Moeizaam loopt ze de heuvelachtige weg naar het vakantiepark weer op. Gondels die onderweg zijn naar de top van Bob's Peak hangen als bijen boven de berkenbossen. Onder de bomen blijft ze even staan en buigt haar hoofd alsof ze tussen de treurwilgen op zoek is naar penny's.

Bij de camper staat een Jeep geparkeerd. Tim Dawson zit in een klapstoel. Zodra hij haar ziet zwaait hij en gaat staan.

'Leuk je weer te zien.' Hij is een grote, breedgebouwde man en in zijn baard zouden vogels een veilig nest hebben.

'Hoe is het met je?' vraagt hij.

Ze houdt een zak met boodschappen omhoog. 'Afgezien van af en toe een louterende ervaring gaat het goed met mij. Maar ik ben bang dat Rebecca hier niet is.'

'O.' Zijn glimlach verdwijnt.

'Ze is goud gaan zoeken in Arrowtown, maar ik verwacht haar snel weer terug. Wil je iets drinken?'

'Een biertje zou lekker zijn.' Hij gaat weer zitten. Zij haalt een flesje uit de koelkast en geeft dat aan hem. 'Lekker.' Hij neemt een grote slok. 'Goed om het stof weg te spoelen.'

Julie schenkt voor zichzelf een glas wijn in en gaat naast hem zitten. 'Ik dacht eigenlijk dat we jou weer in Te Anau zouden treffen.'

'Ik heb besloten eerder vrij te nemen.'

'Werkelijk?' Ze grinnikt. 'We hebben zes exemplaren van *Southern Eye* gekocht. Mooie foto.'

'Mooi onderwerp.'

'Ze vindt jouw boek een bron van bruikbare informatie.'

'Wat meldt ze nog meer over mij?'

'Niet veel, eerlijk gezegd. Met uitzondering van de kikker.'

'Hochstetters oerkikker.'

'Ja. Ze probeert er een te vinden, maar dat is haar tot nu toe nog niet gelukt.'

'Is ze getrouwd?'

'Ze is getrouwd geweest.'

'Gescheiden?'

'Weduwe. En jij?' Julie bestudeert de man die op zijn gemak naast haar zit, met zijn stevige bruine enkels over elkaar geslagen en een paar aftandse laarzen aan zijn voeten die eruitzien alsof ze veel kilometers over woest terrein hebben afgelegd.

'Gescheiden. Ik heb mijn ex zes jaar geleden voor het laatst gezien.'

'Triest voor je.'

'Nee, dat is het niet. Zij geeft de voorkeur aan de stad en ik hou van open ruimtes. Dat zijn onverzoenlijke verschillen.'

'Mijn man en ik hebben nooit de kans gekregen te bekijken of we onverzoenlijke verschillen hebben.'

'Dan heb je mazzel.'

'Nee. We hebben het gewoon te druk.'

'Kinderen?'

'Drie jongens. De oudste is negentien en we noemen hem de wittebroodsbaby.'

'Je was dus een kindbruidje.' Zijn poging haar te vleien doet haar goed.

'Ik was negentien en hoogzwanger.'

'O.' Hij houdt zijn hoofd naar achteren en drinkt het flesje leeg.

Ze geeft hem nog een flesje en schenkt haar eigen glas bij. 'Een jaar later kregen we nog een zoon en toen kwam Aidan, de jongste.'

'Je bent druk bezig geweest.'

Ze knikt en houdt zichzelf voor dat ze moet ophouden met praten. Eén glas wijn en dan gaat ze al rebbelen. 'Ik mis mijn gezin heel erg, maar toch wilde ik ook dolgraag weg. Misschien is dat een onverzoenlijke tegenstelling. Woont je vrouw nog in Christchurch?'

'Ze is naar het Noordereiland verhuisd en hertrouwd. Ze heeft nu twee peuters en we zijn nu vrienden.'

'Is het moeilijk om over een echtscheiding heen te komen en vrienden te worden?'

'Nou, het viel niet echt mee,' geeft hij toe. 'Als we elkaar eens af en toe zien bij een bruiloft van een vriend of op een feest, probeer ik me te herinneren hoe het was om 's nachts naast haar te liggen. Al die hartstocht... Wanneer we elkaar nu een knuffel geven doet ze me aan mijn zus denken.'

'Ik kan me niet voorstellen dat ik na een scheiding nog bevriend zou kunnen zijn met mijn ex.'

'Wat is het alternatief? Door met elkaar in de clinch te liggen veroorzaak je een heleboel negatieve energie.'

Een zwerm vogels vliegt over het meer. Ze draaien in een goud-kleurige spiraal. Zoveel goud hier. Verloren goud, vergeten goud, klatergoud. Ze raakt haar trouwring aan. Die kan ze tegenwoordig alleen nog van haar vinger krijgen als ze handcrème gebruikt.

'Ben je sinds je scheiding gelukkiger?' Het verbaast Julie dat ze zulke persoonlijke vragen stelt, maar ze voelt zich in zijn gezelschap op haar gemak en de middag lijkt nu lui en ontspannen. Voor het eerst sinds ze van huis is gegaan heeft ze niet de sterke behoefte het vacuüm te vullen.

'Niet gelukkiger. Wel tevreden. Dat compromis is de moeite waard.'

'Dat zou Rebecca met je eens zijn. Ze is graag alleen, als je de paar-den tenminste niet meerekent.'

'Hoe is haar man gestorven?'

'Door een ongeluk. Ze heeft het er niet vaak over. In feite praat ze zelden over persoonlijke dingen.'

'Ik heb de indruk dat ze is gekwetst.'

'Wie is dat niet?'

Hij knikt en knijpt zijn ogen tot spleetjes wanneer een taxi tot stilstand komt. Rebecca stapt uit en blijft even staan als ze hem ziet. Ze wordt rood. Dat kan door de zon komen, maar Julie hoopt dat er een andere reden voor is.

'Tim?' Ze tikt op zijn arm. 'Eet je vanavond een hapje met ons mee?'

'Dank voor het aanbod, maar ik heb andere plannen.' Tim spreekt zacht en kijkt naar Rebecca. 'Wat zijn mijn kansen?'

'Begin maar met hinniken,' zegt Julie. 'En als dat geen succes wordt, kun je het altijd nog over die oerkikker hebben.'

'Hoe was het gisteravond?' vraagt Julie terwijl ze de ontbijttafel afruimt. 'Heeft Tim je zijn takahe laten zien?' Ze giechelt.

Rebecca grijnst en haalt met een theedoek naar haar uit. 'Julie, denk eens na over een carrière in de dierentuin. Ik heb gehoord dat er een vacature is in de verblijven van de hyena's.'

Lauren komt met verwarde haren haar bed uit en gromt: 'Wat heeft een vakantie voor zin als we voor het ochtendgloren moeten opstaan?'

'Het is acht uur en we hebben een lange rit voor de boeg,' zegt Rebecca.

'Is dat niet altijd het geval?'

'We zijn hier nu drie dagen en het wordt tijd om verder te gaan.'

'Ik probeer het een en ander te weten te komen over de takahe van Tim.' Julie kan de verleiding bijna niet weerstaan de grap nog even voort te zetten. Misschien door met haar armen te wapperen en 'The Birdy Song' te zingen. Wellicht zal ze dat een andere keer doen.

Lauren trekt een trainingspak aan, gaat zitten en staart in een kop koffie. 'Dit is hard werken,' zegt ze.

'Het zal nog harder werken worden,' zegt Rebecca. 'Voor ons vertrek moet je nog naar de stortplaats.'

'Wat zeg je?'

'De strontplek,' zegt Julie. Laurens luiheid begint haar behoorlijk te ergeren.

'Geen sprake van!'

'Het is tijd om uit je ivoren toren te klimmen,' zegt Rebecca waarschuwend. 'Wij zijn allemaal al aan de beurt geweest, en nu ben jij dat.'

'Jij gebruikt de wc even vaak als wij.' Julie heeft de taak al twee keer op zich genomen en is niet bereid met haar hand over haar hart te strijken. 'Het enige wat je hoeft te doen is het tankje pakken en dat legen. Doodsimpel.'

Uiteindelijk en nog altijd protesterend vertrekt Lauren en ze houdt het tankje vast alsof het een op scherp staande granaat is.

Haar zussen applaudisseren wanneer ze terugkomt. 'Zijn jullie nu gelukkig?' vraagt ze op hoge toon. 'Zo ja, dan vraag ik toestemming over te geven.'

Ze pakt haar toilettas en loopt naar de gemeenschappelijke douche-ruimte. Tien minuten later keert ze terug, volledig hersteld. Net wanneer Rebecca de elektriciteit en de watertoevoer wil afsluiten, rent ze naar de kleine, claustrofobische badkamer. Ze moet hevig kokhalzen en dat is te horen, maar als ze weer tevoorschijn komt en de zijkant van de tafel als steuntje gebruikt, wuift ze de bezorgdheid van haar zussen weg.

'Ik ben niet geboren om stront af te voeren,' zegt ze.

'Wie is dat wel?' vraagt Julie op hoge toon. 'Ik weet werkelijk niet waarom je er zoveel drukte over maakt. De stront is al gezuiverd.'

'Ik heb mijn leven lang zoveel stront moeten ruimen dat ik het nu met mijn ogen dicht kan doen,' zegt Rebecca. 'Je zou eens moeten zien wat de paarden achterlaten.'

'Om nog maar te zwijgen over de luiers die ik heb moeten ver-schonen...' Julie rilt bij de herinnering.

'Kunnen we de details alsjeblieft overslaan?' De stem van Lauren waarschuwt dat ze zich moeten inhouden. 'Luister nu eens een keer naar mij. Ik ben het zat in zo'n kleine camper te moeten bivakkeren. Dat hebben we nu wel lang genoeg gedaan.'

'Elke keer wanneer ik met mijn scheenbenen tegen jouw koffers stoot, denk ik daar net zo over,' reageert Julie nijdig.

'Julie, hou je mond. Over mijn koffers is al meer dan voldoende gezegd. Waarom laten we de camper hier niet staan? We kunnen een taxi bestellen en naar het dichtstbijzijnde hotel gaan.'

'Wat een briljant idee,' zegt Rebecca lijzig. 'We laten onze camper staan en vertrekken. Misschien moeten we hem eerst in brand steken om te voorkomen dat hij naar ons wordt getraceerd.'

'Sarcasme en drama zijn nergens voor nodig,' reageert Lauren. 'We kunnen contact opnemen met het verhuurbedrijf en zeggen dat iemand hem moet komen ophalen.'

'Maar we hebben ervoor betaald en ik kan me geen hotels veroorloven,' zegt Julie protesterend.

'Steve zal ervoor betalen. Voor hem stellen die bedragen niets voor. Waarom zouden we niet comfortabel reizen nu we daar de kans toe hebben? Je zou er op zijn minst over moeten nadenken.'

'Laten we stemmen,' zegt Rebecca. 'Diegenen die voor het voorstel van Lauren zijn, moeten hun rechterhand opsteken.'

Julie slaat haar armen over elkaar en knikt. 'Twee tegen een. Daarmee is de zaak beslist.'

'Op dit moment,' mompelt Lauren, en met die zure opmerking laten ze Queenstown achter zich.

36

Milford Sound

Overal waar ze kijken lijkt een goddelijke hand diep in de bergen te hebben gehakt om vrij baan te maken voor watervallen die stoutmoedig over stenen denderen, of sluw tussen spleten door glijden. Ze hebben mazzel, zegt hun kapitein als ze de haven van Milford uit varen. Meestal waait de wind vanuit de Tasmaanse Zee en kunnen bezoekers de grandeur van Milford Sound alleen ervaren door een sluier van mist of regen. Afgezien van een paar kleine wolken lijken de fjord en de hemel te hebben samengezworen om nu voor een blauwe ochtend te zorgen.

Lauren staat met haar zussen op het dek en leunt met haar lichaam tegen de wind. Boten en jachten, klein gemaakt door de reusachtige Mitre Peak, drijven als een vloot badeendjes op het water. De om de kale piek heen stromende zee ziet er even kwetsbaar uit als vogels in een storm. Berken, ratabomen en rode varens zorgen voor een dichte donkergroene collage boven het zeewater. De kapitein legt het ecosysteem van dit fragiele regenwoud uit. De bomen wortelen in niets substantiëlers dan een dikke laag mos, en dat mos klampt zich vast aan een rotsoppervlak. De voortdurende regenval zorgt voor instabiliteit in deze doorweekte structuur. Af en toe, wanneer het heel hard regent, verliest het mos zijn greep en glijdt het smaragdgroene bos de fjord in.

Lauren stelt zich dat voor, de wortels opeens los, de bomen met hun hoge takken die pardoes het ijskoude water in vallen. Hoe zou een instortend bos klinken? Krakend, brekend, kreunend, hoog krijsend?

Rebecca wijst op het rotspad waar ze een glimp heeft opgevangen van een gems. Tim Dawson buigt zich over de reling heen en stelt zijn camera bij. Het lukt hem een paar foto's te nemen voordat het dier weer verdwijnt. Lauren slikt, vecht tegen opkomende zeeziekte. Ze vervloekt Julie en de pannenkoeken die ze per se voor het ontbijt had willen maken. Van haar gebruikelijke dieet is niets meer over. Zwarte koffie en een sigaret als ontbijt. Een salade als lunch. Gestoomde groente en vis als diner. Onmogelijk vol te houden nu Julie kookt. Dat gaat veranderen, neemt ze zich plechtig voor wanneer de boot langs de donderende Fairy Falls vaart.

Passagiers die dapper genoeg zijn om zich onder de waterval te wagen, houden bekers vast om het water op te vangen.

'Laten wij dat ook doen.' Julie pakt een beker, buigt zich naar voren en eist te worden gefotografeerd. Binnen seconden is ze doorweekt. Haar haren zitten op haar hoofdhuid geplakt en onder het doorweekte T-shirt zijn haar tepels harde knopjes. Ze trekt zich niets aan van haar uiterlijk, grijnst naar de camera en houdt triomfantelijk een half gevuld bekertje boven haar hoofd. Lauren is de tel kwijt van het aantal foto's dat Julie naar haar familie heeft gestuurd. Wat Paul van deze foto zal vinden valt nog te bezien, maar Lauren weet precies wat Steve zou denken als ze hem zo'n foto van zichzelf zou sturen. Julie wordt zich er opeens van bewust dat haar topje even doorschijnend is als een sluier én dat een groep bikers met onverholen enthousiasme naar haar kijkt. Ze slaat haar armen over elkaar en rent weg om haar jack te zoeken.

Op de rotseilanden koesteren zeehonden zich in de zon, of ze glijden soepel het water in. Rifformaties vermengen zich met de bomen en worden door drijfijs weerkaatst. De paniekaanval is zo onverwacht en zo heftig dat Lauren de reling vasthoudt tot haar knokkels er wit van worden. Ze ziet de inkepingen op de helling van Mitre Peak. De verwrongen gelaatstrekken worden zichtbaar: mond, neus, schitterende ogen die strak naar haar kijken. Ze buigt zich over de reling heen en geeft over in het kolkende water. Daarna gaat ze op wankele benen naar de wc op het benedendek.

Ze spettert koud water op haar gezicht en brengt dan zorgvuldig make-up, lipliner en lippenstift aan. Ze kijkt in de spiegel. Haar gezicht lijkt uit abstracte gelaatstrekken te bestaan, mist diepte en karakter. Zoals Steve vreest, worden de barsten zichtbaar.

De weg terug naar Te Anau is kronkelend en steil. In de ravijnen en op de berghellingen glinsteren bergjes sneeuw. Lauren zit opgesloten in haar eigen gedachten en doet haar ogen dicht. Haar zintuigen moeten te veel verwerken, denkt ze. Wat heeft het voor zin een donderende waterval te bewonderen als ze even later langs een bijna net zo indrukwekkende waterval rijden? De hoge bergtoppen intimideren haar en reduceren haar tot een onbelangrijk stipje dat zich in een akelig landschap voortbeweegt. Julie kijkt in de achteruitkijkspiegel.

'Ringwraiths!' kondigt ze aan. Tijdens hun rondrit langs de filmlocaties van *The Lord of the Rings* heeft ze met haar kennis van Middle Earth zoveel indruk op de gids gemaakt dat hij haar vroeg of ze was afgestudeerd met een scriptie over het werk van Tolkien.

'Nee,' zei Julie. 'Ik heb alleen drie hobbits op de wereld gezet.'

Lauren kijkt naar de bikers. Aan de insignes op de rug van hun leren jacks kan ze zien dat het de bikers van de boottocht zijn. De zon wordt weerkaatst door hun zonnebrillen met spiegelglas en door de handvatten van hun motoren, waardoor je je gemakkelijk een ten strijde trekkend leger van Black Riders kunt voorstellen. Ze rijden even als een escorte links en rechts naast de camper mee, steken hun gehandschoende handen op als groet en nemen daarna in formatie een bocht in de weg. Julie gaat langzamer rijden wanneer ze bij die bocht is en ziet dat er een paar haarspeldbochten op volgen. Opeens komt er vanaf de andere kant een camper aangereden.

De op leeftijd zijnde chauffeur was afgeleid door de bikers en is te ver haar kant van de weg op gedraaid. Ze ziet zijn geschrokken gezicht, ziet zijn ogen groot worden als hij beseft wat er is gebeurd. Hij draait als een gek aan het stuur en de vrouw die naast hem zit brengt haar hand naar haar ogen. Julie draait ook aan het stuur en de twee campers dansen een besluiteloze wals. Grind spat op onder de wielen. Ze draait in de richting van een scherm van bomen. Takken vegen als dolgedraaide ruitenwissers langs de ramen, tot het haar lukt de camper tot stilstand te brengen. Ze worden omgeven door een groene deken van ritselende bladeren boven een met gras begroeide, steil naar een rivier aflopende helling. Water schiet langs grote stenen. Op de schuimkoppen drijven takken. Lauren wankelt de camper uit, met haar handen tegen haar maag gedrukt. Haar gekrijs schiet omhoog als een vogel die haar borst uit vliegt en draait oncontroleerbaar tussen de takken door.

'We zijn oké... We zijn veilig. Kom tot bedaren... we zijn veilig.' De pogingen van Julie om haar tot rust te brengen maken haar doodsangst alleen maar groter. Ze blijft krijsen tot Rebecca haar stevig bij haar schouders pakt en haar een klap op haar wang geeft. Het gekrijs houdt op en ze hangt slap in de armen van Rebecca: opnieuw een kind dat bescherming zoekt tegen nachtmerries.

Een 'juggernaut' wordt beschreven als een meedogenloos vernietigende kracht. Na de begrafenis had Lauren dat woord in haar woordenboek opgezocht. Woorden waren belangrijk. Op de avond van het ongeluk had het veertien dagen niet geregend. Toen het uiteindelijk was gaan regenen, was het een miezerregen die het wegdek glad had gemaakt. De chauffeur van de grote vrachtwagen die door een lange rit te weinig had geslapen, had geen eind kunnen maken aan de meedogenloze slip die hem in aanvaring bracht met de van de andere kant komende auto waarin Rachel en Gerry Lambert met hun twaalf jaar oude dochter zaten. Lauren, die slaperig was en het lekker warm had, hoorde nog steeds de muziek en het applaus van het publiek en had te veel sterrenstof in haar ogen om te zien wat er op het punt stond te gebeuren. Maar haar moeder, die op de achterbank achter haar zat, had alles gezien in die fractie van een seconde toen de vrachtwagen in een slip raakte en hun kant op kwam. Had Rachel Lambert de tijd gehad om de voor- en nadelen van overleven tegen elkaar af te wegen voordat ze het portier openmaakte en haar kind de nacht in duwde? Of had ze spontaan gehoor gegeven aan de oerdrang die haar dochter, al haar dochters, het leven had geschonken voordat haar eigen leven werd ontworteld?

Tijdens de rechtszaak had Lauren aandachtig naar het gezicht van de chauffeur gekeken, geprobeerd die de plaats te laten innemen van de gargouille in haar nachtmerries. Hij was onopvallend, van middelbare leeftijd, met een normaal postuur, een beginnend buikje en borstelige wenkbrauwen. Hij klaagde over nachtmerries, posttraumatische stress. Hij kwam ervan af met een gebroken arm, gebroken ribben en een rijverbod van vijf jaar.

'Je klinkt uitgeput.' Steve belt als ze op het punt staat haar bed in te klauteren. Lauren loopt met haar mobieltje naar buiten en gaat op een picknickbank zitten. In het vakantiepark is het donker. De reizigers zijn van plan vroeg te vertrekken.

'Ik ben niet moe.' Ze houdt haar stem licht. 'Maar ik heb wel een lange dag achter de rug en ik moet zo gaan slapen in een bagagerek.'

'Prinses, hou daar toch mee op. Het laatste wat ik wil is dat mijn mooie echtgenote als een zwerfster naar me terugkomt.'

'Ik denk niet dat die kans groot is, Steve.'

Ze denkt aan hun laatste ochtend samen, hoe ze als een marionet voor hem had gedanst. Hoe hij haar haren had gestreeld, gestreeld en gestreeld tot het verlangen te krijsen als een mes door haar heen sneed.

37

Te Anau

Rebecca's zussen weigeren haar naar een volgend afspraakje te laten gaan in een T-shirt met de kop van een das erop en een slogan over de wreedheid van het doodknuppelen van dassen. Julie draait zich naar Lauren toe, die languit op de met kussentjes bedekte bank ligt. 'Lauren, kijk eens in je koffer. Je hebt vast wel iets moois bij je dat ze kan lenen.'

'Als je naar een stinkende schuilplaats voor vogels gaat, trek je niets moois aan,' zegt Lauren. Maar ze gaat wel staan en zoekt in haar koffers. Daarna koeioneert ze Rebecca tot die bereid is een topje en jasje van Armani aan te trekken, en een strakke spijkerbroek van Gucci.

Rebecca knoopt het jasje dicht en bekijkt haar middenrif in de kleine spiegel die Lauren vasthoudt. Het jasje voelt aan alsof het zijn hele leven heeft gewacht op het moment dat het haar huid mag strelen. 'Ik zou waarschijnlijk een nieuwe stal kunnen kopen voor wat deze paar kleren jou hebben gekost,' zegt ze.

'Twee,' zegt Lauren, en ze loopt terug naar de bank.

'Ik zou erg op mijn hoede zijn voor een man die mij zijn takahe wil laten zien,' zegt Julie waarschuwend wanneer Tim zijn Jeep tot stilstand brengt. 'Zorg ervoor dat hij niet bijt.'

Rebecca kreunt en rent de camper uit. Wanneer ze omkijkt staan haar zussen in de deuropening, zwaaien met hun armen en zingen 'The Birdy Song'.

Het fokcentrum is gesloten voor het publiek en Rebecca vindt het geweldig dat zij wel naar binnen mag. De takahe, een vogel die wel wat weg heeft van een kalkoen – met uitzondering van zijn rode gekromde snavel en de blauwgrijze glans van zijn veren – werd geacht uitgestorven te zijn tot hij eind jaren veertig van de vorige eeuw werd herontdekt. Tim blijkt een uitstekende gids te zijn. Terwijl hij voorbereidingen treft voor de fotosessie vertelt hij dat het vrouwtje in staat is in het wild drie eieren te leggen, maar dat hermelijnen en andere roofdieren voorkomen dat ze die kan uitbroeden. Gewoonlijk blijft er slechts één ei over, en om het overleven van alle eieren te bevorderen heeft het fokcentrum een manier bedacht om de jonge takahe groot te brengen voordat ze in hun natuurlijke omgeving worden uitgezet. Rebecca ziet hoe de babyvogels worden gevoed door handpoppen die op de moedervogel lijken.

'Surrogaatouders,' zegt Rebecca als ze het centrum weer uit lopen. 'Een handpop zou het waarschijnlijk beter zijn afgegaan dan mij.'

'Die opmerking vereist enige aandacht.' Tim draait het contactsleuteltje om. 'En daar ken ik het perfecte restaurant voor.'

Ze aarzelt om over haar familie te spreken en Tim stelt geen rechtstreekse vragen. In plaats daarvan trakteert ze hem op verhalen over demonstraties en protestmarsen voor de rechten van dieren. Hij heeft zijn eigen verhalen te vertellen. Ze zijn de laatste gasten die het restaurant verlaten. Te Anau is de toegangspoort naar de fjorden en de reizigers gaan vroeg slapen. Ze lopen over de kustweg en gaan op een muurtje met uitzicht op het meer zitten. Een veerboot vaart langzaam naar het land en de lichtjes zorgen voor cirkels op het donkere water.

'Julie heeft me verteld dat je man is gestorven. Wat is er met hem gebeurd?' Tim stelt de vraag zacht. Rebecca slaat haar armen om zich heen en rilt, ondanks de warme lucht. Hij is op zoek naar een intimiteit die hij tot dan toe niet heeft geprobeerd te realiseren.

'Is die vraag te persoonlijk?' vraagt hij wanneer ze niets zegt.

'Het is moeilijk, Tim. Ik vind het niet gemakkelijk over Jeremy te praten.'

'Doe dat dan niet. Sorry dat ik ernaar heb gevraagd.'

'Er valt niet veel te vertellen. Hij is vijf jaar geleden gestorven en daarna ben ik doorgegaan met mijn leven.'

Passagiers komen de veerboot af, zorgen even voor geluid terwijl ze de trap op lopen en allerlei kanten op gaan. De kapitein zet de motor uit, sluit zijn boot af, loopt de trap op en wenst hen een goede nacht. Zijn boot is donker en op de kustweg is het stil. Ze lijken de enige mensen te zijn die nog buiten zijn.

'Heb je kinderen?' vraagt Tim.

'Nee.'

'Die hadden wij ook niet, en dat maakte de scheiding gemakkelijker.'

'Het is altijd gemakkelijker zonder kinderen.' Als ze dat maar vaak genoeg zegt, gaat ze het misschien geloven. 'We hebben geprobeerd een kind te krijgen, maar dat is nooit gelukt. De dokter zei dat er geen aanwijsbare reden voor was, maar het gebeurde gewoon niet.' Ze haalt haar schouders op, glimlacht. 'De tijd geneest alle wonden, zeggen ze. Tijd om door te gaan. Tijd om iets af te sluiten. Ik verafschuw gemeenplaatsen.'

Ze leunt tegen zijn schouder en zwijgt even. Als ze weer verder praat luistert hij, knikt af en toe, wacht rustig wanneer ze aarzelt. Ze beseft dat de informatie die ze verstrekt feitelijk, klinisch is.

'Natuurlijk hielden we toen allang niet meer van elkaar.' Ze slaat met haar hielen tegen het muurtje, is zich er nauwelijks van bewust dat ze dat doet tot Tim een hand op haar knieën legt. 'Ik kan me niet herinneren wanneer dat een feit was. Je zou verwachten dat zoiets in je ziel is gegrift, nietwaar? Het moment waarop iets wat van wezensbelang is voor je geluk niet langer bestaat. Maar de liefde is eenvoudigweg door de poriën van ons huwelijk heen gesijpeld en heeft niets achtergelaten.'

'Niets?'

'Niets. Behalve herinneringen en spijt. Te veel spijt.'

Hij streelt zacht haar arm, lijkt ondanks zijn grote lichaamsbouw een aangeboren sensitiviteit te hebben. Ze vertrouwt hem. Dat heeft ze gedaan vanaf het moment waarop ze elkaar leerden kennen, en ze weet dat hij niet meer zal eisen dan zij bereid is te geven.

'Heb je die gevoelens van spijt nu achter je gelaten?' vraagt hij. 'Je zei dat je bent doorgegaan met je leven.'

'Ja.' Ze knikt, wetend dat ze liegt. Ze drukt zijn hand tegen haar lippen. 'Bedankt voor het luisteren, Tim. Ik durf erom te wedden dat je niet had verwacht deze bedreigde soort uit Ierland vanavond te moeten troosten.'

'Als iemand gevaar loopt, ben ik dat wel. Je raakt mijn hart.'

'Laat mij niet verantwoordelijk worden voor een hartstilstand.' Ze houdt de toon van haar stem luchtig. Het is zo lang geleden dat een man met een warme blik in zijn ogen naar haar heeft gekeken. Ze vindt het even verontrustend als stof dat van het verleden wordt gehaald.

'Dat zou kunnen als we elkaar niet meer zien.'

'Het verbaast me dat je me nog eens wilt zien.'

'Waarom is dat zo verbazingwekkend? Ik ontmoet een geweldige vrouw die toevallig even hartstochtelijk over dieren denkt als ik. Ze maakt me aan het lachen, ze heeft mijn aandacht zodra ze iets zegt en ze intrigeert me omdat ik het gevoel heb nog nauwelijks het oppervlak van haar persoonlijkheid te hebben aangeraakt. Om je de waarheid te zeggen bezorgt die vrouw me slapeloze nachten.'

'Tim, ik blijf hier slechts korte tijd. Waarom zouden we alles ingewikkeld maken?'

'Wat is daar mis mee?'

'Ik vermijd het liefst complicaties.'

'Door in je asiel te wonen?'

'Tim, ik ben geen non. Dat asiel is voor gewonde dieren.' Ze haalt sneller adem wanneer hij zijn vingers tegen haar onderlip drukt en de vochtige binnenkant ervan aanraakt.

'Werkelijk?' Hij drukt een hand tegen haar nek en trekt haar dichter naar zich toe. Zijn baard houdt een zachte mond verborgen en zijn warme, verkennende kus eist niets anders van haar dan een bevestiging van de tijd die ze samen hebben doorgebracht. Hij blijft zijn hand tegen haar nek gedrukt houden wanneer hij een eind maakt aan de kus. Desgewenst kan ze het contact gemakkelijk verbreken, maar ze onderneemt geen poging zich te verzetten als hij haar opnieuw kust.

'Waarom ga je niet met me mee naar de bruiloft?' vraagt ze terwijl ze teruglopen naar zijn Jeep. Meteen heeft ze spijt van die impulsieve vraag. Ze heeft geen man naast zich nodig wanneer Cathy gaat trouwen.

Hij knikt en pakt haar hand. 'Dat zou ik heel graag willen.'

'Ik ook.' Ze verbaast zich over haar reactie, voelt haar keel dik worden, merkt dat haar ogen prikken omdat ze opeens wil huilen. Ze knippert de dreigende tranen weg. Ze moet haar emoties onder controle krijgen, want anders zal ze net zo worden als Julie. Ze legt haar hoofd op zijn schouder terwijl hij haar terugbrengt naar haar zussen.

38

Het dagboek van Rebecca – 1996

Het bordje met TE KOOP *is eindelijk weggehaald. Heron Cove is verkocht. Cathy zou blij moeten zijn met haar aandeel. In het testament van onze ouders stond dat het geld eerlijk moest worden verdeeld tussen ons vieren, maar we konden het huis pas verkopen toen zij daar toestemming voor had gegeven. Ik neem aan dat de verhuizing naar Nieuw-Zeeland haar heeft geholpen een beslissing te nemen. De jurist die haar vertegenwoordigde was niet in staat, of niet bereid, ons informatie te geven over haar verblijfplaats. Vertrouwensrelatie met zijn cliënte. Ze heeft nu haar aandeel in de verkoop van het huis, en het geld dat ze van opa Gaynor heeft geërfd. Een aardig bedrag, plus rente. Het is verbazingwekkend dat ze daar niet aan is gekomen toen ze in Londen was. Hoe is ze daar in leven gebleven? Ze had wat geld van me gestolen. Een heel klein bedrag dat slechts voor één dag toereikend kan zijn geweest.*

Haar jurist was een gezette man met een aangeboren superioriteits-gevoel... of misschien haat ik hem alleen omdat hij over informatie beschikt die mij wordt onthouden. Volgens Sheila studeert Melanie Barnes rechten. Ze zal het ongetwijfeld bevredigend vinden aan haar obsessie met het macabere toe te geven door jurist te worden, een pruik op te zetten en een toga aan te trekken. Ik heb geen contact meer met haar. Ik kan haar niet dwingen me informatie te geven en in haar ogen ligt een blik die even hard is als een diamant. Die jaagt me angst aan. Ze kent het antwoord op de vraag die ik niet durf te stellen. In elk geval denk ik dat als ik in de kleine uurtjes wakker lig.

Ik hoor niet thuis in ons nieuwe appartement. Het is dicht bij het kantoor van Jeremy en 's avonds branden de lichten van de stad fel onder ons. Ze lijken op golven van een zich terugtrekkend tij. In de morgen verdwijnen mijn duistere vermoedens en is er alleen plaats voor de werkelijkheid van mijn leven, voor wat ik kan zien, aanraken, ruiken, omarmen. Voor een nieuwe poging om een kind te krijgen. Elke maand worden mijn zorgen groter. Ook die van Jeremy. Maar hij heeft het druk met zijn werk. Ik vermoed dat zijn teleurstelling wordt getemperd door de druk van zijn recente advertentiecampagne. Onze gynaecoloog raadt ons aan te ontspannen. Er is volstrekt geen reden waarom een gezond stel zoals wij geen kind zou kunnen krijgen. We moeten iets anders vinden om onze geest mee bezig te houden. Jeremy wil dat ik met het geld van Heron Cove aandelen en obligaties koop. Geen sprake van. Ik weet precies wat ik ermee zal doen. Ik ga weer studeren en ik steek de rest van het geld in het asiel.

Heron Cove is nu in andere handen. De eigenaars zijn al dingen aan het veranderen. Ik ben er vorige week langsgelopen. Er is een nieuwe voordeur en de voortuin is bestraat. Lydia Mulvaney wilde net in haar auto stappen. Ze aarzelde toen ze me zag, liep toen naar me toe en sprak voor het eerst met me sinds ik haar zoon had beschuldigd. Gezien het bord met TE KOOP nam ze aan dat ik iets van Cathy moest hebben gehoord. We bleven formeel. Ik heb haar de waarheid verteld. Ik weet niets. Ze vroeg me of ik nog steeds dacht dat Kevin de vader was. 'Ja, ja! Duizend keer ja!' wilde ik schreeuwen. De woorden kwamen echter niet over mijn lippen en ik kon alleen maar zeggen: 'Ik weet gewoon niet wat ik moet geloven.'

Kevin studeert weg- en waterbouwkunde in Cork. Is ze eenzaam zonder hem? Ze heeft veel vriendinnen – kunstenaars net als zij, met verf onder hun vingernagels – en de oude meesters die ze bespreken zijn beslist

*niet hun echtgenoten. Ze ziet er ouder uit. Haar gelaatstrekken zijn
havikachtiger geworden en haar korte haar is grijs. Ik wou dat ze nog
mijn vriendin was.*

39

Havenswalk

Conor vangt de eerste forel en helpt hem met de korte knuppel snel naar de andere wereld. Hij vangt nog een forel, en nog een. Wanneer hij genoeg heeft gevangen voor het menu van vanavond – Ruthie wil gevulde forel serveren – laat hij de boot drijven. Hij heeft nog een middag voor zich.

Zijn tantes hebben de fjorden bekeken en zijn op de terugweg naar Queenstown. Mel Barnes komt vanavond. Ze heeft een week vol yoga en meditatie met de andere gasten gepland en zal daarna rust houden tot de bruiloft.

De eerste keer dat Mel Havenswalk bezocht had Conor, die toen negen was, het idee gehad dat ze regelrecht uit de doodskist van een vampier was gestapt. Nu is hij ouder. Vorig jaar is ze een maand gebleven. Toen ze weer vertrok was hij verliefd op haar geworden. Alleen al naar haar kijken bezorgde hem elektrische schokken. Belachelijk, zeker omdat ze nog ouder was dan zijn moeder. Maar haar leeftijd deed niets af aan zijn gevoelens. Al dat zwarte kant, de dunne leren laarzen en de eyeliner, haar gitzwarte haar met de pony die het donkere mysterie van haar ogen verborg. Hij kan zich zijn moeder onmogelijk als goth voorstellen, terwijl Mel eruitziet alsof ze in haar reiswieg al met vleermuizen speelde.

Mel werd vroeger Melancholia genoemd. Als hij in bed ligt fluistert hij: 'Melancholia... Melancholia... Melancholia... terwijl hij zijn hand steeds sneller beweegt tot hij naar adem snakkend in de kussens zakt en weer kalm wordt. Als iemand het wist... Hij krijgt al kippenvel als hij denkt aan de mogelijkheid dat iemand het ontdekt. Zijn vader zou het misschien begrijpen. Een gesprek van man tot man. Maar Conor merkt dat hij het onmogelijk vindt met iemand over zijn gevoelens voor Mel te praten, zelfs met Lyle.

'Wanneer is mijn moeder een goth geworden?' had hij Mel gevraagd toen ze vorig jaar bij hen logeerde.

'Een echte goth is ze nooit geworden. Achter al het drama was Cathy een lief jong meisje van wie iedereen hield.'

Iedereen houdt nog steeds van haar. Alle gasten, het personeel en haar vrienden die op bezoek komen, zeggen dat hij boft met zo'n attente en begrijpende moeder. Toch heeft ze meer dan vijftien jaar niets met haar familie te maken willen hebben. Hij weet dat ze zwanger van hem was geraakt, maar dat was in de jaren negentig gebeurd. Niet in de Middeleeuwen. Had ze een abortus overwogen? Zijn gezichtsuitdrukking wordt harder terwijl hij zijn ogen samenknijpt tegen de zon. Vogels scheren over het meer, met klauwen als surfplanken, een beetje duizelig in de ochtendhitte. Dan zou hij dit alles hebben gemist. Met een teen duwt hij een dode forel weg omdat hij opeens niet tegen de ogen kan die hem levenloos aanstaren.

Omdat hij bij zijn geboorte deel is gaan uitmaken van het leven van twee vrouwen en omdat hij nu in het betrekkelijk geïsoleerde Havenswalk woont, heeft het hem tijd gekost het verschil te bepalen tussen zijn eigen leven en dat van zijn vriend Oliver, wiens vader het jeugdrugbyteam trainde. Op zaterdag nam hij Oliver en Conor mee naar wedstrijden waarbij de vaders aan de zijlijnen slechts één doel leken te hebben: brullen naar hun zoons, de scheidsrechter en de tegenstanders. Toen Conor acht jaar oud was begreep hij genoeg van seks om te beseffen dat vaders niet uit kerstsokken kwamen, of ter ere van een verjaardag in cadeaupapier werden overhandigd. Hij vroeg zijn moeder herhaaldelijk naar zijn eigen vader en dan zei ze: 'Dit is er het juiste moment niet voor, Conor.' Of: 'We zullen het erover hebben als je ouder bent.'

Soms vroeg hij zich af wat er zou zijn gebeurd als ze niet ziek was geworden. Hij was toen tien jaar oud geweest en haar schorre, blaffende hoest in de kamer naast de zijne had hem bang gemaakt. Voor zover hij het zich kon herinneren was ze voor die tijd nooit ziek geweest. Gewoonlijk moest zij hem verzorgen tot hij weer beter was. Hij vond het heel erg haar zo lusteloos in bed te zien liggen, alsof een natuurlijke orde op zijn kop was gezet.

Op de ochtend dat ze hem vertelde wie zijn vader was, liep hij haar slaapkamer in en zag haar naar het plafond staren. Haar wangen waren rood en haar huid voelde heet aan. Hij zat naast haar, zweeg en voelde zich slecht op zijn gemak. Stel dat ze toen was gestorven? Hij was doodsbang geweest. Ze had altijd gezegd dat kameraden familie werden als je in het buitenland woonde, maar Alma, Hannah en de anderen waren geen familie, hoe nadrukkelijk ze ook deed alsof dat wel zo was.

Hij had van die gelegenheid gebruikgemaakt om weer naar zijn vader te vragen. Toen ze ontwijkend reageerde, werd hij boos. Ze had een keer met iemand geneukt en daar was hij het resultaat van. Oliver had dat gezegd toen ze het op het schoolplein over vaders hadden, maar op dat moment had het wel anders geklonken. Ineens leek het of ze kromp in het grote bed. Dikke tranen drupten over haar wangen en haar hals. Hij schaamde zich, maar wachtte zwijgend op een antwoord van haar.

'Je vader heet Kevin Mulvaney,' zei ze. Hij luisterde, bijna bang om adem te halen omdat ze dan zou kunnen ophouden met praten. Ze vertelde dat ze pas vijftien was geweest toen ze ontdekte dat ze zwanger was. Kevin was twee jaar ouder en ze waren te jong geweest om al ouders te worden. Ze was bang om wat ze hadden gedaan en ze was gevlucht. Ze schudde haar hoofd toen Conor vroeg of hij contact kon opnemen met zijn vader. Kevin werkte als vrijwilliger in Afrika, waar hij waterputten aanlegde. Dat was alles wat Mel haar had kunnen vertellen. Lydia, zijn moeder, was gestorven en hij was niet van plan naar Ierland terug te keren.

Dat was de enige keer geweest dat zijn moeder de naam van zijn vader had genoemd, en na haar herstel had het geleken alsof dat gesprek nooit had plaatsgevonden.

'Ons geheim,' had ze gezegd. 'Je mag het aan niemand vertellen.'

Nu hij wist hoe zijn vader heette was het allemaal nog erger. Hij maakte een opstel over vrijwilligerswerk in Afrika en kreeg het verzoek dat voor de klas voor te lezen. Hij schreef een brief aan zijn vader en ondertekende die met Conor Mulvaney, maar deed hem nooit op de bus. Toen was zijn vader het afgelopen jaar, toen hij net was gaan geloven dat niets ooit zou veranderen, in hun leven gekomen en was alles anders geworden.

40

Queenstown

Het geluid van muziek trekt hen de Bindwood in. Tim had de pub aangeraden. Daar moest je naartoe als je goede muziek wilde horen. Op de kleine dansvloer wemelt het van de dansers en de gesprekken zijn luidruchtig. Terwijl Lauren een plekje voor hen zoekt, baant Julie zich een weg naar de bar en bestelt drankjes. Ze bestudeert zichzelf in de spiegel achter de bar. Haar opgestoken haren – vastgezet met twee geishaspelden – laat haar hals langer en slanker lijken en haar kin delicater. Ze is de creatie van Lauren. Voordat ze op stap gingen had haar zus haar make-up gepakt en haar van een huiselijke godin veranderd in een femme fatale. Verbazingwekkend, denkt Julie terwijl ze met tegenzin haar aandacht op de barkeeper richt, wat je met een paar tubetjes en kleurenpaletten kunt bereiken.

Na een korte pauze om de dansers in staat te stellen op adem te komen, begint de muziek weer. De violist drukt een elektrische viool tegen zijn kin en laat de strijkstok over de snaren dansen. Een rocker op leeftijd, met een bril à la Buddy Holly, pakt de microfoon en begint aan zijn versie van 'Tequila Sunrise'. Een groep bikers die er in zwart leer dreigend uitziet, komt naar binnen. De Ringwraiths volgen kennelijk dezelfde route als de zussen Lambert. De bikers lopen met een verfomfaaid exemplaar van *Southern Eye* naar Rebecca toe.

Ze signeert de krant gegeneerd en wordt dan door een biker mee-genomen naar de dansvloer. Een andere biker lijkt hevig geschokt als Julie hem vertelt over het ongeluk dat zich bijna had voltrokken door hun roekeloze rijgedrag. Hij staat erop een rondje te bestellen. Als verontschuldiging.

Er komen nog meer mensen de bar in en de hitte wordt bijna ondraaglijk.

'Tijd voor de boogiewoogie, Mamma Mia. Ga nu meteen staan.' Laurens vingers roffelen op de tafel en haar voeten vibreren door de muziek.

'Kijk eens naar de gitarist,' brult Julie terwijl ze achter Lauren aan naar de dansvloer loopt. 'Doet die je aan iemand denken?'

Lauren kijkt even naar de man, die kauwgum kauwt, een onver-schillige uitdrukking op zijn lange, smalle gezicht heeft en zijn bruine haar in een strakke paardenstaart heeft gebonden. Ze haalt haar schouders op en schudt haar hoofd. 'Hij komt me vaag bekend voor, maar vraag me niet waarom.'

Het lijkt alsof de gitarist beseft dat er naar hem wordt gekeken, want hij kijkt even hun kant op. Zijn wenkbrauwen gaan omhoog als hij glimlacht en Julie kijkt een andere kant op, zich generend omdat ze die reactie heeft opgeroepen. Haar hoofd begint te zoe-men en dat duidt op gevaar. De deur naar de biertuin staat open en de tafels daar zijn leeg. Ze loopt de pub uit en gaat zitten naast een riviertje met witte kelkbloemen langs de oever. Het geruis van het water is rustgevend, anders dan de watervallen en rivieren die ze tot nu toe hebben gezien. Het lawaai vanuit de bar klinkt aanzienlijk minder luid en het briesje verkoelt haar wangen.

'Sorry, maar kan ik je even spreken?'

Julie had niet gemerkt dat de band was gestopt met spelen en is verbaasd de gitarist te zien staan.

'Ben jij... je moet Julie Lambert zijn. Ik herkende je zodra je de bar in liep.'

Hij glimlacht weer en ze gaat staan, opeens overmand door her-inneringen.

'Sebby! O, mijn god. Sebby Morris.' Ze slaat haar armen om hem heen. 'Wat raar dat ik jou niet heb herkend. Je bent niks veranderd.'

'Jij ook niet. Hoelang is het geleden? Negentien jaar? Twintig jaar?'

'Zeg dat niet zo luid.' Speels drukt ze haar handen tegen haar oren wanneer hij tegenover haar gaat zitten. Het is echt ongelooflijk dat ze hem niet meteen heeft herkend. 'Sebby Morris!'

'Nu word ik Seb genoemd.'

'Hmmm. Seb. Oké. Seb.' Zijn ogen zijn meer geloken dan ze zich herinnert en zijn gelaatstrekken zijn in de loop der jaren scherper geworden, maar hij ziet er nog altijd heel aantrekkelijk uit. 'Ik dacht dat jij in Australië zat.'

'Australië, Japan, de Verenigde Staten... Ik ben overal geweest. Een paar jaar geleden ben ik hierheen gegaan. Tot dusver is de scene goed. En jij? Nog altijd getrouwd met Paul?'

'Ja.'

'Mijn hemel! Ik was smoorverliefd op je.' Lachend slaat hij met zijn handen op zijn knieën. 'Niet dat ik ooit een kans bij jou heb ge-maakt. Die jaloerse rotzak hield me ver bij jou uit de buurt.' Over de tafel heen neemt hij haar handen in de zijne. 'Wat doe jij op het Zuidereiland?'

'Ik reis rond met mijn zussen, en daarna gaan we naar Cathy. Zij woont hier ook.'

'Cathy? Die goth?'

'Dat was ze. Nu hangt ze de holistische levensstijl aan en heeft ze een yogacentrum in de buurt van Nelson.'

'Als ik die kant op ga, moet ik haar opzoeken. Hoe heet dat cen-trum?'

'Havenswalk. Het staat op het internet.'

'Vertel me eens hoe het met je gezin gaat?'

'Jonathan, mijn oudste, is nu negentien.'

'Jezus! Jij kunt geen zoon hebben die al zo oud is.'

'We zijn vroeg begonnen, weet je nog wel?'

'Dat heb ik gehoord.' Hij grinnikt. 'Het verbaasde me niet. Jullie waren hot. Zing je nog?'

'Natuurlijk niet. Dat was alleen iets voor een jong meisje.'

'Een talent zoals jij dat had gaat nooit verloren.'

'Als je het niet gebruikt, gaat het wel degelijk verloren, zeggen ze altijd.'

'Onzin. Maximum Volume had groter kunnen worden dan U2, en wij hadden het voordeel te beschikken over een briljante zangeres.' Zijn ogen, grijs als leisteen en warm door alle herinneringen, lijken haar te omhelzen.

Hij heeft het over een vreemde in wier huid ze eens zat, iemand van wie ze af en toe nog een glimp kan opvangen wanneer ze de tijd heeft om aan het verleden te denken. Het Glam Rock-imago. Strikken en piratenhoeden en geborduurde jasjes, haar haren schuddend terwijl ze in kniehoge laarzen over het toneel stapte, haar energie exploderend in tekst en muziek. Nu heeft ze een heel ander imago. Haar blonde haar is kort, laat zich met een föhn gemakkelijk drogen. Ze heeft het gezicht van een vrouw die precies weet wat het eind van elke dag zal brengen.

'Hou je mond, Seb, want anders ga ik nog huilen.' Ze is vastberaden haar extravagant krullende wimpers niet te ruïneren. 'Vertel me eens wat over jezelf. In elk geval speel jij nog gitaar. Sinds onze trouwdag heeft Paul de drums niet meer aangeraakt.'

'Ik speel om brood op de plank te hebben, maar ik hoop nog altijd beroemd te worden als songwriter.'

Ze lachen en halen herinneringen op tot de violist de pub uit loopt, met een flesje bier in zijn hand.

'Hallo, Seb. Ik vroeg me af waar je was.' Hij kijkt vragend naar Julie. 'Stel ons eens aan elkaar voor?'

'Jake Vale, mag ik je aan Julie Lambert voorstellen, de beroemde Ierse diva?'

'Dat ben ik niet.' Julie giechelt en wenst meteen dat ze dat niet had gedaan.

'Waarom zing je niet een nummer met ons mee?' vraagt Jake.

'Geen sprake van... Het is jaren geleden... Ik kan niet... Geen sprake van.'

'Ik zal proberen haar tot andere gedachten te brengen.' Seb geeft haar een kusje op haar voorhoofd en loopt achter Jake aan. 'Ik zie je binnen wel weer.'

Julie loopt naar haar tafeltje terug. De bikers staan weer bij de bar, maar hebben wel een tweede rondje laten brengen. 'Je raadt nooit wie de gitarist is!' schreeuwt Julie boven de muziek uit. 'Seb Morris.'

Rebecca kijkt even verbaasd en knikt dan. 'Ik kan me Sebastian Morris herinneren. Had zijn familie geen rode setter die Briar Rose heette?'

'Dat klopt,' zegt Julie. 'Herinner je je dat Nero haar een keer had besprongen en Sebs moeder een emmer water over ze heen moest gooien?'

'Julie, hou op.' Lauren rilt. 'Als je de seksuele driften van honden wilt bespreken, moet je dat maar in mijn afwezigheid doen.'

Julie neemt een slokje wodka en kijkt naar de mensen die weer naar de dansvloer lopen.

'Mensen, luister.' De violist glimlacht naar haar. 'We hebben vanavond de eer een gastzangeres in ons midden te hebben. Ze is helemaal vanuit Ierland hierheen gekomen. Geef Julie Lambert een groots welkom!'

Julie kijkt hevig geschrokken van de musici naar haar zussen. 'Dat kan ik niet doen!'

'Dat kun je wel.' Rebecca begint te klappen. 'Je bent een briljante zangeres.'

'Nee... nee...'

De dansers wijken uiteen om een pad naar het podium te maken terwijl Lauren haar zus ondanks haar protesten overeind trekt. De zanger overhandigt haar de microfoon met een blasé gebaar, alsof hij die concessie al te vaak aan amateurs heeft gedaan.

Julie kijkt naar de stampvolle dansvloer en vraagt zich af hoelang het zal duren voordat haar benen haar niet meer kunnen dragen.

'Zing "Dancing Queen"!' Lauren is op een stoel gaan staan en houdt haar handen als een kommetje om haar mond.

'"Dancing Queen. Dancing Queen",' scanderen de bikers, en ze heffen hun glazen. De muzikanten gaan om haar heen staan. Jake drukt zijn viool tegen zijn kin. Seb stopt een nieuw stukje kauwgum in zijn mond. Ze beginnen te spelen. De stem van Julie trilt heel even. Angst moet wijken voor opgetogenheid wanneer ze de beleefde gezichtsuitdrukkingen van de muzikanten ziet veranderen in verbaasde. Zij spelen nu ook enthousiaster.

Ze vervolgt met 'Rainy Night in Georgia' – ontspannen nu, haar lichaam wiegend. Het is Pauls lievelingsliedje en de dansers dansen niet meer. De eenzaamheid van de melodie valt als tranen op hun opgeheven gezichten. Julie weet dan dat ze hen in haar ban heeft en dat is een geweldig gevoel. Na afloop blijft het even stil voordat het applaus begint. De eens zo bekende sensatie is bitterzoet. Ze negeert Sebs smeekbeden om nog iets te zingen en loopt naar haar tafeltje terug. Ze wil de hele avond zingen, maar het is belangrijk ermee op te houden nu ze nog in het voordeel is.

Lauren geeft haar een knuffel. 'Ik had niet verwacht dat je het nog in je had!'

'Dat was schitterend.' Rebecca geeft haar een klopje op haar hand. 'Achter mijn rug om het raam uit klimmen heeft uiteindelijk dus toch een doel gediend.'

Een dienblad met glazen – drankjes van het huis – wordt op hun tafeltje gezet. Seb springt het podium af, rent naar Julie toe en geeft haar een knuffel.

'Fantastisch! Je kunt het nog steeds en dat zal ook nooit veranderen.' Hij drukt haar zussen de hand en geeft de barkeeper dan een teken om nog een rondje te brengen. 'Ik woon in Kaikoura. Rij morgen daarheen en blijf dan een paar dagen bij mij. Jullie kunnen vrijwel naast de oceaan parkeren.'

'Tegen het eind van onze reis zullen we Kaikoura aandoen, maar helaas gaan we morgen de andere kant op,' zegt Rebecca. 'We hebben een strak reisschema.'

'Ik moet terug naar de band.' Seb trekt Julie overeind en geeft haar nog een knuffel. 'Probeer haar tot andere gedachten te brengen.' Hij zucht en houdt haar iets dichter tegen zich aan. 'Een proefje van thuis en vroeger. Je hebt me een fantastische avond bezorgd.'

'Waarom kunnen we niet naar hem toe?' vraagt Julie op hoge toon. 'We hebben immers nergens een plek gereserveerd.'

Ze kijkt naar haar glas, ziet verbaasd dat dat in korte tijd al bijna leeg is. 'Waarom moeten we ons per se aan dat reisschema houden? Omdat jij er zo strikt aan vasthoudt zou je nog gaan zweren dat het in stenen tafelen is gebeiteld.'

'We hebben een lange reis gepland,' zegt Rebecca. 'Wat heeft een reisschema voor zin als jij blijft eisen dat ik dat wijzig?'

'Ik eis niets. Ik vroeg alleen...'

'En ik zeg je dat dat uitgesloten is.'

Seb grinnikt naar haar en trekt spijtig zijn wenkbrauwen op. Sebastian, Sebb, Seb, de afgekorte man. Een fan van Rory Gallagher die nu in een pub in Nieuw-Zeeland gemakkelijk in het gehoor liggende liedjes speelt. Julie rilt als nog meer wodka brandend door haar keel glijdt. De band speelt 'Lucille'. Eens hadden ze de spot gedreven met dat liedje, de geweldige Maximum Volume, arrogant door hun jeugdige leeftijd, vol vertrouwen dat ze voor een seismische schok in de muziekindustrie zouden zorgen. Ze pakt een ander glas, bekijkt de kleurloze inhoud en drinkt het leeg. Het gezoem van eerder is weer terug, maar nu klinkt het alsof er bijen in haar haren klem zitten.

'Doe het rustig aan,' adviseert Rebecca. 'Als iemand je een drankje aanbiedt, hoeft je dat niet in één teug leeg te drinken.'

Lauren laat zich op een stoel neerploffen en dept haar voorhoofd. 'Die Australiërs rennen te veel bergen op en af. Ik kan hen niet bijhouden.' Ze kijkt naar haar zussen. 'Wat is hier gaande?'

'Julie drinkt te veel.' Rebecca gaat staan en drapeert een vestje over haar arm. 'Ik ga afrekenen en dan vertrekken we.'

Julie salueert als een nazi naar de rug van Rebecca.

'Waar haalt Becks het lef vandaan te zeggen dat ik dronken ben?' Julie buigt zich samenzweerderig naar Lauren toe. 'Ze is een stjeen-puist op de kont van het mensdom.' Ze haalt een keer diep adem. 'Ik had een stjer kunnen zijn. Waarom lach je, Lauren? Had ik naar jouw idee geen stjer kunnen zijn?'

'Je bent een ster, snoes. Je hebt vanavond een geweldige show gegeven.'

Julie ziet het gezicht van Lauren wazig, en dan weer scherp. 'Ik wil met Sjebby... Seb... naar bed.'

'Dat is geen goed idee, Julie.'

'Ik hou niet meer van hem.'

'Het was een kortstondige affaire.'

'Ik doel op mijn man. Ik hou niet meer van hem.'

'Natuurlijk doe je dat wel. Je bent alleen moe en emotioneel, en je hebt echt veel te veel gedronken.'

Rebecca komt terug naar hun tafeltje en kijkt berustend naar Lauren. 'Waarover heeft ze het nu weer?'

'Ik ben dronken, Becks. Stjaalbesjopen.'

Julie zet een stap naar voren en beseft dan pas dat de vloer met haar mee beweegt. 'Ik had een stjer kunnen zijn.' Ze houdt een stoel als steuntje vast, gaat zitten en begint te huilen.

'De sluizen zijn weer opengezet.' Lauren kreunt. 'Laten we haar maar wat sterke koffie geven voordat we allemaal verzuipen.'

Julie heeft geen idee of ze lacht of huilt. Kennen traanbuizen het verschil? Is er een speciaal leertje dat besluit welke tranen bij welke gelegenheid moeten worden geplengd?

'Julie, probeer jezelf in de hand te krijgen,' zegt Rebecca. 'Je zet jezelf voor aap.'

Julie hikt, giechelt, huilt. 'Sjorry.' Ze drukt haar vingers tegen haar lippen en hikt nog eens. 'Ik wil praten over Cathee... Cathee... Kleine Cathee... Becks... Weet je?' Ze zwijgt en drukt een hand tegen haar mond. Het gezicht van Rebecca lijkt te zwemmen. Zo'n strenge, bekende uitdrukking. Niet aanraken, niet breken. Het hoofd van Julie is helder. Ze zou de hele nacht kunnen praten. Ze giechelt weer, kan er niet mee ophouden en zegt niets meer.

'Laten we haar meenemen naar de wc.' Rebecca hijst Julie overeind. 'Ze gaat overgeven. Lauren, hou haar arm vast.'

'Ik ben niet misjlijk. Ik ben een stjer... een glanzende stjer...'

Seb zwaait en speelt een rifje om hun vertrek te begeleiden.

Julie weet nog altijd niet zeker of ze huilt of lacht wanneer haar zussen haar op haar bed leggen en het licht uitdoen.

Nemesis komt in de morgen, wanneer ze wakker wordt met over haar voorhoofd denderende paardenhoeven. Rebecca beveelt haar haar bed uit te komen. Het is na tienen. Ze heeft genoeg tijd gehad om bij te komen van een kater die ze zichzelf heeft aangedaan.

'Ik heb je gewaarschuwd voor de gevaren van comazuipen, maar je wilde niet naar me luisteren.'

'Bárst.'

'Die houding hoef je niet aan te nemen. We kunnen onmogelijk vertrekken voordat jij op de voorstoel zit, met je gordel om.' Rebecca houdt haar overeind onder een koude douche — een sadistische daad waardoor er eeuwigdurende vijandschap tussen hen zal ontstaan, neemt Julie zich plechtig voor. Rebecca is zich niet bewust van het doodvonnis dat boven haar hoofd hangt, pakt een handdoek en

kleedt haar zus daarna aan met evenveel medeleven als ze zou be-
tonen voor iemand die vivisectie pleegt.

Wanneer Julie op de stoel zit en haar gordel heeft omgedaan,
steekt ze haar hoofd naar buiten en ademt de frisse lucht diep in.

'Maak alles klaar voor vertrek,' brult Lauren.

Julie rilt wanneer Rebecca de deur sluit en controleert of de gren-
dels er goed op zitten.

'Roger. Over en uit,' schreeuwt ze.

Lauren draait het contactsleuteltje om. 'Het cabinepersoneel moet
zijn plaats opzoeken.' Ze kijkt even naar Julie. 'Alles oké in de zieken-
boeg?'

'Ik wil dood,' jammert Julie.

'Dat zal ik maar als een bevestiging beschouwen.'

Julie buigt haar gezicht naar de kom toe die Rebecca naast haar zet
en bidt in stilte dat haar zussen haar waardig en met veel eerbetoon
in het diepe en ijskoude water van Lake Wanaka zullen begraven.

41

Cardrona Valley

Rebecca beschermt haar ogen tegen de felle zon. Verbeeldt ze het zich, of ziet ze aan het hek langs de weg beha's wapperen? Julie, die zich nog altijd niet lekker voelt, lijkt al iets opgewekter te worden.

'Zo te zien heeft de vrouwenbeweging de beha weer afgezworen. Laten we hun vitale statistieken maar eens in ogenschouw nemen,' zegt ze.

Lauren zet de richtingaanwijzer uit en rijdt naar de andere kant van de weg. Een omgebouwd bestelwagentje met psychedelische bloemen en vlinders op de zijkanten geschilderd staat al bij het hek geparkeerd. De vrouwen stappen de camper uit en inspecteren de collectie beha's, die variëren van serieuze foundations tot frivole lapjes satijn. De diverse kleuren geven de verzameling iets vrolijks, als een regenboog. Twee Australische vrouwen die op het trapje van hun bestelwagentje zitten te picknicken, hebben hun bijdrage uit Brisbane al geleverd, als je tenminste kunt afgaan op hun figuur onder hun korte topjes. Het hek is als een grap begonnen, vertellen ze de zussen, maar het is inmiddels een trekpleister voor toeristen geworden. Regelmatig voegen vrouwen die erlangs rijden er iets aan toe.

'Vergeet niet dat we de speedboot om twee uur hebben gereserveerd.' Rebecca loopt terug naar de camper, maar haar zussen besteden geen enkele aandacht aan haar.

'Dit is de Bra Fence van de Verenigde Naties!' verklaart Julie. Door het zien ervan lijkt ze volledig te zijn hersteld. 'Ik zal een foto naar Paul sturen. Dat zal zijn dag zo mogelijk wat aangenamer maken.'

'Wij moeten ook onze bijdrage leveren.' Lauren trekt haar T-shirt uit en blijkt een crèmekleurige kanten beha over haar gebruinde borsten aan te hebben. 'Je moet meehuilen met de wolven in het bos, zeggen ze immers?'

Rebecca zit al achter het stuur, toetert en buigt zich door het raampje naar buiten. 'Lauren, we zijn hier in Nieuw-Zeeland en er is geen wolf te zien. Trek je topje weer aan, schaamteloze sloerie.'

Lauren negeert haar zus en pakt het middel van Julie vast. 'Kom, Mamma Mia. Laat jouw nationale driekleur wapperen.'

Julie giechelt, trekt haar shirt uit en zwaait ermee in het rond alsof het de cape van een stierenvechter is. Ze zegt vaak klagend dat haar borsten haar vanaf een grote hoogte omlaag trekken terwijl zij van het leven niets anders verwacht dan stevige tietjes. Ze maakt haar beha los en draait die rond boven haar hoofd.

'O, mijn god. Ik kan niet geloven dat ik dit doe!' gilt ze wanneer ze de beha aan het hek vastmaakt. 'Ik heb mijn grootste steun opgegeven. Langsrijdende automobilisten zullen denken dat het een parachute is.'

Haar ogen glinsteren gevaarlijk als ze naar de camper toe loopt. 'Kom op, Rebecca. Een voor allen en allen voor een. Doe maar alsof je Lady Godiva bent.'

'Kleed je meteen weer aan. Deze onzin heeft nu wel lang genoeg geduurd.' De stem van Rebecca gaat waarschuwend omhoog.

'Je moet je schamen,' brult Lauren. 'Wat voor een ambassadeur van jouw land ben jij?'

'Stom van me,' brult Rebecca terug. 'Ik was op alles voorbereid, maar ik ben vergeten er een danspaal aan toe te voegen. Als jullie je willen gedragen als een paar sloeries is dat jullie probleem, maar als jullie binnen twee minuten niet aangekleed en wel in deze camper zitten, rij ik in mijn eentje weg.'

'Kom op!' brult Julie, en ze rent op de camper af. 'Laten we haar dan maar gaan halen.'

Rebecca wordt door haar zussen vastgepakt voordat ze de deur op slot heeft kunnen doen. Ze negeren haar protesten, pakken ieder een arm van haar en trekken haar het trapje af.

'Dit zijn ongewenste intimiteiten!' brult Rebecca.

'Nee, Rebecca,' brult Julie terug. 'Dit is pesterij van jongere zusjes.'

Het portier klapt dicht. De Australiërs juichen. Rebecca geeft zich over aan haar lot en bindt haar beha aan het hek vast. Haar borsten kunnen zich vrijuit bewegen als ze een stap naar achteren zet. Het voelen van zon op haar blote huid is sensueel, opwindend en bevrijdend. Ze vraagt zich af of de vrouwen die in de jaren zestig beha's verbrandden zich ook zo duizelig en hysterisch voelden toen de vlammen steeds hoger werden.

'Genoeg frivool gedrag.' Julie klapt in haar handen, stilte eisend. 'Het is tijd om onze Republiek eer te bewijzen.'

Ze zingt een stukje uit 'The Soldier's Song' – het Ierse volkslied. De Australiërs staan in de houding en zingen dan een stukje uit 'Advance Australia Fair'. Daarna salueren ze allemaal plechtig naar de Bra Fence. Ze geven elkaar een hand, wisselen adressen uit, beloven elkaar op te zoeken als ze daar ooit de gelegenheid toe hebben. De Australiërs rijden weg en zwaaien door geopende raampjes. De beha's wapperen licht in het briesje.

'O, mijn god. De Ringwraiths zijn er weer.' Het gelach van Julie verandert in gekrijs wanneer ze in de verte het geraas van motoren horen. De zussen rennen naar de camper en komen dan tot de ontdekking dat de deur aan de binnenkant is vergrendeld.

'Kijk nou eens wat jullie hebben gedaan,' jammert Rebecca terwijl ze tevergeefs probeert de deur open te krijgen. 'Julie, heb jij de reservesleutel bij je?'

'Nee.' Julie duikt weg achter de camper en vouwt haar armen voor haar borsten wanneer de bikers dichterbij komen. Lauren gaat op haar knieën naast haar zitten. Rebecca is de laatste die wegduikt. Met veel lawaai en hoge snelheid passeren de motoren hen.

'We zouden kunnen proberen het raampje in te slaan,' stelt Julie voor.

'We zouden kunnen beginnen met onze beha's weer aan te doen.' Rebecca loopt naar het hek.

Tot haar grote schrik hoort ze de bikers terugkomen.

'O mijn god.' Julie kreunt met haar handen tegen haar mond.

Rebecca pakt de dichtstbijzijnde beha en duikt weer weg achter de camper. Het ding bedekt haar borsten nauwelijks. Verder is hij afgrijselijk roze en zitten er kwastjes op de plaatsen van de tepels. Zoveel beha's, en zij moest er een pakken die van een paaldanseres is geweest. Ze steekt een hand uit naar haar T-shirt, maar ze kan er net niet bij.

De bikers remmen en rijden naar het hek toe. Ze gniffelen luid terwijl ze de verzameling bekijken.

'Becks, zeg dat ze moeten weggaan,' fluistert Lauren. 'Jij bent de enige respectabel ogende vrouw onder ons.'

Rebecca hijst de met beugels versterkte cups omhoog en sist: 'Noem je dít respectabel?'

'Het is een mooie beha,' fluistert Julie bemoedigend. 'Rood heeft je altijd al prima gestaan.'

'Hij is cerise,' zegt Lauren.

'Volgens mij is hij rood.'

'Hou je mond!' Rebecca laat Julie de sluiting van de beha vastmaken. 'Ik zweer dat ik wraak zal nemen voordat deze reis voorbij is.'

'Schiet op, Becks.' Julie geeft haar een duw. 'Als ze nog dichterbij komen zullen ze ons naakt zien.'

'Is hier iemand?' Een biker klopt op de deur van de camper.

'Ja, ik.' Rebecca laat zich zien. Loop met een kaarsrechte rug, had haar vader altijd gezegd. Wat er ook gebeurt: hou je hoofd hoog.

'Fraai.' Brutaal kijkt hij naar de kwastjes. 'We dachten dat we hallucineerden en toen zijn we omgedraaid om nog eens goed te kijken.' Hij grijnst en wijst naar de wapperende beha's. 'Als dat een hallucinatie is, hoop ik dat ze er nooit een geneesmiddel voor zullen vinden.'

'Ik zit met een klein probleem.' Rebecca slaat preuts haar armen over elkaar. 'Ik heb mezelf buitengesloten. Zijn jullie handig in het openkrijgen van een slot?'

'Ik ben accountant van beroep en dat betekent dat ik niet vaak sloten moet openmaken.'

Rebecca bukt zich en pakt haar T-shirt. Ze zendt Julie, die lijkt te stikken van de lach, een waarschuwende blik toe. Lauren, die op haar hurken naast Julie zit, lacht ook hulpeloos. Ze denkt even aan Steve Moran. Wat zou die denken als hij hen zo kon zien?

'Ik moet naar binnen.' Rebecca besteedt weer aandacht aan het probleem. 'Kan een van je vrienden helpen?'

'Dave is een repoman.' De accountant, die zich voorstelt als Kenny, wijst op de grootste biker. 'Hij is goed in het openen van sloten.'

Dave loopt met tegenzin bij de Bra Fence vandaan naar de camper. Hij heeft het gezicht van iemand die alles weet van het terughalen van auto's en het beslag leggen op woningen.

'Geen probleem.' Hij bekijkt het slot en pakt dan ijzerdraad en een platte schroevendraaier uit zijn motortas. Zijn bewegingen zijn precies en zeker. Zijn snelheid en accuratesse fascineren de andere bikers, die als supporters om hem heen gaan staan. Ze geven hem klopjes op zijn rug en juichen wanneer de deur eindelijk openklikt.

Rebecca stapt de camper in en kijkt door het achterraam. Haar zussen maken smekende gebaren om de bikers weer weg te sturen.

Hun schouders gaan nog altijd zonder een spoortje van berouw op en neer van het lachen.

'Ik weet niet hoe ik jullie moet bedanken.' Rebecca staat op het trapje en spreekt luid.

'Een biertje zou best lekker zijn,' zegt Dave.

'Prima.' Ze stappen de camper in. Rebecca maakt de koelkast open en deelt blikjes uit. Ze maken deel uit van een bikerclub in Wellington, rijden op hun Harley-Davidsons hun middelbare leeftijd tegemoet en hebben onderweg lol.

'Wil iemand koffie?' Ze zet de ketel aan en maakt een pak biscuitjes open.

Ze vertrekken een uur later, en dan kan ze de een van de ander onderscheiden. Dave, Andy, Kenny, Ollie en Edge, die een toegewijde fan van U2 is en als Edgar is geboren.

Wanneer ze achter de horizon zijn verdwenen, komen Julie en Lauren uit hun schuilplaats tevoorschijn.

'Vraag nooit om vergiffenis,' zegt Lauren waarschuwend. 'Ook niet op je doodsbed.'

'Ze hebben alle biscuitjes opgegeten,' jammert Julie.

'Dan zul je er nog wat meer moeten bakken.' Rebecca hangt de beha met de kwastjes weer aan het hek en rijdt tevreden richting Wanaka.

42

Wanaka

Julie doet kiwi's en nectarines bij een fruitsalade en strooit Parmezaanse kaas over de pasta. Ze pakt een schaal met blauwbaars met een korst van kruiden en mosterd uit de oven en zet er de amandeltaart in die ze als dessert zal serveren.

Paul belt als ze op het punt staat de maaltijd op te dienen. Het regent in Dublin en er zijn problemen op kantoor. Op de achtergrond hoort ze een printer ratelen. Paul klinkt zo ontevreden dat ze even de aandrang voelt zo snel mogelijk naar huis te vliegen. Ze besluit hem niet te vertellen over de activiteiten van die dag: een opwindende tocht in een speedboot op Lake Wanaka en een gemoedelijke rondleiding in een wijnmakerij.

'Heb je de e-mail gelezen die ik je heb gestuurd?' vraagt Paul.

'Nog niet. Hoezo?'

Hij probeert vergeefs kalm te klinken. 'Je hebt belóófd die elke dag te controleren.'

'Dat doe ik ook bijna altijd. Wat is het probleem?' Haar medeleven neemt af met elk woord dat ze wisselen.

Een tweede telefoon rinkelt, maar die neemt hij niet op en hij begint te vertellen over de laatste ramp die zich sinds het vertrek van Julie heeft voorgedaan.

'Het kost Gavin moeite bij jouw gegevens te komen.'

'Gavin?'

'Gavin O'Neill. Hij helpt ons een handje tot jij terug bent. Hij is gisteren begonnen, maar hij zegt dat er een probleempje is.'

'Er zouden totaal geen problemen moeten zijn als hij weet wat hij doet.'

'Ik ben bang dat je daar geen gelijk in hebt. Hij probeert orde te scheppen in de spreadsheets... Het is chaotisch.'

'Wordt hij betaald om voor een chaos te zorgen?'

'Niet geestig, Julie.'

'Zeg nu maar gewoon ja of nee.'

'Hij is afgestudeerd in de bedrijfskunde. Ik kan moeilijk van hem verwachten dat hij voor niets werkt.'

'Natuurlijk niet. Een werknemer is een salaris waard, zeker als hij een *academische graad* heeft.' Ze kan zich die Gavin voorstellen, met zijn witte tanden en een voorhoofd dat bol staat door zijn kennis. 'Zeg tegen hem dat hij zijn e-mail over tien minuten moet checken. Ik zal hem *precies* uitleggen hoe mijn systeem werkt. En hou op me het leven zuur te maken. Ik word geacht op vakantie te zijn.'

'Sommige mensen hebben altijd mazzel.'

'Jij gaat voortdurend naar het buitenland. Vorig jaar ben je *twee* keer in Duitsland geweest.' Het valt haar op dat ze de laatste tijd bepaalde woorden heel nadrukkelijk zijn gaan uitspreken.

'Hoe kun je mijn aanwezigheid op een computerbeurs in vredesnaam vergelijken met een *plezierreisje?*' Zijn verontwaardiging is voelbaar.

Ze verbreekt de verbinding en smijt haar mobieltje op de tafel.

'Hij is onzeker zonder jou,' zegt Lauren.

'Hij is niet onzeker. Wel verontwaardigd. En verder betaalt hij een griezel van een academicus voor ál het werk dat ik voor niets doe.'

'Jullie hebben allebei financiële offers gebracht.'

'Ik krijg niets voor het slavenwerk dat ik dag en nacht verricht,' zegt Julie. 'Mijn echtgenoot ziet me als iets vanzelfsprekends en toen ik hem vertelde dat ik wegging, vroeg hij zich alleen af hoe hij zich zou redden.'

'Julie, kom nou toch. Hij is echt niet de slechtste echtgenoot ter wereld.' Rebecca klinkt alsof ze een van haar zieke ezels troost.

'Soms kan hij een ware schat zijn,' zegt Lauren instemmend.

'Ik heb het meest saaie huwelijk ter wereld en ik ben ook dood-saai,' roept Julie uit.

Haar zussen haasten zich haar gerust te stellen. Ze is liefhebbend en vriendelijk. Ze kan heel goed luisteren en uitstekend koken, en ze is de aardigste persoon die ze kennen. Aardig. Boybands in witte pakken zijn aardig. Julie drukt haar handen tegen haar gezicht en zegt op zangerige toon: 'Saai... saai... saai.'

In het internetcafé zoekt ze het probleem op en lost dat op. Net als ze wil afsluiten ziet ze een e-mail van Seb Morris.

Hallo Julie,
Hoop dat je niet al te veel last hebt gehad van de kater. Het was echt fantastisch je na al die tijd weer te zien. Zullen we elkaar weer treffen als jullie in Kaikoura zijn? Ik kan een tafeltje boeken voor ons vieren, maar ik zou er de voorkeur aan geven alleen met ons tweeën te eten omwille van die goede oude tijd. Je zou naar mijn huis kunnen komen, dan maak ik iets te eten en kunnen we bij-praten. Ik wil heel graag jouw mening horen over mijn demo-cd.
Laat me weten wat je het beste schikt.
Je oude makker,
Seb

Achter de computer naast haar gaan de vingers van een jonge Maori met lang zwart haar en een moko op zijn voorhoofd razendsnel over het toetsenbord.

'Alles oké met je?' vraagt hij, en hij kijkt even naar haar.

'Het is een heel warme avond en daar ben ik niet aan gewend.'
Julie laat een hand voor haar gezicht wapperen.

Hij knikt en besteedt weer aandacht aan zijn computer. De moko
op zijn voorhoofd – waaierachtige delicate lijntjes – houdt verband
met zijn familie. Daarover had ze gelezen in *Traversing New Zealand*. Een moko op je gezicht verwijst naar de genealogie van je
ouders, de moeder aan de rechter- en de vader aan de linkerkant. Als
huwelijksgeschenk had zij van de Morans een familiewapen gekregen: een houten gedenkplaat met hun beider namen erop. Vroeger
hing die in de hal. Lambert/Chambers. Ze vraagt zich af waar hij nu
is. Waarschijnlijk op haar zolder, stof verzamelend.

Hallo Seb,
Iets wat jij zelf hebt klaargemaakt klinkt goed. Ik zal heel graag
naar je cd luisteren. Mijn kater was immens, maar dat was me het
wel waard. Tot gauw.
Julie
PS. Zal ik mijn mandoline meenemen?

Als ze terug is, komt er een sms van Paul binnen. 'Info ontvangen.
Bedankt voor oplossen probleem. Sorry dat ik zo humeurig was.
Alles lijkt in te storten sinds jouw vertrek. Mis je heel erg en zal blij
zijn als je weer thuis bent.'

Julie zucht en wist de boodschap. Lauren steekt citronellakaarsen
op de tafel buiten aan. De avond is zwoel en de muskieten maken
zich klaar om te steken.

43

Haast

Kilometerslang zijn ze geen auto of camper tegengekomen die ze kunnen groeten. Het is een oerlandschap, verlaten. Julie rijdt langs bossen met in de wind buigende bomen. De Tasmaanse Zee, die ze af en toe tussen de rotsen door even kunnen zien, gaat tekeer met een wilde groene energie die verblijdend en tegelijkertijd ontzag- wekkend is.

Ze vinden een vakantiepark buiten het dorp Haast en maken de lunch klaar. De zee raast verderop. Het geluid klinkt hier gedempt, melodisch, rustgevend. Julie ontspant zich in een klapstoel en doet haar ogen dicht.

'Tijd om te zwemmen,' zegt Rebecca zodra ze hun lunch hebben verorberd. Ze pakt handdoeken uit de camper en gooit er een over het opgeheven gezicht van Julie. 'Ik heb de route achterhaald en het is maar een klein eindje lopen.'

'Hou toch op!' Julie smijt de handdoek terug. 'Kunnen we ons deze ene middag niet gewoon ontspannen?'

Rebecca weigert te luisteren. 'Als we in Havenswalk zijn, hebben we daar tijd genoeg voor. Hijs je luie achterste overeind. We kunnen niet in Nieuw-Zeeland zijn geweest zonder in de Tasmaanse Zee te hebben gezwommen.'

'Waarom niet?' vraagt Julie op hoge toon. 'Tijdens de voor morgen geplande safari over de rivier zullen we alle kansen hebben om nat te worden.'

'Een rivier is iets anders dan de zee,' legt Rebecca uit.

'Wat dom van me dat ik dat niet heb beseft,' moppert Julie terwijl ze haar zonnebril en zonnebrandcrème van de tafel pakt.

Ze zien een bordje dat naar het strand wijst, klimmen over een hekje en lopen verder over een met gras begroeid pad met riet aan weerszijden ervan. Rebecca loopt voorop en duwt het riet opzij met een tak waarvan ze een wandelstok heeft gemaakt.

'Je zou nog denken dat ze het wereldrecord voor inspannende activiteiten probeert te breken,' moppert Julie wanneer Rebecca bij een splitsing in het pad blijft staan om zich te oriënteren en dan naar links loopt. Ze geeft haar zussen een teken dat ze haar moeten volgen. Het pad wordt smaller en het tot hun middel reikende riet dichter. Het tij keert en neemt de geur van zeewier mee. Die vermengt zich met de stank van rottende vegetatie bij elke stap die ze op de natte aarde zetten.

'Ik kan de zee al horen!' brult Rebecca. 'Die moet vlak achter die richel zijn.'

'Nee,' zegt Julie. 'We worden geacht naar een openbaar strand te lopen en niemand met kinderen zal zich aan deze route wagen.'

'Straks wordt het beter. Vertrouw me,' zegt Rebecca, die weigert halt te houden.

Het pad is nu helemaal verdwenen. Lauren en Julie struikelen over gevallen takken en houden elkaar vast om hun evenwicht niet te verliezen.

'Je neemt ons mee door een oerwoud,' krijst Julie. 'Wie denk je verdomme wel dat je bent? Kapitein Cook?'

'Sarcasme is nergens voor nodig.' Rebecca wacht tot ze haar hebben ingehaald. 'We zijn er bijna.' Vol zelfvertrouwen loopt ze door doornige struiken en nu is het doffe geraas van de zee hoorbaar. Iets beweegt zich onder de voeten van Julie. Ze krijst en klampt zich vast aan Lauren.

'Is alles goed met je? Je ziet eruit alsof je Rebecca wilt wurgen,' zegt Lauren.

'Dat zou ik ook doen als ik haar kon bijhouden. Waarom wil ze niet luisteren? We zijn de weg kwijt in een ellendig oerwoud en zij doet alsof het een wandelingetje door een park is. Het kreng. Waarom moet zij altijd de leiding hebben?'

Ze wordt nog nijdiger wanneer ze over een gladde stam van een omgevallen boom uitglijdt en struikelt over met elkaar verstrengelde ranken. 'Ze heeft me gedwongen met Paul te trouwen. Al die nonsens over het onteren van de nagedachtenis aan mam en pap. Zij zouden hebben gewild dat ik gelukkig was, maar Rebecca maakte zich verdomme alleen zorgen over haar eigen reputatie.'

'Julie, gas terugnemen.' Lauren schrikt van die uitbarsting. 'Niemand heeft je gedwongen met Paul te trouwen. Je hield van hem, weet je nog wel?'

'Ik was net aan mijn leven begonnen.'

'We zijn er bijna,' roept Rebecca triomfantelijk. 'Een beetje doorlopen, luiwammesen.'

'Kun je je Seb nog herinneren?' Julie bukt zich om de stekels van een gigantische yucca te ontwijken.

'Ja.' Lauren trekt een wenkbrauw op.

'Hij heeft me een e-mail gestuurd.'

'Mag ik vragen wat hij wil?'

'Hij wil ons ontmoeten als we in Kaikoura zijn.'

'Dat is een goed idee. Dan zullen we best wat nieuw gezelschap kunnen gebruiken... mits we elkaar tegen die tijd nog niet hebben vermoord.'

'Eigenlijk wil hij vooral míj ontmoeten.'

'O.'

Julie haalt haar schouders op. 'Hij wil over vroeger praten.'

'Dat zal wel.'

Julie bloost heviger. 'Ga niet moraliserend doen, Lauren. Jij bevindt je al op een hellend vlak.'

'Ik ben bij de zee.' De triomfantelijke kreet van Rebecca voorkomt dat het gesprek een gevaarlijke kant op gaat. Als Julie en Lauren bij hun zus zijn, staat ze op een stuk zand met mosgroen zeewier en drijfhout. 'Ik had toch al gezegd dat we de juiste kant op gingen!'

'Dit is het échte strand niet.' Julie rent in de richting van een paar zeemeeuwen die boven de grote golven vliegen en laat zich op haar knieën zakken. 'Waarom kun je niet eens één keer in je leven toegeven dat je het mis had?'

'Misschien is het geen echt strand, maar het is hier wel prachtig.' Rebecca zet haar rugzak op het zand, trekt haar shirt uit, trapt haar gymschoenen uit en laat dan haar short zakken. Haar gespierde lichaam glinstert van het zweet. 'Precies wat we nodig hebben om af te koelen.'

'Jij gaat hier niet zwemmen.' Lauren wijst op de golven die het strand op razen en voor een waternevel zorgen.

'Natuurlijk wel. Waarom denk je dat we hierheen zijn gegaan?'

'Wij wilden hier niet heen. Jij hebt ons meegesleept,' krijst Julie.

'Julie, hou toch op. We hebben dit fantastische strand voor onszelf en jij kunt verdorie niets anders doen dan jammeren.'

'Rebecca, ik kan je verzekeren dat jammeren veiliger is dan wurgen.'

Rebecca lacht, strekt haar armen, draait een rondje en trapt zand de lucht in. 'Misschien krijgen we een paar pinguïns te zien. Tim zegt dat ze hier tussen de rotsen nestelen. Kom, Lauren. Trek je broek uit. Kijken wie het eerst in het water ligt! De laatste is een lafbek!'

'Je bent gek als je van me verwacht dat ik in die golven ga zwemmen.'

'Waarom zou je dat niet doen?' Rebecca slaakt een juichkreet en rent naar de zee.

'Ik kan niet geloven dat je achter haar aan gaat,' zegt Lauren terwijl Julie het bovenstukje van haar bikini vastmaakt.

'Ik heb zin in een gevecht.'

'Verwacht niet van me dat ik een reddingsactie op touw zet als je in de problemen komt.' Lauren gaat op een aan land gespoeld stuk hout zitten. 'Ik ben niet verantwoordelijk voor jullie welzijn.'

Julie krijst als een golf over haar heen spoelt en het geluid is bijna niet te onderscheiden van het gekrijs van de meeuwen.

Lauren kan niet stil blijven zitten, trekt haar bikini aan en gaat achter Julie aan.

Hand in hand komen ze uit het schuim tevoorschijn en tuimelen als lappenpoppen op het glanzende zand.

44

Jackson Bay

Terwijl ze vandaag zoveel moeite hadden moeten doen om het strand te vinden, had Lauren de duizeligmakende opwinding in de ogen van Julie herkend toen ze het over Seb Morris had. Ze had een beschermende deken om het huwelijk van haar zus heen willen slaan, maar Julie had haar waarschuwende woorden genegeerd. Over een splinter in iemands oog gesproken, had ze gezegd. Daar had Lauren niet van terug gehad. Ze draait zich om in haar smalle bed en probeert te slapen. Morgen zullen ze een safari op een rivier maken en dan op weg gaan naar de gletsjers.

Ze hebben honderden kilometers door een telkens veranderend landschap gereden. De dagen lijken in elkaar over te lopen en plaatsen zijn uit hun herinnering verdwenen. Het reisschema van Rebecca heeft ezelsoren gekregen en zit onder de koffievlekken. Bangkok lijkt het verst te zijn weggezakt. Haar mobieltje geeft geen geluid en sms'jes blijven ongelezen.

Ze heeft het bord met Jackson Bay erop gezien. Het kaartje dat Niran Gordon heeft getekend heeft ze al vaak bekeken. Duidelijke aanwijzingen die ze moet negeren. Het adres ligt kilometers buiten hun route, een vinger die is uitgestoken richting zee, een weg die nergens heen leidt.

De ochtendnevel omgeeft de berghellingen en vreemde, door de wind geteisterde bomen met op broccoli lijkende takken, zijn in beweging. Af en toe kan Lauren een glimp opvangen van hoge golven die op het zand slaan. De omgeving wordt desolater. Ze rijdt af en toe langs een boerderij, ziet rode daken achter houten schuttingen. Schapen grazen en wegwerkers zwaaien wanneer ze langsrijdt.

'Ik ga niet mee met die safari,' had ze tijdens het ontbijt rustig gezegd. Ze had de vragen, de achterdocht en de afkeuring van haar zussen kalm getrotseerd. 'Ik heb wat tijd voor mezelf nodig. Ik zet jullie af op de plaats waar jullie aan boord moeten gaan en na afloop haal ik jullie weer op.'

Voordat ze bij Jackson Bay is gaat ze langzamer rijden en kijkt op het kaartje. Een x geeft de plek aan waar ze moet afslaan. Ze draait rechtsaf een smalle weg op die al snel verandert in een zandpad. Ze rijdt door, volgt stoffige bandensporen tot ze door een scherm van bomen niet meer verder kan. Een stukje met grind bedekte grond dient als parkeerterrein. Ze parkeert de camper en loopt tussen de bomen door naar een open plek. Een paar slordig aan elkaar gespijkerde planken vormen een brug over de rivier. Zijn huis is weinig meer dan een hut: houten wanden en een dak van golfplaten. Buiten liggen spullen om te vissen en een propeller. Tegen de muur staat een mountainbike.

Ze klopt aan. Daar wordt niet op gereageerd. Ze klopt harder en loopt dan over een smalle veranda naar de achterkant. Zijn huis is zoals ze het zich had voorgesteld: ramen zonder gordijnen, geen snuisterijen, een paar schilderijen aan de muren en een lange veranda die het avondlicht kan vangen. In een ruime woonkamer ziet ze houten vloeren en gemakkelijke stoelen. Midden in die kamer staat een piano, met de klep open en bladmuziek op de standaard. Ze ziet een keuken die is voorzien van een ouderwetse kast en een lange houten tafel met stevige, bijpassende stoelen.

Op het zinken aanrecht staan ontbijtspullen. Alleen dingen die essentieel zijn om te kunnen leven, en de eigenaar ervan is niet thuis.

De achterdeur gaat gemakkelijk open. Ze aarzelt even en stapt dan over de drempel. Ze loopt de huiskamer in en besteedt geen aandacht aan de stem die haar waarschuwend beveelt te vertrekken. Ze raakt de piano aan, zijn laptop, ze bladert velletjes met handgeschreven muziek door. Sommige muzikale symbolen herkent ze omdat ze als kind pianoles heeft gehad: kwartnoten en achtste noten, g-sleutels. Een taal die ze bijna is vergeten, net als de geluiden van de toonladders die ze ooit dagelijks oefende, vastberaden om haar stijve vingers de baas te worden en even goed te spelen als haar moeder.

Op een plank staan twee ingelijste foto's. De eerste is bekend. Die was op de vloer van de bus gevallen en door haar opgeraapt, waarbij hun vingers elkaar voor het eerst hadden aangeraakt. Lauren kijkt naar de violiste, haar fraaie ceremoniële kleding. Ze staat midden op een podium en er is een schijnwerper op haar gericht. Ze heeft de viool onder haar kin gedrukt en de strijkstok geheven. Het achter haar zittende orkest vormt een donkere collage van vage gestalten die de aandacht weer op haar stralende aanwezigheid vestigen. Haar gezichtsuitdrukking, haar zwarte haren, scherp gedefinieerde profiel en slanke handen stralen vitaliteit uit.

Op de tweede foto staat dezelfde vrouw in een wit T-shirt en een spijkerbroek op de veranda van een bungalow met een dak van stro. Naast Niran. Ze hebben hun armen om elkaar heen geslagen en hun gezichten zijn dicht bij elkaar. Zijn neus is perfect, nog niet gebroken.

Lauren zet de foto's weer op precies dezelfde plaats terug. Haar handen zijn vochtig. Zonlicht stroomt door de brede ramen naar binnen. Wat doet ze hier? Welke dwaasheid heeft haar ertoe overgehaald de privacy van iemand anders te schenden? Ze tilt een kussen op, drukt het even tegen haar gezicht en laat het dan op de grond vallen.

In de deuropening luistert ze naar de golfslag, naar het gekrijs van zilvermeeuwen. De geluiden komen achter een scherm van grote stenen vandaan. Ze vindt een pad tussen die grote stenen door en betreedt een terrein vol dichte struiken. Daarachter ziet ze een strand. Ze rent over het zand en blijft staan bij een lagune vol kleine vissen. Gealarmeerd door haar schaduw schieten ze weg. Voorbij de lagune gaat het terrein omhoog en dan weer steil omlaag in de richting van zwiepende golven. Ze ziet alleen haar eigen voetstappen. Verder is het zand maagdelijk.

Wolken schieten langs de zon en zand prikt in haar ogen. Lucht en zee versmelten, dofgrijs en dreigend. Stormvogels en pijlstormvogels zwijgen wanneer de eerste regendruppels sinds Lauren in Nieuw-Zeeland is gearriveerd op de kust vallen. Ze rilt, slaat haar armen om zich heen en loopt terug. Het pad is niet langer te zien. Ze ziet een muur van boomstammen, als een palissade. Meeuwen en aalscholvers schieten met hun sterke vleugels door de lucht. Ze duikt weg onder de takken, loopt in een kringetje rond en is dan weer terug bij het strand. Ze blijft zoeken en door de regen raken haar T-shirt en haar rok doorweekt. Opnieuw probeert ze tussen de bomen door te lopen en ze herinnert zich hoe gemakkelijk ze de dag daarvoor de weg waren kwijtgeraakt.

De lucht is zwaar, vochtig. Stoom komt uit de grond, neemt de stank van dingen die allang dood zijn met zich mee. De grond wordt moerassig. Ze dwingt zichzelf kalm te blijven. Modder zuigt aan haar sandalen, kleeft aan haar enkels. Hoe had ze zo stom kunnen zijn de veilige grenzen te negeren die ze om haar leven heeft getrokken?

Het weerlicht, gevolgd door een donderslag. Ze drukt haar handen tegen haar oren en botst tegen bomen op. Hun gebogen en verweerde vormen doen haar denken aan oude vrouwen die krom zijn geworden door botontkalking. Ze glijdt uit, valt op de grond. Haar zonnebril verdwijnt in een dikke laag mos. Zij zal ook in het struikgewas verdwijnen. Niemand zal haar in deze wildernis kunnen vinden. Ze wordt bevangen door dezelfde angst als toen ze die avond in Bangkok van de pooier vandaan rende. Dat was het begin van alles geweest. Dit zal er het eind van zijn.

Regen spettert tussen de bladeren door. Boven haar is een groen baldakijn: het laatste wat ze zal zien voordat ze haar ogen sluit. Als de angst komt, is die messcherp. Wie was die onbekende die haar met zijn stoutmoedige zwarte ogen had betoverd? Had ze echt verwacht een kopje thee met hem te kunnen drinken? Een gesprekje te voeren over de reis of het weer, of geheimen te delen over hun vroegere leven? Wat heeft de hartstocht die hen bij elkaar had gebracht achtergelaten? Een heel vage gedachte? Iets waardoor ze blindelings de trillende groene somberheid door gaat, langs de prikkende yucca's, de door de wind geteisterde bomen en de monsterachtige varens. Opeens ziet ze een pad. Een vogel schiet het lage struikgewas uit en zijn staart scheert vlak langs haar gezicht.

In de camper drukt ze haar hoofd tegen de hoofdsteun tot ze weer rustiger kan ademhalen. Pieken haar zitten op haar voorhoofd geplakt en water drupt haar ogen in. Haar mond vult zich met speeksel. Ze slikt, rilt als ze gal proeft. Ze maakt de deur open, wankelt naar een stukje gras en geeft over. Ze veegt haar mond af met de zoom van haar natte T-shirt en gaat achter de camper op haar hurken zitten tot ze zich weer sterk genoeg voelt om te staan.

De regen houdt even onverwacht op als hij is begonnen. De zon staat hoog aan de hemel, als een metalen schijf, en de regenwouden worden – met hun stomende takken – weer zichtbaar. Alles is schoongewassen en op elk grassprietje glanzen regendruppels. In de camper zet ze de motor aan, draait om, rijdt de hoofdweg weer op en slaat af naar Haast. In haar achteruitkijkspiegel ziet ze een auto aankomen. De richtingaanwijzer wordt aangezet om het laantje op te draaien. Er steekt een arm uit het geopende raampje, goudbruin en gespannen. Ze drukt het gaspedaal in en kijkt recht voor zich uit.

45

Het dagboek van Rebecca – 1998

Olive Moran kwam bij het asiel langs voordat ze naar India vertrok. Ik heb haar nooit aardig gevonden – al die ruzies over Lauren en Cathy toen zij nog jong waren, vooral over Lauren. Maar nu bewonder ik haar. Ze ziet er jonger uit, op de een of andere manier lichter, alsof haar geest tot rust is gekomen. Ze gaat te voet door India trekken, zei ze. Ze wil het land onder haar voeten voelen.

Ze had een dochter willen hebben. Ze weigerde te geloven dat Lauren en haar man geen verhouding hadden, of misschien begreep ze dat obsessie een gevaarlijker vijand is dan ontrouw.

'Er bestaan niet alleen vleselijke zonden,' zei ze tegen me toen ze eindelijk had besloten te gaan scheiden. 'Ze zit als koorts in zijn bloed en wat kan ik doen? Wat kan ik doen?' Ze is van de rand van krankzinnigheid gestapt en heeft gekozen voor de open weg.

Ik wilde tegen haar zeggen dat ook ik achterdocht koester. Telefoontjes waarbij aan de andere kant wordt gezwegen. Alleen een zachte ademhaling: iemand die hoopte dat een ander zou opnemen. Maar er is altijd wel een excuus als verklaring aan te voeren, en iemand kan een verkeerd nummer hebben gedraaid. De vrouw uit zijn kantoor die dronken werd tijdens het jaarlijkse kerstfeest en hem een klap gaf toen ze besefte dat ik haar kant op keek... Maar ze was dronken en later heb ik gezien dat vrienden haar het hotel uit hielpen. De vage geur van parfum op zijn shirt... maar dat kon aftershave zijn. Tegenwoordig zijn mannen pauwen. De rekening van drankjes in de Horseshoe Bar: Guinness en Margarita's op een avond toen hij moest overwerken. Die rekening is moeilijk te verklaren, maar ik kan me gemakkelijk in de datum hebben vergist. Er zijn altijd manieren om mijn achterdocht te sussen, en ik heb geen idee waarom ik me daar zo stevig aan blijf vastklampen.

Steve Moran speelt nu met de grote jongens. Projectontwikkeling op grote schaal. Een Keltische tijger die op jacht is. Hij heeft Meadow Lark verkocht en woont nu in Howth Head, helemaal op de top. Precies waar Lauren wil zijn. Verschillende paarden voor verschillende renbanen. Ze houdt vol dat zij geen rol heeft gespeeld bij de scheiding van Olive en Steve. Doet ze alsof, of heeft ze eenvoudigweg last van waandenkbeelden?

Mijn asiel betekent alles voor me. Lulu was blij de verantwoordelijkheid aan mij te kunnen overdragen en aan te blijven als mijn manager. De paarden die bij ons komen zijn slachtoffers. Ze zijn absoluut niet trots, het zijn geen kostbare raspaarden. Ze komen met gebroken benen, of ze missen hun ogen. Wij bieden ze onderdak. Er zijn zo ongelooflijk veel van die dieren, rondlopend op braakliggend terrein, ondergebracht in kleine schuren, op dorre velden aan een paal vastgebonden, blind op tegemoetkomende auto's af lopend. We geven ze onderdak en maken ze weer zo gezond mogelijk. Is dat uiteindelijk niet iets waarnaar we allemaal intens verlangen?

46

Fox Glacier Village

De oude geschiedenis van de Maori is gebed in de wortels van Te Wahipounamu, legt hun gids uit terwijl ze door het dal van de rivier de Haast trekken. Vertaald betekent dat 'de plaats van groensteen'. Rebecca buigt zich naar voren wanneer ze langs stokoude regenwouden komen, hopend een glimp op te vangen van dolfijnen en zeehonden. Julie neemt foto's en vraagt zich af wat haar zoons ervan zouden vinden als ze een biker werd.

De Ringwraiths zijn er ook. Ontsnapte gevangenen, net als zij. Ontsnapt aan gezinnen en hypotheken, keurig nette voortuinen. Hun bravoure wordt eerder veroorzaakt door te strak zittend leer dan doordat er een echte dreiging van hen uitgaat. Ze stelt zichzelf voor op een Harley, met de wind in haar haren. Easy Rider over Route 66.

Wanneer het gaat regenen zoeken ze dekking onder de bomen. De bikers hebben dezelfde plannen als zij. Ze zullen de nacht doorbrengen in Fox Glazier Village en de volgende morgen de gletsjers verkennen. Ze nodigen de zussen uit om 's avonds bij hun hut te komen barbecueën.

'Kom maar rond een uur of zeven,' zegt Edge. 'Wij zullen voor de biefstukken zorgen.'

'Ik ben vegetariër,' zegt Rebecca.

'Dan halen we voor jou veggieburgers. Geen probleem,' zegt hij.

'Waar is jullie zus?' vraagt Dave, die het slot van de camper open had gekregen.

'Die wilde even alleen zijn,' zegt Julie. Ze buigt zich naar het oor van Rebecca toe en fluistert: 'Ik denk dat hij het slot van de kuisheidsgordel van Lauren wil openmaken.'

'Daar is hij dan te laat mee.' Rebecca richt haar verrekijker op een kolonie pinguïns die als kleine, dikke obers langs de kustlijn stappen.

'Denk je dat ze bij hem is?'

'Dat denk ik niet alleen. Dat weet ik,' antwoordt Rebecca.

'Heb je geprobeerd met haar te praten?'

Rebecca haalt haar schouders op. 'Ik hoef me niet meer om haar te bekommeren. Als ze met vuur wil spelen is dat haar zaak.'

'Ik maak me zorgen over haar.'

'Dan moet jij maar met haar praten.'

Julie probeert zich te concentreren op wat de gids zegt, maar merkt dat ze de geschiedenis van aardbevingen en dergelijke onmogelijk kan volgen. Wat doet Lauren? Staart ze naar bomen, beklimt ze rotsen, bewondert ze een rivier? Dat kan ze zich nauwelijks – nee, helemaal niet – voorstellen. Maar ze is zeker niet bij het startpunt van deze safari op hen aan het wachten. De bikers leunen tegen hun motoren aan, roken en maken grapjes over het starten van een zoekactie. Julie houdt de helm van Kenny als een afgehakt hoofd onder haar arm, poseert op zijn motor en eist te worden gefotografeerd. Hij noemt haar zijn 'buddybitch', geeft gas en zegt dat ze zich stevig aan hem moet vasthouden. De wind beneemt haar de adem wanneer hij vaart meerdert. De bomen lijken met elkaar te versmelten en de zon doet de handvatten glinsteren. Ze herkent de camper. Lauren rijdt zo snel dat ze Julie niet ziet zwaaien.

'Laten we maar teruggaan,' schreeuwt Julie naar Kenny. 'Asse-poester is thuisgekomen van het bal.'

In de camper is de spanning te snijden. Een verfomfaaid ogende en bleke Lauren, wier benen onder de schrammen en de beten zitten, verdraagt het geklaag van haar zussen met een voor haar beslist niet typerende nederigheid. Hun stemming is er niet beter op geworden wanneer ze het vakantiekamp hebben bereikt. De korte regenbui heeft de hitte eerder groter gemaakt dan verdreven. Rebecca's schouders zijn verbrand.

'Ik ga niet mee naar die barbecue,' zegt ze wanneer Julie een vis-schotel gaat klaarmaken om mee te nemen. 'Ik heb barstende kop-pijn. Waarschijnlijk heb ik een zonnesteek opgelopen.'

'Neem er iets voor in,' stelt Lauren voor. 'Ik zal je insmeren met aftersun. Als je een glas wijn achter je kiezen hebt zul je je weer prima voelen.'

Rebecca weigert echter de camper uit te komen. 'Ik word al mis-selijk bij het idee van geroosterd dierenvlees.' Ze rilt en blijft rillen wanneer Lauren aftersun in haar schouders masseert.

'O, hou toch op.' Lauren schroeft de dop op het flesje en smijt het op de tafel. 'Ik ben die ellendige dieren van jou meer dan zat.'

'Ga nou niet ruziemaken.' Julie snijdt citroenen, maakt een dres-sing voor de sla klaar.

'Waarom zou ik dat niet moeten doen?' vraagt Rebecca op hoge toon. 'Ik heb een zonnesteek omdat zij ons urenlang aan de verzen-gende zon heeft blootgesteld.'

'Ze was maar een halfuurtje te laat. Misschien kunnen we beter bij jou blijven.'

Blaartjes glinsteren op de schouders van Rebecca. 'Julie, gaan jul-lie er maar heen en probeer zachtjes te doen wanneer jullie terug-komen. Ik wil geen herhaling van jouw gedrag in de Bindwood meemaken.'

Het medeleven van Julie is meteen verdwenen. 'Ik durf erom te wedden dat ze nooit zo tegen haar paarden spreekt,' briest ze terwijl ze met Lauren naar de hut van de bikers loopt. 'Ik kan niet begrijpen waarom een aardige kerel als Tim Dawson haar sms'jes blijft sturen.'

'We moeten hem juist feliciteren vanwege het feit dat hij het nadeel van slechts twee benen te hebben, heeft overwonnen,' reageert Lauren instemmend.

'Weet je dat ze hem heeft uitgenodigd voor de bruiloft van Cathy?'

'Dus hij was geen onenightstand?'

'Daar doet Rebecca niet aan.' Julie duwt een garnaal tussen de schijfjes citroen terug op zijn plaats. 'Dat brengt me op de delicate vraag waar jij vanmorgen bent geweest.'

'Ik heb met de natuur gecommuniceerd.' Lauren pakt de arm van Julie. 'Kom mee, meisje. Laten we een Ringwraith gaan versieren.'

De bikers zijn moeiteloos te vinden omdat hun motoren als hengsten naast een hut staan. Bier en wijn staan in een spoelbak vol ijs. Tina Turner krijst uit de stereo op de vensterbank. De barbecue is al aangestoken en Edge heeft de leiding over de biefstukken. Lauren zet wijn in de koelkast en Julie overhandigt de visschotel, die door de bikers binnen de kortste keren is verslonden.

Duisternis omgeeft de kring van licht van de campers en de hutten. Wanneer de aanwezigheid van de eerste zandmug wordt gemeld, worden de stoelen verzameld en meegenomen naar binnen. Nieuwe flessen wijn worden opengetrokken en nieuwe blikjes bier gepakt. Kenny heeft het over Wellington. Julie praat over Dublin. Ze vergelijken familiekiekjes. Hij slaat tegen zijn hoofd wanneer hij beseft dat hij samen met Rebecca hier dronk terwijl zij en Lauren topless achter de camper zaten. Met zijn ogen bewondert hij wat hij heeft gemist en dat bezorgt haar een aangename rilling over haar rug. Hij draait een joint en geeft die aan haar door. Ze inhaleert diep. Lauren maakt met een licht handgebaar duidelijk dat ze niet wil meedoen.

Edge zet de muziek harder en begeleidt Lynyrd Skynyrd zogenaamd op een gitaar. Thuis zou Julie naar haar zoons hebben geschreeuwd dat ze de muziek zachter moesten zetten. Als ze haar nu eens konden zien! Door die gedachte moet ze zo hard lachen dat Lauren zich naar haar toe buigt en vraagt waarom ze een joint rookt.

'Omwille van het verleden.'

'Mamma Mia, wat gebeurt er met jou? Word je weer een vrijpostig meisje?'

Julie inhaleert en doet haar ogen dicht. 'Absoluut.'

Edge danst nu met Lauren. Ze beweegt zich als een mot: haar witte jurk waaiert uit als hij haar onder de lamp laat ronddraaien. Haar gelach geeft Julie een nog ongemakkelijker gevoel. Haar zus balanceert op het slappe koord. Een verkeerde stap en ze zal vallen.

De muziek staat zo hard aan dat het even duurt voordat ze beseffen dat er op de deur wordt gebonsd. Dave doet open en wordt opzijgeschoven door een kleine, stevig gebouwde vrouw in een geruite bermuda. 'Zet die herrie meteen uit.' Haar Engelse accent is afgemeten en gezaghebbend. 'Uitzetten. Niet zachter zetten. Als jullie dat niet doen, zal het direct gevolgen hebben.'

Ze kijkt naar de lege blikken en flessen, de borden en de kommetjes. 'Als ik ook nog maar een piep uit die hut van jullie hoor komen, ga ik regelrecht naar de directie om deze schandelijke overtreding van de regels te melden. Mijn man en ik hebben een plaats in een vakantiepark geboekt. Niet in een nachtclub vol dronken mensen.'

Dave maakt een overdreven hoffelijke buiging. 'Neemt u iets te drinken en feest mee. IJs? Citroen? We zijn hier allemaal maatjes.'

'Dat zijn we zeer beslist niet.' Haar tegen het licht afstekende lichaam trilt van verontwaardiging. 'Omdat jullie kennelijk geen idee hebben hoe laat het is, zal ik jullie dat vertellen. Het is na tienen en dan hoort het hier stil te zijn. Mensen verwachten hier vrede en rust, en de kans te slapen zonder helse herrie om hen heen. Jullie zijn gewaarschuwd.' Ze draait zich om en trekt de deur met een klap achter zich dicht.

'We kunnen het geluid beter zachter zetten.' Julie loopt naar de stereo, maar Dave is er eerder dan zij.

'Geen enkele Britse tante met een geruite kont zal mijn lol verpesten.' Zijn ogen glanzen van woede als hij Lauren beetpakt en met haar in het rond zwaait. Ze lacht en probeert zich los te trekken. Hij draait nog een rondje en haar voeten komen bijna van de grond. Een stoel knalt om. Hij verliest zijn evenwicht en belandt samen met Lauren, die met haar armen en benen door de lucht maait, op de grond.

'Stomkop.' Edge duwt hem opzij en helpt Lauren overeind.

'Wie is hier een stomkop?' Dave hijst zich overeind en leunt tegen de tafel. Die maakt slagzij en flessen en glazen vallen op de grond.

Zonder te kloppen komt de manager de hut in, met de Engelse vrouw op zijn hielen.

'Jullie kennen de regels.' Hij wijst op een briefje op de deur. 'Geen herrie maken na tien uur 's avonds. We verwachten van onze gasten dat ze consideratie met hun buren hebben.' Hij zwijgt even en dan wordt zijn gezichtsuitdrukking harder. 'Als jullie niet binnen tien minuten mijn terrein af zijn, bel ik de politie en laat ik jullie arresteren wegens het bezit van drugs.' Hij wijst op Julie, die hen bij de receptie heeft ingeschreven. 'Hetzelfde geldt voor degenen onder jullie die in een camper verblijven.'

'Maar uit onze camper komt geen lawaai,' zegt Julie protesterend. 'De camper is gehuurd door onze zus, Rebecca Lambert, en zij is niet aanwezig op het feestje. Dus waarom zou zij dan het terrein af moeten?'

'Voertuigen maken geen lawaai. Mensen veroorzaken problemen. Laat me mijn waarschuwing niet hoeven te herhalen, want ik kom nooit met loze dreigementen.'

'Rebecca zal ons vermoorden.' Lauren leunt zwaar op de arm van Julie terwijl ze teruglopen naar de camper.

'Vermoorden is te gemakkelijk. Ze zal ons ophangen en vieren-delen, en dan op onze beenderen dansen. Mijn hemel. Heb je ooit zoiets als die geruite bermuda gezien?'

'Schotten zijn dapper,' fluistert Lauren.

'Dappere kont,' reageert Julie giechelend.

Lauren vergeet dat ze gewond is geraakt, heft haar armen boven haar hoofd en maakt een Schotse driepas.

'Doe nu eens even serieus.' Julie houdt halt bij de camper. 'Voor één avond heb je wel genoeg gedanst. Waar gaan we heen?'

'Naar de hel of naar Connaught,' zegt Lauren.

Julie lacht. Dezelfde hysterische lach als bij de Bra Fence, als toen ze nog een tiener was, als wanneer ze van Rebecca bevel kreeg zich te gedragen. Ze herkent de tekenen – zenuwen, schuld en iets on-definieerbaars, misschien de wens niet te gaan huilen – en ze drukt een hand tegen haar maag in een vergeefse poging er een eind aan te maken.

'Wat aardig van jullie dat jullie zijn teruggekomen.' Rebecca gaat rechtop in haar bed zitten en aan de stand van haar schouders is te zien hoe nijdig ze is.

'Jij zei dat we erheen moesten gaan. Jij stond erop met rust te worden gelaten,' zegt Julie.

'Rebecca, ik ben lelijk gevallen en ik denk dat ik een enkel heb ge-broken. Julie heeft me de hele terugweg moeten ondersteunen,' zegt Lauren.

'Wat had je anders verwacht gezien het feit dat je duidelijk niet in een rechte lijn kunt lopen?'

Julie haalt een pak diepvrieserwten uit het vriesvak en drukt die tegen Laurens enkel. 'Becks...'

'Hou op me zo te noemen.'

Julie kucht luid. 'Rebecca, we hebben bevel gekregen dit terrein

direct te verlaten. Ik heb tegen de manager gezegd dat jij er niet verantwoordelijk voor was, maar hij wilde niet naar me luisteren. Het
spijt me echt, maar we moeten van hem meteen vertrekken.'

'Julie, ik ben niet in de stemming voor grapjes. Ik heb een ernstige
zonnesteek. Was je dat soms ontgaan?'

'Het is de waarheid.' Lauren trekt een grimas als de bevroren erwten in haar huid bijten. 'Rebecca, het doet echt zeer.'

'Loop dan maar hinkend en wel naar het dichtstbijzijnde hotel,
en neem je zus mee. Jullie worden verdorie geacht volwassen te zijn!
Niet een stelletje dronken tieners. Ik kan jullie meedelen dat ik niet
van plan ben ergens heen te gaan, dus moet niemand proberen me
daartoe te dwingen.'

'Dat ben ik niet met je eens.' De manager komt de camper in. 'Ik
heb jullie tien minuten gegeven en er is nu al een kwartier voorbij.
Als jullie binnen vijf minuten niet zijn vertrokken haal ik de politie
erbij omdat jullie onrust hebben veroorzaakt en op mijn terrein
drugs hebben gebruikt.'

'Drugs?' Rebecca kijkt naar haar zussen – het langst naar Julie.
'Over vijf minuten zijn we weg. Het spijt me dat ze zoveel problemen hebben veroorzaakt,' zegt ze tegen de manager.

'Vijf minuten. Anders onderneem ik actie.'

Wanneer de manager is vertrokken drukt Rebecca haar handen
tegen haar gezicht. 'Drugs! Dit kan ik werkelijk niet geloven.'

'Ik heb alleen een jointje met Kenny gedeeld.' Julie zegt het tartend,
zoals in de tijd van Maximum Volume. 'Door alle drukte die die man
erover maakt zou je nog gaan denken dat we coke hebben gesnoven.'

'We moeten Steve bellen en hem vragen...'

Rebecca onderbreekt Lauren. 'Steve heeft hier niets mee te maken. Jij en Julie zullen dit moeten opknappen.'

Lauren pakt een lepel en tikt daarmee op de tafel. Ze lijkt zich er
niet van bewust te zijn dat ze dat steeds sneller doet, tot Julie zich
naar haar toe buigt en de lepel uit haar hand trekt.

'Waarom is iedereen zo allergisch voor een beetje luxe?' vraagt ze op hoge toon. 'Denk aan een warm bad, roomservice en een kapper. Een groot tweepersoonsbed in plaats van een doodskist zoals daarboven.' Ze wijst. 'Ik moet verdomme slapen in een doodskist.'

'Wat wil je dan?' vraagt Rebecca. 'Een groot tweepersoonsbed zoals dat waarin je niet hebt geslapen toen we in Bangkok waren?'

De daaropvolgende stilte is geladen. 'Lauren, ik ben niet gek en ik ben ook niet blind voor wat zich afspeelt binnen jouw zogenaamde huwelijk,' zegt Rebecca hard.

'Rebecca, als jij iemand de les wilt lezen over de heiligheid van het huwelijk, moet je eens in de spiegel kijken en tegen jezelf praten.'

'Hoe durf je mijn huwelijk ter sprake te brengen?'

'Jij lijkt er geen probleem mee te hebben dat met het mijne te doen. Voor het geval het aan jouw aandacht is ontsnapt... Jij hebt niets te maken met wat ik met mijn leven doe.'

'Dat ben ik met je eens. Ik heb helemaal niets te maken met wat jij achter de rug van je echtgenoot om doet. Maar als je me vraagt zijn liefdadigheid te accepteren, wordt het een ander geval.'

Laurens gezicht blijft uitdrukkingsloos. Zelfs haar oogleden lijken zich niet te bewegen. 'Rebecca Lambert, je bent een hypocriete trut.'

'En jij bent een getrouwde vrouw die haar echtgenoot bedriegt.'

'Ophouden! Allebei!' waarschuwt Julie. 'We moeten hier weg, want anders zal de manager...'

'Sorry. Moet ik wegduiken of kan ik veilig binnenkomen?' Kenny beantwoordt zijn eigen vraag door de camper binnen te stappen. 'De jongens zijn nu niet in staat om te rijden. Ik heb Akona, een familielid van me, gevraagd ons op te halen. Rij achter de pick-up aan, en dan kunnen jullie in de tuin parkeren.'

Rebecca weigert hulp bij het afsluiten van de elektriciteit en de watertoevoer. Even later verschijnt er een pick-up. Een paar bikers deponeren hun motor in de laadbak. De andere motoren zullen later worden opgehaald. Kenny gaat op de plaats naast de bestuurder zitten en deelt een schouderklopje uit. De bestuurder heeft een breedgerande hoed op, buigt zich door het raampje naar buiten en geeft Rebecca een teken dat ze achter de pick-up aan moet rijden. Zonder een woord met haar zussen te wisselen rijdt ze het sluimerende vakantiepark uit.

47

Ze zijn een vakantiepark uit gezet. Wat een grap! Wat een verhaal om aan de eettafel te vertellen. Dat zal Julie nog jaren kunnen doen. De knipperlichten van de pick-up gaan waarschuwend aan en uit wanneer de chauffeur scherp een zijweg op draait en een tunnel van bomen in rijdt. Grote varens groeien dreigend aan weerszijden van de weg. Volgens Tim werden die door de Maori geplant als herkenningspunten. Welke kant worden ze vanavond op geleid? *Mysterieuze verdwijning van zussen Lambert blijft onopgelost.* Dat zou een interessante krantenkop zijn, maar niets meer dan dat. Rebecca is te moe en te hongerig om zich er druk over te kunnen maken.

Julie had de koelkast geplunderd voor de visschotel. Voor Rebecca waren er alleen nog een hard stuk kaas en een gerimpelde peer geweest. Tranen van zelfmedelijden prikken in haar ogen en woest veegt ze die weg. De chauffeur van de pick-up slaat nog een keer af naar een smallere weg die weinig meer is dan een pad. De bomen staan dicht op elkaar en de stammen zijn bedekt met klimplanten. Woekerende klimplanten die zich even stevig aan de stammen vastklampen als haar zussen dat aan haar doen. Takken schrapen langs de camper. Struiken zijn her en der bezweken door bosbranden, en de zilverkleurige as is zichtbaar in de duisternis.

Julie, die duidelijk nog stoned is, zet een iPod aan en knipt in haar vingers op een onhoorbare melodie. Lauren lijkt te slapen. Haar verzwikte enkel ziet er opmerkelijk slank uit en de bevroren erwten vormen een plasje water onder haar stoel.

Rebecca remt voor een bungalow met een houten veranda. De wielen knarsen op het grind, trillen als ze over een gat rijden. De chauffeur van de pick-up stapt uit en wijst op de zijkant van het huis.

'Heb je enig idee waar we zijn?' Lauren doet haar ogen open wanneer Rebecca de camper heeft geparkeerd.

'Wat mij betreft mag het op de rand van een vulkaan zijn,' zegt Rebecca.

Julie zoekt en vindt een gaslantaarn. Die steekt ze aan, zet hem op de tafel en strekt haar armen boven haar hoofd. 'Dat was wel genoeg opwinding voor een avond.'

'Het is tijd voor het schoonheidsslaapje van deze hoer.' Lauren wil haar bed in klauteren.

'Ik heb je nooit een hoer genoemd.' Elk keer wanneer Rebecca zich beweegt heeft ze het gevoel dat haar huid wordt aangevallen door insecten met scherpe klauwen. Ze heeft geen zin om nog in discussie te gaan met haar zus. Het enige wat ze wil is slapen. De hitte is ondraaglijk. Ze smijt de deur open en stapt naar buiten. Als ze niet ontsnapt zal ze met haar gekrijs de ramen nog breken.

Vanuit het huis hoort ze gelach en het geluid van een gitaar. De bikers, die hun motoren uit de laadbak van de pick-up hebben gehaald, zijn nog altijd vastberaden door te gaan met feesten.

'Is alles oké?' De chauffeur buigt zich over het hek van de veranda heen. 'Als je water nodig hebt, kun je dat uit mijn huis halen.' De stem is diep en brommerig, maar tot Rebecca's verbazing is het wel een vrouwenstem.

Ze loopt naar de vrouw toe, die weer rechtop gaat staan en haar hand uitsteekt. In het licht bij de deur is haar gezicht te zien: een bruine, verweerde huid en wit kroeshaar onder de hoed met de brede rand.

'Ik heet Akona en je bent hier welkom,' zegt ze.

'Ik ben Rebecca.' Ze probeert niet te kijken naar de verbazingwekkende tatoeage op de kin van de vrouw. Het ingewikkelde ontwerp fascineert haar. Ze herinnert zich de tatoeage op de schouder van Cathy – de kop van een raaf – en de ruzie die daarop was gevolgd. 'Het spijt me dat we het je zo lastig hebben gemaakt.'

'Helemaal niet. Vrienden van Kenny zijn mijn vrienden.'

Ze luisteren naar Edge – het moet Edge zijn – die 'I Still Haven't Found What I'm Looking For' zingt.

Rebecca glimlacht en knikt naar het openstaande raam. 'Je hebt vanavond een huis vol vrienden.'

'Een huis vol stoute jongens.' De wangen van Akona zijn een netwerk van rimpels, maar haar donkere ogen flitsen energiek. 'Ik woon alleen en dus is af en toe wat gezelschap leuk, in welke vorm zich dat ook aandient.'

'Heb je hier altijd gewoond?'

'Ik kom uit Rotorua op het Noordereiland. Dit stuk land heb ik gekocht toen ik als onderwijzeres met pensioen ging. Nu vis ik en hou ik me een beetje bezig met het boerenbedrijf. En jij? Wat heeft jou naar Nieuw-Zeeland gebracht?'

Rebecca houdt het hek van de veranda vast. Zoemende zwarte insecten dansen voor haar ogen. Ze is zich ervan bewust dat ze heel duizelig is, maar ze kan er niets tegen doen en zakt weg in de vochtige, wervelende duisternis.

'Zonnesteek,' zegt Akona als Rebecca haar ogen weer opendoet. 'Je bent uitgedroogd.'

'Met mij is niets aan de hand.' Rebecca strijkt met haar tong over haar lippen en probeert te gaan staan. Haar benen weigeren dienst. Het is gemakkelijker haar ogen weer dicht te doen. Ze rilt wanneer Akona haar koele handen tegen haar voorhoofd drukt.

'Kom mee naar binnen.' Haar stem klinkt van ver weg. 'Je moet meteen worden behandeld. Wanneer heb je voor het laatst water gedronken?'

'Dat... dat weet ik niet meer.' Als Rebecca overeind wordt geholpen staat ze op haar benen te zwaaien.

Akona houdt haar stevig vast, neemt haar mee de veranda over, maakt de deur open van de kamer waar de bikers luid zingen en roept om stilte. Tot Rebecca's verbazing wordt ze direct gehoorzaamd. Eens een onderwijzeres, altijd een onderwijzeres, denkt ze terwijl ze samen met Akona langzaam naar het eind van een lange gang loopt.

Ze lopen een grote, frisse kamer in. Op een bed ligt een sprei, geborduurd met etnische symbolen zoals die op de kin van Akona. Akona slaat die sprei terug en geeft Rebecca een teken dat ze moet gaan liggen. De lakens voelen koud aan. Ze rilt door het contrast en kreunt tussen droge lippen door. Uit de kussens stijgt de geur van lavendel op. Die geur wordt sterker wanneer Akona terugkomt met een pot crème en die voorzichtig in de huid van Rebecca masseert. Ze bewerkt de schouderbladen en de nek van Rebecca. Haar aanrakingen zijn licht en geruststellend.

'Die crème heb ik zelf gemaakt,' zegt Akona. 'Mijn grootmoeder heeft me het recept gegeven. Het branderige gevoel zal er snel door afnemen. Ik zal wat water voor je halen. Je moet regelmatig drinken om je waterhuishouding weer op peil te brengen.'

Rebecca neemt langzaam slokjes en dwingt zichzelf zich te concentreren. 'Kun jij tegen mijn zussen zeggen waar ik ben? Haar oogleden zakken dicht. 'We gaan morgen de gletsjers verkennen en we moeten vroeg vertrekken.' Weer een vroege start. Hoe vaak zijn die woorden sinds het begin van hun reis al over haar lippen gekomen?

'Morgen moet je uit de buurt van de zon en van het ijs blijven,' zegt Akona.

'We moeten verder reizen. Ik heb al geboekt. Ons reisschema is

heel strak. We kunnen het ons niet veroorloven een dag te verliezen.'
De stem van Rebecca, die door de kussens wordt gedempt, klinkt
besluiteloos. 'We gaan naar de bruiloft van mijn zus.'

'De gletsjers zijn hier al sinds de IJstijd en ze zullen er nog zijn
wanneer jij in staat bent ze te bekijken. Morgen moet je rusten. Je
hebt niet alleen lichamelijk maar ook geestelijk rust nodig. Over-
morgen zul je een ander mens zijn en zal de afstand niet meer zo
lang lijken.'

'Dank je.' Het voelt geweldig aan al haar controle over te dragen
aan een onbekende.

'Is die bruiloft een vreugdevolle gebeurtenis?' vraagt Akona.

Rebecca schudt haar hoofd. 'We hebben Cathy nooit meer gezien
sinds ze meer dan vijftien jaar geleden van huis is weggelopen.'

'Veel mensen van mijn volk worden ook vermist.' Akona zucht en
veegt haar handen af aan een lap van mousseline. 'Dat breekt het
hart van een familie. Maar nu hebben jullie de tijd om vrede met elkaar te sluiten.'

'Vrede?' fluistert Rebecca. 'Dat denk ik niet. Ik begrijp nog altijd
niet waarom ik heb besloten hierheen te gaan.'

'Dat zal je voor het eind van de reis duidelijk worden. Nu laat ik
je alleen om te rusten.'

De ogen van Rebecca gaan dicht. Ze slaapt al wanneer Akona de
kamer uit loopt.

48

Het dagboek van Rebecca – 2002

Lydia Mulvaney is dood. Terminale kanker. Ze was binnen een maand na de diagnose overleden. Ik heb haar bezocht in de hospice. Ze had een bandana met glittertjes om en ze had haar kamer in een atelier veranderd. Haar vrienden waren er – dezelfde levendige groep – maar ze stuurde hen weg toen ik er was. Ze leek echt blij te zijn me te zien.

Ze had een album met oude foto's, allemaal voorzien van datum en namen. We zaten samen boven op de dekens en verloren ons in het verleden. Foto na foto bracht ons in herinnering dat de tijd een steelse dief is. Ik zag Julie in een cape van Superman, Cathy in haar kinderwagen, Kenneth Mulvaney, haar al lang geleden overleden echtgenoot, die basketbal speelde met zijn zoon, Lauren die op school medailles won voor hardlopen en hoogspringen. Gek. Ik was vergeten hoe lenig en sterk zij als ballerina was geweest. Ik vroeg naar Kevin. Hij was op de terugweg naar huis vanuit Australië, waar hij het afgelopen jaar had gewoond na een burn-out in Afrika.

Bij ons afscheid gaf Lydia me een schilderij. Huisjes op een berghelling, met een rots als een wachtpost erboven. Geopende ramen, wijd open-staande deuren, de daken ingestort door het gewicht van regen en wind. Tussen de ruïnes verborgen figuren, maar misschien verbeeld ik me die geesten van moeders die de schaduw nooit uit zijn gekomen alleen.

Hoewel ze stervende was, was zij degene die mij troostte. Toen we afscheid namen zag ik medelijden in haar ogen.

Haar begrafenis werd door heel veel mensen bijgewoond. Ik heb Kevin een hand gegeven. We konden maar een paar woorden met elkaar wisselen. Hij was een heel gevoelige tiener, die altijd probeerde de sluier weg te trekken en antwoorden van de onderwereld te eisen. Ik kan me zijn bleke gezicht en zijn gitzwarte haar herinneren, maar nu is hij een man met warrig blond haar en een open gezichtsuitdrukking. Net als zijn moeder kijkt hij de mensen recht aan, en dat deed hij bij mij ook. Hij zou Cathy nooit hebben verraden. Ik denk dat ik dat altijd heb geweten. Maar wat... is dan de waarheid?

Vanavond belde Jeremy vanuit New York. VisionFirst heeft een verbazingwekkend contract in de wacht gesleept. Ik zei dat de verbinding zo beroerd was dat ik hem niet kon verstaan.

49

Havenswalk

Conor stapt van zijn mountainbike en zet zijn helm af. Na drie uur fietsen is hij zweterig en hij heeft overal jeuk. Hij verlangt naar een bad en een koel drankje. Hij gaat de trap op en loopt langs de slaapkamer van zijn ouders. De deur staat open. Een jurk ligt op de grond, met een gekreukte broek ernaast. Hij schrikt terug voor het beeld dat in zijn gedachten wordt opgeroepen. Zijn moeder met seks combineren is moeilijk. Het is stom om jaloers te zijn. Oedipuscomplex en dergelijke nonsens meer. Hij had Lyle in vertrouwen genomen en die had hem verzekerd dat er geen sprake was van jaloezie – in elk geval niet in die eigenaardige betekenis van dat woord. Conors jaloezie stoelt op het feit dat de man met wie zijn moeder gaat trouwen toegang heeft tot de geschiedenis die hém was onthouden en hem nog steeds onbekend zou zijn wanneer de Coast to Coast Triathlon niet had bestaan.

Sinds zijn zevende jaar zijn hij en zijn moeder altijd met Lyle mee-gegaan naar het startpunt op Kumara Beach. Ze hebben zijn fiets en zijn kajak meegenomen over het eiland, tot de finish op Summer Beach. Het zien van de deelnemers en het gebrul van de toeschouwers hebben Conors vaste voornemen gevoed eraan mee te doen zodra hij daar oud genoeg voor is. Lyle eindigt altijd ergens in het midden, maar Conor wil winnen.

Vorig jaar had zijn moeder het te druk gehad om mee te gaan. Alma had aangeboden te rijden en na afloop van de wedstrijd hadden ze in Christchurch een nachtje doorgebracht bij een vrouw die regelmatig naar Havenswalk kwam om te mediteren en even uit de tredmolen van het leven te stappen. Dat vertelde ze Conor toen ze hen naar een strandfeest bracht. Lyle ging met hen mee. Daartoe had hij op het allerlaatste moment besloten, want eerder had hij gezegd dat hij er te uitgeput voor was. Die beslissing had Conors leven veranderd.

In de loop van de avond ging iedereen dichter bij het vuur van drijfhout zitten. Een vrouw speelde gitaar en Alma begeleidde haar met lepels waarmee ze op haar knieën roffelde, op haar arm en zelfs op Conors hoofd. De aanwezigen lachten en klapten. Een groep Australiërs sloot zich met een harmonica en bongo's bij de muzikanten aan. Mensen begonnen te zingen. Lyle zette zijn bril op en keek over het vuur naar een man die onder een Australische vlag zat. Die tussen twee palen gespannen vlag was in het harde zand gestoken en de man die een gerafeld denim short en een zwart Guinness T-shirt aanhad, bespeelde de bongo's met meer enthousiasme dan talent. Na het zingen grinnikte hij en maakte een buiging voor de enthousiast klappende toehoorders.

'Dowser,' zei Lyle zacht. 'Dowser.' Nu schreeuwde hij de naam over de vlammen heen.

De man hoorde hem. Hij hield op met grinniken en keek verbaasd.

Lyle ging staan en stak zijn armen uit. 'Hier, Dowser.'

'Niet te geloven!' riep de andere man. Hij balde zijn hand tot een vuist en stak die omhoog. 'De heilige man in hoogsteigen persoon!'

Hij leek over de vlammen heen te springen. Hij en Lyle sloegen hun armen om elkaar heen, klopten elkaar op de rug, brulden dat het een groot toeval was. Wat deden ze hier?

Toen de opwinding iets was afgenomen ging Dowser naast hen

zitten. De twee mannen hadden het over Afrika. Ze informeerden naar oude vrienden en elkaars leven sinds ze elkaar voor het laatst hadden gezien. Lyle stelde hem voor en Conor schoof dichter naar de onbekende toe, wiens stem griezelig veel op die van zijn moeder leek. Hij had de hele nacht naar dat accent kunnen luisteren.

Toen men weer ging zingen pakte Dowser zijn bongo's en gaf die aan Conor. 'Wil je het eens proberen?'

'Nee, dank u. Ik zou ze om zeep helpen.'

'Het kan niet erger zijn dan de afstraffing die ik ze al heb gegeven.' Dowser pakte zijn biertje en zei *Slainte mhath.* Van zijn moeder wist Conor dat dat Iers was voor 'Op je gezondheid'.

'Dus jij hebt je in Cairns gevestigd?' vroeg Lyle.

'Voor zover ik me ergens kan vestigen,' zei Dowser.

Lyle knikte, alsof hij die vorm van rusteloosheid begreep.

'Komt u uit Ierland?' vroeg Conor.

'Daar ben ik geboren en getogen.'

'Mijn moeder is Ierse, en Alma is dat ook.'

'Werkelijk? Uit welk graafschap komen ze?'

'Dublin.' Hij keek om zich heen, zoekend naar Alma, maar hij kon haar nergens ontdekken.

'Ik kom ook uit Dublin,' zei Dowser.

'Mist u Ierland?'

'Wat valt er te missen?' Dowser haalde lachend zijn schouders op. 'Tenzij je een Keltische tijger bij zijn staart wilt pakken.'

'Ik ben er nooit geweest. Mijn moeder woonde in Heron Cove.'

'Waar?' Dowser klonk verbaasd.

'Heron Cove. Naast een riviermonding.'

'Die plek ken ik goed. Hoe heet je moeder?'

'Cathy.'

Dowser stootte zijn biertje om. Bier drupte over zijn been het zand in. Hij bleef Conor strak aankijken en zei toen: 'Cathy *Lambert?*'

Conor had haar achternaam niet genoemd.

'Ja. Kent u haar?'

'Mijn god! Cathy! Ja... ja. Ik heb haar vroeger gekend.'

'Ik werk voor Cathy.' Lyle klonk verbaasd. 'Sinds ik het priester-schap heb afgezworen heb ik nog nooit ergens zo lang gewoond als in Havenswalk.'

Dowser leek hem niet te horen. 'Je moeder en ik kennen elkaar al heel lang.' Hij hield Conors hand heel stevig vast. 'Ik heb nooit ge-weten dat ze een zoon had.'

'Kent u mijn vader?' vroeg Conor heel opgewonden. Zijn verleden was nu zo dichtbij dat hij het bijna kon aanraken. Heron Cove was klein, had zijn moeder gezegd. Het had de vorm van een hoefijzer en iedereen kende iedereen. 'Hij heet Kevin Mulvaney.'

Iemand smeet nog meer drijfhout op het vuur. De vlammen sput-terden en schoten omhoog, belichtten flikkerend Dowsers geschok-te gezichtsuitdrukking. Hij liet Conors hand los, boog zijn hoofd en drukte zijn vingers tegen zijn voorhoofd. Het gezicht van Lyle leek bevroren en zijn mond hing open. De stilte die volgde was ondraag-lijk. Conor tikte licht en ritmisch op de bongo's, maar Dowser schrok ervan en keek zijn kant weer op.

'Wat heeft Cathy over je vader gezegd?' Hij sprak zo zacht dat Conor moeite moest doen om hem te verstaan.

'Niet veel. Alleen zijn naam en zo.'

'En zo?'

'Dat hij en zij te jong waren om al een baby te krijgen.'

Lyle oefende druk uit op de hand van Conor, om hem te laten op-houden met tikken. 'Conor...'

'Het is oké, Lyle,' zei Dowser, hem onderbrekend. Hij keek weer naar Conor. 'Dowser is maar een bijnaam.'

Wichelroedeloper, dacht Conor. 'Bent u iemand die waterbron-nen vindt?' Hij probeerde te slikken, maar zijn keel deed zeer. Hij had over wichelroedelopers gelezen: mensen met een gave, die met twijgjes in hun hand rondliepen. Hij haalde een keer diep adem, maar hij kon nog steeds geen woord over zijn lippen krijgen. Scènes als deze speelden zich af in boeken en films. Of in zijn dromen. Hij wilde in zichzelf knijpen om te bepalen of hij nog wakker was, maar hij was bang zich te bewegen, een gebaar te maken dat de realiteit van dit ongelooflijke toeval zou verstoren.

'U bent mijn vader. Dat bent u toch?' Zijn stem was de laatste tijd soms omhoog en soms omlaag gegaan, maar hij wist dat die nu definitief was gebroken.

De blik in zijn ogen werd angstig. Waarom had hij dat eruit geflapt? Hij had moeten wachten, het aan zijn moeder moeten overlaten het hem te vertellen, zijn vader de tijd moeten geven aan het idee te wennen. Nu had hij – te oordelen naar de verdoofde gezichtsuitdrukking van Kevin Mulvaney – alles verpest.

Even zei zijn vader niets. Toen knikte hij, één keer – een beweging die Conor zich in de door de vlammen veroorzaakte schaduwen ook kon verbeelden. Daarna zuchtte hij diep en trillend, stak zijn hand uit en zei: 'Ik ben heel blij kennis met je te kunnen maken, Conor.'

Hij ging staan en hij bleek kleiner te zijn dan Conor had verwacht. Niet dat Kevin Mulvaney klein was. Hij was zo rond de een meter tachtig, raadde Conor, maar in zijn verbeelding was zijn vader altijd heel lang geweest.

Toen hij de volgende morgen terug was in Havenswalk, was zijn moeder aan het werk in haar kantoor.

'Welkom thuis.' Bij haar computer draaide ze zich om en stak haar armen naar hem uit. 'Hoe is het gegaan? Ik neem aan dat Lyle zoals gewoonlijk ergens in het midden is geëindigd?'

'Ik heb iemand meegenomen die jou wil zien.' De druk op Conors borstkas was pijnlijk. 'Hij wacht bij de receptie.'

'Wie is het?'

'Je zult hem herkennen als je hem ziet.'

Het raam van haar kantoor bood uitzicht op de receptie. 'O, mijn god.' Ze drukte haar handen tegen haar borst en zuchtte: een piepend geluid waarvan Conor schrok tot ze hoestte en haar keel schraapte.

'Hij is naar jou op zoek en ik heb hem verteld dat je hier was,' zei Conor.

'Wat heb je hem nog meer verteld?'

Even dacht hij dat ze zou flauwvallen. Zelfs haar lippen waren wit.

'De waarheid. Hij weet wie ik ben.'

'O, Conor...' Ze legde haar armen op haar bureau en liet daar haar hoofd op rusten. 'Het spijt me zo... Het spijt me zo.' Haar stem klonk gedempt, maar hij kon in elk woord angst horen.

'Waarom? Ik dacht dat je blij zou zijn dat hij hier was.' Hij wilde dat ze naar hem keek, hem verzekerde dat hij juist had gehandeld in plaats van te klinken alsof hij haar hart had doorboord.

Ze rechtte haar rug en ging staan. 'Wacht hier en blijf ook hier tot ik je roep.'

'Maar...'

'Doe wat ik zeg.'

Door het raam van het kantoor zag hij zijn ouders elkaar begroeten. Ze gaven elkaar een hand en staarden elkaar toen aan. Zijn moeder moest huilen, want zijn vader pakte een zakdoek en gaf die aan haar. Ze schudde haar hoofd, duwde de zakdoek weg en zei iets waardoor zijn vader zich omdraaide om weg te gaan. Conor vocht tegen de sterke aandrang het kantoor uit te rennen en hen tegen elkaar aan te duwen. Zijn vader bleef bij de deur staan, alsof hij de onvrijwillige kreet van Conor had gehoord. Hij draaide zich om en hij leek Conor recht aan te kijken. Natuurlijk kon dat niet vanwege de muur tussen hen in, maar op dat moment wist Conor dat alles in orde zou komen. Zijn vader liep terug naar zijn moeder en nam haar in zijn armen. Zo bleven ze staan. Twee stukjes van een legpuzzel die zo perfect in elkaar pasten dat de randen niet meer te zien waren.

Zes maanden na de hereniging van zijn ouders verhuisde zijn vader naar Nieuw-Zeeland. Hij werkte nu bij een bouwbedrijf in Nelson. Zijn komst leek een raam in het hoofd van zijn moeder te hebben geopend om er frisse lucht doorheen te blazen. Ze vertelde Conor over Heron Cove en de Broadmeadow Estuary, waar ze met Kevin krabben ging zoeken. Ze speelden in de moerassen, fietsten er rond. Kevin had foto's van het dorp Malahide, met de hoge, spitse kerktoren en treinen die over het viaduct reden, met de rivier die tussen de bogen door kolkte voordat hij verder richting zee ging. Er waren ook andere foto's. Van goths. Zijn moeder was onherkenbaar met haar maskerachtig witte gezicht, zwarte haar, metalen oorknoppen en lange zwarte kleren die haar er deden uitzien als de bruid van Dracula: sexy en stoer. Zijn vader keek met een frons naar de camera, alsof die zijn vijand was. Zijn haar was donker en steil als dat van Dracula en hij hield zijn armen over elkaar geslagen, behalve wanneer hij Conors moeder een knuffel gaf.

Conor loopt zijn slaapkamer in en zet het raam open. Zijn moeder staat bij het meer naar het water te kijken. Ze is te ver weg om haar gezicht te kunnen zien, maar hij weet dat ze naar iets in de verte staart, zo diep in zichzelf verzonken dat er niets anders bestaat dan de plaats die ze in haar gedachten bezoekt. Kevin is de enige die door haar spanning heen kan breken en haar kan laten glimlachen. 's Avonds hoort Conor hen lachen. Dat geluid komt door de muur heen... net als dat andere geluid. Gedempt gekreun houdt opeens op, alsof er een hand op lippen is gedrukt om iets intiems te smoren. Conor is een buitenstaander die naar een liefdesaffaire kijkt die alleen van Kevin en zijn moeder is.

Zijn vader blijft proberen de verloren jaren goed te maken. Ze gaan samen naar rugbywedstrijden, of ze gaan kajakken op Nelson

Swamp. Maar hoe hard Conor ook zijn best doet, hij vindt het moeilijk Kevin 'vader' of 'pap' te noemen. Die worden klinken vals. Hij vindt Kevin heel erg aardig, maar wat hij voor hem voelt lijkt veel op wat hij voor Lyle en Alma voelt.

Zijn vriend Oliver haat zijn vader. In elk geval zegt hij dat. Ze maken aldoor ruzie en zijn vader geeft hem vaak een aframmeling met zijn broekriem. Conor heeft de blauwe plekken gezien. Maar toen een andere leerling Olivers vader een keer een 'dronken hori' noemde – een belediging die geen enkele zichzelf respecterende Maori over zijn kant kan laten gaan – ging Oliver zo woest in de aanval dat er drie docenten nodig waren om hem weg te trekken. Conor zou boos zijn wanneer iemand Kevin beledigde, maar hij kan zich niet voorstellen dat hij met tranen in zijn ogen zo woest zou vechten. Misschien ontstaat die vorm van liefde bij je geboorte en kan die nooit ongedaan worden gemaakt door wat er daarna gebeurt. Hoe beroerd dat ook kan zijn.

50

Het huis van Akona

Stoom komt uit de van aardewerk gemaakte oven vol hete stenen. Julie zit naast Akona op haar hurken, gefascineerd door de voorbereidingen voor een traditionele *hangi*. Ze zullen op de veranda eten. De tafel is gedekt met een witlinnen tafellaken en kristal. Lauren herkent het patroon. Olive Moran verzamelde enthousiast Galwaykristal. Toen haar huwelijk op de klippen was gelopen had ze elk stuk tegen de muur van haar zitkamer kapot gesmeten en was toen vertrokken, het aan Steve overlatend de scherven op te ruimen. Een symbolisch gebaar waar je respect voor kon hebben.

Akona maakt een jambalaya klaar met rijst, aardappeltjes en vis. De geur maakt hen hongerig terwijl ze een aperitiefje drinken. In de camper heerst weer vrede. De aanwezigheid van Akona oefent een gunstige invloed op hen uit en ze hebben de dag ontspannen doorgebracht bij het meer.

Akona zet een cd van Clannad op. De obsederende stem van Marie Brennan die 'Trail of Tears' zingt, overspoelt hen. De Ieren en de Maori zijn door huwelijken vaak nauw met elkaar verbonden ge raakt, vertelt ze. Haar eigen stamboom vermeldt een vorouder uit de Stad der Stammen. Sean Mooney was een geïmmigreerde goudzoeker die was getrouwd met haar betovergrootmoeder. Akona houdt via de e-mail regelmatig contact met zijn afstammelingen in Galway. Vandaar de glazen en haar verzameling Ierse muziek.

Als de hangi is afgelopen gaan ze naar binnen. Akona zet een cd met Maori-muziek op: een harmonieuze mengeling van vrouwenstemmen en oorlogszuchtig krijsende mannen, die er opwinding aan toevoegen. Akona lijkt een heel geïsoleerd leven te leiden – geen andere huizen in de buurt, alleen een roestende pick-up waardoor ze het contact met de beschaafde wereld kan behouden. Ze vist, is bezig in haar groentetuin, houdt een paar schapen. Ze schrijft ook gedichten: de ultieme hippiedroom.

'Lauren schreef vroeger gedichten,' zegt Julie.

'Dat heeft nooit veel voorgesteld.' Lauren geneert zich voor het enthousiasme in de stem van Julie. 'Te genotzuchtig, kreeg ik te horen.'

'Van wie kreeg je dat te horen?'

'Van haar echtgenoot,' zegt Rebecca.

'Het was niet alleen... Steve had gelijk. Ik moest doorgaan. Hij heeft de eerste dichtbundel uitgegeven. Denk je nou echt dat iemand anders daartoe bereid zou zijn geweest?'

'Je hebt de gemakkelijkste weg gekozen en nooit geprobeerd daar zelf achter te komen,' zegt Rebecca. 'Je hebt goede recensies gekregen. Die heb ik nog steeds bewaard.'

'Echt waar?'

Haar verbazing moet duidelijk zijn geweest, want Rebecca zegt: 'Natuurlijk. Ik was heel trots op je.'

Een van de recensenten had haar werk beschreven als een aarzelend opkomende stem. Dat leek ontoereikend om de strijd te beschrijven tussen destructie en creativiteit, die zich in de stilte van haar eigen kamer afspeelde. Rebecca herinnert zich enkele woorden... In de uren zonder maanlicht... iets over zilvervissen... buitelende zilvervissen... Ze probeert zich volledige regels te herinneren, maar die is ze al lang geleden vergeten.

'Ik zal nog eens muziek opzetten.' Akona haalt een cd uit het rek. 'Dit is van een van onze componisten. Nee, geen Maori,' zegt ze in antwoord op een vraag van Rebecca. 'Een *pakeha*. Zo noemen wij Maori buitenlanders: degenen die niet tot onze stammen behoren. Hij brengt hier zijn zomers door en als hij aan het componeren is leidt hij een soort kluizenaarsbestaan.'

'Niran Gordon.' Julie pakt het doosje van Akona over en spreekt zijn naam zachtjes uit voordat ze het aan Lauren geeft. 'We hebben van hem gehoord.'

'Dit muziekstuk herdenkt de slachtoffers van die afschuwelijke tsunami.' Akona doet de cd in de cd-speler.

Voordat de muziek begint gaat Lauren staan. Geen van haar zussen kijkt haar kant op. Ze mompelt een verontschuldiging naar Akona. Ze verwacht een telefoontje van haar echtgenoot. Buiten, in het donker, volgt ze het zachte geklots van het meer. Het eiland heeft veel meren en rivieren, en ze heeft geen idee hoe dit meer heet.

Uit het huis hoort ze zijn muziek komen. Ze luistert naar de fluitspelers wier weelderige muziek in een soort vogelgezang verandert dat enthousiast het begin van een nieuwe dag aankondigt. Elke noot speelt als kwik over haar huid tot ze zichzelf in de medley van geluiden verliest, met op de achtergrond de regelmatige beat van een kleine trom. Een vloedgolf stroomt op het zand en de sensatie is zo intens dat Lauren de gouden stranden kan zien, de zeevogels die door het opspattende water schieten, kinderen die in het ondiepe water spelen. Het tromgeroffel houdt aan maar is nu anders, sterker en tegelijkertijd zachter, bijna hypnotisch, tot er een tuba bij komt. Langzaam, onvermijdelijk, wordt de muziek luider. Opeens krijst een viool een waarschuwing die niemand, geen van die vrolijke stemmen op de kust, kan horen.

Als Lauren beelden van de tsunami op de televisie zag, had ze altijd een steriele versie van de onuitsprekelijke ellende voorgeschoteld gekregen. Nu luistert ze naar de viool die een zo hoge toon produceert dat glas erdoor zal breken, net als hout, strandparasols, solide veranda's waarop mensen zitten te ontbijten zonder zich ervan bewust te zijn dat ze de zon nooit meer op hun gezicht zullen voelen. Duizenden verhalen die eindigen en duizenden die beginnen zodra de golf opdoemt en het gekrijs hoorbaar wordt. Ze wacht op de trillingen die zullen volgen wanneer de golf het land op dendert en hoort die in een requiem van snaarinstrumenten, gongen, cimbalen. Toon na toon oprukkend en zich weer terugtrekkend, elektronische geluiden die ze niet kan ontcijferen, het donderende geraas van een orgel en woest tromgeroffel tot de muziek langzaam verstomt.

Wanneer Steve belt, schrikt ze zo erg dat ze haar mobieltje bijna laat vallen. Dof luistert ze terwijl hij het weer in Dublin beschrijft: regenachtig en bewolkt, met de belofte van zon in de middag. Ze vertelt hem over de barbecue: een geestige ingekorte versie waarvan hij naar haar idee zal genieten. De toon van zijn stem waarschuwt haar dat ze zijn stemming verkeerd heeft ingeschat.

'Waar ben je nu?' vraagt hij.

'Ergens bij de rand van de wereld.'

'In de rimboe?'

'Steve, met mij gaat het prima. Ik heb net meegedaan aan een hangi.'

'Wat is dat verdomme nou weer?'

'Een Maori-feestmaal.'

'Je bent bij Maori?'

'Bij één Maori. Akona. Ze is heel gastvrij voor ons.'

'Straks ga je verdomme je gezicht nog laten tatoeëren. Die vakantie wordt niet alleen een farce, maar ook nog eens gevaarlijk.'

'Steve, zo breekbaar ben ik niet.'

'Dresdens porselein breekt nu eenmaal, prinses. Jij bent niet geboren om zo te leven.'

Wanneer is Dresden een eufemisme geworden voor onvoorspel-

baar, irrationeel gedrag en op de een of andere manier zijn woorden-
schat ingeslopen?

'Ik bivakkeer in een behoorlijk comfortabele camper.'

'Ik wil nu meteen met Rebecca spreken.'

'Zij heeft het druk.'

'Nú.'

'Ik heb al gezegd dat zij het druk heeft. Ik ben niet van plan haar
te storen.'

'Je klinkt zelfs anders. Ik had het je nooit mogen toestaan in je
eentje te vertrekken.'

'Toestaan?'

'Jij weet net zo goed als ik hoe labiel je gedrag kan zijn als je niet
voor jezelf kunt zorgen. Zijn die bikers nog bij jullie?'

'Nee. Die zijn vanmorgen vertrokken naar de gletsjers. We zijn
hier bij Akona. Zij is deels Iers.'

'Dat zal wel,' reageert hij vol ongeloof. 'Straks ga je haar nog in
céilí – haar thuisland – uitnodigen.'

Lauren leunt achterover en gooit haar mobieltje in het meer. Ze
drapeert haar pashmina wat steviger om haar schouders, trekt haar
knieën op naar haar kin en neuriet zachtjes tussen haar tanden door.

Ze ziet iemand onder de buitenlamp staan. Rebecca, vermoedt ze,
klaar om op onderzoek uit te gaan. Ze zegt niets en na een korte
aarzeling loopt haar zus naar de camper. Lauren draait ruwe gras-
sprietjes om haar vingers. Er verschijnt een lijn bloeddruppeltjes op
haar wijsvinger. Ze trekt harder voordat ze de sprietjes weer loslaat
en kijkt aandachtig naar haar handen.

Lauren wordt wakker met een energie die aan opgetogenheid grenst.
Ze voelt zich niet langer gevangen in de camper en ze is niet meer
bang voor de lange ritten van de ene plaats naar de volgende.

'Je mobieltje geeft geen geluid,' zegt Julie. 'Kan Steve zijn vingers
niet meer gebruiken?'

'Ik heb dat ding gisteravond kennelijk op een verkeerde plek opgeborgen.'

'Zal ik het voor je bellen?'

'Dat kun je proberen, maar ik denk niet dat je iets zult horen.'

Julie probeert het en schudt haar hoofd. 'Geen signaal. Niets.'

'Dan zal ik het zonder dat ding moeten stellen. Jij zou hetzelfde moeten doen, Julie. Het werkt bevrijdend.'

'Misschien ooit... wanneer ik in mijn kist lig.' Julie lacht en doet de ontbijtspullen in een teiltje. 'Moeten we een zoekactie organiseren voor jouw mobieltje?'

'Nee, dank je. Sommige dingen verdienen het zoek te blijven.'

Akona klopt op de deur van de camper. '*Ka kite ano*... tot ik je weer zie.' Ze buigt zich naar voren, raakt Laurens neus in een *hongi* aan en geeft haar dan een gesigneerd exemplaar van haar dichtbundel.

'Van de ene dichteres voor de andere. Als jouw volgende bundel wordt gepubliceerd, stuur je mij die toch wel toe?'

'Wacht daar maar niet op,' wil Lauren zeggen. Maar ze glimlacht, bedankt Akona en drukt het boek tegen haar borst.

In anoraks en trainingsbroeken stappen ze de helikopter uit en lopen knisperend over de bevroren sneeuw. Ze hakken ijssplinters los met hun heftangen en hun adem zorgt voor wolkjes die salueren naar de zon. Gesculptuurd ijs rust als een slapend pad van lava tussen de wenkbrauwen van Fox Glacier. Lauren laat haar zussen voorgaan. Ze blijft staan om een schitterende koepelvormige ijsgrot te fotograferen. De beitel van de natuur is overal zichtbaar, maar ondanks al zijn grandeur smelt Fox Glacier langzaam.

De glinsterende sculpturen doen haar denken aan een zakenlunch die ze kort voordat ze naar Nieuw-Zeeland vertrok met Steve heeft bijgewoond. Het lopend buffet was grandioos en een uit ijs gehakte zwaan vormde het pièce de résistance op de tafel. Lauren had de ijsblauwe glans bewonderd, de uiterst gedetailleerde en schitterende veren, de breekbare elegante hals. Toen de gasten vertrokken was de zwaan al gaan smelten. Toen dat glanzende, doorschijnende dier weer in water veranderde had Lauren zich ook gewichtloos gevoeld, had ze ook het idee gehad dat ze snel zou eroderen, verdwijnen... net als de gletsjer waar ze nu op staat en die de leisteengrijze rivier aan de voet ervan geleidelijk doet zwellen.

Omdat ze is afgeleid door haar gedachten glijdt ze uit en valt ze. Er breekt nog een nagel af. Ze schaamt zich voor haar eigen nagels, omdat ze na het ongeluk was gaan nagelbijten. Rebecca had haar vingers in citroensap gedoopt om die gewoonte af te leren, maar ze had zich nooit tegen die compulsieve drang kunnen verzetten. Tegenwoordig worden ze toegedekt door regelmatige bezoeken aan manicures en door kunstnagels, maar toch blijven ze tijdens deze vermoeiende reis afbreken.

Ze bijt in het acryl en spuugt het uit. Bloedrode schilfers zorgen voor littekens op het ijs. Ze bijt harder. Zweetdruppels verschijnen op haar voorhoofd en in haar nek. Ze vecht tegen een golf van misselijkheid, herinnert zich verhalen over dieren in een val die een poot afknauwden om vrij te komen. Opeens is al haar energie weer verdwenen, maar haar eigen nagels zijn er weer, zacht, bleek, onbetekenend en kort.

51

Kaikoura

Lethargie daalt op de camper neer wanneer ze de westkust verlaten en door Arthur's Pass rijden. Ze willen niet in de bergpassen blijven hangen en rijden sneller, zich ervan bewust dat hun reis zijn eindpunt nadert. Het enthousiasme van Julie om onder zeer moeilijke omstandigheden te koken neemt af. Net als de neiging de camper netjes te houden. Pauls laatste telefoontje had een harde waarheid duidelijk gemaakt.

'Je bent onmisbaar. We kunnen niet zonder je,' had hij gezegd.

Die openbaring ergert haar. Hun reis zal nu snel ten einde zijn. Cathy zal trouwen en hopelijk zullen oude wonden genezen. Julie, Mamma Mia, zal teruggaan naar huis om daar weg te kwijnen, hoe onmisbaar ze ook is. Vrijheid. Zo'n kleine wens. De macht ervan ervaart ze als verleidelijk.

Gele rotsen steken als schitterende orgelpijpen de lucht in wanneer ze Arthur's Pass door zijn en naar Kaikoura rijden, waar ze een oceaan gaan verkennen. Morgen zullen ze tussen dolfijnen zwemmen.

Sebs huis biedt uitzicht op de Grote Oceaan. Een hoge houten trap leidt naar de voordeur. Te zien aan de klaptafel, de canvas stoelen, de eenvoudige trappen en de dito keuken is zijn huis ontworpen om zo weinig mogelijk binnenshuis te zijn. Aan een muur hangen vier gitaren. De andere muur wordt in zijn geheel in beslag genomen door planken met cd's, cassettes en grammofoonplaten. Julie kan zich nog herinneren wanneer hij die grammofoonplaten ging verzamelen. De uren die ze samen in tweedehandswinkels doorbrachten om dozen vol stoffige platen te bekijken. Als hij platen verzamelde had hij de tijd niet om te spelen en was hij altijd rusteloos. Zijn voeten brachten hem dansend over de volgende groene heuvel.

Ze zit op een hoge kruk en kijkt toe terwijl hij eten klaarmaakt: pasta en garnalen met een citroensaus. Zijn slaapkamer wordt van het woongedeelte gescheiden door een aquarium met tropische vissen. Zijn grote, op solide houten poten staande bed ziet eruit als het enige stevige meubelstuk. Ze bewondert de vissen, het krachtige bewegen van de vinnen en de staart die een grens belichamen tussen gezond verstand en zonde. Wat is zijn bedoeling? Haar demonen beginnen te zingen. Wat is de jouwe? Doet hij aan safe sex? Heeft hij een voorraad goede condooms? Stel dat hij je naakt ziet en je striae het hem voor het eerst van zijn levensdagen onmogelijk maken een erectie te krijgen? Stel dat Paul belt als je net een orgasme krijgt?

Terwijl haar gedachten hysterisch van de ene crisis naar de volgende dwalen zet ze haar mobieltje discreet uit. Misschien heeft Lauren wel gelijk en werkt zoiets bevrijdend.

'Je lijkt zenuwachtig.' Seb schenkt nog een glas wijn voor haar in.

'Helemaal niet.' Ze dwingt zichzelf een kleine in plaats van een grote slok te nemen. 'Het is goed elkaar weer te zien en over vroeger te praten.'

'Je hebt je mandoline niet meegenomen.'

'Die moet worden gestemd.'

'Dat is van essentieel belang.' Hij pakt haar hand en strijkt met een vinger over haar trouwring. 'Ben je gelukkig?'

'Soms wel, soms niet.'

'Je hebt me nog maar heel weinig over je leven verteld.'

Wat kan ze hem vertellen? Hij zou gaan geeuwen als ze hem vertelde over schoolwedstrijden, bedrijfsboekhouding, winkelen, gezinsvakanties. Paul is een goede man, wil ze zeggen. Betrouwbaar en hard werkend. Maar hoe saai zal dat klinken? Ze hoeft alleen maar naar de ingelijste posters aan de muur te kijken om te beseffen dat hun levens een totaal andere kant op zijn gegaan. Posters van rondreizende troubadours, bebaarde, serieus kijkende muzikanten, poserend tegen diverse achtergronden in diverse landen. Er zijn ook vrouwen, sexy zangeressen, gitaristen en drummers, rauwe taal uitslaand, stevig drinkend, niet bang om de extremen te ervaren die het leven te bieden heeft. Julie had op die posters kunnen staan, chic, ogend als een zwerver, zelfs biseksueel, en geen onbekende op het gebied van afkicken. Ze had de droom van iedere roddeljournalist kunnen zijn, de fantasie van iedere tienerjongen. Als ze de moed had gehad met hem mee te gaan.

Seb heeft het over zijn ex-vrouwen – twee huwelijken – maar Julie kan nergens trouwfoto's ontdekken. Hij loopt naar de andere kant van het aquarium, zijn slaapkamer door, en opent louvredeuren naar het balkon. Door de vibraties schieten de vissen heen en weer en duiken hun koraalgrotten in. Hij neemt het eten en een fles wijn mee, zet alles op een ronde tafel, trekt stoelen naar achteren en steekt kaarsen aan. De vlammen bewegen zich nauwelijks in het briesje. Als ze klaar zijn met eten zet hij zijn stereo aan en laat een cd met liedjes van hem horen. Die heeft hij naar radiostations gestuurd. Met een beetje geluk moet iemand hem willen draaien. Julie hoort de twijfel in zijn stem. Wanneer komt de werkelijkheid om de hoek kijken, vraagt ze zich af. Wanneer is het niet langer aan te raden te dromen?

'We hadden het in Australië kunnen maken.' Met zijn zingende stem op de achtergrond kijkt hij haar over de tafel strak aan. 'Jouw stem, mijn liedjes. Ik heb vaak aan je gedacht.'

'Ik heb ook aan jou gedacht, Seb. Ik heb je beroerd behandeld.'

'We waren jong en dan mag dat.'

'Het lot was tegen ons. Toen het eropaan kwam, kon ik hen niet verlaten.'

'Hen?'

'Mijn zussen.'

'En Paul?'

'Nadat jij was vertrokken ben ik naar hem teruggegaan, maar wij zouden na verloop van tijd waarschijnlijk uit elkaar zijn gegroeid. Zoals jij zei is het moeilijk je jonge jaren door te komen zonder anderen te kwetsen. Toen raakte ik zwanger.' Ze haalt haar schouders op. 'Hij was er, en hij was vast van plan het juiste te doen. Wat is het juiste, en wie heeft daar baat bij? Becks zag het als een persoonlijk verraad. Paul zag het als een verantwoordelijkheid. Ik beschouwde het als een verdomd ongelooflijke en afschuwelijke vergissing.'

Zand glinstert op zijn spijkerbroek. Eerder hadden ze over het strand gelopen en daar hun voetafdrukken achtergelaten. Ze trekt haar hand los en veegt over haar knieën, ziet hoe de zandkorreltjes zich verspreiden en verdwijnen. 'Niemand had me er ooit voor gewaarschuwd dat een condoom kon knappen.'

'Aha... Dat vroeg ik me al af.' Hij loopt het balkon af, komt even later terug met een ingelijste poster en geeft die aan haar. 'Mijn favoriet,' zegt hij.

Julie kijkt naar Maximum Volume. De foto is genomen op het dak van de tuinschuur in Heron Cove. Hij mist het gladde zelfvertrouwen van de andere posters, maar ze wordt geraakt door hun jeugd en hun uitstraling. Haar zoons leggen dezelfde hanige zelfverzekerdheid aan de dag – vooral Aidan – en als ze hen aanmoedigt met iets waarmee ze bezig zijn, vraagt ze zich soms af of ze door hún dromen eigen wensen in vervulling wil zien gaan.

Seb kijkt van opzij naar haar, bestudeert haar gezichtsuitdrukking voordat hij de vraag stelt waaraan ze allebei denken: 'Is het lot nog steeds zo sterk tegen ons gekeerd?'

Hij biedt haar een zorgeloze hartstocht aan en nu ze aan de andere kant van de wereld is, zonder de bekende beperkingen, wordt ze erg opgewonden. Ze kan hem recht aankijken en zijn blik iets langer vasthouden dan nodig is. Daarna zal alles anders zijn. Dan zal ze een geheim met zich meedragen. Een herinnering die zij heeft gerealiseerd door aan niets anders te denken dan haar eigen verlangen.

'Seb, op dit moment balanceert het lot op een speldenknop.' Ze gaat staan en loopt naar de reling van de veranda. Karmozijnrode wolken zweven boven het schiereiland in de verte. Eerder hadden ze een walvis uit het water omhoog zien komen, als een kaal eiland, tot zijn staart door het water kliefde en hij weer in de diepte verdween.

Seb komt naast haar staan en neemt haar in zijn armen. Alles aan hem is onbekend: de druk van zijn lippen, het strelen van haar onderrug, zijn gefluisterde lieve woordjes. De poster ligt verlaten op de tafel, naast de restanten van hun maaltijd en hun lege wijnglazen. Ze ziet Paul achter zijn drums zitten, met een aanstekelijke grijns. Een week nadat die foto was genomen, waren haar ouders dood. Tijdens hun begrafenis had hij haar grimmig vastgehouden. Ze had hem voelen trillen en ze had haar gezicht nog steviger tegen zijn denim jasje gedrukt. Hij was toen haar rots in de branding geweest. Door de tragedie waren ze opeens allebei volwassen geworden.

Ze denkt aan de ruzie die ze hebben gehad na haar beslissing hierheen te gaan. Aan de avond toen hij vroeg van zijn werk naar huis was gekomen, met bloemen. De hartstocht en de tederheid daarna. Hoe hij haar in het bekende kuiltje van hun bed *Traversing New Zealand* had gegeven: het exemplaar met ezelsoren dat ze de hele reis lang dicht bij zich heeft gehouden.

Ze maakt zich iets los van Seb, wetend dat dezelfde moed die haar deed blijven toen hij vertrok haar over dit moment heen zal helpen.

'Het zal niet gebeuren, hè?' Hij leunt tegen de reling van de veranda.

Ze schudt haar hoofd en ademt de zilte lucht diep in.

'Paul Chambers is een verdomde geluksvogel.' Hij grinnikt spijtig. 'Hij heeft een keer tegen me gezegd dat hij de snaren van zijn gitaar om mijn nek zou draaien als ik jou niet met rust liet. Maar hij had zich geen zorgen hoeven te maken. Jij hebt altijd zélf beslissingen kunnen nemen.'

Hij neemt haar door zijn slaapkamer mee naar het woongedeelte met zijn gitaren en zijn posters aan de muur. Eerder had ze naar de andere bands gekeken en was het haar niet opgevallen dat Maximum Volume in het midden hing. Hij hangt de poster weer op.

'Wil je de gitaren proberen?' vraagt hij.

'Graag.'

Julie speelt tot haar vingers er zeer van doen. Het licht in de oceaan begint te verdwijnen. Alleen de koppen van de golven zijn nog te zien terwijl het vloed wordt, het water hun voetstappen meeneemt en hun aanwezigheid ongedaan maakt.

Ze neemt een taxi terug naar het vakantiepark waar haar zussen, wakker en klaar om in de aanval te gaan, willen weten waar ze tot twee uur in de ochtend is geweest. Zelfs Lauren heeft het lef haar beschuldigend aan te kijken. Waarom is haar huwelijk voor iedereen zo belangrijk? Zien ze dat als een rots in de branding in de chaos van hun eigen leven?

Julie laat zich op de dichtstbijzijnde stoel ploffen en trapt haar sandalen uit. 'Ik heb muziek gemaakt met Seb Morris.'

'Wat voor muziek?' vraagt Rebecca op hoge toon.

'De beste. Laat me nu met rust. Ik wil slapen. Ik ben uitgeput door mijn muzikale activiteiten.'

'Bel eerst je echtgenoot maar,' zegt Lauren. 'Sinds middernacht heeft hij Rebecca regelmatig gebeld. Je had op zijn minst je mobieltje kunnen laten aanstaan. Dan hadden wij kunnen slapen.'

'Wat heb je tegen hem gezegd?' Julie gaat kaarsrecht zitten en grijpt naar haar haar.

'Wat hadden we tegen hem moeten zeggen? Je had ons niet mee-gedeeld hoe we overtuigend moesten liegen,' zegt Lauren op hoge toon.

'Maar we hebben ons best gedaan.' Rebecca gaat weer op haar bed liggen en geeuwt. 'We hebben gezegd dat je weer te kampen had met een alcoholvergiftiging en was overgebracht naar een plaatselijke ontwenningsklininiek.'

'Kreng! Dat heb je toch zeker niet echt gedaan?' Julie pakt een kussen en mept daarmee op het hoofd van Rebecca.

'Het is een beter excuus dan meedelen dat je met Seb Morris mu-ziek maakte.' Rebecca zwaait haar benen buiten boord, pakt haar eigen kussen en zet een tegenaanval in. Het schrille geluid van het mobieltje van Rebecca is door het gegil bijna onhoorbaar terwijl ze in de camper achter elkaar aan zitten.

'O, mijn hemel. Wat moet ik tegen hem zeggen?' Julie grist het ding uit de hand van Rebecca en stapt de camper uit.

'Julie, ik probeer je al uren te bereiken.' Pauls woede maakt haar ook boos.

'Dat heb ik gehoord.' Ze loopt snel naar een verlaten zonneterras en gaat zitten. 'Is alles thuis oké?'

'Ja. Waar was je?'

'Bij Seb Morris.'

'Seb Morris is in Australië.'

'Nu niet. Hij heeft me verteld dat jij een keer hebt gedreigd hem met een snaar te wurgen.'

'Dat klopt. Wat deed je bij hem?'

'Over vroeger praten.'

'Over vroeger?'

'Ja. Over dromen en hoe die door de werkelijkheid in een val belanden.'

'Beschouw je ons huwelijk als een val?'

Ze heeft hem gekwetst. Dat kan ze altijd horen aan de manier waarop zijn stem lager wordt. Haar woede ebt weg. Ze houdt het mobieltje steviger vast, alsof de afstand tussen hen daardoor kleiner kan worden.

'Het wás een val, Paul. Dat kon ook niet anders. Ik was nog niet toe aan een kind, en jij ook niet. Maar tot vanavond had ik nooit beseft dat de deur altijd openstond. Een huwelijk kent geen sloten of muren die het in stand kunnen houden als iemand wil ontsnappen. Ik had vanavond kunnen ontsnappen, al was het maar voor eventjes. Maar ik heb ervoor gekozen dat niet te doen.'

Aan de andere kant van de lijn zwijgt hij.

'Je mag zelf bepalen of je me wilt geloven of niet.'

'Julie, kom snel naar me terug.' Hij schraapt zijn keel, maar hij is niet in staat zijn stem vast te laten klinken. 'Sinds jij bent weggegaan heeft ons huis geen hart meer.'

52

Boven de oceaan hangt een grijze lucht. Aan boord van de boot trekken zwemmers onhandig hun flippers aan en houden hun snorkels paraat. Tijdens het praatje vooraf is meegedeeld dat niemand kon garanderen dat de dolfijnen zich zouden laten zien. Ze zijn wild en onafhankelijk. Door hoepels springen is beneden hun waardigheid. Als de dolfijnen komen, moet iedere zwemmer het maximale uit die unieke ontmoeting halen en zo geruisloos mogelijk het water in gaan.

Even lijkt het alsof de bewolking het enthousiasme van de dolfijnen heeft getemperd. Dan roept een vrouw triomfantelijk iets en lopen alle passagiers naar één kant van de boot. Julie richt haar camera wanneer de dolfijn de lucht in springt en een radslag maakt. Andere dolfijnen willen ook aandacht krijgen en komen het water uit. Hun gesynchroniseerde bewegingen ontlokken de toeschouwers ademloze bewondering.

Lauren loopt dichter naar Rebecca toe, zenuwachtig nu het moment daar is. Gillian, de jonge vrouw die de leiding heeft, neemt hen mee naar de achtersteven. Ze is een leuk, gebruind meisje met zandkleurig haar en ze voelt zich op de oceaan duidelijk volkomen op haar gemak.

Lauren snakt naar adem terwijl haar lichaam aan het koude water went, maar die kou is snel vergeten wanneer ze door de dolfijnen wordt omgeven. Ze draaien rondjes en ze stoeien, tot ze – alsof ze op een onhoorbaar commando reageren – onder de golven duiken en even snel verdwijnen als ze zijn gekomen. Lauren hoort de fluit van de boot en wil achter de andere zwemmers aan weer aan boord gaan. Terwijl ze zich omdraait, beseft ze dat een dolfijn is achtergebleven en in steeds kleinere kringen om haar heen zwemt. Ze heeft te horen gekregen dat ze de dolfijnen niet moet aanraken, maar de neiging haar hand uit te steken en de gladde huid te voelen overweldigt haar bijna. Ze kijkt de dolfijn in de ogen, en alsof die haar gedachten raadt, drukt hij zijn neus tegen haar aan. Dan zwemt hij onder haar door. Daarvan zou ze moeten schrikken, maar het dier lijkt een dromerige choreografie uit te voeren waardoor angst en zorgen, alle emoties die ze kent en met zich meedraagt, lijken weg te vallen tot er slechts gewichtloosheid rest. De dolfijn tilt haar op zijn rug en neemt haar met sensuele bewegingen mee door het water voordat hij een laatste rondje draait en diep zijn onderaardse wereld in duikt.

Lauren klautert weer aan boord en krijgt een stevig standje van Gillian. Terwijl de schipper de boot draait en achter de dolfijnen aan vaart, nemen de zwemmers weer bij de achtersteven plaats.

'Klaar om in actie te komen?' roept Gillian wanneer de dolfijnen opnieuw uit het water omhoogkomen en wederom acrobatische toeren laten zien. De zwemmers duiken nog een keer het water in. Lauren loopt naar het midden van de boot en doet haar snorkel af. Haar borstkas lijkt uit te zetten en opeens begrijpt ze waarom geluk zo'n sterke emotie is dat die uitsluitend wordt uitgedeeld in kleine doses, om je hart niet van slag te brengen.

'Je móét het water weer in,' zegt Gillian wanneer Lauren haar hoofd schudt. 'Dit is een unieke kans om met de dolfijnen te zwemmen. Let op mijn aanwijzingen, dan kan je niets overkomen.'

Je hoeft niet bang te zijn. Ik heb je gadegeslagen en je kunt goed zwemmen.'

'Ik ben niet bang.' Glimlachend trekt Lauren haar flippers uit. 'Ik wil het water niet meer in, want dat zou een anticlimax worden.'

Boven haar maakt een klein vliegtuigje een duik, gaat dan weer omhoog en verdwijnt achter de in wolken gehulde bergen. De dolfijnen springen omhoog, alsof zij ook over de toppen in de verte heen willen kijken.

Rebecca's mobieltje geeft geluid en daar schrikken ze wakker van.

'Ja, ze is hier.' Haar stem klinkt schor van vermoeidheid. 'Oké. Rustig maar, Steve. Ik zal kijken of ik haar wakker kan maken.' Ze geeft het mobieltje aan Lauren.

'In elk geval kunnen we nu weer communiceren.' Steve onderneemt geen poging zijn ergernis te camoufleren. 'Waarom kan ik jou op je mobiel niet bereiken?'

'Omdat ik die bij Akona thuis heb achtergelaten.'

'Achtergelaten? Verdomme, prinses. Het was het nieuwste van het nieuwste. Waarom heb je dan geen telefoonkaart gekocht? Je weet dat ik me zorgen maak als ik je niet kan bereiken.'

'Waarom zou je je zorgen maken? Ik heb me nooit beter gevoeld.'

'Ik heb iets anders gehoord.'

'Wat heeft dat nou weer te betekenen?'

'Paul Chambers heeft me over het ongeluk verteld.'

'Welk ongeluk?'

'Julie had hem een e-mail gestuurd over jouw reactie daarop.'

'Van een ongeluk is geen sprake geweest. We zijn geschrokken, maar niemand is gewond geraakt. Geen schrammetje. Niet eens op de camper.'

'Ik heb het niet over fysieke verwondingen. De schok alleen al had voldoende kunnen zijn om...'

Hij is moeilijk te verstaan boven het staccato lawaai van een luidspreker uit. Hij moet op een vliegveld zijn. Lauren probeert zich te herinneren of hij tijdens een eerder gesprek melding heeft gemaakt van plannen om op reis te gaan.

'Ik kan niet lang aan de lijn blijven,' zegt hij, 'want ik sta op een vliegveld en ik moet zo overstappen op een ander toestel. De deal met Wallslowe is rond, prinses. Gelukkig nog precies op tijd.'

'Gefeliciteerd. Dat heb je snel geregeld.'

'Het heeft me ook pisnijdig gemaakt.'

'Ben je dronken?'

'Ik ben het alleen aan het vieren. De onroerendgoedmarkt is in een vrije val geraakt. Gelukkig heb ik dat zien aankomen en plannen gemaakt. Jij zult je creditcard niet doormidden hoeven te knippen, prinses.'

'Daarvoor ben ik nooit bang geweest.'

'Ik zal dit dus kort houden. Ik moet mijn reis even onderbreken in Singapore, en als zich daarna geen vertragingen voordoen, ben ik op tijd in Havenswalk om jou te begroeten.'

'Waar heb je het over?'

'Ik ben onderweg naar Nieuw-Zeeland. Ik ben blij aan het weer hier te kunnen ontsnappen. Het hagelt. Hoe is het weer bij jou?'

'Je komt hierheen?'

'Ja.'

'Maar het is krankzinnig om zo ver te reizen en...'

'Ik had aangenomen dat je er blij mee zou zijn.'

'Natuurlijk ben ik er blij mee. Ik vind het heerlijk.'

'Nu moet ik ophangen, want mijn vlucht is omgeroepen. Regel morgen een telefoonkaart.'

'Steve, wacht. Laten we dit nog wat nader...'

Hij verbreekt de verbinding. Geen contact meer mogelijk.

Lauren doet de deur van de badkamer dicht en pakt een mes uit de voering van haar toilettas. Ze haalt dat mes licht langs een vinger en drukt de wond tegen haar handpalm. Ze rilt als ze bloed op haar huid ziet.

'Is alles oké?' Rebecca klopt op de deur: een bloedhond die een geur heeft opgesnoven.

'Ja.' Lauren verstopt het mes weer en maakt de deur open.

'Heb je zin in een wandeling?' Rebecca heeft een spijkerbroek en een trui aangetrokken.

'Mij best. Na dat telefoontje van Steve kan ik toch niet slapen.'

Julie slaapt door. Lauren hijst zich in een jurk en maakt de deur van de camper geruisloos open.

Ze lopen over een door bomen omzoomd pad. Kleine zilveren lichtjes schijnen op de takken, maar verder is het vakantiepark in duisternis gehuld.

'Komt hij naar de bruiloft?' Rebecca is de eerste die de stilte verbreekt.

'Hij zal nog eerder in Havenswalk zijn dan wij.'

'O.'

'Waarom heb jij zo'n hekel aan hem?'

'Ik heb geen... O, wat doet het ertoe wat ik denk? Als ik dacht dat jij gelukkig was...'

'Ik bén gelukkig. Hoe kun je iets anders denken terwijl je weet hoe ik voor die tijd was? Dat herinner je je toch nog wel?'

'Je hoefde niet per se met hem te trouwen. Er waren andere manieren om...'

'Pillen en psychoanalyse. Dat is me bekend, maar zoiets was niets voor mij.'

'Niran Gordon...'

'Is volstrekt onbelangrijk. Ik ga geen einde maken aan mijn huwelijk, want ik sta diep bij Steve in het krijt.'

'Je bent hem helemaal niets verschuldigd.'

'Behalve dan mijn gezonde verstand.'

'Lauren, je gezonde verstand is jouw probleem niet. Je blijft in een val zitten omdat je bang bent op je gezonde verstand te vertrouwen.'

'Rebecca, waarom zeg je het niet gewoon?'

'Wat?'

'Dat ik een trofee van hem ben. Of een verwend poppetje. Kies zelf maar.'

'Lauren, ik wilde dat je vrij zou zijn. Dat je dapper zou zijn en op zoek naar je eigen geluk.'

'Heeft de liefde jou goede diensten bewezen?'

'In elk geval was ik niet bang om die te ervaren.'

'Maar ten koste van wat? Die bagage wil ik niet in mijn leven hebben.'

'Hoe zit het met kinderen? Ik denk vaak aan het ongeluk...'

'Hou je mond.'

'We hebben het er nooit over gehad. Ik heb jullie nooit toestemming gegeven over hen te praten.'

'Hou je mond.' Zelfs nu, al die jaren later, kan de herinnering aan hen haar nog altijd verstikken.

Lauren draait om en loopt terug naar de camper. 'Laat hen in vrede rusten. Dat is gemakkelijker.'

53

Het dagboek van Rebecca – 2003

Het is oké om te huilen wanneer het oude jaar overgaat in het nieuwe. Ik ga geen goede voornemens maken, want daar hou ik me toch nooit aan. Vorig jaar had ik mezelf beloofd dat ik een redelijk excuus zou verzinnen om het oudejaarsfeest van Lauren niet meer bij te wonen. Toch was ik er gisteravond weer, hief mijn glas champagne en kuste onbekenden.

Ik heb haar gezicht aandachtig bekeken, zoekend naar tekenen van stress, maar ze lijkt gelukkig. Ze heeft de kunst van het zoenen in de lucht geperfectioneerd en ze is een zelfverzekerde gastvrouw. Julie zag er heel lieflijk uit. Zes maanden bij de WeightWatchers heeft wonderen verricht. Paul zag er ook goed uit. Ze kusten elkaar om twaalf uur zo hartstochtelijk dat ik bijna zei: 'Gedraag je. Ik wil niet dat de buren gaan roddelen.'

Toen begon ik te huilen. Gelukkig viel dat niemand op in de euforie van het nieuwe jaar. Ik heb me in een van de badkamers van Lauren verstopt tot ik mezelf weer onder controle had. Toen heb ik een taxi besteld en ben ik weggeglipt. Terug naar de paarden, hun rustige ademhaling, hun zachtjes duwende, liefhebbende neuzen.

Het is zes maanden geleden dat Jeremy is gestorven. Zes maanden! Ongelooflijk. Ik weet nog steeds niet hoe ik me voel. Lulu wil dat ik in therapie ga om het verlies te verwerken. Ik vermoed dat ze bang is dat ik het bos in zal lopen en dan gek zal worden. Wat voor goeds kan therapie doen? Misschien kan dat me helpen mijn emoties te definiëren... een naam te geven aan het verdoofde gevoel. Is het verdriet, woede, het gevoel te zijn verraden... opluchting?

Anders dan mijn ouders heeft Jeremy nooit geweten wat hem overkwam. Zijn dood was een gevolg van een oedeem in zijn hersenen. Die zwollen zo snel op dat hij bijna meteen dood was. De reden ervan was een lunchtrommeltje dat uit de lucht kwam vallen – of liever gezegd van een steiger van een wolkenkrabber. Voordat ik werd meegenomen naar het mortuarium kwam de arts in het ziekenhuis me de details meedelen – academische informatie die ik niet kon verwerken – maar wat ik zag zodra ik het mortuarium in liep kon direct worden verwerkt.

Julie was bij me. Ze kneep in mijn hand, maar wel anders dan tijdens de verdrietige vlucht naar New York. Deze manier van knijpen duidde op de noodzaak van een ander soort moed. Toen ik de vrouw naast het lichaam van Jeremy zag staan, dacht ik in eerste instantie dat ze een beambte was, of een politieagente in burgerkleding. Het gezicht van een beambte zou echter niet zo zijn vertrokken van verdriet. Ze bewoog licht haar handen toen ze me zag. Verder hield ze zichzelf onder controle. Ze had een mooi zwart broekpak aan en een knielange zwarte jas. Ik had een spijkerbroek en een bruin leren jack aan. Wie de weduwe was, was duidelijk. Voordat ze wegging boog ze zich over zijn lichaam heen en kuste hem. Hoe kon ze zoveel hartstocht geven aan zijn stijve mond? Met dat gebaar eiste ze hem op, maakte ze hun geschiedenis duidelijk.

Hoe is het mogelijk dat leven en dood door een willekeurige beslissing kunnen worden bepaald? Als Jeremy had geaarzeld voordat hij haar appartement uit liep en Anna Kowalski, wier lakens nog warm waren van zijn lichaam, had gekust, zou hij nu nog in leven zijn. Als hij even was blijven staan om een aalmoes te geven aan een beleefde maar dakloze man, of even halt had gehouden om de zon tussen de hoge glazen torens door te zien schijnen, zouden we nu nog zijn getrouwd. Maar hij bleef niet staan en hij keek ook niet op tijd omhoog om zijn leven in een flits aan zich voorbij te zien gaan voordat er een eind aan kwam.

Soms vraag ik me af wat er in dat lunchtrommeltje zat. Salami op rog-
gebrood, een bagel met ui, mayonaise of mosterd? Was dat trommeltje van
een timmerman, een stukadoor of een elektricien? Ik stel me die onbekende
die de dood van mijn man heeft veroorzaakt voor terwijl hij als een rood-
borstje boven de Big Apple hangt, met het stalen lunchtrommeltje op de rand
van de steiger. Ik stel me voor dat hij zich bewoog en het per ongeluk omlaag stootte. Ik stel me voor dat het steeds sneller viel en in een raket veranderde. Ik weiger me het moment voor te stellen waarop het Jeremy raakte.

Anna Kowalski wachtte me op in de lobby van het hotel. Op de dag dat
ik weer naar huis zou vliegen. Ze liet me haar ring zien – een grote diamant omgeven door kleinere exemplaren – en vroeg op hoge toon waarom ik zo geschokt was. Ze meende dat Jeremy alles had bekend en al een
echtscheiding had aangevraagd. Ze legde hun relatie niet uit en bood er
ook geen excuses voor aan. Als hij haar niet in New York kon ontmoeten
was zij naar afgelegen oorden gevlogen om bij hem te zijn, en af en toe
was ze ook in Ierland geweest. Ik vroeg haar wat haar lievelingsdrankje
was. Een Margarita, zei ze. Haar masker vertoonde alleen een barstje
toen ze me vroeg haar verdriet te respecteren en haar een beetje as van
hem toe te sturen. Tot mijn verbazing ging ik daarmee akkoord en later
heb ik haar een doosje met as laten bezorgen. Dat heb ik gedaan op advies van Olive Moran.

Olive kwam kort na zijn crematie naar me toe. We onderhouden nu
een aarzelende vriendschap. We zijn allebei verraden en kinderloos en we
hebben – op verschillende manieren – onze echtgenoot verloren. Zij had
het over grotten van de Maya's, Indiase forten en Tibetaanse kloosters.

'Karma,' zei ze toen ik melding maakte van het verzoek van Anna.
'Wat je zaait, zul je oogsten.'

Waar bewaart Anna de as in haar chique appartement in New York?
Ik heb zijn as in de baai van Dublin verstrooid en daarna ben ik weggelopen zonder om te kijken.

Olive is blijven lunchen en toen weer vertrokken. Ze moest een vliegtuig halen. Anders dan haar opvolgster neemt ze nooit veel bagage mee.

54

Nelson

Ze arriveren in Nelson en slepen hun bagage de camper uit. Een jonge man rent het kantoortje uit en tilt de koffers van Lauren naar buiten. Terwijl Rebecca de man de sleutels teruggeeft bedenkt ze dat al hun herinneringen – wanneer ze op deze vakantie zullen terugkijken – wel eens in die drie koffers kunnen zitten. Koffers met een altijd even rommelige inhoud omdat Lauren ze voortdurend leeghaalde, zoekend naar de perfecte kleding.

Ze hevelen hun bagage over in een huurauto. Het is slechts een klein eindje rijden naar Havenswalk.

'Ik zal me niet aan Cathy vertonen als een vrouw uit de rimboe,' verklaart Julie als ze in de auto stappen. 'Willen jullie ook op zoek gaan naar een vriendelijke kapper die ons een ware metamorfose zal laten ondergaan?'

'Ik niet,' zegt Rebecca. Het idee in een hete kapsalon te zitten is ondraaglijk. 'Ik ga de bezienswaardigheden van deze stad bekijken terwijl jij je haar laat doen.'

Lauren kijkt op uit *Traversing New Zealand*, dat inmiddels vol koffievlekken zit. 'Ik wil ook wel wat tijd voor mezelf hebben. De Queens Gardens zien er interessant uit.'

'Wil je niet mooi worden gemaakt voordat je je man weer ziet?' vraagt Julie.

'Waarom zou ik dat willen?' Laurens handen strijken licht, bijna afwezig, over haar gezicht. Haar nagels zijn ingescheurd, in de nagelriemen zitten kloofjes en haar door de zon uitgedroogde haar heeft dringend een behandeling nodig.

'Zomaar.' Julie haalt haar schouders op. 'Na drie weken primitief te hebben geleefd had ik verwacht dat je op de deur van de dichtstbijzijnde schoonheidssalon zou timmeren. Steve zal...'

'Wat zal Steve?' Lauren kijkt haar uitdagend aan. 'Zal hij zijn prinses in optima forma willen zien?'

'Lauren, doe niet zo dramatisch. Ik stelde alleen wassen en föhnen voor. Ga jij maar wandelen. Ik zie jullie later wel weer.'

Rebecca rijdt Julie naar een schoonheidssalon en gaat dan met Lauren door naar de Queens Gardens.

'Wil je dat ik je gezelschap hou?' Ze parkeert de auto en draait zich naar haar zus toe, die nietsziend door het raampje naar buiten kijkt.

'Zou je je beledigd voelen als ik daar nee op zeg?' Lauren komt met moeite bij haar positieven.

'Weet je zeker dat alles met jou in orde is?'

'Ik zal niet in mezelf gaan snijden, als je dat soms bedoelt.'

'Ik...'

'Rebecca, ik weet altijd wat jij denkt, maar je vergist je. Ik stort niet in. Ik heb me nog nooit zo goed gevoeld.'

Ze liegt met overtuiging, maar de spanning is van haar gezicht af te lezen.

Rebecca wandelt doelloos door de stad. Ze is het beu een toerist te zijn. Wijnmakerijen en galerieën interesseren haar niet langer. Haar lichaam doet zeer door de talrijke activiteiten die haar dagen een doel hebben gegeven.

Vrijwel onbewust loopt ze een winkelcentrum in, en een modezaak. Onbekend terrein en een impulsieve beslissing waarvan ze meteen spijt heeft. Ze loopt rond te midden van het geritsel van chiffon, zijde en viscose en ze zou op de vlucht zijn geslagen als een vasthoudende verkoopster haar niet zo ongeveer een paskamer in had geduwd. Wanneer die vrouw ontdekt dat Rebecca iets wil kopen voor de bruiloft van haar zus, overhandigt ze haar een reeks jurken: de een nog buitensporiger dan de ander. Als Rebecca er uiteindelijk toe is overgehaald een donkerblauwe jurk met een lage hals en een zoom met ruches te kopen, geeft ze ook nog eens veel geld uit aan schoenen en accessoires. Ze winkelt met dezelfde grimmige energie die haar tijdens de reis heeft geholpen haar angst te kanaliseren.

Haar neefje heeft een identiteit, een vader, een naam, maar Rebecca kan zich zijn gezicht niet indenken, kan het zich alleen voorstellen als een leeg schildersdoek: zijn ogen kleurloos, zijn gelaatstrekken raadselachtig, misschien met de sterke koppige mond van Cathy, haar ondeugende wipneus. Ze had gezegd dat hij van dieren houdt, net zoals Rebecca, en dus stelt ze zich voor dat hij met ervaren handen zieke dieren kalmeert en een stille taal gebruikt die troost biedt terwijl hij met een schort voor en rubberlaarzen aan bij het licht van een lantaarn een veulen op de wereld helpt of – waarschijnlijker omdat dit Nieuw-Zeeland is – een lam.

Ze had Cathy gevraagd op wie hij leek en haar zus had ontwijkend gereageerd met gemeenplaatsen over individualiteit. Maar ze weten allebei dat het antwoord wordt bepaald door zaad en ras, genetische invloeden, generatie na generatie, de takken van de stamboom buigend onder het gewicht van de geschiedenis.

55

Havenswalk, de eerste dag

Deze morgen staat er een sterke wind bij het meer. De turbulentie wordt heftiger wanneer Conor met zijn kajak tussen twee kleine eilanden door vaart. Hij had die een keer verkend, maar niets had tot zijn verbeelding gesproken. Alleen kale rotsen, in groei achtergebleven bomen en struiken. Het is echter wel lastig om erlangs te manoeuvreren en soms zelfs verraderlijk wanneer hij zich niet concentreert. Hij vaart het smalle kanaal door, volgt de stroming om niet op grote stenen onder water vast te lopen.

De laatste gasten zijn uit Havenswalk vertrokken. Zijn moeder noemt hen 'gasten', maar ze betalen aan het eind van hun bezoek, anders dan de echte gasten die beginnen te arriveren. Robbie, de broer van Alma, komt vandaag aan op het vliegveld van Christchurch. Ze is hem gaan afhalen. Ze zullen een nacht bij vrienden logeren en morgen naar Havenswalk komen. Steve Moran is gisteren gearriveerd in een blitse gehuurde Jaguar. Conors tantes zullen er tegen de avond zijn, en Mel... Hij gaat sneller varen. Mel zal straks een duik in het zwembad nemen en hij is van plan zich daar bij haar te voegen.

Hij heeft haar eerder gezien, met zijn moeder. Ze zaten aan de keukentafel, met hun hoofden naar elkaar toe gebogen alsof ze geheimen deelden, zich er niet van bewust dat hij toekeek. Hij heeft de lippen van zijn moeder zien trillen. Hij heeft de plooien in haar gezicht gezien, alsof ze op het punt stond te gaan huilen. Mel had haar hand vastgepakt en toen had zijn moeder haar schouders gerecht. Ze had zacht iets gezegd en een lach geforceerd die eerder als een kreet van verdriet klonk. Toen had Mel opgekeken en hem gezien. Hij was snel naar het botenhuis gelopen. Mel had hem ingehaald toen hij zijn kajak in het water wilde leggen. Ze was op de steiger gaan zitten, met bungelende blote benen, en had gezegd dat zijn moeder zenuwachtig was vanwege de aanstaande bruiloft. Elke bruid had het recht een paar tranen te plengen om het verlies van haar vrijheid. Hoe weet ze dat? Ze noemt een huwelijk een vorm van slavernij en ze heeft veel minnaars, als de toespelingen van zijn moeder tenminste waar zijn.

Ze had sandalen, een short en een topje aan. Afgezien van haar gitzwarte Cleopatra-haar had niemand kunnen raden dat ze eens een goth was geweest. Hij vraagt zich af of ze haar minnaars met een zweep bewerkt en daarbij hoge zwarte laarzen en een jarretelgordel draagt. Hij kan haar niet recht aankijken sinds hij over haar is gaan fantaseren. Als hij aan gisteravond denkt... het genot... maakt de plotselinge opwinding hem bijna misselijk. Hij haalt de peddels onder zijn kajak door: een vergissing die hem tijdens de Coast to Coast kostbare tijd zou kosten. Sandy, die geduldig op de steiger zit te wachten, springt op als Conor terugkomt en likt zijn hand. Later zal hij met zijn hond gaan wandelen, maar nu wil hij zwemmen met Mel.

Tot zijn teleurstelling zit ze met zijn oom op de veranda te ontbijten. Ze roept hem en gebaart dat hij bij hen moet komen zitten, maar hij loopt door omdat hij haar niet met een andere man wil delen, ook niet als die seniel is.

'Een ding is zeker,' had zijn oom gezegd toen hij aan Conor was voorgesteld. 'Je vader zal nooit kunnen ontkennen dat je zijn zoon bent.' Hij had Conor een hand gegeven en geknipoogd toen hij stiekem twee biljetten van vijftig dollar in zijn handpalm drukte.

'Ik heb altijd voor deze familie gezorgd en daar zal ik nu niet mee ophouden,' had hij gezegd toen Cathy protesteerde.

Hij wil haar naar het altaar brengen. Haar weggeven, noemt hij dat. Conor stelde zich voor dat zijn moeder als een cadeautje is verpakt en dan bij het altaar aan Kevin wordt overhandigd. Zij moest iets dergelijks hebben gedacht, want ze schonk zijn oom de glimlach die ze voor lastige gasten reserveerde en zei: 'Mijn zoon zal de enige zijn die mij naar het altaar brengt.'

In de keuken legt Ruthie de laatste hand aan de bruidstaart. Ze is van plan de lagen te bedekken met groene, witte en gele glazuur. Conor vraagt zich af wat zijn moeder daarvan zal vinden, maar op culinair gebied laat Ruthie zich door niemand de wet voorschrijven.

Hij schenkt een glas water in en neemt grote slokken.

'Conor, wat denk je?' Ruthie zet een stap naar achteren en bekijkt de taart. 'Moet ik er een kaboutertje bovenop zetten?'

'Laat die kabouter maar achterwege als je in Havenswalk wilt blijven werken,' zegt hij, wetend dat ze dat toch niet zal doen.

De slaapkamerdeur van zijn ouders staat open. Hij is opgelucht als die kamer keurig op orde blijkt te zijn en hun kleren in de kast hangen. De kamer is veranderd sinds de komst van Kevin. Hij is niet meer zo vrouwelijk. De kussens die zijn moeder altijd her en der op het bed legde zijn verdwenen en het dekbed met kanten ruches is ingeruild voor een crèmekleurig exemplaar met kastanjebruine strepen. Kevins boeken liggen tussen de hare en op de plank in de aangrenzende badkamer staan zijn scheerlotions naast haar crèmes.

Conor ziet een boek van Terry Pratchett op de grond liggen. Zijn lievelingsauteur. Kevin had het de afgelopen week uit en het hem aangeboden. Als hij zich bukt om het boek op te rapen ziet hij de hoek van een rieten mandje onder het bed uit steken. Hij herkent het, ook al heeft hij het jaren geleden voor het laatst gezien.

Toen Havenswalk werd gebouwd maakte zijn moeder picknicks klaar, die ze dan samen met de bouwvakkers te midden van het puin gingen nuttigen. Hij trekt het mandje naar zich toe, tilt het deksel op. Er zitten brieven in, verdeeld in met lintjes bij elkaar gehouden bundeltjes. Hij aarzelt om de privépost van iemand anders open te maken. Het briefpapier is gekreukt en geel van ouderdom. Dan pakt hij willekeurig een velletje papier en ziet een kinderlijk handschrift. De woorden kan hij nauwelijks lezen: 'Lieve mama, ik ben het, Cathy. Ik haat school maar Becks...' Zijn moeder had duidelijk een brief geschreven aan haar eigen moeder.

Hij is geïntrigeerd door die blik in haar jeugd en leest de brief. Hij glimlacht om de afgrijselijke spelfouten. Wacht maar eens tot ze weer commentaar levert op zijn schoolrapport! Voordat hij de brief helemaal kan lezen klapt de achterdeur dicht. Sandy blaft. Zijn moeder zegt tegen de hond dat ze stil moet zijn. Ze roept Conor. Hij schuift het mandje onder het bed en rent naar zijn kamer. Als ze op zijn deur klopt, brult hij dat hij onder de douche staat. Iets aan de brief verbaast hem. Was zijn grootmoeder op vakantie toen zijn moeder haar schreef? Hij stapt onder de douche vandaan en droogt zijn haar. De datum klopt niet. Hij ziet die nog duidelijk voor zich. Oktober 1986. Zijn moeder moest zich in de datum hebben vergist. Of anders... had ze naar een overleden vrouw geschreven.

's Avonds staat ze naast hem wanneer de auto met zijn tantes erin de blauwe hekken door rijdt. Conor schrikt wanneer ze hard in zijn hand knijpt, maar hij trekt zijn hand niet terug. Ze heeft een witte jurk met een rode ceintuur aan, en bijpassende schoenen. De zon schijnt door de stof heen en laat de contouren van haar benen zien. Hij besluit daar geen melding van te maken, voor het geval ze er nog zenuwachtiger van wordt. Ze ademt snel, alsof ze lange tijd naar dit moment toe is gerend. Zijn vader staat achter hen, met zijn handen op hun schouders. Conors hart slaat even snel als toen hij in Summer op het strand zat, de gelaatstrekken van zijn vader bestudeerde en die als een tweede huid over de zijne aanbracht.

De auto komt achter een scherm van bomen weer tevoorschijn. Hij ziet zonnehoeden en donkere zonnebrillen, gebruinde schouders, gekleurde topjes, een hand met een turkooizen armband die door een geopend raampje zwaait.

'Cathy!' roept de eerste vrouw die uit de auto stapt en met haar armen door de lucht zwaait. Tranen stromen over haar wangen. Wie zij is, is meteen duidelijk. De tweede vrouw is slanker en beweegt zich langzaam, als een schitterende zwarte kat die zich uitrekt. Zijn moeder klampt zich aan zijn twee tantes vast alsof ze dreigen te verdrinken. Ze omhelzen elkaar, behalve de vrouw met de hoekige schouders en het lange zwarte haar dat is opgebonden in een paardenstaart. Zij blijft achter het stuur van de auto zitten. Met droge ogen kijkt ze strak zijn kant op. Dan draait ze haar hoofd weg, alsof ze het niet kan verdragen hem te zien.

56

Cathy had de chalets vernoemd naar inheemse vogels. Vreemde namen toen ze hier net was, naar nu even bekend als gierzwaluwen en winterkoninkjes dat eens waren. Klokvogel, kea, tui, kokako, torea, witkop, waaierstaart, kiwi, weka, zilveroog, kaka, kakapo, takahe.

'Takahe!' krijst Julie als ze halt houden bij het chalet dat voor Rebecca is bestemd. 'Dat wordt een gezellig nestje wanneer Tim hier is.'

Alles aan Julie is volwassen geworden, behalve haar gegiechel, maar zij is de enige die lacht. Lauren en Steve zijn hun chalet al in gelopen. Rebecca reageert niet op de opmerking van haar zus, maakt de deur open en doet die weer achter zich dicht. Cathy loopt samen met Julie naar Zilveroog. Julie heeft het over de reis... Iets over olifanten en bikers en met Seb Morris op een podium zingen, over haar scheenbenen die nooit meer hetzelfde zullen zijn. Cathy glimlacht, knikt, maakt de deur van het chalet open en loopt samen met Julie naar binnen.

Wat heeft ze gedaan? Welke krankzinnigheid had haar bevangen toen ze contact zocht met haar zussen en geloofde dat het verleden een getemd beest was? Rebecca kende de waarheid zodra ze Conor zag. Ze stapte de auto uit en hield het portier als steuntje vast. Haar gezichtsuitdrukking dwong Cathy bijna op haar knieën. Maar Rebecca had kracht verzameld, zoals ze dat in het verleden zo vaak had gedaan. Ze had Conor een hand gegeven en zijn naam uitgesproken. Ze had Cathy omhelsd en gefluisterd: 'Jij wilde iets afsluiten, Cathy. Kan zo'n groot verraad zo gemakkelijk worden afgesloten?'

Julie is nog altijd aan het praten. Ze wil dat Conor zo spoedig mogelijk naar Ierland komt om kennis te maken met zijn neven. Ze kijkt om zich heen in het chalet en noemt het 'paleisachtig' na de camper. Haar bewondering voor alles wat Cathy heeft bereikt is gemeend.

'Het is hier zo stil, vredig en natuurlijk,' zegt ze.

Cathy is trots op wat zij en Alma hebben bereikt. Ze werken hard om een sfeer te scheppen waarin hun gasten zich kunnen ontspannen en innerlijke sereniteit kunnen vinden. De komst van Rebecca heeft dat alles even gemakkelijk laten instorten als een kaartenhuisje.

De badkamer raakt gevuld met stoom. Heet water stroomt over Rebecca's rug. Ze wil zich dolgraag verstoppen in de mist en nooit meer tevoorschijn komen in het harde licht van de waarheid. Zijn gelaatstrekken zijn niet langer abstract. Ze zijn haar even bekend als de hare. Ze steekt een hand uit naar een handdoek en zet een stap naar voren. En nog een. Zorgvuldig droogt ze zich af. Haar huid voelt ruw aan, alsof er een beschermlaagje af is gehaald. De jaren na de dood van Jeremy, de jaren toen ze een nieuw leven voor zichzelf opbouwde, het asiel uitbreidde, met de trein door Europa reisde, de strijd met politici aanbond om geld voor het asiel te krijgen, demonstraties tegen bloedsporten en dierproeven bijwoonde – alles wat ze heeft bereikt en gekoesterd heeft niet langer betekenis wanneer het wordt afgezet tegen het hartzeer van nu.

Ze gaat voor de toilettafel zitten, maakt een potje met niet op dieren geteste bodylotion open en smeert zich in. Alles in Havenswalk is natuurlijk. Handgemaakte zeep, ecologisch verantwoorde shampoo, hout en andere natuurlijke materialen, lampenkappen met de textuur van spinnenwebben, alles met de bedoeling een harmonieuze sfeer te scheppen. De grootste truc van alles is Kevin Mulvaney. Zijn handdruk was warm toen hij haar verwelkomde en zijn ogen tartten haar een vraagteken te zetten achter zijn recht het vaderschap van de zoon van een andere man op te eisen.

Het T-shirt dat ze uit haar rugzak pakt is slap en ruikt naar bedompte ruimtes. Opeens heeft ze genoeg van shorts en topjes. Ze gooit het shirt op de grond en gaat op zoek naar een rok. Ze vindt een strijkbout en perst de kreukels weg. De jurk die ze in Nelson heeft gekocht hangt aan een hangertje, de spot drijvend met het door haar verkwiste geld.

Cathy heeft in het restaurant een welkomstmaaltijd georganiseerd. Wanneer Rebecca binnenkomt zitten de andere gasten al aan tafel. De enige lege stoel staat tussen Conor en Kevin Mulvaney in.

'Julie zegt dat jij vegetariër bent.' Haar neef gaat staan en schuift haar stoel aan. 'Eet je wel vis? Ik heb er vanmiddag speciaal voor jou een gevangen.'

'Ja, Conor. Ik eet vis.' Ze houdt de toon van haar stem luchtig, vouwt het witte linnen servet open en drapeert het over haar knieën.

'Mooi zo!' Hij gaat weer zitten en buigt zich enthousiast naar haar toe. 'Mam zegt dat jouw vriend naar haar bruiloft komt. Vorig jaar heb ik hem ontmoet toen hij een lezing gaf op mijn school. Hij is zo goed in zijn vak.'

'Hij is gewoon een vriend, Conor. Niets meer dan dat.'

'Mij best. Je hebt een mooie website. Ik vond de pagina met adviezen over hoe je in een stedelijke omgeving voor paarden moet zorgen vooral goed.' Hij gooit zijn hoofd in zijn nek en lacht. 'Ik heb gelezen wat jullie toezeggen. Gaan de paarden bij jou echt omhoog in liften?'

'Dat is een poëtische vrijheid die ik me heb veroorloofd,' zegt ze.

'Dat vermoedde ik al. Heb je alleen paarden in je asiel, of neem je ook andere dieren op?'

'Ook gewonde ezels.'

'Wie zou een ezel nou iets willen aandoen?'

'Het zou je verbazen te horen wat mensen doen om anderen te verwonden.'

'Maar stel dat zoiets zonder vooropgezette bedoeling gebeurt?' vraagt Kevin Mulvaney zacht. 'Kan het dan worden vergeven?'

'Natuurlijk,' zegt Rebecca. 'Maar bij een diepe wond is er meestal opzet in het spel geweest.'

Ze hoort Cathy lachen. Ze heeft zelfvertrouwen gekregen. Dat moet ze haar nageven. Haar gezichtsuitdrukking is kalm en niet één dwalende of zenuwachtige blik verstoort de charade.

Af en toe vraagt Rebecca zich af of ze het mis heeft. Haar hart veert op bij die mogelijkheid. Maar als Conor strak naar haar kijkt, zo intiem dat alle anderen om hen heen lijken te verdwijnen, houdt ze haar bestek zo stevig vast dat haar knokkels er wit van worden.

Haar duim klopt: een pijn die zich alleen aandient als ze moe is. De beet van een paard. Wreedheid kweekt wreedheid. Ze heeft het dier die woeste beet nooit kwalijk genomen. De wonden in zijn hals getuigden meer dan voldoende van zijn eigen lijden. Ze verlangt ernaar in haar eentje in haar asiel te zijn. Vredig in de stilte van een avond in Wicklow, haar hoofd tegen de buik van een paard gedrukt, Teabag bij haar enkels, zacht snorrend terwijl ze het paard verpleegt tot het weer gezond is.

Het is moeilijk om machtig te zijn in een machteloze situatie, maar ze heeft haar zelfbeheersing nog. Cathy wil iets afsluiten, wil geen schuldgevoelens meer hebben voordat ze naar het altaar loopt. Ze zal moeten wachten tot Rebecca besluit dat het juiste moment voor een confrontatie is aangebroken.

Lauren mompelt een verontschuldiging en loopt van tafel weg. De wc is verderop in de gang. Die bereikt ze net op tijd. Later pakt ze de rand van de wc-pot vast en gaat staan. Uit een mandje naast de spiegel pakt ze een tubetje tandpasta en een tandenborstel. Haar gezicht oogt scherper, alsof het bloed eruit is weggetrokken en nog niet is teruggestroomd. Ze smeert handcrème op haar handen en knijpt in haar wangen om die weer kleur te geven.

Wanneer ze naar de tafel terugloopt is Steve met Julie in gesprek.

'Prinses, je ziet bleek.' Zijn bezorgdheid heeft bijna een nieuwe golf van misselijkheid tot gevolg.

'Het is ook zo warm.' Lauren gaat tussen hen in zitten. 'Ik had wat frisse lucht nodig.'

Hij pakt haar hand en kust die. 'Ik ben blij dat jullie reis voorbij is.'

'Ondanks jouw bange vermoedens hebben we die overleefd.'

'Maar het was wel inspannend.' Hij strijkt met zijn hand over haar vingers, laat die op haar nagels rusten. 'Eet iets. Ik wil mijn beeldschone vrouw niet voor mijn eigen ogen zien verwelken.'

Morgenochtend zal Steve haar naar Nelson brengen. Ze is toe aan een onderhoudsbeurt of, zoals hij het liever verwoordt: een welverdiende verwennerij.

Na het diner gaan ze terug naar hun chalet. De benedenverdieping is comfortabel ingericht met leunstoelen, een boekenkast, een lage tafel en een keukentje om snacks te bereiden. Aan de muur hangt een schilderij van een vogel met rode veren onder zijn vleugels. 'Kea' staat eronder geschreven. Dezelfde vogel prijkt op een houten bordje op de voordeur. De slaapkamer is bereikbaar via een wenteltrap. Louvredeuren komen uit op een balkon. Lauren loopt dat op en leunt over de reling. Ze steekt een sigaret op en maakt die weer uit. De vonkjes verspreiden zich en doven. Een voor een gaan de lampen in de chalets uit. Havenswalk is ook in duisternis gehuld.

Steve loopt het balkon op en laat een arm op haar schouder rusten. 'Tijd om naar bed te gaan, prinses,' fluistert hij in haar haren.

Hij houdt de deur voor haar open. Zij loopt achter hem aan naar binnen. Ze maakt een tube nachtcrème open, smeert het spul op haar gezicht en haar hals. Glimlachen, Lauren. Blijven glimlachen, fluistert ze tegen haar spiegelbeeld. Dans op je tenen als hij dat wil. De roos die hij je aanbiedt heeft geen doornen.

57

De tweede dag

Een sms van Tim Dawson laat Rebecca schrikken. Ze gaat rechtop in bed zitten en pakt haar mobieltje, dat op het nachtkastje ligt. Tim zal morgenavond arriveren en hij wil weten hoe de hereniging is verlopen.

'Om je dood te lachen,' wil ze sms'en. 'Zeker toen ik kennismaakte met de zoon van mijn zus, die toevallig ook de zoon is van mijn overleden echtgenoot.' In plaats daarvan stuurt ze een korte reactie. 'Alles goed. Voorbereidingen voor de bruiloft in volle gang. Sms later weer.'

Hitte snelt de kamer in wanneer ze de louvredeuren opent en het balkon op stapt. De afgelopen nacht heeft ze gedoezeld, is vaak wakker geworden en zich dan meteen bewust geweest van haar omgeving en wat ze de volgende dag onder ogen moet zien. Nu ziet ze dat: haar neef die naar het meer loopt. Een wijd T-shirt en een al even wijd short dat tot zijn kuiten reikt doen hem er nog slungelachtiger uitzien. Hij loopt zelfs net als zijn vader, denkt ze. Het zien van hem bezorgt haar pijn in haar ogen. Een rode setter huppelt met hem mee. De jongen maakt de banden van zijn reddingsvest vast, duwt een kajak het water in en scheert over het meer. De hond gaat geduldig op de steiger op zijn terugkeer zitten wachten.

Rebecca belt een taxi. Ze doet haar zwempak en een handdoek in haar rugzak.

Julie klopt aan en loopt naar binnen. 'Gisteravond heb ik als een paard gegeten en nu heb ik alweer honger. Ga je mee ontbijten?'

'Ik ga naar Nelson en daar zal ik ontbijten.'

'Maar Cathy heeft tafels op de veranda gedekt.'

'Julie, ik wil even alleen zijn. Later kom ik weer terug.'

'Becks, probeer je best te doen.'

'Hou op me Becks te noemen. Hoe vaak moet ik dat nog zeggen?'

'Ik denk dat we allemaal weer in oude gewoontes vervallen,' reageert Julie nijdig. 'Ik was vergeten wat een zeur jij kunt zijn.'

'Ik ben alleen moe.'

'Nee, dat ben je niet. Je bent nog altijd razend op Cathy.'

'Verbaast je dat?'

'In elk geval moet het je genoegen doen te weten dat je wat Kevin betreft aldoor gelijk hebt gehad.'

Rebecca knikt. Het commentaar van Julie was oprecht. Het is gemakkelijk mensen in de maling te nemen. Dat heeft ze al jaren gedaan.

'Ik heb een taxi besteld en die komt zo. Ik zal je later een sms sturen.'

'Cathy heeft voor vanavond een barbecue georganiseerd. Ik hoop dat je dan weer terug bent.'

'Ik zal er zijn. Ga nu weg. Ik moet nog het een en ander doen.'

Ze sluit de deur terwijl Julie afkeurend kijkt. De taxi arriveert kort daarna.

De kust van de Grote Oceaan is rustiger dan die in het westen. Rebecca duikt een naderende golf in en zwemt tot ze buiten adem is. Borstslag, crawl, vlinderslag. Op de kust spreidt ze een badmat uit en smeert zich in met factor 30. Een andere zonaanbidder biedt hulp aan. Omdat ze niet nog eens wil verbranden staat ze het hem toe haar rug in te smeren. Dan bedankt ze hem en loopt verder het strand over. Ze rent over het harde zand, ze jogt tot haar hart pompt en ze over haar hele lichaam zweet. Ze duikt het water weer in. Niets helpt om haar minder triest te maken. Ze pakt haar strandtas en gaat naar Nelson om te lunchen.

Ze is zich er nauwelijks van bewust waar ze naartoe gaat en blijft staan bij de hoge, grijze klokkentoren van de kathedraal van Christ Church. In Bangkok was ze de tempels als toerist in gelopen, geïntrigeerd door hun stokoude geschiedenis, niet aangedaan door de glanzende boeddhabeelden. Haar belangstelling daarvoor was academisch geweest, de omgeving te exotisch om iets anders op te roepen dan bewondering voor de al lang geleden overleden kunstenaars die zo'n ingewikkeld bouwwerk hadden gerealiseerd. Ze is atheïste en ze klampt zich niet vast aan onzekerheden of ambiguïteit. Zij gelooft in een ezel met een kruis op zijn rug, een vogel die met gestrekte vleugels door de lucht scheert. Maar hier, bij een andere tempel, waarvan de gebedsrituelen haar eens bekend waren, aarzelt ze om naar binnen te gaan.

Ze overwint haar aarzeling, loopt de granieten trap op en gaat naar een kleine kapel naast het hoofdaltaar. Ze is vergeten hoe kalmerend de sfeer in een kerk kan zijn. Ze buigt haar hoofd onder de gloed van glas-in-loodramen en herinnert zich degenen van wie ze heeft gehouden en die ze heeft verloren. Kruipt het bloed waar het niet gaan kan, vraagt ze zich af. Of is het inmiddels zo verdund geraakt dat er alleen pijn overblijft? Ze stopt een hand in de zak van haar rok en raakt het medaillon aan dat ze Cathy eens cadeau had gegeven. Snel trekt ze haar hand terug, alsof ze die heeft gebrand.

Het medaillon lag in de auto van Jeremy. Er waren zes maanden voorbijgegaan sinds Rebecca was teruggekeerd uit Londen en ze was op zoek naar een kleine gouden pen die haar vader haar cadeau had gedaan op de ochtend dat ze aan de universiteit ging studeren.

Door het zoekraken van die pen was weer een schakel gebroken in de keten die haar met haar ouders verbond en ze wilde hem dolgraag terugvinden. Nadat ze het huis had doorzocht liep ze naar de auto, hopend dat hij uit haar tas was gevallen en onder de stoel lag. Toen ze haar hand in de ruimte tussen de rug en de zitting van de passagiersstoel had gestoken, raakten haar vingers iets kouds en stevigs aan.

De ketting van het medaillon van Cathy was gebroken. Rebecca had lange tijd naar het zilveren hartje gestaard voordat ze het openmaakte. De zwarte haren zaten er nog in en de foto's van haar ouders waren nog even scherp als toen ze ze uitgeknipt en wel in het hartje had gedaan.

Jeremy haalde zijn schouders op toen ze hem het medaillon liet zien. Hoe vaak had hij Cathy niet ergens naartoe gebracht en weer opgehaald? Te vaak om dat nog te weten. Ze herinnerde zich vergeten reizen en incidenten, zette er een schijnwerper op en zocht naar fouten. Het idee haar geluk in gevaar te brengen nu ze zoveel had verloren was ondraaglijk. Ze koos ervoor haar echtgenoot te geloven. Iets anders was te grotesk om er ook maar over te kunnen nadenken. Ze stond het hem toe haar achterdocht te begraven onder overtuigende woorden, haar twijfels weg te nemen door zijn overtuigende mond.

Jaren later, toen hij tijdens een kerstfeest een klap in zijn gezicht kreeg – een even intiem gebaar als de kus die Anna Kowalski hem jaren later op zijn dode mond zou geven – herinnerde Rebecca zich het medaillon en de angst die bezit van haar had genomen toen ze het vond. Zelfs toen had ze haar angst echter ferm onder controle gehouden, tot ze op de avond van Halloween de telefoon opnam en haar zusjes stem die angst vrijliet.

Chinese lampionnen zwaaien boven het terras, theelichtjes sputteren op de tafels en de barbecues gloeien. De vrienden die Cathy en

Alma in Nieuw-Zeeland hebben gemaakt mengen zich onder hun Ierse vrienden en familie. Cathy loopt tussen hen door en probeert niet naar het takahe-chalet te kijken. Rebecca was teruggekomen, maar ze had zich nog niet bij de gasten gevoegd.

Steve praat met Robbie, de broer van Alma, over auto's, biedt hem aan een ritje met de Jag te maken. Zijn aanwezigheid in Havenswalk kan onmogelijk worden genegeerd. Cathy hoort zijn stem, waar ze ook staat. Hoewel die stem niet luid is, heeft hij een timbre waardoor hij boven het normale gespreksniveau uit komt. Naast hem valt Lauren niet echt op. Cathy vermoedt dat ze zich onzichtbaar wil maken. Eerder die dag was ze gekapt, gemasseerd en gemanicuurd naar Havenswalk teruggekomen. Ze was altijd het mooiste meisje van het gezin, maar haar schoonheid is even glanzend geworden als een perfect olieverfschilderij en zij is zoekgeraakt onder de diverse laagjes.

Het is avond wanneer Rebecca uit haar chalet komt. Conor, die voor de drankjes moet zorgen, loopt naar haar toe. Rebecca accepteert een glas wijn en loopt dan van hem vandaan. Iets glinstert bij haar hals: hartvormig en ooit bekend. Cathy blijft bewegingloos staan. Stemmen vervagen, gezichten zijn niet duidelijk meer te zien, en het lijkt alsof de sterren van binnenuit door hun licht kunnen ontploffen.

Conor loopt met een dienblad met drankjes over het terras. Hij heeft vandaag zijn haar laten knippen. Daardoor lijken zijn gelaatstrekken harder en rijper en is de gelijkenis minder opvallend. Tot hij glimlacht. Hij blijft staan om een praatje te maken met Melanie Barnes. De goth uit de hel die juriste is geworden, denkt Rebecca, en die een jurk aanheeft die is ontworpen om een hartstilstand in een rechtszaal te veroorzaken. Af en toe ziet Rebecca haar op de televisie, met haar zwarte toga wapperend als de vleugels van een magistrale raaf en een imposante stapel dossiers onder haar arm.

Julie zwaait en loopt haar kant op, maar Rebecca is niet bereid zich nog eens door haar zus de les te laten lezen. Ze loopt langs een kleine, gezette man met dik wit haar, die druk bezig is bij een van de barbecues.

'Probeer er eentje,' zegt hij. 'Prima spareribs uit Nieuw-Zeeland.'

'Nee, dank je.' Ze dwingt zichzelf te glimlachen. 'Ik ben vegetariër.'

'Dan zijn daar gerechten voor jou.' Hij negeert haar protesten en doet vegetarische kebabs op een bord. Hij is spraakzaam, een gepensioneerde vrachtwagenchauffeur uit Dublin, en hij heet Robbie.

'Hier zijn is echt een eyeopener.' Robbie zwaait met een sparerib in de richting van het Zuidereiland. 'Alma zeurde al jaren dat ik haar een keer moest komen opzoeken en het spijt me alleen dat ik dat niet heb gedaan toen Doris nog leefde. Zij zou het hier fantastisch hebben gevonden.' Hij zwijgt, kijkt even triest en glimlacht dan breeduit. 'Die wegen hier! Ik zou met Ramblin' Rosie die haarspeldbochten graag proberen. Daar zou ze beslist geen problemen mee hebben.'

Alma Gowan is de zakenpartner van Cathy. Doris is de overleden echtgenote van Robbie. Rebecca heeft geen idee wie Ramblin' Rosie is, tot ze beseft dat hij het over een vrachtwagen heeft. Hij knikt naar Cathy, die bij een andere barbecue met Alma staat te praten.

'Wie had dat kunnen geloven? Die twee hebben hier een waar goudmijntje van gemaakt.'

Rebecca ziet Alma behendig biefstukken op een bord doen. Dat geeft ze aan de gespierde man met zilvergrijs haar die het terrein verzorgt.

'Ik heb gehoord dat ze hard werken voor hun succes,' zegt ze.

De vrachtwagenchauffeur knikt wijs. 'Dat toont maar weer eens aan dat je het nooit weet. Toen ik Cathy ontmoette, voorspelde ze niets anders dan problemen, maar binnen een paar jaar kan veel veranderen.'

'Wanneer heb je Cathy leren kennen? Ik dacht dat dit jouw eerste bezoek aan Nieuw-Zeeland was.'

'Ik heb haar in Dublin leren kennen.'

'In Dublin?'

'Ik heb haar opgepikt op de kade en haar meegenomen met de veerboot. God weet dat ze een verloren kind was en ik dank Hem omdat ik zo verstandig was haar het adres van Alma te geven.'

Rebecca zet een stap naar achteren en zet haar bord op een tafel. 'Je hebt haar meegenomen met de veerboot? Ik neem aan dat het idee dat Cathy moest worden teruggebracht naar haar familie nooit bij je is opgekomen?'

'Wel degelijk. Hoe heet jij ook alweer?'

'Rebecca.' Haar stem trilt van woede.

'Rebecca, er viel niet met dat kind te praten. Ze zou meteen weer zijn verdwenen, en God weet wat er dan met haar had kunnen gebeuren. Het beste wat ik in de omstandigheden kon doen was wat geld in haar zak stoppen en haar op een trein naar Londen zetten. Ik heb Alma gebeld en haar gevraagd die trein op te wachten, te kijken wat ze voor het kind kon doen. Cathy is de dochter die ze nooit heeft gehad. Dat heeft ze een keer tegen mij gezegd.'

Rebecca kijkt langs hem heen naar de roodharige vrouw met het korte, jongensachtige kapsel en een ketting van jade om haar lange, magere hals. De vrachtwagenchauffeur praat nog altijd. Ze dwingt zichzelf zich op hem te concentreren.

'Voor het merendeel kwakzalverij. Kruiden en drankjes. Zelf geef ik de voorkeur aan de ouderwetse spuit, maar ze hebben keihard gewerkt voordat ze hierheen gingen.'

Nu herkent ze Alma. Haar haren waren toen lang geweest en ze had haar, Rebecca, met haar felle en harde ogen recht aangekeken, haar verdriet en haar wanhopige zoektocht naar Cathy negerend. Waar had Cathy zich verborgen gehouden? Waarschijnlijk in een kamertje achter de winkel, te midden van wierook en aromatische oliën, luisterend naar elk woord dat zij wisselden.

Rebecca laat haar bord op de tafel staan en excuseert zich. Ze negeert Lauren, die iets naar haar roept, en loopt snel naar een groepje bomen. Haar lichte sandalen zijn ongeschikt voor de stevige wortels die door het tapijt van pijnboomnaalden heen steken. Toch loopt ze door. GLIMWORMGROT staat op een bordje dat naar dicht struikgewas wijst. Natuurlijk moesten er in deze contemplatieve tuin glimwormen zijn. Ze loopt dieper het bos in. Maretakken trekken aan haar haren en insecten kruipen over haar gezicht. Ze vindt een houten bank tussen de bomen en veegt er bladeren vanaf voordat ze zich erop laat ploffen.

Morgenochtend zal ze Havenswalk verlaten. Ze zal Tim Dawson een sms sturen om hem te zeggen dat ze van gedachten is veranderd en de bruiloft niet zal bijwonen. Als dat hem teleurstelt, zal dat slechts van korte duur zijn. Hij is niet op zoek naar een romance op afstand en zal hun korte ontmoeting snel weer zijn vergeten. Ze zal de rest van de week doorbrengen met het verkennen van de inhammen bij de punt van het eiland. Cape Farewell lijkt een passende bestemming.

Iets ritselt dicht bij haar in de buurt: een nachtdier dat wil overleven. Ze vraagt zich af hoe Teabag het zonder haar redt. Waarschijnlijk is hij zich niet eens bewust van haar afwezigheid. Als ze iets wil hebben dat wegkwijnt zonder haar, zou ze een hond moeten nemen. Volgend jaar zal ze een asiel starten voor zwerfhonden: de afgedankte kerstcadeautjes en de taaie straathondjes die niemand wil hebben. Ze moet aan de toekomst denken. Het heden is ondraaglijk. Dat is het verleden ook.

Dode bladeren ritselen. Voetstappen naderen. Ze raakt gespannen wanneer haar naam wordt geroepen.

'Een jonge jongen heeft me meegedeeld dat ik je hier kon vinden.'

Tim Dawson duwt de met elkaar verstrengelde takken opzij en kijkt naar haar. 'Waarom verstop jij je in de struiken terwijl alle anderen zich prima amuseren?'

'Je zou hier pas morgen arriveren.'

'Heb je mijn sms niet ontvangen?'

'Nee. De batterij van mijn mobieltje was leeg toen ik in Nelson was. Het ding is nog aan het opladen.'

Hij gaat naast haar zitten en legt zijn arm op de rugleuning van de bank. 'Als je mijn sms wel had gelezen zou je weten dat een opdracht op het laatste moment was afgezegd. Toen ben ik weggegaan voordat ik nog een telefoontje kon krijgen. Je hebt mijn vraag nog niet beantwoord. Waarom verstop je je hier?'

'Is het een misdaad om af en toe alleen te willen zijn?'

'Volgens mij niet, maar dat is niet de reden waarom je hier bent. Wil je me vertellen wat er gaande is?'

'Tim, dat is iets persoonlijks wat ik liever niet bespreek.'

'Ik heb aldoor al het idee gehad dat dit meer was dan een familiereünie.'

'Je bent heel opmerkzaam.'

'Daar kan ik in mijn werk mijn voordeel mee doen. Ik heb me zorgen over je gemaakt.'

Een briesje brengt de bladeren in beweging. Even komt muziek vanaf het terras hun kant op. Dan vervaagt die weer. Ze is zich bewust van zijn nabijheid, van zijn arm die haar dichter naar hem toe trekt. Zijn kracht troost haar, maar het is een oppervlakkige troost die niets kan veranderen.

'Tim, wat wil je dat ik doe? Mijn ziel blootleggen?'

'Ik dacht dat je een toegewijde atheïste was. Wat heeft je ziel met dit alles te maken?'

'Vandaag heb ik een bezoek gebracht aan de kathedraal in Nelson. Na de tempels leek die nogal eenvoudig.'

'We houden hier niet zo van franje. We zijn eenvoudige mensen.'

'Bestaat dat soort? Zo ja, dan wordt het waarschijnlijk met uitsterven bedreigd.'

'Waarom verander je van onderwerp?'

Aarzelend lacht ze en leunt dan slap tegen hem aan. 'Ik heb een verschrikkelijke vergissing begaan door hierheen te komen. Ik dacht dat ik het aankon, maar ik ben er niet sterk genoeg voor. Het spijt me, Tim. Ik heb je al genoeg betrokken bij mijn problemen.'

'Hoor je me klagen?'

'Als ik erover praat, stort ik in. Echt waar.' Haar stem breekt. 'Morgenochtend vroeg vertrek ik.'

'Is het zo erg?'

'Ja.'

'In dat geval vertrekken we samen.'

'Tim, ik ga binnenkort naar huis. De andere kant van de wereld, weet je nog wel? Is dat het je waard?'

'Laten we het niet over waarde hebben en gewoon van elkaars gezelschap genieten.'

Hij heeft gelijk. Wat hierna gebeurt is niet langer belangrijk. Ze zal het donker met hem in lopen, ze zal dansen op het graf van Miss Havisham. Ze zal haar bruidssluier vol spinnenwebben in stukken scheuren en die door de wind laten meenemen.

Nadat de gasten zijn vertrokken, naar huis of naar een van de chalets, helpt Conor met het opruimen van borden en glazen. Rebecca blijft op het terras zitten, zonder te praten of te helpen, alsof ze wacht tot iedereen klaar is en haar in de schaduw alleen laat. Hij ziet bladeren in haar haar en komt in de verleiding ze eruit te plukken. Nee, hij kan haar beter niet aanraken. Ze slaat een mannentrui om haar schouders. Die had Tim Dawson aangehad toen hij hier arriveerde. Eerder heeft Conor hen uit het bos zien komen. Het licht in Tims chalet brandt, maar ze doet geen poging naar hem toe te gaan of naar haar eigen chalet te lopen. Hij vraagt zich af of ze de glimwormen hebben gezien. Zijn vader heeft zijn moeder in die grot ten huwelijk gevraagd. Welke woorden had hij daarvoor gebruikt? Waarschijnlijk iets als: 'Kan ik een ring voor je kopen die feller straalt dan alle glimwormen ter wereld?'

Wanneer Conor klaar is, trekt hij een stoel bij en gaat naast zijn tante zitten.

'Mag ik wat tijd in jouw asiel doorbrengen als ik naar Ierland kom?' vraagt hij.

'Dat zullen we dan wel zien,' reageert ze.

Hij schrikt van die botte reactie. Julie zegt dat hij zo lang als hij wil bij haar mag blijven. Nog een jongen, zegt ze gekscherend, zal de structuur van haar huis niet in gevaar brengen of de toch al maximale decibellen overschrijden. Tot dusver is zij zijn favoriete tante. Hij heeft amper een woord met Lauren gewisseld en Rebecca verbaast hem. Hij had verwacht haar het aardigst te vinden.

'Ik heb je vanmorgen zien kajakken,' zegt ze, zijn gedachtegang onderbrekend. 'Daar ben je goed in.'

'Ik train voor de Coast to Coast van volgend jaar. Heb jij hier al gekajakt?'

'Ja. Op een paar meren. Het is leuk.'

'In het botenhuis hebben we een tandemkajak. Gaan jij en Tim morgen met mij en Lyle mee?'

'Bedankt voor de uitnodiging, Conor, maar we hebben al andere plannen gemaakt.'

'Waar gaan jullie dan naartoe?'

'Naar het Abel Tasman Park en dan door naar Cape Farewell.'

'In het park moet je op zoek gaan naar de lama's. Wanneer kom je weer terug?'

'Dat weet ik niet.'

Iets in haar stem waarschuwt hem. 'Je zult er toch wel bij zijn als ze gaan trouwen?'

Ze bijt op haar lip en houdt daar dan mee op alsof ze bang is die met haar tanden kapot te maken. Haar aarzeling bevestigt zijn vermoeden. Voordat zij iets zegt weet hij al hoe ze zal reageren. 'Je komt niet terug, hè?'

'Ik ben bang van niet.' Ze buigt zich naar voren en ziet dat zijn moeder een omgevallen parasol rechtzet.

'Waarom niet? Ik begrijp het niet.' Hij weet niet of hij verbaasd of boos moet zijn. 'Waarom ben je helemaal vanuit Ierland hierheen gekomen als je niet van plan bent haar bruiloft bij te wonen?'

'Bruiloften zijn moeilijk voor mij, Conor. Ze doen me te sterk denken aan mijn eigen trouwdag.'

'Was dat dan geen gelukkige dag?'

'Ik was in de zevende hemel. Maar mijn man is dood en het huwelijk van je moeder zal te veel herinneringen naar boven halen.'

'Triest dat hij dood is.'

Ze pakt zijn kin, strijkt met haar hand over zijn wang. 'Heeft iemand ooit tegen je gezegd dat je een knappe jongen bent?'

Haar blik is als een zoeklicht. Hij schiet gegeneerd naar achteren. 'De laatste tijd niet, maar bedankt voor het compliment. Kom alsjeblieft terug voor de bruiloft. Ze wil echt dat jij erbij bent.'

'Ze zal me niet missen, Conor, en jij zult je zo goed amuseren dat je niet eens zult merken dat ik er niet ben.'

Terwijl zij praten, beweegt zijn moeder zich snel over het terras, zet stoelen recht, raapt papieren servetjes op, blaast nachtlampjes uit, veegt afval en bladeren de hoeken in. Wanneer ze niets meer te doen heeft gaat ze zonder iets te zeggen voor zijn tante staan. De twee vrouwen staren elkaar aan en de stilte tussen hen is tastbaar. Dan draait zijn moeder zich naar hem toe, alsof ze zich nu pas van zijn aanwezigheid bewust wordt, en zegt: 'Jij moet naar bed, schat. Rebecca en ik moeten met elkaar praten.'

Hij maakt haar slaapkamerdeur open. Het rieten mandje staat nog onder het bed. Hij pakt er een andere brief uit. Het kinderlijke handschrift is nu leesbaarder geworden. Over de datum is geen twijfel mogelijk. Ze schreef aldoor naar haar overleden moeder. Hij leest de brief snel door. De naam Melancholia lijkt hem te bespringen, tot hij niets anders meer kan zien.

Hij hoort zijn vader terugkomen van zijn avondwandeling met Sandy. Hij duwt het mandje weer onder het bed en neemt de brief mee naar zijn eigen kamer. 'Lieve mam, Melancholia is echt verbazingwekkend...' Satanische invloeden en hersenspoelende muziek bestonden in die tijd kennelijk al, net zoals ze volgens Olivers vader nu bestaan. Deze glimp in haar verwarde wereld verklaart heel veel. Geen wonder dat zij en Rebecca langs elkaar heen lopen alsof ze worden gescheiden door een doornstruik.

'Hoelang heeft het geduurd?' vraagt Rebecca. 'Heeft het zich voor of na mijn trouwen afgespeeld? Of allebei? Hoe vaak? Geef me feiten en getallen, Cathy. Die kan ik wel aan. Alles is beter dan achterdocht en spelletjes met mijn geest. Die spelletjes speelde Jeremy, en ik was zo zwak dat ik hem geloofde. We hadden elkaar beloften gedaan, maar uiteindelijk bleken die niets te betekenen. Hoe heeft hij het kunnen doen? Hoe heb jij het kunnen doen? En nu heb je het lef gehad me hierheen te halen om te pronken met je zoon. Om hem mij als een spiegel voor te houden...' Haar stem breekt en Cathy siddert alsof de woorden pijn doen.

'Jeremy was jouw liefde niet waard.'

Rebecca knikt. 'Dat is duidelijk, maar jij was mijn liefde ook niet waard en ik hield nog meer van jou.'

Het kettinkje breekt als ze aan het medaillon trekt en dat in Cathy's hand duwt. 'Aanpakken. Ik heb het al te veel jaren bij me gehad.'

Cathy maakt het medaillon open en ziet de gezichten van haar ouders, de haren van haar moeder. Ze stelt zich voor hoe Rebecca de glanzende zwarte haren voorzichtig uit de haarborstel haalt en ze in het hartje doet. Ze houdt het medaillon heel stevig vast en laat haar zus tegen haar tekeergaan om haar verdriet te verzachten.

Hoe kan ze uitleggen hoe verlokkend verleiding kan zijn en hoe gemakkelijk die in een verkrachting kan veranderen? Hoe weet ze waar waarheid en illusie beginnen en eindigen? Was Jeremy schuldig omdat hij iets had gedaan wat zij had willen laten gebeuren? Haar fantasie, gebaseerd op zwijmelend oogcontact, zachte handen, violen op de achtergrond, heidevelden. Zij had er geen zichtbare littekens aan overgehouden. Een verkrachting kan bruut en onverwacht zijn, een vuist in het donker, je achtervolgende voetstappen. Het kan een stille kracht zijn die bezit van je neemt. De enige muziek die ze die avond in zijn auto had gehoord was de harde zucht van de veroveraar en de geschrokken ademhaling van degene die was veroverd. Op dat moment had ze alles verloren wat haar dierbaar was en alles gekregen wat haar dierbaar is.

'Je hebt tegen je zoon gelogen. Jij en Kevin hebben hem schaamteloos een rad voor ogen gedraaid. Hoe heb je dat kunnen doen?'

'Het is niet met opzet gebeurd.'

'Ik wil het niet weten.' Rebecca gaat staan en kijkt op haar zus neer. 'Maar één ding weet ik wel. Een dergelijk bedrog kan niet ongestraft blijven.' Het gezicht van Jeremy hangt als een dodenmasker tussen hen in. Rebecca drukt een hand tegen haar ogen, alsof ernaar kijken ondraaglijk is.

'Morgenochtend vroeg vertrek ik,' zegt ze. 'Ik zie mijn zussen wel weer op het vliegveld, wanneer we naar huis gaan.'

Ze draait zich om en loopt zonder verder nog iets te zeggen weg.

Cathy zit nog altijd op het terras wanneer Tim Dawson bij haar gaat zitten. Deze gezette man, die zich ondanks zijn afmetingen lichtvoetig beweegt, geeft om Rebecca.

'Haal haar over hier te blijven,' zegt Cathy smekend.

Hij schudt zijn hoofd. 'Ze houdt niet van complicaties. Maak jij daar deel van uit?'

'Ik ben bang van wel.'

'Dat dacht ik al. Het spijt me, Cathy.'

Het terras is nu verlaten. De lichten in de chalets zijn uit, met uitzondering van een lamp achter het raam van het takahe-chalet, waar
Rebecca net als haar zus de wacht houdt bij het verleden.

58

De derde dag

Rebecca is klaar met pakken en gaat op haar hielen zitten. Tim komt zo naar haar toe. Aan de muur kijkt de takahe stoïcijns vanuit zijn lijst. Hij peinst ongetwijfeld over het feit dat hij voor uitsterven is behoed.

Ze schrikt van een klop op de deur. Alma Gowan staat op de stoep.

'Zo zien we elkaar dan weer.' Rebecca slaat haar armen over elkaar en leunt tegen de deurpost. 'Alma, jij kunt goed liegen.'

Alma kijkt haar recht aan. 'Zou het verschil maken als ik excuses aanbied?'

'Geen enkel.' Rebecca kan de bitterheid niet uit haar stem houden.

'Mag ik even binnenkomen?' Alma kijkt om naar Havenswalk, waar de luiken voor de ramen nog dicht zijn. 'Cathy heeft gezegd dat ik me er niet mee mag bemoeien, en ik heb liever niet dat ze ons met elkaar ziet praten.'

Aarzelend zet Rebecca een stap opzij. 'Zeg wat je te zeggen hebt, Alma, en hou het kort. Over tien minuten vertrek ik.'

Alma kijkt naar Rebecca's dichte rugzak. 'Ik heb één keer mijn mond gehouden en dat heb ik vaak betreurd.'

'Je vergist je als je denkt dat ik me daardoor beter voel.' Rebecca sleept de rugzak naar de openstaande deur. Geen beweging in het torea-chalet waar Tim heeft geslapen. Alma gaat zitten en maakt een torentje van haar vingers. Even denkt Rebecca dat ze gaat bidden.

'Rebecca, je bent een vastberaden vrouw. Jij en Cathy zijn van hetzelfde laken een pak.'

'Dat is een interessante observatie. Maar je vergeet één ding, namelijk dat ik niet degene ben die bedrog pleegt.'

'Misschien alleen ten aanzien van jezelf.'

'Waar haal je het lef vandaan te proberen mij te analyseren?'

'Daarom ben ik niet hier, Rebecca. Iedereen is al te veel gekwetst. Ik wil dat niet nog erger maken door een ruzie met jou.'

'Waarom hou je me dan op?'

'Ik ben hierheen gekomen om mijn excuses aan te bieden. Het spijt me heel erg dat ik die dag tegen je heb gelogen. Ik deed het niet alleen omwille van Cathy, maar ook omwille van jou. Soms kunnen we om de juiste reden een verkeerde beslissing nemen.'

'Dat is ongetwijfeld een heel diepzinnige opmerking, maar ík kan er niets zinnigs van maken.'

'Cathy wilde meer dan wat ook dat jij een gelukkig huwelijk zou hebben.'

'En ze geloofde dat een huwelijk dat op zo'n immens bedrog was gebaseerd een kans van slagen had?' Voordat Alma iets kan zeggen steekt Rebecca een hand op. 'Kom alsjeblieft niet aanzetten met "wat niet weet wat niet deert".'

'Rebecca, Cathy was nog maar een kind.'

'Ik heb haar gadegeslagen.' Rebecca's zelfbeheersing verdwijnt. 'Ze trok altijd van die belachelijke kleren aan, en ze eiste voortdurend zijn aandacht op. Ze deed alsof ze een klein en verloren meisje was... Achter mijn rug om lachte ze samen met hem, denkend dat ik haar niet kon horen. Maar ik heb nooit... nooit...'

Tot haar opluchting hoort ze de stem van Tim. Zijn lange gestalte vult de deuropening. Hij aarzelt wanneer hij Alma ziet. 'Stoor ik?'

'Nee.' Rebecca tilt haar rugzak op en geeft die aan hem. 'Zet hem maar in de Jeep, Tim. Alma gaat nu weg.'

'Rebecca, je neemt de verkeerde beslissing.' De oudere vrouw gaat staan. 'Ik begrijp je woede, maar Cathy was een onschuldig slachtoffer.'

'Werkelijk? Kijk haar recht aan wanneer je haar vraagt of dat zo was.' In de deuropening blijft Rebecca nog even staan. 'Tussen twee haakjes... Heb je echt een dochter die Nadine heet of was dat ook een leugen?'

'Rebecca, iedereen heeft zijn of haar eigen verhaal. Ik heb gezegd wat ik je te zeggen had en nu zeg ik je gedag.' Alma loopt langs haar heen en verdwijnt langs de zijkant van het chalet. Flarden mist zweven boven het gazon. De ratabomen staan in volle bloei. Rode bloesems hangen zwaar aan de takken. Rebecca kijkt niet om wanneer Tim wegrijdt van Havenswalk.

Ruthie nadert de veranda waar Lauren en Steve zitten te ontbijten. Ze zet een pot verse koffie en croissants die net uit de oven komen op de tafel. In de verte is het vage gezoem van een motor hoorbaar. Julie komt eraan, rijdend op de motor van Hannah: een donkere gestalte in zwart leer. Even later is ze in de bocht weer uit het zicht verdwenen. De luiken van het chalet van Rebecca staan open, maar Lauren ziet binnen geen beweging. Tims Jeep is weg. Ze begint zich voor het eerst ongemakkelijk te voelen. Gisteren was Rebecca een hele dag weg geweest en daar had ze geen verklaring voor gegeven. Het geluid van de motor zwelt aan. Julie is weer te zien. Ze zet de motor weg, trekt het leren jasje uit, drapeert het over een schouder en loopt op haar gemakje naar de ontbijttafel. Het enige wat ontbreekt is een baard en een paardenstaart, denkt Lauren.

'Sinds wanneer heb jij je aangesloten bij de Hell's Angels?' vraagt Steve.

'Ik wilde alleen even een ritje op die motor maken.' Julie gaat zitten, slaat haar benen over elkaar en bewondert haar laarzen. Hannah heeft haar kennelijk haar gehele leren garderobe ter beschikking gesteld. 'Paul zoekt op het internet al prijzen van Harleys op. Lauren, jij zou ook eens een ritje moeten maken. Je wordt er heel blij van.'

'Zij houdt het wel bij de Jag,' zegt Steve.

Lauren glimlacht en doet honing op een croissant. Ze heeft al in het zwembad gezwommen en haar strak van haar voorhoofd naar achteren gekamde haar legt de nadruk op de kilo's die ze sinds het begin van de reis is afgevallen.

'Heeft ze je over de dolfijnen verteld?' vraagt Julie.

Lauren zucht, want ze weet dat Julie geneigd is te overdrijven. Ze heeft er spijt van dat ze haar zussen in vertrouwen heeft genomen, maar ze had haar mond niet kunnen houden over de euforie die ze met de dolfijn had ervaren. Rebecca had sceptisch gekeken. Zij geloofde kennelijk dat als dolfijnen met mensen contact wilden leggen ze dat met háár zouden doen. Julie had het echter wel helemaal geloofd en is er nu van overtuigd dat ze over de reling van de boot had gehangen en het zelf had gezien.

'De dolfijnen?' zegt Steve.

'In Kaikoura hebben we met die dieren gezwommen,' zegt Julie, 'en eentje heeft Lauren op zijn rug gedragen.'

'Zonder zadel op een dolfijn rijden.' Steve klinkt geamuseerd. 'Dat vind ik een interessant maar wel ietwat ongelooflijk idee.'

Lauren neemt hem dat niet kwalijk. De ervaring lijkt minder belangrijk te worden met elk woord dat over de lippen van Julie komt. Ze schenkt koffie in en geeft een kop aan Julie, die haar waarschuwende blik niet ziet.

'Niks ongelooflijk,' zegt Julie. 'Ik heb het zelf gezien.'

'Het meest verbazingwekkende is dat Lauren niet is verdronken.' De geamuseerdheid van Steve is van korte duur. 'Lauren is kennelijk meegenomen door een getijdestroom of een gevaarlijke dwarsstroom.

Ik moet er niet aan dénken wat er had kunnen gebeuren terwijl jullie aangenaam werden beziggehouden door een dolfijnencircus.'

'Steve, er was geen getijdestroom en ze verkeerde geen moment in gevaar,' zegt Julie. 'Je bent kennelijk vergeten dat ze zwemkampioen is geweest.' Ze doet een lepel suiker in haar koffie en roert. 'Ik heb al je medailles nog,' zegt ze tegen Lauren.

'Echt?' Lauren is plotseling terug in het lawaaiige zwembad waar ze elke zaterdagmorgen met hun vader naartoe gingen. 'Hoeveel heb ik er gewonnen?'

'Zes gouden medailles voor kinderen onder de tien en vijf voor kinderen onder de elf. Ik heb ze meegenomen toen ik Heron Cove leeghaalde.'

'Dat is dus al heel lang geleden,' zegt Steve. Hij snijdt een appel in exact even grote partjes en snijdt een plakje kaas af. 'Gelukkig heeft ze het overleefd. Waar is Rebecca vanmorgen?'

'Ik neem aan dat ze wil uitslapen.' Julie haalt haar schouders op en gaat staan. 'Ik ga mijn e-mail checken. Tot straks.'

Lauren slaat het boek van Akona open. Vogels vliegen als speren door de ochtendnevel en duiken bomen in. Akona gebruikt ze als haar inspiratiebron: de kea, kakapo, kiwi en kaka. Vreemde staccato namen, maar de poëzie van de Maori-vrouw heeft een melodische cadans. Een merkwaardige, bijna op rap lijkende beat die naar Laurens idee het ritme van de diverse vogelgeluiden imiteert. De gedichten vervullen haar met een eens bekende opwinding. Het ritme van woorden die poëzie worden. Haar introverte fase, noemde Steve het. Alles is een fase die ze te boven kan komen. *Onvruchtbare maan...*

'Prinses, leg dat boek weg.' Steve buigt zich naar haar toe, pakt het boek en legt het op zijn kant van de tafel. 'We worden geacht samen van het ontbijt te genieten.' Lauren ruikt parfum: het goedkope en weeïge parfum dat de jonge prostituee in Bangkok op haar borsten had gedaan. Als ze iets dieper ademhaalt zal ze moeten overgeven.

Ze doet haar ogen dicht om het beeld van het gezicht van die jonge vrouw buiten te sluiten, het beeld van de tatoeage van de zonnebloem, de donkere amandelvormige ogen die hun sieraden vergeleken – echt en nep – en geen onderscheid maakten.

'Ik heet Lauren,' zegt ze. 'Spreek me in het vervolg alsjeblieft aan met Lauren.'

Hij schudt verbaasd zijn hoofd. 'Als je daar op staat, *Lauren*.'

'Steve, er was geen sprake van een getijdestroom.'

'Ik dacht dat we het over jouw identiteit hadden en niet over jouw fantasieën.'

'Ik heb het nodig dat je me gelooft.'

'Wat ik geloof is dat je onder die omstandigheden had kunnen verdrinken.'

Uit een van de chalets komt het geluid van een radio. Ze krijgt hoofdpijn van een hark die over grind wordt gehaald. Zelfs het bestek maakt te veel lawaai. 'Je hebt gehoord wat Julie heeft gezegd. Als kind kon ik uitstekend zwemmen. Ik heb medailles...'

'En littekens. Dat hoef ik je vast niet in herinnering te brengen.'

'Maar toch doe je dat altijd.'

'Wanneer verwijs ik naar die ongelukkige neiging van je jezelf te verwonden? Het enige wat ik ooit heb gedaan is je in bescherming nemen.'

'Tegen mezelf, bedoel je?'

'Tegen pijn. Is dat een misdaad? Zeg me maar eens wat ik ánders had moeten doen.'

'Geloof je mijn verhaal over... die dolfijn?'

'Waarom verwacht je van me dat ik zo'n belachelijk verhaal geloof? Ik ben een realist. En hoewel jij heel breekbaar bent, ben jij dat ook. Vergeet die dolfijnen. Die zijn irrelevant voor het onderwerp dat we bespreken, namelijk dat we ruziemaken nadat we bijna een maand van elkaar gescheiden zijn geweest. Dat is niet direct het welkom dat ik van mijn vrouw verwachtte.'

'Wat verwacht je dan wel van me, Steve? Los van jouw kostbare Dresdense porselein te zijn, bedoel ik dan.'

'Lauren, ga niet te ver. Er zijn grenzen aan mijn verdraagzaamheid.'

'Rebecca noemt me jouw trofee.'

'Sinds wanneer is de mening van Rebecca belangrijk voor jou?'

'Sinds ik tot het besef ben gekomen dat ze gelijk heeft.'

'Dan zul je daarmee moeten leven,' zegt hij lachend.

Wat dat realisme betreft heeft hij gelijk. Haar realisme is woede en schuld: een krachtig mengsel. En ook pijn, scherp als ijs voordat het ontdooit.

Het briefje moet onder de deur van het chalet door zijn geschoven terwijl Julie sliep. Ze was erlangs gelopen zonder het te zien, omdat ze de motor van Hannah zo graag wilde lenen. Pas als ze naar het zilveroog-chalet terugkeert ziet ze het opgevouwen velletje papier op de grond. Met toenemend ongeloof leest ze de brief van Rebecca.

Lieve Julie en Lauren,

Vergeef me alsjeblieft mijn abrupte vertrek. In Havenswalk blijven is onmogelijk. Cathy heeft mijn hart gebroken toen ze wegliep van huis en dat kan ik haar niet vergeven. Als ik daardoor een hard kreng lijk, moet dat maar zo zijn. Ik ga voor de rest van deze reis met Tim Dawson mee, en ik zie jullie weer op het vliegveld.

We hebben gedrieën een lange reis afgelegd. Ondanks onze verschillen zou ik graag geloven dat we in die tijd dichter naar elkaar toe zijn gegroeid. Om die reden hoop ik dat jullie mijn advies zullen aanvaarden in de zin die ik eraan wil geven. Julie, tel je zegeningen en gebruik allebei je handen. Lauren, gooi je koffers weg, met alles wat erin zit. Dat zal je last lichter maken.

Tot later,

Rebecca

Julie wordt kwader wanneer ze het briefje herleest. Waar haalt Rebecca het lef vandaan te denken dat zij de enige is die verdriet heeft? Het weglopen van Cathy heeft hen allemaal diep geraakt. Waarom vindt Rebecca het zo moeilijk Cathy dat te vergeven? Julie loopt snel naar de veranda, maar Steve en Lauren zitten daar niet meer te ontbijten. Ze loopt door naar Havenswalk. Cathy en Rebecca hadden gisteravond op dat terras met elkaar gesproken. Toen moest er een achteloze opmerking zijn gemaakt die de fragiele harmonie tussen hen had verbroken.

Deze morgen varen twee kajaks op het meer. Ze herkent haar neef en Lyle, de tuinman die volgens Conor zijn trainer is voor de een of andere triathlon. Ze stappen de steiger op en binden de kajaks vast. Conor zet zijn helm af en buigt voorover om zijn rode setter te aaien. Hij gooit een stok weg en de hond springt erachteraan. De zon schijnt op zijn haar. Lyle brult iets en Conor schudt lachend zijn hoofd. Die lach kan Julie vaag horen.

Ze blijft doodstil staan en schrikt, alsof een onverwachte herinnering haar een klap in haar gezicht heeft gegeven. De jongen en de man lopen dichter naar elkaar toe. De man knikt en loopt zonder iets te zeggen langs haar heen. Hij is iemand die gesprekken niet aanmoedigt. Conor loopt naar Julie toe en maakt een praatje met haar. Ja, hij weet dat Rebecca eerder die dag is weggegaan. Ze haat bruiloften. Beroerde herinneringen. Hij schudt zijn hoofd. Misschien zal ze van gedachten veranderen en terugkomen. Hij grinnikt hoopvol en loopt samen met haar naar Havenswalk.

Bij de deur stopt Julie. 'Ik moet terug naar het chalet,' mompelt ze. Ze draait om en loopt snel weg.

In het chalet laat ze zich in een stoel ploffen. Ze heeft het te heet. Het is ook belachelijk om in dit weer leren kleding te dragen. Ze trapt de laarzen uit en trekt de leren broek uit. Ze haalt snel adem, klapt dubbel en drukt haar handen tegen haar maag. Ze moet weer denken aan de keer dat ze Rebecca huilend in het bos had aangetroffen. Rebecca huilt nooit. Niet meer sinds de begrafenis van hun ouders en de dood van Nero. Ze had niet gehuild toen Cathy was verdwenen of toen Jeremy was overleden. En als ze wel heeft gehuild, heeft ze dat gedaan wanneer ze alleen was.

Julie rent de wenteltrap op en loopt de badkamer in. Ze sprenkelt koud water op haar gezicht. De stand van het hoofd van de jongen heeft niets te betekenen. Zijn aanstekelijke lach roept geen vergeten echo op. Het is te belachelijk om er ook maar over na te denken. Rebecca huilend... het beeld weigert te verdwijnen. Huilend alsof haar hart werd gebroken.

Ze staat op het balkon en ziet Conor met Mel Barnes Havenswalk uit komen. Ze lopen in de richting van het zwembad. Conor pakt haar badtas van haar over. Mel wil hem terugpakken, maar dat staat hij haar niet toe. Ze lachen samen. Julie kan hen niet horen, maar het is volstrekt duidelijk dat Conor aan het flirten is.

Hoe had de gelijkenis haar kunnen ontgaan? Ze heeft alleen gezien wat ze wilde zien. Oppervlakkige overeenkomsten. Kevins blonde, verwarde haardos. Haar eigen bruine ogen. Rebecca's sfinxachtige jukbeenderen. Laurens lange en slanke vingers. De vorm van zijn gezicht, sprekend lijkend op die van zijn moeder. Maar voor degenen die echt op zoek waren naar de waarheid, was die zonneklaar.

Heeft Rebecca het altijd geweten, of heeft ze vijftien jaar lang met deze achterdocht geleefd? Dat zou zoveel verklaren. In de maanden na de dood van Jeremy had Julie gewacht tot Rebecca Anna Kowalski zou veroordelen en tekeer zou gaan over de ontrouw van haar echtgenoot. Ze had het zwijgen van Rebecca niet kunnen begrijpen, noch haar afstandelijke gezichtsuitdrukking wanneer zij probeerde dat onderwerp aan te snijden. Als het om Paul was gegaan... Julie krijgt al kippenvel bij dat idee. Als hij haar ontrouw was, zou ze die twee gelaarsd en met gebalde vuisten met een zeis uit elkaar halen. Zelfs zijn as zou niet veilig zijn voor haar moordzuchtige woede. Haar verlangen naar huis is zo intens dat ze bijna een kreet slaakt.

Ze wil thuis zijn, in de armen van haar man, weg van de ongelukkige Lauren, Cathy's geforceerde kalmte en het grote verdriet dat ze in de gezichtsuitdrukking van Rebecca niet had herkend toen ze aan haar neef werd voorgesteld en het verleden naar haar zag staren.

De sfeer is lichter nadat ze uit Havenswalk is vertrokken. Rebecca kan weer vrijuit ademhalen. Onder het klimmen zeggen ze weinig. Ze doen dat in hetzelfde tempo, houden af en toe even halt wanneer Tim op een klokvogel wijst of de papegaaiachtige kaka. Hij kan vogelgeluiden goed identificeren en de planten die op de lagere hellingen van Mount Arthur groeien een naam geven. Het is een moeizame klim en Rebecca kan er haar energie in kwijt.

Gras en bossen moeten geleidelijk het veld ruimen voor imposante structuren van kalksteen. In de spleten is sneeuw te zien, maar door de bank genomen is het pad schoon en gemakkelijk te volgen. Halverwege houden ze halt om te eten. Tim pakt de salades en de kaas uit, de koude forel en de pasta die ze in Motueka hebben gekocht. Ze eten snel, leunen met hun rug tegen een schuin stuk kalksteen, hebben ontzettende honger door de frisse lucht en de lichamelijke inspanning.

'Wat wil je doen als we hier klaar zijn?' vraagt Tim. 'Nog een dag blijven of doorgaan?'

'Doorgaan.'

'Dan stel ik voor hier ergens in de buurt te overnachten. Bij Motueka weet ik een uitstekende lodge.'

'Dat klinkt perfect.' Rebecca loopt naar de rand van het plateau en kijkt door haar verrekijker naar het Abel Tasman Park. Onder haar bevindt zich een lieflijker landschap, maar hier weerspiegelen de snerpende wind en de kale toppen de turbulentie van haar hart en de leegte van haar schoot.

'De wind is bedrieglijk,' zegt Tim, die naar haar toe loopt. 'Het is gevaarlijk zo dicht bij de rand te staan.'

'Ik ben voorzichtig.' Ze geeft hem de verrekijker. 'Je hebt hier zo'n schitterend uitzicht. Conor zegt dat er lama's in het park zijn. Die wilde hij me laten zien.'

Tim kijkt door de verrekijker en geeft die dan weer aan haar terug. 'Je hebt een lange reis gemaakt om vervolgens voor je zus op de vlucht te slaan.'

'Cathy heeft het over afsluiten. Dat is zo'n zinloos woord.' Haar stem klinkt hard.

'De achterliggende betekenis telt,' zegt hij.

'Dat is nu juist het probleem.' Ze raakt haar buik aan, de plaats troostend waar haar kind had moeten zijn. 'Cathy heeft een verhouding gehad met mijn man. Conor is hun zoon. Niet de mijne. Ik wist het. Al die tijd dat we op reis waren, wist ik wat ik zou ontdekken wanneer we Havenswalk eenmaal hadden bereikt.'

Tim zwijgt, verwerkt wat hij heeft gehoord. Zij is blij dat hij niet probeert haar valse troost te geven.

'Waarom ben ik hierheen gegaan? Waarom? Waarom? Voordat ze me belde had ik een leven. Ik was doorgegaan. Waarom heb ik mezelf dit alles op de hals gehaald? Hoe kan ik leven met de wetenschap dat ze me achter mijn rug om heeft bedrogen en dat hij... Ik kan het niet verdragen. Wat doe ik hier?'

'Jezelf de vrijheid geven,' zegt hij.

'De vrijheid? Wat wordt dat geacht precies te betekenen?' Ze kijkt hem nijdig aan. 'Mijn vermoeden is altijd juist geweest. De waarheid bevrijdt je niet. De waarheid is een val.'

Ze loopt terug en ruimt de restanten van de picknick op. Hij gaat op zijn knieën naast haar zitten. 'Luister naar me, Rebecca. Voordat je hierheen ging had je niets anders dan achterdocht. Nu is dat veranderd. Er zijn geen vragen meer die je amper durft te stellen, want je kent de antwoorden. Er zijn geen tekenen meer die je liever niet wilt zien of die je bereid bent te negeren om maar het leven te kunnen leven waarvoor jij hebt gekozen. De waarheid is een zware last, maar uiteindelijk zal het je lukken die te dragen. Achterdocht werkt daarentegen verlammend.'

Zijn woorden dringen door haar verdriet heen tot haar door, getuigen van eigen ervaringen. Voor het eerst sinds ze elkaar hebben leren kennen is ze zich ervan bewust dat ook hij een eigen verhaal te vertellen heeft. Ze denkt aan Olive Moran. Lichte voetstappen op een open weg.

'Voel jij je vrij, Tim?' Ze laat zich op haar hielen zakken en kijkt hem strak aan.

Hij knikt en neemt haar in zijn armen. 'Rebecca, we zitten op de top van de wereld en dat is een veilige plek om geheimen te delen.'

Ze kijkt omhoog, naar de indrukwekkende top die ze nog moeten bereiken. 'We zijn pas halverwege.'

'Dan zullen we de reis afronden als we er klaar voor zijn.'

Vier uur later dalen ze vanaf de top weer af en gaan in zijn Jeep zitten.

'Vermijd je nog steeds liever complicaties?' vraagt hij op neutrale toon. 'We kunnen een chalet met twee slaapkamers nemen.'

'Eén slaapkamer is prima,' zegt ze.

'Weet je dat zeker?'

'Ja.'

De nieuwe jurk van Rebecca danst om haar benen wanneer ze naar het balkon loopt waar een tafel voor twee personen is gedekt. Ze geniet van de zachte stof tegen haar huid, geniet van de bewondering die ze in Tims ogen ziet. Ze kijken naar de zandbanken die als mozaïeken glinsteren nu het eb wordt en ze hebben het over boeken, muziek, reizen en dieren. Het onderwerp bedrog wordt gemeden. Maar het is niet zo dat ze over Jeremy of Cathy wil praten, of over iets – wat dan ook – wat geen verband houdt met het heden.

Ze laten de gordijnen van de slaapkamer open en kleden zich uit. Hun ledematen voelen loom aan door de wetenschap van komend genot. In de armen van deze vriendelijke man die zo onverwacht in haar leven is gekomen verbaast Rebecca zich over het sterke verlangen dat zich moeiteloos en pretentieloos aandient. Hij leunt tegen de kussens en kijkt hoe zij zich uitkleedt. Dan steekt hij zijn sterke armen naar haar uit. De brede en onbekende welvingen van zijn hals en schouders doen haar alles wat ze in Havenswalk heeft achtergelaten vergeten. De hele dag hebben ze eenzelfde tempo aangehouden en wanneer ze hem nu in zich opneemt volgen hun lichamen een ander ritme, teder en tegelijkertijd eisend, ongeduldig maar ook bereid te plagen en te spelen, stoutmoedig te verkennen en voorzichtig te ontdekken wat de ander genot geeft. Ze buigt zich naar achteren en neemt hem diep in zich op. Zijn handen houden haar vast terwijl ze samen stormachtig onderweg zijn naar bevrediging.

'Over complicaties gesproken,' zegt hij wanneer ze voldaan in elkaars armen liggen. 'Wat heb je daar nu op te zeggen, Rebecca Lambert?'

Deze ene keer zijn woorden overbodig.

59

De vierde dag

Een vrachtwagen draait de laan naar Havenswalk op en neemt dan de weg naar het meer. Conor staat op het balkon van zijn slaapkamer en ziet de werklui de wagen uit komen om een feesttent uit te laden. Zijn moeder voegt zich bij hen en wijst naar de plek waar de tent moet komen te staan. Ze lijkt klein vergeleken met de stevige mannen in hun shorts en singlets, maar ze zullen haar instructies opvolgen. Conor heeft haar in actie gezien als iets niet naar haar wens wordt uitgevoerd. Daarom kon hij zo moeilijk begrijpen waarom ze zenuwachtig was in de buurt van Rebecca.

De reling van het balkon voelt heet aan. Het belooft een schitterende dag te worden. Lyle is al in de tuin aan het werk. Zijn witte rozen beginnen hun blaadjes te ontvouwen. Zij zullen een soort prieeltje vormen bij de ingang van de tent, en het altaar in de open lucht opsieren. Vanavond wordt de plechtigheid geoefend en zijn ouders trouwen over vier dagen. Zijn tante heeft nog altijd niets van zich laten horen. Zelfs geen sms'je.

Toen hij het er gisteren over had gehad dat hij een bezoek aan Ierland wilde brengen, had zijn moeder nonchalant geknikt en gezegd: 'Dat zullen we bespreken wanneer alles na de bruiloft weer normaal is.'

De blik in haar ogen had zijn opwinding een koude douche gegeven. Wanneer hij die blik zag toen hij jonger was, de blik die hem meedeelde dat ze met haar gedachten heel ergens anders was, had hij een driftaanval gekregen. Zelfs als ze hem dan optilde en probeerde hem tot bedaren te brengen, had hij gevoeld dat ze nog altijd buiten zijn bereik was. Zijn hevige driftaanvallen hadden hem opgelucht en hij bleef krijsen tot Alma – die hem tot bedaren kon brengen met verhalen over oude krijgers met hurleysticks en honden – verscheen en hem meenam.

'Wat valt er te bespreken?' vroeg hij. 'Ik heb al te veel jaren verspild.'

'Verspild?' Haar gezicht werd rood. 'Zie jij je leven hier als verspilling?'

'Dat heb ik niet gezegd. Jij moet er natuurlijk weer een andere draai aan geven. Ik bedoelde alleen te zeggen dat ik, als alles anders was geweest, mijn familie vanaf mijn geboorte had gekend.'

'Beter laat dan nooit. Dat ben je toch zeker wel met me eens?'

'Maar Rebecca is weg. Waarom is ze er zo opeens vandoor gegaan?'

'Dat wéét ik niet. Hoe vaak moet ik dat nog zeggen?'

'Je móét het weten.'

'Ze haat me. Oké? Is dat antwoord goed genoeg voor je? Ze haat mij en ze haat Kevin.'

'Ik wil alleen weten waarom. Waarom haat ze ons?'

'Niet ons. Jou haat ze niet.'

'Dat doet ze wel. Dat heb ik aan haar gezichtsuitdrukking gezien zodra ze me zag.'

Haar simplistische verklaring ervaart hij als een belediging voor zijn intelligentie. Hij kijkt nu weer naar haar. De tent krijgt vorm, wappert en komt omhoog als een gigantische luchtballon. Zijn zeer aantrekkelijke tante verschijnt op haar balkon. Ze leunt met haar armen op de reling, met een sigaret tussen haar vingers. Hij loopt weg van Havenswalk en gaat over het gazon haar kant op. Ze heeft een grote zonnebril op en een zonnehoed zorgt voor schaduw op haar gezicht. Hij zwaait om haar aandacht te trekken en zij gebaart dat hij zich bij haar moet voegen.

Haar slaapkamer ruikt naar parfum. Zij ruikt daar ook naar wanneer ze met twee grote glazen limoensap het balkon weer op loopt.

'Waar is oom Steve?' vraagt hij.

'In het kantoor van Cathy.' Ze tikt met een vingernagel tegen haar glas en glimlacht. 'Als je naar Ierland komt, moet je ons ook komen bezoeken.'

'Natuurlijk,' reageert hij beleefd. 'Ik hoop ook in het asiel van Rebecca te kunnen werken.'

'De jongens van Julie helpen haar vaak in de stallen en in de kliniek.'

'Ik vraag me af wat ze nu doet.'

'Becks kennende zit ze waarschijnlijk in de bossen achter gekko's aan.'

'Die zijn hier inderdaad. Ik wilde haar ook de glimwormgrot laten zien. Heb jij die al gezien?'

'Nog niet. Hij is vast heel mooi.'

'Dat is hij zeker.' Haar donkere zonnebril maakt hem zenuwachtig. Hij wil dat ze hem afzet zodat hij haar ogen kan zien. 'Is Rebecca de reden waarom mam was gedwongen van huis weg te lopen?'

'Niemand heeft Cathy gedwongen weg te gaan.'

'Waarom is ze dan vertrokken?'

'Dat weet ik niet.' Lauren schudt haar hoofd. 'Ze is vertrokken zonder ons daarvoor een reden op te geven.'

'Vanwege mij?'

'Ze was inderdaad in verwachting van jou, maar wij zouden voor haar hebben gezorgd.'

'Waarom heeft mijn vader niet voor haar gezorgd?'

'Kevin was toen nog te jong.'

'Hij wilde vast niets met mij te maken hebben.'

'Dat is ook niet waar. Cathy was vertrokken voordat wie van ons dan ook de kans had gekregen haar te helpen.'

'Ik wou dat ze niet was weggelopen.'

'Ik ben ook weggelopen. Alleen op een andere manier.'

'Waar ben jij naartoe gegaan?'

Ze raakt haar borstkas aan, boven de v van haar jurk. 'Hierheen, Conor.'

Hij neemt een grote slok, weet niet zeker wat ze daarmee bedoelt. 'Ik heb een grondige hekel aan geheimen.' Hij zegt het voordat hij erover heeft kunnen nadenken.

'Het leven zou ondraaglijk zijn als er geen geheimen waren.' IJs rinkelt in haar glas wanneer ze dat naar haar lippen brengt.

'Het zou wel eerlijker zijn.'

'Eerlijk, maar ondraaglijk. Sorry, Conor.' Opeens gaat ze staan, excuseert zich en loopt snel het balkon af.

Hij drinkt zijn glas leeg en weet niet of hij moet weggaan of blijven. De tent is nu klaar. Zijn moeder zet een paar stappen naar achteren, met haar handen op haar heupen, en bekijkt het geheel.

Hij hoort dat de wc in de badkamer wordt doorgetrokken. De deur gaat open en weer dicht. Wanneer zijn tante terugkomt heeft ze haar zonnehoed niet meer op en staat haar zonnebril op haar haren. Ze schenkt zijn glas nog eens vol.

'Ik ben zo blij dat alles voor Cathy op zijn pootjes terecht is gekomen. Het moet voor jou geweldig zijn geweest je vader te leren kennen.'

'Ja.' Hij knikt heftig. 'Maar het spijt me wel dat hij het merendeel van mijn leven heeft gemist.'

'Verloren tijd kun je altijd goedmaken.'

'Hoe?'

Ze raakt met haar wijsvinger zijn wang aan en kijkt nadenkend.

'Nu je me die vraagt stelt, geloof ik niet dat de tijd zo vreselijk aardig is.' Ze geeuwt en zet de zonnebril weer op haar neus. Haar nagels zijn felrode klauwen. 'Ik ga even liggen,' zegt ze. 'Ik ben nog aan het bijkomen van de rit met de camper en ik heb mijn schoonheidsslaapje nodig.'

'Dat is niet waar. Slapen zal je niet mooier kunnen maken dan je al bent.' Het compliment komt moeiteloos over zijn lippen. Zij lijkt er niet blij mee te zijn. De glimlach lijkt op haar gezicht geplakt. Met haar vinger tikt ze hard op haar sigaret, ook al zit er geen as aan, en ze zegt: 'Mijn hemel, Conor. Ik heb nooit beseft dat je zo'n charmeur was.'

Haar zussen weten het. Cathy heeft het besef voelen aankomen, heeft het gezien aan de vragende blikken die ze op haar zoon werpen. Na de repetitie voor de huwelijksplechtigheid nodigt ze hen uit in de serre. Ze luisteren zonder haar te onderbreken terwijl ze vertelt over de avond waarop alles op een zilveren podium leek te glanzen en hoe ze alleen vooruit kon rennen toen er geen terugweg meer mogelijk bleek te zijn.

Jeremy had eens verklaard dat haat zoveel op liefde leek dat de vibrerende scheidingslijn heel dun was. Fout... fout. Cathy's haat voor hem is nooit welke kant dan ook op gaan vibreren. Het was een tumor, diep geworteld in haar hart. Dankzij Alma, de liefhebbende Alma die geen psychologie had gestudeerd en geen getraind inzicht had in de complexe begrippen geweten en berouw, was Cathy's woede omgezet in zelfbewustzijn en had ze Jeremy kunnen loslaten. Ze zag hem niet langer in de gelaatstrekken van Conor. Ze had de tumor bij de wortel uit haar lichaam gesneden en haar zoon zijn eigen, unieke identiteit gegeven.

Mel had haar gebeld om haar op de hoogte te stellen van de plotselinge dood van Jeremy. De volgende dag was ze in bed gebleven. Psychosomatische symptomen. Ze wist voldoende van het onderbewustzijn af om te weten wanneer ze haar lichaam zijn gang moest laten gaan. Ze liet haar koorts uitrazen, haar huid zeer doen, haar longen zich vullen met het slijm van verdriet.

'Jij hebt met iemand geneukt en daar ben ik het resultaat van.' Conor stond bij haar bed. Zijn op het schoolplein aangeleerde taalgebruik liet haar eindelijk geschokt begrijpen dat hij het nodig had de andere helft van zijn bestaan te begrijpen. Hoe kon ze hem de waarheid vertellen? Verkrachting. Dat was een te hard woord om als last op zijn jonge schouders te leggen. Op dat moment van zwakte loog ze tegen haar zoon.

De avond in de witte kamer van Kevin was ze nooit vergeten. Zijn onhandige pogingen om de knoopjes van haar jurk los te maken, zijn trillende handen op haar borsten. Dichter in de buurt van de waarheid komen durfde ze niet. In de jaren na de leugen was ze haar fantasie – bijna – gaan geloven. Toen werd het een realiteit. Alles was in goud veranderd toen Kevin weer in haar leven verscheen. Maar daardoor is ze verblind geraakt. Waandenkbeelden en illusies vervormen haar beoordelingsvermogen.

Wanneer ze zwijgt, wiegt Julie, die deze ene keer niet huilt, haar in haar armen. Lauren verstrengelt haar vingers, drukt haar handen tegen haar buik.

'Die avond was Rebecca in Londen, om voor mij te zorgen. Als iemand er de schuld van moet krijgen, ben ik dat wel. Alles is mijn schuld.'

'Wat bedoel je precies met "alles"?' vraagt Julie.

'Dat ik hen de dood in heb gejaagd, en alles wat daarna is gebeurd,' zegt Lauren.

Even doet haar gezichtsuitdrukking Cathy denken aan het jonge, introverte kind met haar sombere gezicht en slanke, gehavende polsen.

'Wanneer ga je ophouden jezelf te straffen?' vraagt Cathy zacht. Lauren heeft zichzelf talloze keren verwond om te proberen de herinnering aan die regenachtige avond die hun leven veranderde uit te wissen. Maar schuld laat zich niet gemakkelijk verlichten en Lauren moet vrede sluiten met zichzelf.

Rebecca en Tim zijn moe van het paardrijden op Cape Farewell, boeken een hut en gaan vroeg naar bed. In de nacht wordt Rebecca wakker. De deur van de hut staat open. Tim draait zich om wanneer ze onder de sterrenhemel naar buiten loopt en brengt een vinger naar zijn lippen.

'Luister,' zegt hij, en hij wijst op dicht struikgewas. 'Dat is een kiwi. Een mannetje.'

'Hoe weet je dat?' Zij fluistert ook en buigt zich naar voren om het geluid op te vangen: een hoge roep, elke toon goed van de ander te onderscheiden.

'De roep van het mannetje is scherper, duidelijker gedefinieerd.' Zijn adem is warm in haar nek. 'Luister. Nu reageert zijn maatje.'

De roep van het vrouwtje is lager, schorder, moeizamer. Rebecca luistert naar hun duet, hun ongeziene bewegingen terwijl ze in de struiken naar eten zoeken. Wanneer hun kreten versterven gaan zij en Tim terug naar bed en naar elkaars armen.

60

De vijfde dag

Vele levensverhalen zijn aanhoord en gedeeld. Tim rijdt langzaam, neemt de haarspeldbochten zelfverzekerd. Dit is zijn landschap. Rebecca voelt niet de behoefte te organiseren, te tobben, zich zorgen te maken, uit te dagen. Terwijl haar geest zich ontspant, krijgt de woede waardoor ze Havenswalk is ontvlucht steeds minder greep op haar. Op onverwachte momenten doemen vragen op. Tim stelt ze niet, maar ze ziet ze in zijn ogen, hoort ze in zijn peinzende stiltes.

Havenswalk is verlaten. De gasten bezoeken een kunstgalerie in Nelson. Zijn vader is aan het werk en zijn moeder is nog bezig met de laatste voorbereidingen voor de bruiloft. Conor duwt een hand onder zijn kussen en pakt de brief die hij uit het rieten mandje heeft gehaald. 'Lieve mam, Melancholia is echt verbazingwekkend...'

Hij kijkt door het raam naar de chalets die als spaken van een wiel om Havenswalk heen zijn gebouwd. Snel, voordat hij van gedachten kan veranderen, loopt hij de slaapkamer van zijn ouders in. Hij controleert de kleerkasten, trekt de laden van de toilettafel open, schuift haar ondergoed gegeneerd opzij, dan haar sjaals, topjes en truien. Geluidloos en met lege handen gaat hij naar zijn kamer terug.

Na de lunch keren ze terug naar Havenswalk. Lauren gaat op bed liggen. De overweldigende vermoeidheid die ze voelt is plotseling opgekomen. Steve moet e-mails versturen. Hij doet de luiken voor de ramen dicht voordat hij de kamer uit loopt. Als ze wakker wordt voelt ze zich verfrist, ook al heeft ze maar twintig minuten geslapen. Een powernap. Ze rekt zich uit, aarzelt het bed uit te stappen, pakt het exemplaar van *Southern Eye* dat ze in Nelson heeft gekocht. Ze bekijkt de koppen: een moordproces in Christchurch, een onderzoek naar politieke corruptie, een groepsverkrachting van een jonge vrouw in Wellington. Wereldnieuws verandert nooit. Een klein artikel onder aan de pagina trekt haar aandacht. Haar handen trillen terwijl ze het leest. Over vier dagen zal Niran Gordon een gastcollege geven in het Muziekcentrum van Christchurch. Studenten van Christ's College – waar hij eens zelf heeft gestudeerd – zullen zijn recente compositie uitvoeren.

Lauren vouwt de krant op en legt hem op haar nachtkastje. Wanneer Steve terugkomt doet ze alsof ze slaapt. Hij blijft even naast haar staan voordat hij de krant pakt en het balkon op loopt. Als ze haar bed uit stapt, gaat hij helemaal op in het laatste nieuws.

Varens bewegen zich in het licht van Conors zaklantaarn. Oude boomstammen lijken te gluren. Wanneer Mel uitglijdt over pijnboomnaalden pakt ze zijn arm en blijft die vasthouden tot het pad naar de glimwormgrot weer horizontaal wordt. Haar aanraking laat zijn bloed racen. Hij had haar in haar eentje in de serre aangetroffen, opgekruld op de bank een boek lezend.

Haar kleren zijn fantastisch: een laag uitgesneden zwart topje van netstof, met iets zijdeachtigs eronder, en een strakke zwarte broek. Op haar rechterborst is een tatoeage te zien. Het zou een slang kunnen zijn, of de tak van een boom, of een lange, wenkende vinger. Ze had erin toegestemd met hem mee te gaan naar de glimwormgrot. De laatste keer dat hij haar daarheen had meegenomen, had hij zo snel mogelijk willen teruggaan naar zijn PlayStation. Vanavond wil hij dat niet. De lucht is fluweelzacht, trilt door haar nabijheid. Nu ze dieper het bos in lopen, doet hij zijn zaklantaarn uit. Hij geniet van dit moment, de absolute duisternis die tegen hen aan drukt voordat ze de machtige grot hebben bereikt.

Kleine glimwormen zijn eerst vaag en dan duidelijker te zien. Duizenden en duizenden, hangend aan twijgjes, stammen, takken, bladeren en bloemen. Tussen de takken door ziet hij sterren aan de hemel schitteren. Ze zijn te ver weg, te afstandelijk om hem te interesseren. Hier in deze kleine groene hemel heeft hij zijn eigen sterren om zich heen. Mels bleke arm is te zien, haar parfum ruikt even muskusachtig als geplette orchideeën, is even mysterieus als het pulserende licht om hen heen.

'Conor, dit is prachtig,' fluistert ze, misschien bang dat de glimwormen zullen verdwijnen als ze geluid horen. 'Het lijkt wel alsof iemand hier toverstof heeft gestrooid.' Ze gaan op een bank zitten en kijkt naar de flikkerende en gloeiende lichtjes.

'Julie heeft me verteld dat je naar Ierland komt.' Haar zwoele stem doet hem aan stroop denken. 'Dan moet je ook een tijdje bij mij komen logeren. We willen allemaal een deel van jou hebben.'

'Dat zou ik leuk vinden.'

'Ik ook.' Haar oor, met zilveren knopjes en ringen erin, strijkt langs zijn wang als ze een arm om zijn schouders slaat. 'Deze grot is nog mooier dan ik me hem herinnerde. Hartelijk bedankt dat je hem me nogmaals hebt laten zien. Je bent een heel lieve, attente jongen.'

Hij draait zijn hoofd naar haar toe en kust haar voordat de betekenis van haar woorden tot hem doordringt. Een moment, een schitterend moment, voelt hij haar vochtige lippen. Dan verzetten die zich tegen zijn mond. Dat ze geschokt is, is volkomen duidelijk door de manier waarop ze even bewegingloos blijft zitten en dan haar arm weghaalt.

'Wauw!' De geamuseerdheid die in haar stem doorklinkt is erger dan woede zou zijn geweest. 'Ik wist dat je een jongeman werd, maar ik had niet beseft dat het zo snel ging.' Hoewel ze luid spreekt, trekken de glimwormen zich daar niets van aan.

Hij stottert een verontschuldiging.

'Conor, het is niet erg,' zegt ze. 'Om eerlijk te zijn is het vleiend dat je mij niet als een oude heks ziet.'

'Dat doe ik ook niet. Dat zou ik ook niet kunnen doen. Het was niet mijn bedoeling...'

'Je hoeft je niet te verontschuldigen, en je hoeft ook niets uit te leggen. Maar kun je je voorstellen wat je moeder zou zeggen als ze dit te weten kwam?'

'Ga je het haar vertellen?' Eindelijk is hij in staat een samenhangende zin over zijn lippen te laten komen.

'Natuurlijk niet. Ik ben niet vergeten hoe het was een vurige tiener te zijn. Maar mij moet je met rust laten. Je wordt snel volwassen en ik wil niet dat dit elke keer wanneer we elkaar ontmoeten een probleem wordt. Begrijp je dat?'

'Ja.' Het ergste van die preek is dat ze precies zo klinkt als zijn moeder. Hij wil ontsnappen, maar hij moet haar mee terug nemen, de tunnel door, en haar dan nog begeleiden naar het chalet met de valk erop.

'Conor, is alles echt met jou in orde?' Door het begrip in haar stem voelt hij zich nog meer vernederd. Voordat het allemaal nog erger kan worden knikt hij en draait om richting Havenswalk.

Zijn naam wordt zacht geroepen. Hij draait zich om en ziet zijn beeldschone tante. Met het maanlicht op haar gezicht ziet ze eruit als een geest.

'Het is zo'n mooie avond,' zegt ze. 'Ik ga naar de glimwormen kijken.'

'Die kant op.' Hij wijst naar de tot een boog verweven takken en loopt snel door. Dit is zijn laatste bezoek aan de glimwormgrot geweest, in elk geval tot hij zo oud en afgetakeld is dat hij deze avond kan vergeten. Hij klimt zijn bed in en legt zijn kussen op zijn gezicht. Melancholia... Melancholia... hij rilt door de macht van haar glinsterende tong, haar tanden, parelwit afstekend tegen haar bloedrood gestifte lippen die bevallig over zijn keel strijken.

Lauren heeft meer dan twintig minuten gelopen voordat ze beseft dat ze de afslag naar de grot heeft gemist. Het bos rond Havenswalk is een labyrint van kronkelende paden en ze aarzelt, probeert zich te oriënteren. De bomen staan nu minder dicht op elkaar. Opeens ziet ze een lage omheining van prikkeldraad. Ze stapt eroverheen en staat nu op een smalle zijweg. Opnieuw is ze de weg kwijt. Bangkok was een leegte vol neon, en Jackson Bay was een oerwoud. Haar supermoderne mobieltje, dat nu op de bodem van het meer van Akona ligt, zou een voor de hand liggende oplossing voor haar dilemma bieden. Ze loopt door en drijft de spot met zichzelf.

Steve weet niet dat ze weg is. Hij had tijdens het avondeten te veel gedronken en hij zal hopelijk pas morgenochtend wakker worden. Ze blijft doorlopen. Elke bocht die ze nadert doet haar hopen dat ze Havenswalk vanuit het duister zal zien opdoemen. De bomen aan weerszijden van de weg staan dicht op elkaar. Uiteindelijk komt ze bij een kleine hut met een schuin dak en donkere ramen. De tuin ziet er verzorgd uit en het ruikt er sterk naar bloemen.

Ze klopt aan, maar daar wordt niet op gereageerd. Teruglopen, het bos weer in, is geen optie, en voor het eerst sinds ze is verdwaald is ze bang.

Ze richt het licht van haar zaklantaarn op een wegwijzer die naar links wijst. Wat erop staat is bijna niet meer te lezen. Een Maorinaam, niet uit te spreken, maar met het woord 'Meer' eronder. Zonder nog langer te aarzelen draait ze linksaf een smal laantje op. Kort daarna hoort ze het gedempte geklots van water over steentjes. Voorzichtig loopt ze het oneffen terrein over, tot ze bij een hoge oever is. Onder haar ligt het als donker satijn ogende meer, alleen verlicht door de maan. Op de oever ligt her en der drijfhout, gebleekt en even droog als de beenderen van een skelet.

Voetstappen knarsen op het grind. Ze ziet een lange schaduw. De persoon zelf kan ze niet zien, maar de voetstappen klinken zelfverzekerd. Ze blijft uit het zicht, achter vooruitstekende grote stenen. De voetstappen houden op. In de stilte die daarop volgt denkt ze erover haar zaklantaarn aan te doen om haar aanwezigheid kenbaar te maken. Voordat ze zich kan bewegen hoort ze een stem. Een mannenstem. De woorden zijn onduidelijk, maar toch heeft de omhoog en omlaag gaande cadans iets bekends. Ze is te verlegen om hem te onderbreken terwijl hij zich van haar aanwezigheid niet bewust is en houdt haar mond. Ze strijkt met haar vingers over de gebleekte bast en vermorzelt een klein insect dat zo onverstandig was over haar hand te lopen. Ze veegt haar duimnagel schoon op het droge hout. Boeddha zou dat niet goedkeuren. Elk wezen heeft recht op zijn eigen levenscyclus.

Schoenen worden uitgetrapt. Ze hoort ze op de steentjes vallen, een gedempte plof gevolgd door het zachte geritsel van kleren die worden uitgetrokken en een voldaan gekreun, alsof zijn lichaam is bevrijd van alles wat het gevangen houdt. Zo moet een blinde leven, denkt ze. Geluiden die een donkere wereld scherp weerkaatsen. Elke minuut die voorbijgaat maakt het haar moeilijker haar aanwezigheid alsnog kenbaar te maken.

Hij komt vanachter de grote stenen tevoorschijn: een vage gestalte die onderweg is naar een geïmproviseerde steiger.

'Ahhh!' Zijn onvrijwillige kreet gaat vrijwel verloren in het gespetter van water. Hij verdwijnt uit haar gezichtsveld. Nog steeds onderneemt ze geen poging om in beweging te komen. Even later klautert hij het meer weer uit en gaat, net zoals zij dat had gedaan, tegen de stam van een al lange tijd dode boom zitten. Hij gebruikt een aansteker en houdt zijn hand als een kommetje om de vlam heen, ook al staat er geen briesje dat die vlam kan doven. De geur van sigarettenrook komt haar kant op.

'Is hier nog iemand anders die naar de sterren zit te kijken?' roept hij.

Ze doet haar zaklantaarn aan en stapt zijn gezichtsveld in. 'Het was niet mijn bedoeling u te storen.'

'Van storen is geen sprake. De nacht is niet van mij.' Hij heeft een handdoek over zijn heupen gedrapeerd en zijn borstkas is bloot. Lloyd of Larry... Iets beginnend met een L. Een teruggetrokken levende man met groene vingers, had Cathy gezegd. Iemand die – net als zij – aan slapeloosheid leed.

'Wilt u een sigaret?' vraagt hij.

'Nee, dank u. Ik probeer alleen overdag te roken.'

'Dat is een lovenswaardig streven. Waarom gaat u niet zitten?'

De stam voelt glad tegen haar rug – een natuurlijke rustplaats voor mensen die 's nachts rondzwerven.

'Ik geloof dat ik toch wel een sigaret wil hebben.'

Hij steekt hem voor haar op en in het vlammetje zijn zijn gelaatstrekken te zien. Grijs haar, steil en slap door het zoute water, zijn profiel scherp afstekend tegen het maanlicht. Ze had aangenomen dat hij een Nieuw-Zeelander was, maar zijn accent is Amerikaans, lijzig, behorend bij de zuidelijke staten.

'U bent Lauren?'

'Ja. Zwemt u gewoonlijk rond middernacht?'

'Ja.'

Ze neemt een trek van de sigaret, maar de smaak van de nicotine is te sterk. Ze maakt hem uit en vraagt zich af wat Steve zou zeggen als hij haar nu zag. 'Het terrein van Havenswalk is geweldig. Cathy zegt dat u dat helemaal hebt veranderd.' Ze gebaart vaag naar de verte achter hen. 'Woont u in dat huis daar? Onderweg naar de glimwormgrot ben ik verdwaald. Ik raak altijd de weg kwijt, of in elk geval lijkt dat zo te zijn sinds ik hier ben.'

Misschien knikt hij, maar verder reageert hij niet op die opmerking. De duisternis is volkomen. Ze slaat die om zichzelf heen, verzinkt in stilzwijgen.

'We zijn allebei ver van huis.' Zijn stem haalt haar onverwacht uit haar overpeinzingen.

'Uit welk deel van Amerika komt u?'

'North Carolina.'

'Gaat u vaak terug naar huis?'

'Niet meer na het overlijden van mijn ouders.' Zijn stem daalt. Hij is kennelijk op de hoogte van wat er met haar ouders is gebeurd. 'In de jaren tachtig heb ik in Ierland gewoond.'

'Werkelijk? Waar?'

'Noord-Ierland. Geen leuk gebied.'

'Dat is aan mij voorbijgegaan. Ik was te jong om me er iets van aan te trekken, en toen ik me ervan bewust werd dat schieten op de stoep en bommen gooien geen normale zaken waren, ging ik te zeer op in mijn eigen tragedie en trok ik me er nog minder van aan.'

'Ik bewonder uw eerlijkheid.'

'Ik ben niet eerlijk.'

'Uw openhartigheid, dan.'

'Wat deed u daar?'

'Ik was priester.'

'Priester?'

Geamuseerd door haar verbazing slaat hij op zijn blote borst. 'Zoals u kunt zien draag ik de priesterboord niet meer.'

Geen wonder dat de woorden die ze eerder had gehoord bekend hadden geklonken. Gebeden uit haar jeugd. Sterre der Zee. Bid voor ons, Heilige Maagd. Bid voor ons.

'Hebt u er spijt van?' vraagt ze.

'Elke dag en elke nacht. Maar daartussenin weet ik dat ik de juiste beslissing heb genomen.'

'Dus u bent gelukkig?'

'Ik ben tevreden. Althans op dit moment.'

'Wat hebt u voor die tijd gedaan?'

'Ik heb gediend in het Amerikaanse leger in Vietnam. Na die oorlog heb ik een paar jaar rondgezworven.'

Alcohol, denkt ze, of misschien drugs, waarschijnlijk dakloos. Ze wil er niet naar vragen en hij gaat er niet verder op door.

'Toen kwam ik tot de conclusie dat het priesterambt iets voor mij was,' zegt hij. 'Ik zou de wereld redden door te bidden.'

Ze hoort de spot in zijn stem en probeert de twee gegevens in overeenstemming te brengen. Soldaat en priester, ieder een bepaalde orde op de maatschappij drukkend. Haar ouders hadden tegen de oorlog geprotesteerd, flowerpower en vrije liefde: een koppig mengsel. Ze herinnert zich de foto's, genomen tijdens de zomer toen ze als studenten in San Francisco werkten. Haar vader in een kaftan en met een baard, haar moeder met kralen en bloemen. Iconische beelden. Deze man draagt er ook sporen van met zich mee: geen foto's, alleen taferelen die hij nooit kan uitwissen.

'En u?' vraagt hij. 'Wat doet u als u niet naar de sterren kijkt?'

'Dan ga ik net als u voor het gewijde leven op de loop.'

'Wordt u dat nooit moe?'

'Op dit moment ben ik doodop.' Ze lacht en pakt een steentje, drukt het tegen haar huid, voelt de nachtelijke koelte.

'Hoe oud was u toen uw ouders overleden?'

De vraag komt zo onverwacht dat die haar verbaast. 'Ik was twaalf. Cathy was acht. Het is al lang geleden.'

'Tijd is betekenisloos wanneer we door een tragedie worden getekend.'

'Maar we moeten een manier vinden om die tijd door te komen. Ik denk nog maar zelden aan hen.' Ze voelt eerder dan dat ze ziet dat hij strak naar haar kijkt. 'Of anders zijn ze zo in mijn psyche ingebed dat ik de banden met hen niet kan doorsnijden. Ik ben behoorlijk krankzinnig, moet u weten.'

Ze laat het steentje tussen haar vingers door glippen, hoort de doffe plof. Haar vader liet vaak steentjes over het water scheren. Hop, hop, hop, hop, plop. Overal echo's.

De man tikt tegen zijn voorhoofd. Getikt!

'In Vietnam heb ik mensen gedood zonder ooit hun naam te kennen. Ik hoor hun geschreeuw. Hoe snel ik ook ren of hoeveel stilte ik ook zoek, ze zitten in mijn geheugen opgesloten.'

Ze zou nu moeten vertrekken, wegfladderen in de duisternis. Ze moest deze gekke priester met zijn geloken ogen vergeten, net als de geur van het meer die van hem af kwam.

'U wilt opnieuw op de vlucht slaan.' Hij lacht, haar angst begrijpend. Geen maniakaal gegiechel, wel een lage, meelevende lach. 'Ga nu maar. Ik zal u zeggen hoe u bij uw chalet moet komen. Ik waardeer de tijd die u me hebt gegeven.'

'De stemmen die u hoort? Hebt u het over schizofrenie?'

'Nee. Ik ben niet begiftigd met visioenen of goddelijke stemmen. Wat ik hoor zijn de vibraties van het lijden dat ik heb veroorzaakt. Die verdienen het te worden gehoord, dus luister ik.'

'Laten ze u ooit met rust?'

'Nee. Zelfs in de stilte van een gebed hoor ik ze. Maar soms kan ik wel vrede vinden.'

Hij smijt zijn sigaret de duisternis in. Zij stelt zich zijn geest voor, mishandeld, volstrekt niet rationeel meer. Ja, denkt ze. Hier zou ik 's nachts naartoe gaan om de herinneringen tot zwijgen te brengen, het gemis dat in de stem van Rebecca doorklinkt, het gesnik van Julie, de eindeloze vragen van Cathy over die avond. Haar schuld, allemaal haar schuld. Een prinsesje, egoïstisch, veeleisend, destructief.

'Tijdens onze rondreis hebben we over Milford Sound gevaren,' zegt ze. 'Daar groeien bomen uit mos op de rotsen.'

'Zulke bossen heb ik gezien.'

'Sinds ik hier ben voel ik me zoals die bomen. Met wortels die wachten tot ze worden losgerukt en me dan naar beneden laten storten.'

'Waar komt u terecht?'

'In een greppel met brandnetels in mijn mond.'

Hij zwijgt. Kan hij iets zeggen wat niet banaal en ontoereikend lijkt?

'Vroeger sneed ik in mezelf,' gaat ze door. 'Maar dat maakte geen verschil. Dat had wel gemoeten, hè? Pijn had vergetelheid moeten brengen. Mijn herinneringen waren echter te donker om erbij te kunnen komen, hoe diep de snee ook was.' Ze zegt het uitdagend. 'Ik wil mezelf weer verwonden, maar ik ben niet...'

'En nu gaat u leven geven?'

'Ja.' Ze weet niet zeker of ze dat woord hardop heeft gezegd of dat het gewoon haar bewustzijn in is gekomen: een embryo maar toch al volledig gevormd. 'Ze hadden me verteld dat ik nooit kinderen zou kunnen krijgen, maar daar hebben ze zich in vergist.' Ze raakt haar buik aan, plat, hard en vol.

'Er is moed voor nodig om op ondiepe grond naar het licht te blijven reiken,' zegt hij. 'U bent geweldig dapper.'

Geweldig dapper. Ze herhaalt zijn woorden, de onbekende nuances... Geweldig dapper. Wat een onzin. Ze is broos en mooi, maar nooit dapper.

'Ik ga nog één keer zwemmen.' Hij smijt de handdoek op de grond en loopt met grote passen naakt naar het meer.

Ze trekt haar jurk over haar hoofd uit. De steentjes voelen onder haar voeten scherp aan, maar ze loopt snel en voelt geen pijn. Het water heeft zilveren strepen en is schokkend koud. Ze krijst als ze ermee in aanraking komt en zwemt tot ze buiten adem is. Dan draait ze zich om en drijft op haar rug. Als ze hem dicht bij haar in de buurt hoort spetteren maakt ze zich geen zorgen over zijn nabijheid.

Samen zwemmen ze terug naar de oever en hun naakte gestalten worden verzwolgen door de schaduwen. Ze kleedt zich snel aan, sleurt haar kleren over haar natte huid. Het is tijd om weg te gaan. Hun schepen zijn elkaar gepasseerd. Ze heeft geen troostende woorden om zijn demonen te verjagen, en die eist hij ook niet van haar. Hersenen... verward... gemangeld... ze zal nooit weten of hij gek of gezegend is.

Ze geven elkaar een korte handdruk en wisselen onuitgesproken de belofte uit dat de geheimen die ze hebben gedeeld alleen van hen zijn. Geen Grote Beer of Poolster om haar de weg te wijzen. Maar er staat deze avond een schitterende maan aan de hemel. Rond en goudkleurig, als de buik van een boeddha.

61

De zesde dag

In het Abel Tasman Park trekken de lama's hun lippen weg van hun tanden en knijpen hun ogen tot spleetjes tegen de opdwarrelende wolken van stof en bladeren. Afgezien van hun oren, die nieuwsgierig naar achteren zijn getrokken, kijken ze vanachter hun hek afstandelijk – bijna uit de hoogte – naar de al even nieuwsgierige bezoekers. De wind waait bij vlagen. Rebecca houdt haar zonnehoed vast. De purperen dahlia's buigen zich voor de volgende windvlaag.

'Dit steekt een stokje voor ons plan,' zegt Tim. 'Jammer. Ik had op het meer willen kajakken.'

'Conor wilde dat ik de lama's zou zien. In elk geval hebben we daar de kans toe gehad. Het zijn een paar geweldige dagen geweest, Tim.'

'Inderdaad, en over twee dagen gaat Cathy trouwen.'

'Daar ben ik me van bewust.'

'Zo bewust dat je nergens anders aan kunt denken.'

'Is dat zo duidelijk?'

Hij glimlacht en draait haar de kant van de Jeep op. 'Als we nu vertrekken kunnen we vanmiddag terug zijn in Havenswalk.'

Mel tikt op de deur van zijn kamer. De gasten zijn van plan de dag door te brengen met bezoeken aan wijnmakerijen in Blenheim. Zijn ouders zijn druk bezig met de laatste voorbereidingen voor de bruiloft en hebben wat tijd voor zichzelf nodig. Mel heeft een spijkerbroek en een marineblauwe trui met een hoge hals aan. Los van de gitzwarte oorbellen met de kristallen in het midden zou niemand kunnen weten dat ze een goth was. Conor schudt zijn hoofd als ze vraagt of hij zin heeft om mee te gaan.

Gisteravond heeft alles verwoest. Hij kan nooit meer naar haar kijken zonder zich de vernedering te herinneren. Bij de deur aarzelt ze. Als ze gaat proberen te bespreken wat er is gebeurd, zal hij door de grond zakken.

'Ik heb later deze dag een afspraak met Oliver,' zegt hij.

Ze knikt. 'Dan wens ik je een prettige dag.'

Even later hoort Conor autoportieren dichtslaan. Hij kijkt door het raam naar buiten. De Jag van zijn oom en de auto die zijn tantes hebben gehuurd staan voor Havenswalk geparkeerd. Hij ziet Julie achter het stuur zitten, met Alma en Mel naast haar. Robbie zit op de achterbank van de Jag. Terwijl Lauren het kea-chalet uit loopt, rukt een windvlaag haar zonnehoed van haar hoofd. Ze rent het gazon over en pakt hem weer. Er is voor later die dag onweer voorspeld.

Op de zolder verschuift Conor kapotte tuinstoelen. Hij tilt kratten met ongebruikt aardewerk op en zet ze ergens anders neer. Hij controleert dozen met documenten, boeken en tijdschriften. De brieven moeten hier zijn. Waar zou ze ze anders hebben opgeborgen? Er komen zoveel mensen in Havenswalk dat de zolder haar enige privédomein is.

Een uur later zit hij onder het stof en is hij nog altijd aan het zoeken. Zijn moeder kan geen afstand doen van dingen. Heeft ze ooit iets weggegooid? Volgend jaar, wanneer ze de zolder gaan verbouwen, zal het een hele klus worden alle troep te verwijderen. Hij maakt de leren riemen van een grote kist los en zoekt tussen lagen keurig opgevouwen kleren: T-shirts en schooluniformen, parka's, anoraks, zelfs babykleren die naar mottenballen ruiken. Onder in de kist vindt hij de picknickmand en pakt de bundeltjes brieven. De zon verdwijnt achter de wolken en komt weer tevoorschijn, schijnt door het dakraam schuin naar binnen terwijl hij op zijn hurken zit. Een dode vlieg trilt midden in een verlaten web. Wat had ze een donkere wereld geschapen met haar kerkhoven en haar fascinatie met de dood. Wat een verloren, donkere wereld.

Ze roept zijn naam. Omdat hij bang is te niezen en daarmee zijn aanwezigheid te verraden, beweegt hij zich niet tot haar stem vervaagt. Ze weet altijd waar ze hem kan vinden. Hij is stijf wanneer hij het mandje onder zijn arm neemt en de zolderdeur achter zich dichtdoet. Hij loopt de trap af naar zijn eigen slaapkamer en gaat door met lezen.

Ze klopt op zijn deur. Hij controleert het bed. Het mandje is niet te zien.

'De lunch is klaar.' Ze loopt zijn kamer door en gaat op de rand van zijn bed zitten.

'Ik heb geen honger.'

'Ik hoop dat je niet van plan bent het meer op te gaan.'

'Dat heb ik al gedaan.'

'Conor, wat is er aan de hand?' Ze weet het altijd als er iets niet oké is. De brief die hij aan het lezen was ligt onder zijn kussen, maar hij is doodsbang dat ze die zal ontdekken.

'Niets.' Hij verstijft wanneer ze haar armen om hem heen slaat.

'Conor, er is iets dat je altijd moet onthouden. Liefde is een rekbaar begrip. Je moet nooit jaloers zijn op Kevin. Wat ik voor hem voel, doet niets af aan mijn liefde voor jou, en dat zal ook nooit gebeuren. Begrijp je dat?'

Hij knikt, verlegen door de tranen die in haar ogen glanzen. 'Alma blijft zeggen dat Rebecca zal terugkomen voor jouw bruiloft.'

'Misschien heeft ze gelijk.'

'Jij gelooft dat niet?'

Ze haalt haar schouders op, alsof dit gesprek haar verveelt. 'Wie zal het zeggen?'

'Jij. Het is jouw schuld dat ze is vertrokken.'

'Conor, waarom moet je per se zo moeilijk doen?' Ze gaat staan en loopt zijn slaapkamer uit.

Hij wacht tot haar voetstappen vervagen voordat hij de brief weer onder zijn kussen vandaan haalt. Hij hoort Sandy blaffen, hoort gerammel van sauspannen in de keuken, hoort Hannah bulderend lachen.

Hij houdt op met lezen en ijsbeert door zijn kamer tot zijn hartslag weer tot rust komt. Hij wil niets meer weten over haar jonge, problematische leven. Maar even later leest hij weer, de velletjes papier verslindend.

O mam... mam!

Ik moet je vertellen wat er is gebeurd. Ik kan het aan niemand anders vertellen tot de dag dat ik doodga. Rebecca zal me vermoorden... wat heb ik gedaan?

Hij legt de brieven weg en luistert naar de aanzwellende wind, de kreunende takken. De bloesems van de rataboom zullen over het gazon fladderen en de witte rozen van Lyle zullen hun blaadjes verliezen.

'Jeremy Anderson.' Voor het eerst spreekt hij de naam van zijn vader hardop uit. Zes lettergrepen. Jer-em-y-And-er-son... son, son... son. Hij had het moeten raden. Kevin Mulvaney was te netjes, te perfect. Wat er met zijn moeder was gebeurd was niet netjes, maar zo verschrikkelijk dat ze er nooit over heeft willen praten. Iedereen weet het. Hij begrijpt de vijandigheid van Rebecca, de aarzeling van Kevin toen ze elkaar voor het eerst ontmoetten. Hij herinnert zich de katachtige blik in de ogen van Lauren toen hij zei dat ze beeldschoon was. Wiens stem had ze toen gehoord? Wiens glimlach had ze gezien? En Mel in de grot. Het trillende gevoel dat hem elke keer bekruipt wanneer hij aan haar denkt. Hij wilde haar jarretels tegen haar dijbenen laten tikken, haar rok omhoogtrekken, haar in zijn armen optillen en het dan direct met haar doen. Ziek. Hij is even ziek als zijn vader en dat kan hij nooit aan iemand vertellen. Zeker niet aan zijn moeder. Zij moest Kevin de brieven hebben laten lezen, haar verleden met hem hebben gedeeld en haar zoon onwetend hebben gehouden over de andere helft van zijn bestaan.

Ze zegt dat liefde alles overwint, maar toch heeft ze in een leugen geleefd. Ze is verkracht door zijn vader, de blitse Jeremy Anderson met zijn blitse auto, zijn blitse woorden en zijn schitterende glimlach. Wat kan ze, elke keer wanneer ze naar haar zoon kijkt, anders voelen dan haat? Nu zijn haar stiltes veelzeggend, net als de manier waarop ze zichzelf tegen hem in bescherming leek te nemen door zich voor hem af te sluiten, de foto's die ze had verstopt, de verloren jaren die ze niet met hem wilde delen, de manier waarop ze die door een leugen had teruggevorderd... Alles waarin hij gelooft is hem afgepakt.

Lyle is niet in de tuin, noch in het ommuurde herbarium. Hij komt en gaat als hij dat wil en zijn tijdtabel is alleen hemzelf bekend. Hij moet naar huis zijn gegaan. De feesttent bolt waarschuwend op wanneer Conor erlangs rent, onderweg naar het botenhuis. De hut van Lyle is slechts vijf minuten lopen hiervandaan, langer als hij de normale weg neemt. Met Lyle kan hij over alles praten. Lyle zal knikken, zijn sigaretten roken, rookkringetjes uitblazen en aan elk woord aandacht besteden. Conor voelt zich altijd goed als hij met Lyle heeft gesproken, alsof zijn hersenen met schoon water zijn gespoeld en hij precies weet wat hij moet doen.

Hij schuift zijn kajak het meer in en pakt de peddels. Houden van begrijpt hij niet langer. Dat is te ingewikkeld. Hij wil haat voelen. Dat is een diepgewortelde emotie die hij kan begrijpen. Lyle is eens soldaat geweest en soldaten moeten haten om te kunnen overleven. Zijn hart is een trom. Roffelend... roffelend... roffelend. Het water om hem heen komt omhoog, met donderend geraas.

De wind drukt de blauwe hibiscus bij de kust plat. Wilgen strijken met hun groene takken langs de Jeep en de manen van pampagras buigen zich naar de grond toe. Het gaat regenen wanneer Tim Havenswalk in loopt. De voordeur staat open en regen komt de hal in. Rebecca loopt naar binnen, roept de naam van Cathy, maar hoort geen reactie. Ruthie en Hannah zijn niet in de keuken. De bruidstaart staat op een standaard. Driekleurige lagen met een kabouter bovenop. Rebecca schrikt en schiet dan in de lach. Opnieuw roept ze Cathy.

'Rebecca!' Ze draait zich om en ziet Tim in de deuropening staan. Zijn haren zijn doorweekt door de regen en regendruppels glinsteren op zijn baard. 'Conor...' Hij drukt zijn hand tegen zijn borst en snakt naar adem.

'Wat is er aan de hand met Conor?'

'Cathy maakt zich vreselijke zorgen. Ze heeft dingen in zijn kamer gevonden...'

'Drugs?'

'Nee, oude brieven. Hij is op het meer.'

Ze rent naar de ingang en kijkt door de regen heen. Vaag ziet ze in de grijze mist figuren bewegen.

'Ze heeft het botenhuis al gecontroleerd.' Tim pakt de hand van Rebecca terwijl ze naar het meer rennen. 'Zijn kajak is weg.'

'Ik heb hem in een kajak bezig gezien en hij is goed op het water. Alles zal in orde komen. Waag het niet iets anders te denken. Wáág het niet...' Ze spreekt met gezag – dat vereist de situatie – maar haar hart hamert wanneer ze dichter bij het meer zijn. Een donkere gestalte op de steiger komt overeind en springt op haar af. Ze ruikt de muffe geur van de natte vacht van Conors hond. Het lukt haar haar evenwicht te bewaren en ze loopt snel door. Een jankende Sandy rent met haar mee.

De turkooizen glans van het water is vervangen door metallic grijs. De golven beuken op de steiger en draaien rond op de steentjes, slepen ze mee naar de waterkant.

'Hoelang wordt Conor al vermist?' Haar voeten glijden uit op de steentjes terwijl ze snel naar Cathy toe loopt.

De haren van haar zus wapperen om haar hoofd maar verder staat ze daar bewegingloos, met haar armen over elkaar geslagen. Ze lijkt wortel te hebben geschoten en blind te zijn voor de regen terwijl ze de naam van haar zoon krijst, die als een mantra herhaalt, de wind tartend die naam niet mee te nemen.

'Cathy, ik ben het. Becks. Alles zal in orde komen.'

Even lijkt Cathy niet in staat te zijn haar te zien. Dan trillen haar oogleden en bewegen haar lippen. 'Hij weet het van Jeremy.' Haar stem is hoog. 'O, jezus... als er iets met hem is gebeurd...'

Rebecca probeert haar vast te houden, maar ze rukt zich los en begint te huilen. Ze kijkt omhoog wanneer een helikopter laag over het meer vliegt en probeert zichzelf weer onder controle te krijgen.

'Kevin heeft een helikopter gewaarschuwd, en Lyle is gaan zoeken met de motorboot.'

'Welke kant is die motorboot op gegaan?' vraagt Tim.

Moeizaam ademend wijst ze naar links. 'Ik denk dat Conor onderweg was naar het huis van Lyle. Er is geen andere reden waarom hij op het meer zou zijn. Ik heb hem gewaarschuwd...'

Tim loopt naar het botenhuis, duwt een kajak het woelige water in en peddelt krachtig. Rebecca steekt een paraplu op die ze uit de hal van Havenswalk heeft gegrist. Ze houdt die boven Cathy, maar een windvlaag keert hem binnenstebuiten. Cathy staart naar de door de stof heen stekende verbogen baleinen en rent dan over de steiger naar de kleine boot die Conor gebruikt om te vissen. De touwen waarmee die boot is afgemeerd staan even strak, en dan

slaat het bootje weer tegen de houten palen die de steiger ondersteunen.

'Doe niet zo idioot!' brult Rebecca wanneer Cathy het water in
stapt en probeert het bootje in te komen.

Cathy's aandacht wordt afgeleid door de helikopter, die omlaag-
gaat en weer omhooggaat. Ze kijkt daarnaar en van die gelegenheid
maakt Rebecca gebruik om het bootje in te klauteren.

Bij haar mond maakt ze een kommetje van haar handen. 'Blijf op
de uitkijk staan. Als je zoon terugkomt, zal hij je nodig hebben.'

De boot schiet vooruit wanneer Rebecca gas geeft en naar stuurboord draait. Bijna meteen worden de berg en de bossen aan haar
oog onttrokken. Ze concentreert zich op het doorboren van de duisternis. Het wordt hier snel donker. Van een schemering is nauwelijks sprake. Vanavond zal het al helemaal snel donker worden, vanwege de regen en de bewolking. IJskoud water spoelt over haar heen
en de stroming wordt erger wanneer ze een stel kleine eilandjes
nadert.

Wanneer de peddel op het water zichtbaar wordt, hoopt ze even
dat het een stuk drijfhout is, of een wandelstok. Maar ze herkent de
vorm ervan en weet dat deze peddel de enige aanwijzing vormt over
de plaats waar Conor is. Ze moet kalm blijven. Hij had waarschijnlijk een reservepeddel aan boord. Ze vaart tussen de eilandjes door,
instinctief van stuurboord naar bakboord manoeuvrerend, doodsbang dat de propeller op een steen onder water zal slaan. Ze kijkt
het kolkende water in en vangt een glimp op van boomwortels. Op
de eilandjes groeit weinig, maar de wortels lijken onder water op de
tentakels van een boosaardige inktvis. Ze schrikt van het zien daarvan en veegt regendruppels uit haar ogen. De regen teistert de takken en dat zorgt voor een geluid als een trieste lijkzang. Maar afgezien van een enkele peddel weigert het meer zijn geheimen prijs
te geven.

Ze vaart om de eilandjes heen en als ze verder het meer op wil gaan ziet ze zijn kajak. Op zijn kop en even glad als een zeehond. Ze vaart er naartoe en buigt zich voorover, hopend dat Conor zich aan de romp heeft vastgeklampt. Die hoop wordt snel de bodem in geslagen. Ze probeert de kajak om te keren, maar het woeste water smijt de boot buiten haar bereik.

Het regent nu niet meer. Een saffraankleurig licht komt door een gat tussen de wolken door en beschijnt het water. De bergtoppen, gestippeld als een schildering van een kind, zwemmen haar gezichtsveld in. Donkere bossen marcheren als een in kaki gehuld leger over de hellingen.

Een reiger vliegt langs, zijn vleugels steunend op de opstijgende warme luchtstroom. Hij landt op het dichtstbijzijnde eiland en stapt met wapperende witte veren over het gras. Hij blijft bewegingloos bij de waterkant staan, moeiteloos op een poot balancerend. Rebecca herinnert zich de eenzame reiger die eens even stoïcijns de wacht hield bij de Broadmeadow Estuary en die herinnering baant zich een weg door haar turbulente angsten heen. Even vaart ze iets minder snel en komt ze dichter bij het eiland. De reiger laat zijn snavel zakken, wijst daarmee als een pijl op de hangende wortels. Iets zit vast in de zwarte tentakels. Rebecca wil er een naam aan geven: drijfhout, wrakhout, troep. Alles, behalve het lichaam van een jonge man. Wanneer ze zijn naam krijst, is haar stem niet te onderscheiden van die van zijn dodelijk bezorgde moeder. Haar armen doen zeer maar ze is immuun voor die pijn. Ze draait naar stuurboord en haar kreten vermengen zich met het geluid van de afnemende wind. Ze dwingt zichzelf haar mond te houden. Tranen en hysterie zullen niet helpen.

Jezus... Jezus... Jezus, help me. De bekende refreinen van smeekbeden uit haar jeugd komen moeiteloos boven terwijl ze de boot behoedzaam door het kolkende water stuurt. De wortels zijn hier zo dicht met elkaar verweven dat ze niet bang hoeft te zijn op een rif onder water te lopen. Een als een elleboog uitstekende tak had hem kennelijk houvast geboden voordat zijn benen tussen de wortels klem kwamen te zitten. Hij moet te uitgeput of te bang zijn geweest om zich los te trekken. Ze vaart nog dichter naar hem toe, gebruikt een van de boven het water hangende bomen als houvast en meert de boot af. Ze klautert een heuveltje op, glijdt uit over rottende bladeren en mos. Zijn bovenlichaam hangt tussen twee onvolgroeide bomen in. Hun dunne stammen zijn gevaarlijk boven het water gebogen en zijn vingers houden de ranken nog vast die aan de tak hangen. De reiger wacht, lijkt zich niets aan te trekken van haar inspanningen. Ze kruipt naar het lichaam van haar neef toe. De wortels zitten om een van zijn kuiten gedraaid. Ze buigt zich het water in en trekt ze moeizaam los. Op zijn naar een kant gedraaide hoofd zit een smerig ruikende schimmel en zijn huid zit onder de schrammen en de blauwe plekken. Bloed drupt uit een snee onder zijn oog en uit een mondhoek. Zijn arm hangt in een rare hoek, gebroken, vermoedt ze, toen hij zijn uiterste best deed zichzelf de oever op te trekken.

Ze controleert zijn hartslag, drukt haar vingers tegen zijn hals, zijn pols, buigt zich dichter naar hem toe in de hoop zijn adem op haar gezicht te voelen. Het bloed bij zijn mond, beseft ze, komt uit een diepe snee boven zijn lip. Als ze een hartslag voelt is die zo vaag dat ze niet zeker weet of het echt zijn hartslag is of dat ze haar eigen wanhoop voelt. Haar mobieltje is in het water gevallen, maar daar zou ze onder deze omstandigheden toch niets aan hebben gehad. Voorzichtig draait ze hem om en ze drukt haar handen stevig op zijn borstkas. Ze start mond-op-mondbeademing. Op zijn wasachtige gezicht is geen teken van leven te zien. Het eiland biedt slechts een primitief onderdak en de van de rotsachtige bodem opstijgende kou maakt haar nog ellendiger.

Ze drukt haar lippen op de zijne, ze drukt met haar handen op zijn borstkas, herhaalt de procedure. Ze schreeuwt dat hij bij haar moet blijven en geeft hem haar warme adem. Akona noemde het de Ha, de levensadem, maar dit is een eenzijdige transactie waarbij de tijd beperkt is en een tweede kans zelden wordt gegeven. Alles heeft een reden, een verklaring en een oplossing zegt ze tegen hem. Water drupt van zijn lippen. Zijn ademhaling is oppervlakkig. Hij is onderkoeld geraakt. Ze bedekt hem met varens, heeft het over haar asiel en de dingen die ze samen zullen doen wanneer hij bij haar komt logeren. Zijn oogleden gaan één keer open en dan weer dicht. Kort daarna hoort ze het geluid van de helikopter, die laag over het meer vliegt. Kevin buigt zich door de opening naar buiten. Ze breekt een varen met een dikke steel af en zwaait ermee alsof het een vlag is, een Maori-wegwijzer. De reiger vliegt op. De slanke hals wordt gebogen en de vleugels worden boven het meer gespreid terwijl hij de saffraankleurige avond in vliegt.

62

De zevende dag

Het is na middernacht wanneer Rebecca het ziekenhuis verlaat. Ze heeft voornamelijk blauwe plekken en snijwonden opgelopen, niets gebroken. Conor ligt in een zuurstoftent. Met infusen in zijn armen. Straks zal er een CAT-scan worden gemaakt om te kijken of er tekenen zijn die op hersenletsel wijzen, of op veranderingen in de bloedsomloop in zijn hersenen. Zijn arm is lelijk gebroken maar zal met de tijd genezen. De andere – inwendige – verwondingen zullen niet zo gemakkelijk genezen. Cathy zal die nacht in het ziekenhuis bij hem blijven.

Terwijl Tim Rebecca terugrijdt naar Havenswalk is ze hem dankbaar omdat hij niets zegt. Ze werd eigenlijk geacht ter observatie in het ziekenhuis te blijven, maar ze heeft zichzelf ontslagen, wetend dat de tijd haar lichaam zal genezen. Ze lopen het takahe-chalet in. Dat ziet er nog net zo uit als toen ze het verliet, maar toch voelt ze een verandering. In zichzelf, beseft ze. De diverse weefsels, kleuren en materialen die haar hadden geïrriteerd vormen nu een harmonieus geheel. In de chalets om hen heen is het donker. De reddingsoperatie was afgerond geweest toen de anderen terugkwamen uit Blenheim. Ze waren regelrecht naar het ziekenhuis gereden, tot Cathy hen ertoe had overgehaald terug te gaan naar Havenswalk.

Tim, die uitgeput is door de zoekactie, valt al snel in slaap. Maar de gedachten van Rebecca blijven door haar hoofd malen terwijl ze rusteloos naast hem ligt. De kamer is te warm en haar hele lichaam doet zeer. Aarzelend stapt ze het balkon op en ziet het licht van de koplampen van een auto die tussen de bomen door rijdt. Voor Havenswalk trapt de chauffeur op de rem, hij stapt uit en loopt naar de ingang toe. Wanneer de buitenverlichting automatisch aangaat herkent ze de slanke gestalte van Kevin. Hij is even zichtbaar terwijl hij de deur openmaakt en achteruit wankelt omdat Sandy tegen hem op springt. Hij laat de hond buiten en smijt de deur dicht. Sandy blaft woedend en Rebecca, die medelijden met de hond krijgt, trekt haar spijkerbroek en haar jack aan. Tegen de tijd dat ze bij het grote huis is, is Sandy verdwenen.

In een kamer boven brandt licht. Ze maakt de voordeur open en roept Kevins naam. De stilte is drukkend, alsof Havenswalk – waar gewoonlijk veel stemmen en zachte achtergrondmuziek te horen is – ook is bezweken onder de ellende van deze dag. Kevin buigt zich over de trapleuning heen en zijn hoopvolle gezichtsuitdrukking moet plaatsmaken voor ergernis wanneer hij haar herkent.

'Je klinkt als Cathy,' zegt hij, en hij verdwijnt uit haar gezichts-veld. Ze hoort zijn voetstappen op de houten vloerplanken en loopt achter hem aan naar de slaapkamer. Een gedeukte koffer, die eruit-ziet alsof hij hem naar vele reisdoelen heeft vergezeld, staat geopend op het bed. Hij smijt er kleren in, haalt ondergoed uit laden, sleept schoenen en een paar laarzen onder het bed vandaan. Hij houdt op met inpakken als hij haar bij de deur ziet aarzelen en gebaart dat ze moet doorlopen.

'Kevin, wat is er aan de hand?' Ze ziet de berg kleren in de koffer hoger worden.

'Cathy heeft de bruiloft afgeblazen. Ik zal een plek in Nelson zoe-ken waar ik kan blijven tot ik heb besloten wat ik ga doen.'

'Toch zeker alleen voor een paar dagen?' Ze kan haar verbazing niet verborgen houden. 'Gezien de omstandigheden is het begrijpelijk en als...'

'Rebecca, het is voorbij.' Zijn harde gezichtsuitdrukking tart haar daarover in discussie te gaan.

Ze gaat op het bed zitten en vouwt een trui keurig netjes op. 'Ze is op dit moment van streek. Als Conor weer beter is...'

'Conor is nu de enige die er voor haar toe doet.' Hij heeft haar opnieuw onderbroken, alsof hij het niet kan verdragen naar logische argumenten te luisteren. Hij houdt op met inpakken en gaat naast haar zitten. 'Jij hebt tegen haar gezegd dat ons bedrog haar duur zou komen te staan, en dat was ook bijna gebeurd.'

'Dat waren woorden, Kevin. Niets meer dan dat. Ik was boos.'

'En ik heb aan dat bedrog meegewerkt.'

'Waarom heb je dat in vredesnaam gedaan?' Die vraag had ze hem aldoor al willen stellen sinds ze hier was gearriveerd, maar door haar woede zou zijn antwoord irrelevant zijn geweest. Nu vraagt ze het omdat ze hun complexe relatie echt wil begrijpen.

Hij staart naar haar handen terwijl ze kreukels in de trui gladstrijkt, en hij vertelt haar hoeveel moeite het hem kostte vrede te hebben met wat Conor geloofde. Omdat Kevin zich herinnerde hoe moeilijk hij het als jonge jongen met het verlies van zijn vader had gehad, had hij met het bedrog van Cathy ingestemd. De dood had hen als kind bij elkaar gebracht, en nu was dat opnieuw gebeurd.

'Ik heb altijd van haar gehouden. Altijd,' zegt hij. 'Toen jij me ervan beschuldigde dat ik de vader van haar kind was, wenste ik dat dat zo was. Ik heb Conor puur toevallig ontmoet. Maar toen had ik opeens een tweede kans gekregen. Wat wonderbaarlijk leek, werd een wonder. Geloof jij in wonderen?'

Ze schudt haar hoofd. 'Ik heb nog nooit een wonder gezien tot...'

'Natuurlijk niet, want ze bestaan niet.'

'Tot vandaag op het meer.'

'Tot vandaag,' herhaalt hij. 'Het was heel goed mogelijk geweest dat je hem niet had gezien. Cathy zal het lot niet nog een tweede keer tarten.'

Hij pakt de trui en doet die in de koffer, drukt de berg plat en sluit het deksel. 'Op de avond dat ze van huis is weggelopen belde ze me en heb ik snel weer opgehangen. Ik was ziek van jaloezie. Als ik dat niet had gedaan... was ze misschien niet weggelopen.'

'Dat zou ze wel hebben gedaan.' Rebecca knikt nadrukkelijk en gaat staan. 'Welke andere optie had ik haar gegeven? Maar er zijn altijd andere opties. Die zijn er altijd. Geef het nu alsjeblieft niet op.'

'Ik heb geprobeerd haar tot andere gedachten te brengen.' Hij tilt zijn koffer op en wacht tot zij de kamer uit is gelopen. 'Dit is wat ze wil, Rebecca. We hebben tegen Conor gelogen. Dat hebben we opzettelijk gedaan, en de redenen daarvoor doen er niet toe.'

'Voor Cathy deden ze er wel toe.' Ze pakt zijn armen en dwingt hem naar haar te luisteren. 'Om mij tegen de waarheid in bescherming te nemen was ze bereid haar zussen in de steek te laten, net als haar vrienden en alles wat haar bekend en dierbaar was. Maar de waarheid is een last die altijd kan worden gedragen, hoe zwaar hij ook is. Tim heeft me dat doen inzien. Conor zou degene moeten zijn die de beslissing neemt. Hij heeft het recht jou te vergeven. Gun hem dat recht.'

Kevin schudt zijn hoofd. Zijn besluit staat vast. Hij omhelst haar ruw en loopt dan met grote passen de kamer uit. Ze hoort hem wegrijden. Het geblaf van Sandy volgt hem. Ze denkt aan Heron Cove. Twee kinderen, hun knieën om de stevige takken van de kastanjeboom gehaakt. Cathy en Kevin, op hun kop hangend – alles op zijn kop – zeker wetend dat hun wereld weer normaal zou worden wanneer ze naar de aarde terugkeerden.

Rebecca blijft staan voor een deur met Conors naam boven een bordje met NIET STOREN. De brieven van Cathy liggen op zijn bed. Ze maakt er een nette stapel van en gaat bij het raam zitten. Het verleden flikkert en wordt weer scherp, elke belangrijke gebeurtenis bekeken door het prisma van de blik van Cathy. Alle misverstanden en gemiste kansen, de genegeerde signalen die op gevaar duidden, hun onoplettende race naar de volwassenheid. Rebecca vouwt de laatste brief op en legt de stapel terug in het rieten mandje. Ze hoopt dat er een plaats is waar engelen 's nachts brieven lezen en dan een verloren kind dat niet mocht huilen troosten.

Lyle zei dat een witte reiger een zeldzame vogel was die zelden werd gezien, en dan gewoonlijk bij riviermondingen. Eens gebruikten de Maori hun veren om zich ermee te versieren. Als Lauren met dolfijnen kan zwemmen en engelen om middernacht rondvliegen, kan een witte reiger het leven van haar neef redden. Rebecca gaat terug naar haar chalet en wacht op de morgen.

De toestand van Conor wordt gedurende de nacht stabiel. Hij krijgt geen zuurstof meer toegediend, zijn CAT-scan was in orde en hij is van de intensive care overgebracht naar een kleine eenpersoonskamer. Rebecca zet fruit en chocola op zijn nachtkastje en gaat naast hem zitten. Hij is rechtop in de kussens gezet en om zijn arm zit gips. Hij ziet er al gezonder, uitgerust, uit.

'Jongeman, je hebt me een reis gemaakt,' zegt ze. 'Luister je nooit naar de weerberichten?'

'Ik kan prima met een kajak omgaan... gewoonlijk.'

'Maar niet midden in een storm. En daarmee doel ik niet op het weer.'

Hij breekt een stukje chocola af en kauwt. 'Ze heeft tegen me gelogen over mijn vader.'

'Dat heeft ze inderdaad gedaan.'

Hij slikt de chocola door en kokhalst meteen. Rebecca pakt het bakje en houdt dat onder zijn kin.

'Dat had ik niet moeten doen.' Ze pakt het stuk chocola weer terug. 'Morgen misschien.'

'Kevin is mijn vader niet.'

'Je hebt geen idee hoe graag hij zou willen dat hij dat wel was.'

'Ze heeft gelogen.'

'Kun je accepteren dat ze dat omwille van jou heeft gedaan?'

'Ze had het recht niet de waarheid voor me achter te houden.'

'Had ze wel het recht die voor míj achter te houden?'

Hij leunt weer tegen de kussens en zijn sproeten steken scherp af tegen zijn spierwitte huid. 'Dat is iets anders. Ze is van huis weggelopen opdat jij gelukkig kon zijn. Ze wilde jou niet kwetsen.'

'En jou ook niet. Alma gelooft dat mensen soms om de juiste redenen verkeerde beslissingen nemen. Toen de leugen die je moeder had verteld werkelijkheid werd, heeft dat geluk in jullie leven gebracht. Had je gewild dat ze voor dat geluk op de loop was gegaan?'

Zijn borstkas gaat op en neer en met elke ademhaling vecht hij tegen zijn verlangen om te huilen. Hij beweegt zijn arm, trekt een gezicht vanwege de pijn. 'Vertel me over hem... over die verdomd ellendige klootzak met wie jij was getrouwd.'

'Conor, je kunt de doden niet met woorden kwetsen.'

'Maar je kunt hen wel haten en ik haat hem uit de grond van mijn hart.' Hij heeft de tartende toon van zijn moeder geërfd.

'Maar toch wil je dingen over hem weten.'

'Ja.' Hij knippert woest met zijn oogleden terwijl Rebecca praat over een man die hij nooit zal kennen. Ze had Jeremy uit haar leven gewist tot zelfs de herinnering aan hem onwerkelijk leek. Nu is dat veranderd. Ze hoort opnieuw zijn overtuigende antwoorden en excuses, de gemakkelijk over zijn lippen komende smoesjes en de gefluisterde woordjes die haar hart hadden veroverd en Cathy haar onschuld hadden ontnomen. Ze houdt de hand van Conors gezonde arm vast en hun duimen zijn met elkaar verstrengeld. Het bleke litteken als gevolg van de beet van een angstig paard is door een blauwe plek bijna niet te zien. Ja, zegt ze als Conor op hoge toon vraagt of hij op zijn vader lijkt. Ze heeft veel overeenkomsten gezien, maar die ziet ze als Conors sterke en niet als zijn zwakke punten. Hij valt in slaap, luisterend naar haar stem.

Op de gang heeft Cathy een bekertje koude koffie tussen haar handen vast, zonder zich ervan bewust te zijn dat ze het zo scheef houdt dat ze elk moment kan morsen.

'Is Conor alleen?' Ze gaat half staan en kijkt over de schouder van Rebecca naar de deur van zijn kamer. 'Ik wil weer naar hem toe.'

'Hij slaapt nu. Laat hem rusten. Jij en ik moeten praten.'

Met gebogen schouders laat Cathy zich weer op de stoel zakken. 'Dank je wel zeggen lijkt zo ontoereikend. Ik kan er geen woorden voor vinden, Rebecca.'

'Woorden zijn ook niet nodig.'

'Ik heb je nooit iets kunnen uitleggen...'

'Ik heb je nooit de ruimte gegeven om dat te doen. Toen niet, en gisteravond ook niet.'

'Het spijt me.' Cathy lijkt het eerder tegen zichzelf te hebben dan tegen Rebecca. 'Het was egoïstisch van me je uit te nodigen hierheen te komen. Maar ik dacht... ik dacht... ik weet niet wat ik dacht. Dat is altijd al het probleem geweest, hè? Dat ik niet nadacht.'

'Kevin houdt van je. Draai hem alsjeblieft niet je rug toe.'

'Maar mijn zoon haat me.'

'Jeremy zei altijd dat haat en liefde...'

'Ik weet wat hij altijd zei.'

'Een kleine, vibrerende scheidslijn. De woede van Conor zal overgaan. Alles gaat over.' Rebecca raakt de arm van Cathy aan. 'Mam had me opgedragen voor jou te zorgen, maar dat heb ik niet gedaan. Die avond niet, en al die andere avonden ook niet. Alma deed dat wel. Zij heeft alles gedaan wat ik niet heb gedaan.'

'Dat is onzin.'

'Het is mijn waarheid, Cathy. Ik heb jouw brieven gelezen.'

Cathy buigt haar hoofd en staat het Rebecca toe het bekertje van haar over te nemen.

'Schrijf je nog steeds naar haar?'

'Dat heb ik niet meer gedaan sinds ik van huis ben weggelopen.'

'Hoe zou ze reageren als je haar nu schreef?'

'Dan zou ze zeggen dat ik voor mijn zoon moet zorgen.'

'Dat doe je al, Cathy. Beantwoord mijn vraag.'

'Ik weet het niet.'

'Ze zou tegen je zeggen dat je moet ophouden met het verleden te leven. Ze zou je opdragen, zoals ik dat nu doe, je toekomst te omarmen.'

'Ik heb de mensen van wie ik hield gekwetst...'

Rebecca drukt een hand tegen de lippen van haar zus. 'Cathy, hou je mond. Zwijg een tijdje en luister naar de stem van onze moeder.'

Ze houdt de handen van haar zus in de hare en wacht tot het verdriet hen overspoelt. Als dat gebeurt, worden ze meegevoerd door de genezende kracht ervan.

63

De achtste dag

Lauren kijkt toe terwijl de feesttent wordt afgebroken. Lyle praat met de mannen die efficiënt werken, de palen en het tentzeil in de truck laden. Steve komt op het balkon naast haar staan.

'Zonde,' zegt hij. 'Het zou een schitterend decor zijn geweest.'

Ze knikt instemmend. Nu de tent is neergehaald kan ze het meer beter zien. Ze loopt de slaapkamer weer in en pakt haar jurk uit de klerenkast. Steve maakt de rits van zijn tas open en haalt er zijn pak uit. Zwijgend kleden ze zich aan voor de bruiloft.

De geur van witte rozen, die een boog rond de deur vormen, doordrenkt de kamer van Conor. Kevin is even zenuwachtig als iedere bruidegom die wacht op de komst van zijn bruid. Op een teken van Lyle zet Julie, zichzelf begeleidend op haar mandoline, een oud Iers volksliedje in. Heel zacht zingt Lauren met haar mee. Haar stem zal haperen als ze dat luid doet.

My young love said to me:
'My mother won't mind
And my father won't slight you
For your lack of kind.'

And she stepped away from me
And this she did say:
'It will not be long, love,
Till our wedding day.'

Cathy loopt onder de rozenboog door. Alma loopt achter haar. Ze
lopen naar Lyle, die bij het voeteneind van Conors bed staat. Twee
kaarsen, een vaas met bloemen en een klein kruisbeeld zijn op een
tafeltje gezet. Lyle heeft het recht priesterkleding te dragen opgegeven, maar zelfs in een oud pak met kreukels die tientallen jaren
oud zijn heeft de door hem geleide eenvoudige ceremonie de plechtigheid van een heilig ritueel. Rituelen zijn belangrijk. Lauren heeft
ze uitgevoerd in de stilte van haar kamer, met haar blik gericht op
neerkomend staal.

Conor slaapt als ze weer weggaan. Cathy zet de rozen in een vaas
naast zijn bed. Lauren herinnert zich de rode roos die ze in haar
haar had gestoken op de ochtend van haar vertrek. Ze herinnert zich
de rode rozen in haar kamer in het ziekenhuis toen Rebecca haar
vanuit Londen mee terug naar huis had genomen. Elke dag werd er
een boeket bezorgd. 's Nachts kon ze door hun geur niet fatsoenlijk
ademhalen en vroeg ze de dienstdoende verpleegkundige ze weg te
zetten.

In de kantine van het ziekenhuis is een huwelijksontbijt bereid.
Wat hebben ze een emotionele reis ondernomen om dit punt te bereiken, denkt Lauren. Al het plannen, al het nemen van beslissingen
gereduceerd tot dit moment in de kantine van een ziekenhuis. De
bruid en de bruidegom snijden de bruidstaart aan, die met kabouter
en al is overgebracht naar het ziekenhuis. Ze heffen hun glas op
geluk. Sommige patiënten en personeelsleden komen de kantine in
en doen mee aan het feest. Rebecca gaat staan om een speech te
houden, maar Steve is haar voor. Hij wenst het stel veel geluk en
kleintjes. De gasten klappen na afloop beleefd. Cathy houdt de han-

den van haar zussen vast, en als ze naast elkaar staan, vormen ze een ononderbroken keten van herinneringen.

Lauren loopt de glimwormgrot in. Deze keer is ze de weg niet kwijtgeraakt. De schitterende pulserende lichtjes trekken haar verder naar voren. Ze staat in een breekbare ruimte. Met een trap of door even in haar vingers te knippen kan ze alles verwoesten, maar verwoesting lijkt obsceen in deze glinsterende grot.

Steve roept haar naam. Zijn voeten vertrappen bladeren, breken hout. De lichtstraal van een zaklantaarn zwaait de grot door.

'Doe die lantaarn uit,' zegt ze.

Hij negeert haar verzoek en loopt dichter naar haar toe, laat het licht op haar gezicht schijnen. 'Lauren, wat is er verdomme gaande? Ik ben al meer dan een uur naar je op zoek.'

'Je sliep toen ik wegging.'

'Wat heeft dat ermee te maken? Ik dacht dat er iets... Ik heb me vreselijke zorgen gemaakt.'

'Waarom?' Ze stapt de lichtcirkel uit.

'Waarom?' schreeuwt hij. 'Omdat je midden in de nacht was verdwenen. Waarom zou ik me dan geen zorgen maken? Je hebt niet eens een mobieltje waarop ik je kan bereiken.'

'Doe die zaklantaarn uit en kijk om je heen, Steve. Het is hier zo mooi.'

'Als je daarop staat.' Even wordt het donker in de grot, maar er is geen tijd om het licht van de glimwormen te zien omdat hij de zaklantaarn weer aandoet.

'Kom terug naar het chalet, prinses.' Hij pakt haar arm en draait haar naar de ingang van de grot toe. 'Het is een lange dag geweest. Je moet uitgeput zijn.'

'Steve, toen we bij de Maori-vrouw bij de gletsjers waren, heb ik mijn mobieltje in een meer gegooid.'

'Wát heb je gedaan?'

'Ik heb het in het meer van Akona gegooid.'

'Waarom in vredesnaam?'

'Omdat ik het zat was dat je altijd zoveel controle over me uit-oefende.'

'Sinds wanneer is koesteren een vorm van controle geworden?'

'Steve, jij koestert me niet. Je bezit me. Als jij te dicht bij me staat kost ademhalen me moeite.'

'Er is niets mis met jouw ademhaling wanneer je mijn geld uit-geeft.'

'Ik wil jouw geld niet hebben. Zodra we terug zijn in Ierland, ga ik bij je weg.'

Een eenvoudige verklaring. Vijf woorden die haar leven zullen veranderen. Vijf woorden die nooit meer kunnen worden teruggenomen. Het lucht haar zo op dat ze zich licht in haar hoofd voelt. De gevolgen merkt ze later wel.

'Je gaat me verlaten?' Hij klinkt eerder toegeeflijk dan boos. 'Mag ik je vragen hoe je denkt het in je eentje te redden?'

'Op de een of andere manier zal me dat lukken.'

'Lauren, sinds je geboorte heb je nooit op eigen benen gestaan. Het is een beetje laat om daar nog verandering in te brengen. Je bent overspannen en je kunt niet helder nadenken. Moet ik je herinneren aan de keren...'

'Daar hoef je me niet aan te herinneren. Ik weet welk risico ik neem. Het is mίjn keuze.' Ze rilt, beseffend dat ze de rijkdom weggooit die haar tegen schuldgevoelens in bescherming heeft genomen.

'Wat een lef van je om over een keuze te praten.' Zijn woede is even zacht als zijde. 'Jij hebt ervoor gekozen met mij te trouwen. Jij hebt ervoor gekozen te worden verwend. Jij hebt ervoor gekozen alles te accepteren wat ik je aanbood. Jij hebt ervoor gekozen af en toe een affaire met een andere man te hebben, en dat heb ik getolereerd omdat ik wist dat je te onzeker was om het zonder mij te kunnen redden. Ik begeerde je, Lauren, maar daar heb ik de prijs voor betaald. Dus ga geen onzin uitkramen over controle uitoefenen. Een pronkstuk als echtgenote zijn is heel wat veiliger dan je delicate aderen doorsnijden.'

Hij houdt haar arm steviger vast wanneer ze probeert weg te lopen. Hij draait haar handpalm naar boven en laat er het licht van de zaklantaarn op schijnen.

'Geld, Lauren. Geloof je echt dat ik je nog financieel zal steunen wanneer je me verlaat?'

'Ik heb een beetje eigen geld...'

'Werkelijk? Mag ik vragen wat je hebt uitgespookt? Heb je achter mijn rug om geld in een spaarpotje gestopt?'

Ze trekt zich los en loopt van hem weg. Zodra ze de grot uit is, zet ze het op een rennen. Haar voetstappen roffelen als ze langs het kea-chalet loopt en op de deur van zilveroog bonst. Julie doet open. Zonder iets te vragen geeft ze Lauren een teken dat ze binnen moet komen en doet de deur dicht.

64

De negende dag

Jonge mensen, voornamelijk studenten, zijn gekomen om naar zijn muziek te luisteren. Maar er zijn ook oudere mensen bij. Lauren kijkt naar het programmaboekje dat ze op weg naar de zaal heeft gepakt. Zijn biografie is kort, geschreven in het Engels en in het Maori. Zes zinnen. Wat is het gemakkelijk een leven samen te vatten en de essentiële feiten in de juiste volgorde te plaatsen. Niran Gordon, componist, wiens recente opus is opgedragen aan zijn vrouw. De violiste Gloria Gordon, die in de tsunami is verdronken. Haar foto – het ceremoniële kostuum – is direct herkenbaar. Een foto van hem – in postzegelformaat – is ernaast afgedrukt: Aziatische ogen en een sterke Nieuw-Zeelandse kin.

De musici beginnen te spelen en Nirans muziek vult de kamers van haar geest. In dit requiem voor zijn echtgenote – een mooie vrouw die op het verkeerde moment op de verkeerde plaats was – hoort Lauren de tsunami aanzwellen, de grote vrachtwagen denderen. Ze vraagt zich af wie van hen beiden tot die korte kerstvakantie had besloten. Was Gloria met dat voorstel gekomen? Had hij haar verrast met de vliegtickets? Hadden ze er ruzie over gemaakt? Had een van hen een te druk werkschema als argument aangevoerd en was hij of zij toen toch gecapituleerd omdat ze van elkaar hielden en ernaar verlangden bij elkaar te zijn? Oorzaak en gevolg. Het werk van een goddelijke hand of van een chaotische, meedogenloze onverschilligheid?

Terwijl zijn rouwende muziek aanzwelt en weer zachter wordt, doet ze haar ogen dicht tot ze niets anders meer hoort dan de trillende schuldgevoelens van iemand die in leven is gebleven.

Niran Gordon is een overlever, net als zij. Een overlever die begrijpt dat de liefde zich net als de dood opeens kan aandienen, tussen de ene hartslag en de volgende, en dan al even snel weer verloren kan gaan. Had ze dat aangevoeld toen ze hem voor het eerst zag? Was ze daardoor opgehouden doodsbang door de straten van Bangkok te rennen? Had dat hen met zo'n tomeloze hartstocht samengebracht? Ze pakt de armleuningen van haar stoel heel stevig vast om te voorkomen dat ze gaat staan en de zaal uit loopt.

Wanneer de uitvoering is afgelopen valt er een korte stilte. Het publiek zucht en masse, alsof het is bevrijd van een onontkoombare kracht. Dan klapt iemand. Het applaus wordt krachtiger en iedereen gaat staan. Hij loopt het toneel op en maakt een buiging. Hij is in het wit gekleed: de kleur van de rouw.

'Uw muziek spreekt een angstaanjagende taal.' Een jonge vrouw op de eerste rij stelt de eerste vraag. 'Wie heeft u geïnspireerd?'

'Mijn vrouw Gloria.' Zijn lippen kussen haar naam. 'Zij is mijn inspiratie in het leven en in de dood.'

Hij spreekt kalm over de tsunami, geeft de studenten opdracht verschillende fragmenten te spelen die de destructieve kracht ervan weergeven. Lauren duikt naar achteren in haar stoel. 'Raas, rivier... raas naar de nachtelijke oceaan... Ze voelt de toewijding die nodig is om met zo'n ingehouden overgave te componeren. Zijn muziek is veeleisender dan welke vrouw of geliefde dat ooit kan zijn.

'Hebt u uw verdriet hiermee kunnen verwerken?' vraagt een oudere man.

Niran Gordon schudt zijn hoofd. 'Er zijn momenten waarop ik het vergeet, maar dat zijn slechts momenten.'

Wanneer hij alle vragen heeft beantwoord en van het podium af is gelopen, gaat Lauren net als de rest van het publiek staan en loopt naar de foyer. Hij roept haar naam wanneer ze de uitgang nadert. Ze blijft staan en wacht tot hij bij haar is. Zijn strakke witte broek reikt tot even boven zijn enkels en accentueert zijn bruine benen. De hoge kraag van zijn tuniek is versierd met fijn borduurwerk in gouddraad. Instinctief wordt haar blik getrokken naar zijn eens gebroken neus. Ze stelt zich het eruit spuitende bloed voor, zijn onverschilligheid voor de pijn terwijl hij tijdens de tsunami telkens weer de naam van zijn vrouw riep.

'Ik voelde je aanwezigheid,' zegt hij. 'Net zoals ik die in mijn huis voelde. Je had je geur achtergelaten.'

'Het is onvergeeflijk dat ik je privacy heb geschonden.'

'Ik wou dat je was gebleven.'

Ze schudt haar hoofd, houdt haar armen strak langs haar lichaam. 'Je hebt vandaag mooi gesproken. Je muziek is krachtig. Ik wilde die live horen.'

'Wanneer ga je weg?'

'Morgenavond.'

'Kan ik je voor je vertrek nog een keer zien?'

'Voor hoelang? Een moment... twee of drie momenten?'

'Na de dood van Gloria...' Hij aarzelt, wetend dat mensen beleefd staan te wachten op het eind van hun gesprek. 'Is er niemand anders geweest dan jij. De tijd die we samen hebben doorgebracht was meer dan een moment. Veel meer.'

'Maar niet genoeg,' zegt ze. 'Dit is het juiste moment niet voor jou, en ook niet voor mij.'

Ze ziet aan de blik in zijn ogen dat hij dat ook beseft. Hij kijkt haar aan en zegt: 'Later dit jaar ben ik in Londen. Dan misschien?'

'Later dit jaar... Wie zal het zeggen? Nu moet ik gaan.' Ze is niet in staat 'Tot ziens' te zeggen, draait zich om en loopt weg. Het lukt haar om snel een taxi aan te roepen. De chauffeur zwijgt onder het rijden. Twee vlinders dansen voor de voorruit, draaien om elkaar heen, fladderen met hun vleugels in een duizeligmakende hofmakerij die abrupt eindigt wanneer ze tegen het glas te pletter slaan. De chauffeur spuit water op de voorruit. De ruitenwissers komen in actie. De veeg verdwijnt. Laurens keel verkrampt. Chaos en vernietiging. Niet meer dan een ademstoot verwijderd van degenen die even in het zonlicht dansen.

Het is schemerig geworden wanneer ze bij Havenswalk arriveert. Steves aanwezigheid is in het chalet nog voelbaar. Ze ruikt zijn aftershave, maar de plank waarop die stond is leeg. Op de tafel heeft hij een mobieltje achtergelaten. Een blauw lichtje knippert. Ze kijkt op het schermpje en leest de tekst. 'Bel me als deze krankzinnigheid voorbij is. Je hoort bij mij en degenen die de weg zijn kwijtgeraakt keren altijd terug naar degene die hen koestert.'

Steentjes knarsen onder haar voeten terwijl ze langs de oever van het meer loopt. Geelbruine wolken geven het water een schittering. De onstuimigheid die haar neef bijna had verzwolgen is nu een stille spiegel die niets vervormt. Vuur en razernij, opkomend en verdwijnend, transformerend, nieuw leven scheppend, herinneringen oproepend. Lauren laat het mes uit haar vingers vallen. Een licht gespetter, onmerkbare golfjes die zich uitbreiden, maar sterk genoeg om de wereldorde op zijn grondvesten te doen trillen.

EPILOOG

Havenswalk
16 februari 2009

Lieve mam,

Vijftien jaar lang heb ik je niet geschreven. Ik heb er niet één keer naar verlangd een pen te pakken en mijn hart uit te storten. Maar nu mijn zussen zijn vertrokken heb ik de behoefte me vast te klampen aan iets wat eens bekend was. Het lijkt vreemd je op een laptop te schrijven, maar jij hebt het wonder van de e-mail nooit mogen ervaren. Triviale zaken en afschuwelijke berichten die binnen seconden de wereld over kunnen gaan. De communicatietechnieken zijn veel beter geworden dan je je in je stoutste dromen had kunnen voorstellen... op technisch gebied, bedoel ik dan. Communiceren van mond tot mond is nog steeds even problematisch als altijd.

In het ziekenhuis was Rebecca's gezicht nat van de tranen toen ze afscheid nam van Conor. Hij telt de weken al af tot september, wanneer we van plan zijn naar Ierland te gaan. Ik zal hem bekende plaatsen laten zien en met hem over de weg langs de riviermonding lopen waar de zwanen eens zwommen als het vloed was. De kust is nu voorzien van parkeerterreinen en over het vogelreservaat loopt een viaduct. Maar Rebecca zegt dat de vogels nog zonder angst tussen de massieve pilaren door vliegen en dat de zwanen zich niets aantrekken van het langsrijdende verkeer. Ja, ze heeft mijn hand vastgehouden toen ik haar dat vroeg en de reiger houdt ook nog steeds de wacht bij de waterkant.

Ik zal zonder mijn zoon uit Ierland terugkeren. Hij is van plan een jaar in het asiel van Rebecca te werken en dan te proberen een plaats op Trinity College te krijgen. In de korte tijd die ze met hem heeft doorgebracht heb ik de band tussen hen sterker zien worden. Ik vermoed dat zij het beste in zijn leven zal worden. Ik heb mijn uiterste best gedaan niet jaloers te zijn. Dat is een onwaardige, zij het menselijke emotie.

Tim gaat met ons mee naar Ierland. Een romance op grote afstand heeft niet veel kans van slagen, maar ze zijn vast van plan het te proberen.

Lauren woont bij Mel tot ze een eigen onderkomen heeft gevonden. Ze heeft wat geld op haar bankrekening staan: de erfenis van opa en het geld van de verkoop van Heron Cove. Dat stelt niets voor vergeleken met de schatkist van Steve, maar ze kan er de komende maanden mee doorkomen. Ze beweert dat Niran Gordon de grote ommekeer heeft veroorzaakt, maar dat hij niet de reden is waarom ze Steve heeft verlaten. Ik ken die man. Niet persoonlijk, maar wel zijn reputatie. Alma en ik hebben eens een concert bijgewoond waarbij zijn muziek ten gehore werd gebracht. Hij is klein en charismatisch en ik vermoed dat hij het hart van mijn zus heeft gestolen. Voordat ze vertrok heeft ze geen poging meer gedaan contact met hem op te nemen.

Heeft een man het recht te weten dat hij vader wordt? Zal hij daar goed mee omgaan, het misbruiken, het ontkennen, het verwerpen, er onverschillig op reageren, het witwassen? Jeremy koos ervoor te blijven zwijgen, hopend dat ik een nare droom was die 's morgens zou zijn verdwenen. Maar zulke dromen verdwijnen niet. En Niran Gordon heeft de waarheid niet te horen gekregen. Hetzelfde geldt voor Steve. Deze zwangerschap is een wonder, zei Lauren, en ze zal die in haar eentje voldragen. In september zal ze bevallen.

Steve is ervan overtuigd dat de eerste hoge golf haar zal breken en dat ze dan naar hem zal terugkeren. Zonder hem zijn voelt aan als een am-

*putatie, zei ze. Ze verwacht fantoompijn te krijgen, maar ik geloof dat
ze dat wel aankan. Ook in de slechte tijden, toen een mes haar huid door-
sneed en er een doodsbange blik in haar groene kattenogen lag, had ze de
wereld aan haar voeten liggen. Had ze maar de moed gehad te kijken!*

*Het is nu na middernacht. Er komt een nieuwe dag aan en Kevin
wacht op me. In bed is hij een beest, hij geeft me zoveel genot dat ik bang
ben erin te zullen verdrinken. Kun je die extase begrijpen? Ik denk van
wel. Op een avond ben ik jouw slaapkamer in gelopen toen jij en pap de
liefde bedreven. Ik kon niet veel zien. Een berg beddengoed en jullie lichamen in vreemde houdingen. Ik was jong, waarschijnlijk een jaar of
zes, maar toch begreep ik het. Of in elk geval voelde ik de opwinding aan
die de lucht liet trillen. Pap zei dat ik de kamer weer uit moest lopen. Zijn
stem klonk scherp, ademloos. Hij klonk anders, niet rustig en verdraag-
zaam zoals gewoonlijk. Maar hij joeg me geen angst aan. Ik kan me jou
ook herinneren. Je gezicht naar achteren gebogen, alsof je aan het zonne-
baden was, het loom laten zakken van je armen en benen. Door zo'n
hartstocht ben ik ontstaan. Zo zijn wij allemaal ontstaan: vier dochters
verwekt met een zucht, een kreun, een intense, capitulerende overgave.
Nu zijn we vrouwen. Zou je ons herkennen? Zouden wij jou herkennen?
Ik kan me het gezicht van pap duidelijk voor de geest halen, jong en
lachend. Maar jij bent naast ons ouder geworden, omdat je – zoals altijd –
de last van je lastige meisjes op je schouders hebt getorst.*

*We zullen je nooit vergeten. Hoe zou dat ook kunnen, aangezien je de
achtergrondmuziek van ons leven bent, aangenaam om naar te luisteren
en geruststellend, tot een verkeerde noot een zenuw raakt en we even pas
op de plaats maken – zoals ik dat nu doe – om je nog dieper in te ademen.*

Ik wens jullie een goede nacht, mijn allerliefsten,
Cathy